Siedem lat później

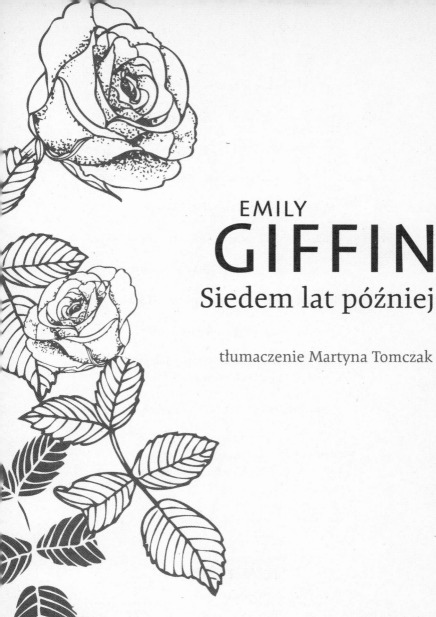

EMILY GIFFIN

Siedem lat później

tłumaczenie Martyna Tomczak

WYDAWNICTWO
otwarte

Kraków 2011

Tytuł oryginału: *Heart of the Matter*

Copyright © 2010 by **Emily Giffin**. All rights reserved

Copyright © for the translation by **Martyna Tomczak**

Projekt okładki: **Adam Stach**

Fotografia na okładce: © **Edvard March / Corbis / FotoChannels**

Fotografia autorki: © **Deborah Feingold**

Grafika na okładce: **Olka Osadzińska, www.aleosa.com**

Opieka redakcyjna: **Adriana Celińska**

Opracowanie typograficzne książki: **Daniel Malak**

Adiustacja: **Małgorzata Poździk / d2d.pl**

Korekta: **Barbara Pawlikowska / d2d.pl,
Anna Woś / d2d.pl**

Łamanie: **Zuzanna Szatanik / d2d.pl**

ISBN 978-83-7515-095-7 (oprawa broszurowa)
ISBN 978-83-7515-104-6 (oprawa twarda)

WYDAWNICTWO

otwarte

www.otwarte.eu

Zamówienia: Dział Handlowy, ul. Kościuszki 37, 30-105 Kraków,
tel. (12) 61 99 569
Zapraszamy do księgarni internetowej Wydawnictwa Znak,
w której można kupić książki Wydawnictwa Otwartego: www.znak.com.pl

Dla Sarah, mojej siostry i przyjaciółki

ROZDZIAŁ 1

Tessa

Ilekroć słyszę o czyjejś tragedii, nie myślę o samym wypadku czy chwili, kiedy pada diagnoza, o początkowym szoku ani o późniejszej żałobie. Zawsze odtwarzam w myślach ostatnie zwykłe chwile, gdy jeszcze nikt niczego się nie spodziewał. Chwile, które zapewne zostałyby zapomniane, gdyby nie to, co wydarzyło się tuż potem. Migawki sprzed.

Potrafię sobie wyobrazić, jak trzydziestoczteroletnia kobieta pod prysznicem w sobotni wieczór sięga po ulubiony morelowy peeling do ciała, zastanawia się nad tym, w co ubrać się na imprezę, z nadzieją, że pojawi się ten przystojny kelner z pobliskiej kawiarni. Nagle wyczuwa pod palcami niedający się pomylić z niczym innym guzek w lewej piersi. Albo oddanego rodzinie młodego ojca, który jedzie z córką do sklepu kupić jej buty do szkoły. W radiu grają *Here Comes the Sun*, a on po raz kolejny kładzie jej do głowy, że Beatlesi to „bez wątpienia największy zespół wszech czasów", gdy nagle nastolatek o zamglonym spojrzeniu po wypiciu zbyt wielu piw wybiega na ulicę na czerwonym świetle.

Innym razem przed oczami staje mi zuchwały licealista – obiecujący łapacz szkolnej drużyny baseballowej – na boisku w upalny dzień poprzedzający najważniejszy mecz roku. Mruga do swojej dziewczyny, stojącej jak zwykle za siatką, po czym wybija się do góry, by złapać piłkę, której nikt inny by nie złapał – i jakoś tak nieszczęśliwie obraca się w powietrzu, że pechowo uderza głową w ziemię pod najgorszym kątem z możliwych.

Myślę o cienkiej, kruchej linii oddzielającej nas wszystkich od nieszczęścia; w ten sposób wrzucam kilka monet do swojego własnego parkometru wdzięczności, zabezpieczam się przed tymi chwilami tuż po. Zabezpieczam nas. Ruby, Franka, Nicka i siebie. Nasza czwórka to dla mnie źródło największej radości, a zarazem najgłębszego niepokoju.

Tak więc gdy podczas kolacji odzywa się pager mojego męża, nie dopuszczam do siebie urazy ani nawet rozczarowania. Powtarzam sobie, że to tylko kolacja, zwykły wieczór, choć jest przecież nasza rocznica ślubu i pierwszy raz od miesiąca, a może i dwóch, wybraliśmy się na prawdziwą randkę. Nie mam się czym denerwować, zwłaszcza w porównaniu z tym, co w tej samej chwili przeżywa ktoś inny. Nie będę do końca życia odtwarzać w głowie tego momentu, wciąż zaliczam się do grona szczęściarzy.

– Cholera, Tess, przepraszam – mówi Nick, kciukiem uciszając pager. Przeczesuje dłonią ciemne włosy. – Zaraz wracam.

Kiwam głową, by pokazać, że rozumiem, i patrzę, jak mój mąż seksownym, zdecydowanym krokiem zmierza w stronę przedniej części sali, gdzie wykona konieczny telefon. Podziwiam jego wyprostowane plecy i szerokie ramiona, patrzę, jak zręcznie lawiruje między stolikami, i wiem, że w duchu przygotowuje się na złe wiadomości. Na to, że komuś trzeba będzie pomóc, kogoś trzeba będzie ocalić. Właśnie w takich sytuacjach sprawdza się najlepiej. I to właśnie dlatego zakochałam się w nim siedem lat i dwoje dzieci temu.

Nick znika za rogiem, a ja biorę głęboki wdech i rozglądam się dookoła, dopiero teraz zwracając uwagę na otaczające mnie szczegóły. Bladozielone abstrakcyjne malowidło nad kominkiem. Miękkie, migoczące płomyki świec. Entuzjastyczny śmiech siedzącego przy stoliku obok srebrnowłosego mężczyzny, któremu towarzyszą żona i czwórka dorosłych dzieci. Głęboki smak wina cabernet, które piję w samotności.

Po kilku minutach wraca Nick, a grymas na jego twarzy mówi, że chciałby mnie przeprosić – po raz drugi, ale z pewnością nie ostatni.

– Nic nie szkodzi – uspokajam go, rozglądając się za kelnerem.

– Już go znalazłem – wyjaśnia. – Zaraz przyniesie nam zapakowaną kolację.

Sięgam przez stolik i delikatnie ściskam Nicka za rękę. On odwzajemnia uścisk i czekamy na nasze filety w styropianowym pudełku. Jak zwykle zastanawiam się, czy zapytać go, co się stało. W końcu zmawiam tylko szybką modlitwę za nieznanych mi ludzi, a potem następną, za moje dzieci, bezpieczne we własnych łóżkach. Przed oczyma staje mi Ruby, pochrapująca cicho w rozkopanej pościeli – rogata dusza, nawet we śnie. Ruby – nasza czteroletnia, nad wiek rozwinięta, nieustraszona pierworodna o czarującym uśmiechu. Ma ciemne loki, na autoportretach jeszcze bardziej skręcone niż w rzeczywistości (jest za mała, by wiedzieć, że jeśli chodzi o włosy, każda dziewczynka pragnie tego, czego nie ma) i oczy barwy bladego turkusu – genetyczny wyczyn dwojga piwnookich rodziców. Niemal od samego dnia swoich narodzin przejęła rządy w naszym domu i sercach – co jednocześnie męczy mnie i wprawia w podziw. Jest dokładnie taka sama jak jej ojciec: uparta, pełna pasji, piękna, że aż zapiera dech. Córeczka tatusia – do szpiku kości.

Poza tym jest jeszcze Frank, nasz kochany chłopczyk, słodyczą i urokiem przewyższający inne dzieci w jego wieku, do tego stopnia, że nieznajomi w sklepie spożywczym zatrzymują się na jego widok. Ma prawie dwa lata i nadal uwielbia pieszczoty, wtula gładki, okrągły policzek w moją szyję, całym sercem oddany mamie. Wcale go nie faworyzuję! – przysięgam Nickowi, gdy jesteśmy sami, a on uśmiecha się i oskarża mnie o to rodzicielskie wykroczenie. Nie faworyzuję nikogo, chyba że samego Nicka. Oczywiście kocham go innym rodzajem miłości. Moja miłość do dzieci jest bezwarunkowa i nieskończona, z pewnością to je bym ocaliła, gdybyśmy, powiedzmy, wybrali się pod namiot i całą trójkę pokąsałyby grzechotniki, a ja miałabym w plecaku tylko dwa zastrzyki surowicy. A jednak to mój mąż, jak nikt inny na świecie, jest tym, z kim chcę rozmawiać, być blisko, na kogo chcę patrzeć. Uczucie to zawładnęło mną w chwili, gdy go poznałam.

Wkrótce przy naszym stoliku pojawia się kelner z kolacją i rachunkiem. Wstajemy i wychodzimy z restauracji. Nocne niebo w kolorze głębokiego fioletu jest usiane gwiazdami. Choć to dopiero początek października, pogoda jest bardziej zimowa niż jesienna. Temperatura jest niska, nawet jak na bostońskie standardy, i drżę z zimna w moim długim kaszmirowym płaszczu. Nick wręcza nasz kwitek portierowi odpowiedzialnemu za parking i już za chwilę wsiadamy do samochodu. Opuszczamy miasto i wracamy do Wellesley. Po drodze nie pada wiele słów, słuchamy jednej z jazzowych płyt Nicka.

Pół godziny później zatrzymujemy się na naszym obsadzonym drzewami podjeździe.

– Jak myślisz, ile czasu ci to zajmie?

– Trudno powiedzieć. – Nick zaciąga hamulec, nachyla się i całuje mnie w policzek. Odwracam się ku niemu i nasze usta muskają się delikatnie.

– Wszystkiego najlepszego z okazji rocznicy – szepcze.

– Wszystkiego najlepszego – odpowiadam.

Nick odsuwa się i spogląda mi w oczy.

– Ciąg dalszy nastąpi?

– Oczywiście. – Zmuszam się do uśmiechu i wysiadam z samochodu.

Jeszcze przed zatrzaśnięciem drzwi słyszę, jak Nick pogłaśnia muzykę, dramatycznie zaznaczając granicę pomiędzy końcem jednego wieczoru a początkiem innego. Gdy przekraczam próg domu, w głowie rozbrzmiewa mi *Lullaby of the Leaves* Vince'a Guaraldiego i ten sam kawałek towarzyszy mi, gdy płacę opiekunce, zaglądam do dzieci, zdejmuję czarną sukienkę bez pleców, a potem jem zimny filet przy kuchennym blacie. Dużo później, przetrzepawszy kołdrę Nicka i wśliznąwszy się pod swoją, leżę w ciemności, myśląc o wiadomości, którą Nick odebrał w restauracji. Zamykam oczy i zastanawiam się, czy nieszczęście naprawdę nas zaskakuje, czy też może w jakiś sposób – w formie niepokoju, albo może głębokiego przeczucia – mamy wrażenie, że nadchodzi?

Zasypiam, zanim dojdę do jakichkolwiek wniosków. Jeszcze nie wiem o tym, że w przyszłości będę jednak wracać myślami do tej właśnie nocy.

ROZDZIAŁ 2

Valerie

Valerie wiedziała, że powinna była odmówić – a właściwie nie zmieniać zdania po tym, jak już tuzin razy odmówiła Charliemu, gdy błagał, by puściła go na przyjęcie urodzinowe kolegi. Próbował wszystkiego, włącznie z mającym wywołać u niej poczucie winy stwierdzeniem: „Nie mam tatusia ani psa", a gdy to nie pomogło, zaangażował w sprawę wujka Jasona, który miał więcej uroku i siły perswazji niż jakakolwiek inna znana Valerie osoba.

– Daj spokój, Val – powiedział. – Niech dziecko ma odrobinę rozrywki.

Valerie uciszyła swojego brata bliźniaka, wskazując na Charliego budującego w salonie skomplikowaną wieżę obronną z klocków lego. Jason powtórzył swój apel, tym razem teatralnym szeptem, a Valerie potrząsnęła głową, oświadczając, że sześć lat to zbyt młody wiek na przyjęcie połączone z nocowaniem, zwłaszcza na dworze, w namiocie. Nieraz prowadzili takie dyskusje, ponieważ Jason często oskarżał siostrę o nadopiekuńczość i zbytnią surowość wobec jedynaka.

– No tak – rzekł, uśmiechając się pod nosem. – Słyszałem, że w Bostonie coraz częściej atakują niedźwiedzie.

– Bardzo śmieszne – odparła Valerie, po czym wyjaśniła, że niezbyt dobrze zna rodzinę tamtego chłopca, a to, co o nich wie, jej nie zachwyca.

– Niech zgadnę: są nadziani? – zapytał Jason prowokacyjnie, podciągając dżinsy, które jak zwykle zjeżdżały mu z chudych bioder, odsłaniając górną część bokserek. – A ty nie chcesz, żeby Charlie zadawał się z takimi.

Valerie wzruszyła ramionami. Nie udało jej się powstrzymać uśmiechu. Czyżby była aż tak przewidywalna? Po raz tysięczny zadała sobie pytanie: jak to możliwe, że ona i jej brat bliźniak tak bardzo się od siebie różnią, skoro dorastali razem, w jednym domu krytym brunatnym gontem, w zamieszkanej głównie przez irlandzkich katolików okolicy w Southbridge, w stanie Massachusetts? Byli najlepszymi przyjaciółmi, dzielili nawet pokój do dwunastego roku życia, kiedy to Jason wyniósł się na pełne przeciągów poddasze, by dać siostrze więcej prywatności. Obydwoje mieli ciemne włosy, błękitne oczy o migdałowym kształcie i jasną skórę – nawet z wyglądu byli podobni. We wczesnym dzieciństwie ludzie często brali ich za bliźnięta jednojajowe. A jednak wedle słów ich matki, Jason urodził się z uśmiechem na ustach, natomiast Valerie z zachmurzoną buzią – i tak im zostało przez całe dzieciństwo. Valerie, nieśmiała samotniczka, szła przez życie popychana przez swojego powszechnie lubianego, towarzyskiego, o cztery minuty starszego brata.

Teraz, trzydzieści lat później, Jason nadal jest zadowolonym z życia, beztroskim optymistą, przeskakującym od jednego hobby i zajęcia do drugiego, absolutnie zadomowionym we własnej skórze – zwłaszcza od czasu *coming outu* w ostatniej klasie liceum, tuż po śmierci ojca. Jako klasyczny przykład osobnika niewykorzystującego w pełni swoich możliwości, Jason pracował obecnie w kawiarni w Beacon Hill i tak jak zawsze potrafił natychmiast zaprzyjaźnić się z każdym, kto przekroczył jej próg, i w ogóle z każdym, kogo spotkał na swojej drodze.

Valerie zaś wciąż przez większość czasu czuła się zagrożona oraz niedopasowana do otaczającego ją świata mimo wszystkich swoich osiągnięć. Ciężko pracowała na to, by wyrwać się z Southbridge. Skończyła liceum z najlepszym wynikiem w swoim roczniku, dostała stypendium Amherst College. Pracowała jako asystentka w kancelarii adwokackiej, jednocześnie przygotowując się do egzaminów prawniczych. W ten sposób zbierała pieniądze na studia. Powtarzała sobie, że jest równie dobra jak pozostali i bardziej inteligentna niż większość z nich, jednak po opuszczeniu rodzinnego miasteczka już zawsze czuła się wyobcowana. Jednocześnie im więcej osiągała, tym mniej łączyło ją z dawnymi znajomymi, zwłaszcza z najlepszą przyjaciółką Laurel, która w dzieciństwie mieszkała trzy domy od Val i Jasona. To poczucie, z początku niemal niedostrzegalne i trudne do zdefiniowania, osiągnęło punkt kulminacyjny, gdy dziewczyny pokłóciły się na dobre – pewnego lata, podczas imprezy w ogrodzie u Laurel.

Po kilku drinkach Valerie, niewiele myśląc, stwierdziła, że Southbridge to duszna, zapyziała dziura, po czym jeszcze ostrzej oceniła narzeczonego Laurel. Miała dobre intencje, zasugerowała nawet, by Laurel wprowadziła się do jej niewielkiego mieszkanka w Cambridge, ledwo jednak wypowiedziała te słowa, a już zaczęła ich żałować. Robiła, co mogła, by zatrzeć złe wrażenie, i jeszcze przez wiele dni gorąco przepraszała przyjaciółkę, lecz Laurel, która zawsze była porywcza, wyrzuciła ją na dobre ze swojego serca. Wkrótce zaczęła rozpuszczać plotki o snobizmie Valerie wśród grona ich dawnych koleżanek – dziewczyn, które podobnie jak Laurel mieszkały ze swoimi licealnymi sympatiami, a obecnie mężami w tej samej okolicy, w której dorastały. W weekendy bawiły się w tych samych barach, a w tygodniu wykonywały te same nudne zawody co ich rodzice.

Valerie usilnie próbowała odpierać oskarżenia Laurel, udało jej się nawet naprawić relacje ze znajomymi – przynajmniej te powierzchowne. Nie mogła jednak zrobić nic, by powrócić do dawnego stanu rzeczy. Musiałaby chyba przenieść się z powrotem do Southbridge.

Był to samotny okres w jej życiu i Valerie nagle zaczęła zachowywać się w sposób niezrozumiały nawet dla niej samej. Zaczęła robić rzeczy, których przysięgała sobie nigdy nie zrobić. Zakochała się w niewłaściwym facecie. Tuż przed tym, jak ją zostawił, zaszła w ciążę, co postawiło pod znakiem zapytania jej studia prawnicze. Wiele lat później zastanawiała się czasem, czy przypadkiem sama podświadomie nie sabotowała własnych wysiłków, by wyrwać się z Southbridge i stworzyć sobie inne życie. Może po prostu wydawało jej się, że nie zasługuje na list z wiadomością o przyjęciu na Harvard, który powiesiła na lodówce obok wydruków z badania USG.

W każdym razie czuła się uwięziona pomiędzy dwoma światami, zbyt dumna, by z podkulonym ogonem wrócić do Laurel i dawnych koleżanek, a jednocześnie zbyt zawstydzona i zakłopotana swoją ciążą, by utrzymywać znajomości z college'u lub nawiązywać nowe na Harvardzie. Czuła się więc bardziej samotna niż kiedykolwiek. Tymczasem robiła wszystko, by skończyć studia, zajmując się noworodkiem. Jason rozumiał, jak było jej trudno przez pierwsze miesiące i lata macierzyństwa. Widział wyraźnie, jak bardzo przytłacza ją wyczerpanie i lęk o przyszłość. Był pełen szacunku dla niej, kiedy ciężko pracowała, by utrzymać siebie i synka. Nie mógł jednak zrozumieć, czemu uparcie odgradzała się murem od reszty świata. Dla pracy i dziecka niemal całkowicie poświęciła swoje życie towarzyskie, nie licząc kilku dość powierzchownych znajomości. Miała wprawdzie wymówkę: brak czasu oraz obowiązek poświęcenia całej uwagi Charliemu, jednak Jasona nie przekonywały jej argumenty. Wciąż namawiał siostrę, by ruszyła się z domu, twierdził, że używa Charliego jako tarczy, że dziecko jest dla niej pretekstem do niepodejmowania ryzyka i unikania potencjalnego odrzucenia.

Valerie myślała o tym wszystkim, nachylając się nad piekarnikiem i wyciągając z niego dwanaście idealnie okrągłych bułeczek. Nie miała wybitnych zdolności kulinarnych, opanowała jednak do perfekcji technikę przyrządzania dań śniadaniowych w swojej pierwszej pracy, gdy jako kelnerka w barze zadurzyła się w jednym z kucharzy. Było to dawno temu, choć Jason z pewnością orzekłby, że wciąż bardziej czuje się dziewczyną, która podaje kawę, niż kobietą i odnoszącą sukcesy prawniczką.

– Jesteś snobką, tylko w drugą stronę – stwierdził, odrywając z rolki trzy papierowe ręczniki i rozkładając je na stole zamiast serwetek.

– Wcale nie! – odparła Valerie, ale za chwilę zastanowiła się nad jego słowami i z zakłopotaniem przyznała w duchu, że bardzo często zdarza jej się przejeżdżać obok rezydencji przy Cliff Road i z góry zakładać, że mieszkający w nich ludzie są w najlepszym razie płytcy, w najgorszym zaś to bezwstydni oszuści. Tak jakby podświadomie zakładała, że zamożność łączy się ze słabością charakteru i to do tych, których o nią oskarżała, należało udowodnienie jej, że w ich wypadku to nieprawda. Wiedziała, że to krzywdząca opinia, ale cóż, życie nie jest sprawiedliwe.

W każdym razie Danielowi i Romy Croftom nie udało jej się do siebie przekonać, gdy spotkała ich podczas dni otwartych w szkole Charliego. Podobnie jak większość rodziców posyłających dzieci do prywatnej podstawówki Longmere Country Day w Wellesley, Croftowie byli inteligentni, atrakcyjni i sympatyczni. Gdy jednak rzucili wzrokiem na jej identyfikator, po czym zręcznie rozpoczęli towarzyską konwersację, Valerie ogarnęło nieodparte wrażenie, że patrzą nie na nią, lecz przez nią, szukając wzrokiem kogoś innego – kogoś lepszego.

Nawet gdy Romy zaczęła mówić o Charliem, w jej głosie zabrzmiała fałszywa, protekcjonalna nuta.

– Grayson wprost uwielbia Charliego – powiedziała, zakładając za ucho pasmo jasnoblond włosów, po czym znieruchomiała z uniesioną dłonią, najwyraźniej po to, by pochwalić się gigantycznym brylantem na serdecznym palcu. W tym miasteczku, pełnym imponujących klejnotów, Valerie nie widziała jeszcze tak efektownego okazu.

– Charlie też bardzo lubi Graysona – odrzekła, krzyżując ramiona. Miała na sobie bluzkę barwy fuksji i zaczęła żałować, że nie zdecydowała się na czarną garsonkę. Niezależnie od tego, jak bardzo się starała i ile pieniędzy wydawała na ubrania, i tak zawsze wybierała nie ten strój, co trzeba.

W tej chwili dwóch chłopców przebiegło przez salę. Charlie prowadził kolegę do klatki z chomikami. Nawet mało wnikliwy obserwator dostrzegłby, że byli najlepszymi kumplami, tworzyli beztroskie dwuosobowe towarzystwo wzajemnej adoracji. Czemu więc Valerie zakłada, że Romy mówi nieszczerze? Czemu nie uwierzy bardziej w siebie – i w swojego syna? Zadawała sobie w duchu te pytania, a tymczasem Daniel Croft dołączył do żony, w jednej dłoni dzierżąc plastikowy kubek z ponczem, drugą kładąc na plecach Romy. Ten subtelny gest Valerie nauczyła się już rozpoznawać w czasie swych nieustających badań nad instytucją małżeństwa. Jej obserwacje napełniały ją w równych proporcjach radością i żalem.

– Skarbie, to Valerie Anderson... mama Charliego – przedstawiła ją Romy, przez co Valerie odniosła wrażenie, że tych dwoje plotkowało już dziś na jej temat, zastanawiając się zapewne, czemu w szkolnych aktach obok nazwiska Charliego nie figuruje imię ojca.

– No tak, oczywiście. – Daniel skinął głową i uścisnął jej rękę, obrzucając ją krótkim, obojętnym spojrzeniem. – Cześć.

Valerie przywitała się. Po kilku sekundach trywialnej towarzyskiej pogawędki Romy chwyciła ją za rękę i spytała:

– Dostaliście zaproszenie na urodziny Graysona? Wysłałam je kilka tygodni temu.

Valerie poczuła, że się czerwieni.

– Tak, tak. Bardzo dziękujemy. – Teraz będzie pluła sobie w brodę, że nie odpowiedziała na list. Brak odpowiedzi na zaproszenie w odpowiednim czasie, choćby chodziło tylko o kinderbal, to w świecie Croftów z pewnością nie lada *faux pas*.

– A więc? – naciskała Romy. – Charlie może przyjść?

Valerie zawahała się, czując, że kapituluje przed tą nieskazitelnie ubraną i uczesaną, nieskończenie pewną siebie kobietą. Poczuła się jak w liceum, gdy Kristy Mettelman proponowała jej zaciągnięcie się papierosem i przejażdżkę czerwonym mustangiem.

– Nie wiem. Musiałabym... spojrzeć do kalendarza... To byłby przyszły piątek, tak? – wyjąkała, zupełnie jakby mieli z Charliem tysiące towarzyskich zobowiązań, których nie sposób spamiętać.

– Zgadza się. – Romy z wielkimi oczami i szerokim uśmiechem zaczęła już machać do małżeństwa, które weszło właśnie do sali wraz z córką.

– Spójrz kochanie, April i Rob – szepnęła do męża. A potem dotknęła ramienia Valerie i rzuciła jej ostatni zdawkowy uśmiech. – Miło. Miło nam było cię poznać. Mam nadzieję, że zobaczymy Charliego w najbliższy piątek.

Dwa dni później, trzymając w dłoni fikuśne zaproszenie w kształcie namiotu, Valerie wystukała numer Croftów. Gdy czekała, aż z drugiej strony ktoś podniesie słuchawkę, ogarnęła ją dziwna fala zdenerwowania – jej doktor określiłby to jako „towarzyski niepokój" – i poczuła niemal namacalną ulgę, kiedy usłyszała, że zgłasza się automatyczna sekretarka. Już po chwili mimo wszystkich swoich wątpliwości mówiła głośno i wyraźnie:

– Charlie z r a d o ś c i ą przyjdzie na urodziny Graysona.

Z radością.

To właśnie te słowa dźwięczą jej w głowie, gdy – zaledwie trzy godziny po odwiezieniu synka, wraz z jego śpiworem w dinozaury i piżamką w rakiety, do Croftów – Valerie odbiera telefon, którego już nigdy nie zapomni. Z radością. Nie wypadek, poparzony, karetka czy ostry dyżur ani żadne inne ze słów, które słyszy od Romy i które nie do końca do niej docierają, gdy chwyta torebkę i pędem mknie w stronę szpitala Massachusetts General. Nie potrafi nawet zmusić się do wypowiedzenia ich na głos, gdy z samochodu dzwoni do brata – a to przez irracjonalne poczucie, że jeśli to zrobi, wszystko stanie się bardziej prawdziwe. Zamiast tego rzuca więc po prostu:

– Przyjeżdżaj. Szybko.

– Dokąd mam przyjeżdżać? – pyta Jason. W tle ryczy muzyka.

Gdy Valerie nie odpowiada, hałas ustaje, a Jason powtarza, tym razem gwałtowniej:

– Val? Dokąd mam przyjechać?

– Mass General... Chodzi o Charliego – udaje jej się wykrztusić. Jeszcze mocniej naciska pedał gazu, teraz przekracza dozwoloną prędkość już prawie o pięćdziesiąt kilometrów na godzinę. Zaciska spocone dłonie na kierownicy, aż bieleją jej knykcie, lecz w środku czuje dziwny spokój, nawet gdy raz, a potem drugi przejeżdża na czerwonym świetle. Prawie jakby obserwowała samą siebie z zewnątrz, albo wręcz jakby obserwowała kogoś zupełnie innego. Tak właśnie ludzie zachowują się w podobnej sytuacji, myśli. Dzwonią do bliskich, pędzą do szpitala, przejeżdżają na czerwonym świetle.

Charlie przyjdzie z radością – znów słyszy to w głowie, gdy dociera do szpitala i kierując się tabliczkami, trafia na ostry dyżur. Zastanawia się, jak mogła być wszystkiego tak nieświadoma, siedzieć w dresie na kanapie z torbą popcornu z mikrofalówki i oglądać film z Denzelem Washingtonem. Jak mogła nie zdawać sobie sprawy z tego, co się dzieje w luksusowym domostwie przy ulicy Albion? Czemu nie posłuchała swoich przeczuć co do tego przyjęcia?

– Kurwa – powiedziała to tylko raz, wyraźnie, donośnym, zachrypniętym głosem. Spojrzała na wyniosły budynek z cegły i szkła, a jej serce wypełniło się żalem i poczuciem winy.

Resztę wieczoru i noc pamięta już jak przez mgłę – nie chronologicznie, lecz jako zbiór pojedynczych, przypadkowych scen. Będzie pamiętała, że mimo zakazu zaparkowała przy krawężniku, a następnie ujrzała bladego Jasona za podwójnymi szklanymi drzwiami. Zapamięta pielęgniarkę, spokojnie i sprawnie wpisującą nazwisko Charliego do komputera, i drugą, prowadzącą ich przez ciąg długich korytarzy przesyconych wonią środka dezynfekującego, które wiodły na dziecięcy oddział oparzeniowy. Zapamięta, jak wpadli po drodze na Daniela Crofta, zatrzymali się na chwilę i Jason zapytał go, co się stało. Będzie pamiętała niejasne, pełne poczucia winy wyjaśnienie: „Dzieci opiekały pianki nad ogniskiem, nic nie widziałem". Wyobraziła sobie wtedy, jak Daniel pisze SMS-a albo podziwia własny ogród, odwrócony tyłem do ogniska i do jej jedynego dziecka.

Zapamięta, jak po raz pierwszy ujrzała przez chwilę drobne, nieruchome ciało Charliego, zaintubowanego i pod narkozą. Zapamięta jego sine wargi, obcięty rękaw piżamy i rażąco białe bandaże zasłaniające prawą dłoń i lewą stronę twarzy. Będzie pamiętać pikające monitory, szum wentylatora i krzątające się wokoło pielęgniarki o kamiennych twarzach. Zapamięta swoje nieskładne apele do Boga (o którym przecież zdążyła już prawie całkiem zapomnieć), wygłaszane w duchu, gdy czekała, trzymając synka za zdrową rękę.

Ale przede wszystkim zapamięta człowieka, który przyszedł zbadać Charliego w chwili, która Valerie zdawała się środkiem nocy, kiedy minął już najgorszy strach. To, jak delikatnie zdejmuje bandaże z twarzy Charliego, odsłaniając poparzoną skórę. To, jak wyprowadza ją na korytarz, spogląda na nią, otwiera usta i odzywa się po raz pierwszy.

– Nazywam się Nick Russo – mówi wolno, głębokim głosem. – I jestem jednym z najlepszych chirurgów plastycznych na świecie.

Valerie spogląda w jego ciemne oczy, wypuszcza powietrze i czuje, że się rozluźnia, powtarzając sobie, że nie przysłaliby chirurga plastycznego, gdyby życie jej syna wciąż było w niebezpieczeństwie. Charlie wyjdzie z tego. Nie umrze. Valerie widzi to w oczach lekarza. Wtedy po raz pierwszy przychodzi jej do głowy, jak bardzo zmieniło się życie Charliego, że ta noc pozostawi u niego blizny nie tylko w sensie dosłownym. Z dziką determinacją, by chronić swoje dziecko bez względu na wszystko, Valerie pyta doktora Russo, czy wyleczy Charliemu dłoń i twarz? Czy sprawi, że jej syn znów będzie piękny?

– Zrobię dla niego wszystko, co w mojej mocy – zapewnia ją lekarz. – Ale chcę, żeby pani o czymś pamiętała. Zrobi to pani dla mnie?

Valerie kiwa głową, myśląc, że ostrzeże ją, by nie liczyła na cuda. A przecież nigdy w życiu nie miała takich oczekiwań.

Ale doktor Russo spogląda jej w oczy i wypowiada słowa, których ona nigdy nie zapomni:

– Pani syn jest piękny – mówi. – Jest piękny już teraz.

Valerie znów kiwa głową. Zgadza się z nim i ufa mu. Dopiero wtedy, po raz pierwszy od bardzo długiego czasu, przychodzą łzy.

ROZDZIAŁ 3

Tessa

W pewnej chwili, w środku nocy, budzi mnie bezpieczne ciepło Nicka obok mnie. Nie otwierając oczu, wyciągam rękę i przesuwam dłonią po jego barku i w dół, po nagich plecach. Jego skóra pachnie mydłem, jak zwykle wziął prysznic po pracy. Czuję falę pożądania, która jednak zostaje szybko pokonana przez jeszcze silniejszy przypływ zmęczenia – uczucie dobrze mi znane od narodzin Ruby, a tym bardziej od czasu, gdy dołączył do niej Frank. Wciąż uwielbiam kochać się z mężem – kiedy już do tego dojdzie. Po prostu tak się składa, że ostatnio to sen cenię ponad wszystko inne – czekoladę, czerwone wino, HBO i seks.

– Cześć – mówi Nick szeptem, dodatkowo stłumionym przez poduszkę.

– Nie słyszałam, jak wszedłeś... Która godzina? – pytam z nadzieją, że jest bliżej do północy niż do rutynowej pobudki dzieciaków o siódmej, bardziej bezlitosnej niż ta, którą serwuje mi budzik, i pozbawionej opcji „drzemka".

– Wpół do trzeciej – odpowiada Nick nieprzytomnym głosem. Najwyraźniej nie jest w nastroju na pogawędki.

Ale gdy otwieram oczy i widzę, jak przewraca się na wznak i zaczyna uporczywie wpatrywać się w sufit, ciekawość bierze górę. Pytam więc – tak swobodnie jak to tylko możliwe, biorąc pod uwagę naturę pytania – czy chodziło o wadę okołoporodową. Taka jest przyczyna znacznej części przypadków, z którymi ma do czynienia.

Nick wzdycha i zaprzecza.

Po krótkim wahaniu ostrożnie zgaduję dalej.

– Kraksa samochodowa?

– Nie, Tess – jego łagodny ton mówi mi, że tak naprawdę jest zniecierpliwiony. – Poparzenie. Nieszczęśliwy wypadek.

Ostatnie słowa dodaje, by zaznaczyć, że nie było mowy o przemocy – czego niestety nigdy nie można zakładać. Nick powiedział mi kiedyś, że dziesięć procent poparzonych dzieci to ofiary przemocy domowej. Przygryzam wargę, a po głowie krążą mi możliwe przyczyny – rozgrzany garnek, który spadł z kuchenki, zbyt gorąca woda w wannie, pożar w domu, środki chemiczne – i nie potrafię nie zadać kolejnego pytania. Co się stało? Nick nienawidzi tych słów, zazwyczaj odpowiada: „A co za różnica? To był wypadek. Wypadki się zdarzają".

Dziś jednak odchrząkuje i zrezygnowanym tonem zaczyna opowiadać. Sześcioletni chłopiec opiekał nad ogniskiem pianki. W jakiś sposób wpadł do ognia i poparzył sobie dłoń oraz policzek. Lewą stronę twarzy.

Nick mówi szybko, beznamiętnym tonem, jakby relacjonował mi prognozę pogody. Ale wiem, że to tylko pozory – dobrze wyćwiczona przykrywka. Jestem pewna, że większość nocy spędzi bezsennie z powodu adrenaliny. A jutro rano – albo raczej po południu – zejdzie na dół z nieobecnym wyrazem twarzy i udając, że zajmuje go własna rodzina, cały czas będzie rozmyślał o dłoni i policzku tamtego chłopca.

Medycyna to zazdrosna kochanka, myślę. Pierwszy raz usłyszałam to porównanie podczas pierwszego roku stażu Nicka od zgorzkniałej żony pewnego lekarza, która, jak się później dowiedziałam, w końcu zostawiła męża dla swojego osobistego trenera. Przysięgałam sobie wtedy, że nigdy nie będę myśleć w ten sposób. Że zawsze będę umiała dostrzec, jak szlachetny zawód wykonuje mój mąż. Nawet jeśli dla mnie oznacza to pewną dozę samotności.

– Jest bardzo źle? – pytam Nicka.

– Mogło być gorzej – odpowiada. – Ale nie jest wspaniale.

Zamykam oczy, zastanawiając się, jak go pocieszyć – to moja niepisana rola w naszym związku. Nick w szpitalu może być wiecznym optymistą, nieskończenie pewnym siebie, wręcz brawurowym specjalistą. Jednak tu, w domu, w naszym łóżku, to ode mnie oczekuje wykrzesania iskierki nadziei, nawet gdy milczy i zamyka się w sobie.

– A co z jego oczami? – w końcu zbieram się w sobie, by zadać to pytanie. Pamiętam, że Nick wyznał mi kiedyś, jak strasznie trudno jest zoperować narząd, który według wielu jest oknem naszej duszy.

– W porządku – odpowiada, odwracając się na bok i przysuwając do mnie. – Oczy ma idealne. Duże i błękitne... jak Ruby.

To go wydało. Gdy Nick porównuje któregoś ze swoich małych pacjentów do Ruby albo Franka, wiem, że powoli wpada w obsesję.

– Co więcej, ma też całkiem niezłego lekarza – mówię w końcu.

Nick kładzie rękę na moim biodrze i słyszę w jego głosie bardzo delikatny uśmiech, gdy odpowiada:

– Faktycznie. Pod tym względem mu się poszczęściło.

Następnego ranka, tuż po tym, jak Nick pojechał z powrotem do szpitala, przygotowuję śniadanie, wysłuchując cierpliwie zwyczajowego festiwalu jęków, a wszystko dzięki naszej jedynej córce. Delikatnie mówiąc, Ruby nie jest rannym ptaszkiem – to kolejna cecha odziedziczona po ojcu. Od piętnastu minut marudzi, że Frank „się na nią gapi", że banan jest za miękki, że woli grzanki po francusku z patelni w wykonaniu tatusia od moich zwykłych tostów z opiekacza.

Kiedy więc słyszę dzwonek telefonu, odbieram z zadowoleniem, ulgą i nadzieją na cywilizowaną rozmowę z kimś dorosłym. Kilka dni temu wpadłam w entuzjazm na widok ankietera. Moja radość jest tym większa, że na ekraniku wyświetla się imię Cate. Cate Hoffman poznałam prawie szesnaście lat temu na imprezie kilka dni po rozpoczęciu pierwszego roku na Uniwersytecie Cornella, podczas której zostałyśmy oficjalnie wtajemniczone w tajniki studenckiego życia. Po kilku drinkach – gdy już zbyt wiele razy zapytano nas, czy jesteśmy siostrami, a my zdałyśmy sobie sprawę z tego, że faktycznie łączy nas pewne fizyczne podobieństwo (pełne usta, wyraziste nosy, jasne włosy z pasemkami) – postanowiłyśmy, że będziemy trzymać się razem. Później dotrzymałam obietnicy, ratując ją przed pewnym lubieżnikiem ze studenckiej korporacji, po czym w drodze do akademika przytrzymywałam jej włosy, gdy rzygała w bluszcz. To zdarzenie jeszcze bardziej nas zbliżyło i przez kolejne cztery lata studiów, a także po ich skończeniu, pozostałyśmy najlepszymi przyjaciółkami. Nasza sytuacja życiowa zmieniła się od czasów, gdy miałyśmy po dwadzieścia parę lat – a właściwie moja się zmieniła, gdyż życie Cate wciąż wyglądało mniej więcej podobnie. Wciąż mieszkała w centrum miasta, w tym samym mieszkaniu, które kiedyś dzieliłyśmy. Ciągle umawiała się na randki z coraz to nowymi facetami i nadal pracowała w mediach. Jedyna różnica w jej życiu polegała na tym, że teraz to ona była przed kamerą. Prowadziła w pewnej stacji kablowej *talk-show* pod tytułem *Kącik Cate* i od niedawna mogła powiedzieć, że cieszy się niejaką sławą w Nowym Jorku i najbliższej okolicy.

– Ruby, spójrz! Ciocia Cate dzwoni! – wołam z nieco przesadzoną radością, w nadziei, że mój entuzjazm udzieli się małej, która pogrążyła się w żałobie, ponieważ odmówiłam jej dolania do mleka syropu czekoladowego. Odbieram telefon i pytam Cate, co się stało, że o tej porze już nie śpi.

– Lecę na siłownię... mam nowy zestaw ćwiczeń – mówi Cate. – Naprawdę muszę zrzucić parę kilo.

– Oczywiście, że nie musisz. – Przewracam oczami. Cate ma fenomenalną figurę, nawet na tle swoich bezdzietnych i pokrytych samoopalaczem w sprayu koleżanek. Niestety, ludzie nie biorą nas już za siostry.

– No dobrze, może nie w realu. Ale wiesz przecież, że kamera dodaje co najmniej cztery i pół kilo – odpowiada Cate, po czym nagle jak to ona zmienia temat. – Ale, ale! Co dostałaś? Co dostałaś?

– Co dostałam? – pytam, drugim uchem rejestrując jęki Ruby, która marudzi, że chce tosta „w całości", co jest radykalną odmianą po jej ostatnim żądaniu, by grzanka została jej podana „pokrojona w identyczne malutkie kwadraciki, bez skórki". Zakrywam telefon dłonią i mówię:

– Kochanie, ktoś chyba zapomniał o magicznym słowie?

Ruby rzuca mi puste spojrzenie, zaznaczając w ten sposób, że nie wierzy w magię. Moja córka to jedyny znany mi przedszkolak, który zdążył już zakwestionować istnienie Świętego Mikołaja, a w każdym razie logistykę jego podróży.

Magia czy nie magia, dzielnie upieram się przy swoim, aż w końcu odnoszę zwycięstwo – Ruby się poprawia.

– Chcę tosta w całości. Proszę.

Kiwam głową. Tymczasem Cate ciągnie, niezrażona:

– Chodzi mi o prezent na rocznicę ślubu. Co dostałaś od Nicka?

Prezenty od Nicka są jednym z ulubionych tematów, być może dlatego, że ona sama nigdy nie przekroczyła etapu bukietu z bilecikiem mówiącym: „Dzięki za wspaniałą noc".

Dlatego zawsze powtarza, że lubi pod tym względem żyć moim życiem, które jest, jej zdaniem, idealne. Oznajmia mi zwykle tę prawdę albo melancholijnym, albo oskarżycielskim tonem, w zależności od tego, jak wielką porażką okazała się jej ostatnia randka.

Odpowiadam jej wówczas, że każdy pragnie tego, czego nie ma, i że ja z kolei zazdroszczę jej hulaszczego życia i ekscytujących randek (jak na przykład niedawnej kolacji z zapolowym drużyny Jankesów), a także jej całkowitej, błogiej wolności – wolności, której się nie docenia do momentu, gdy rodzi się pierwsze dziecko. Nieważne jednak, jak często narzekam na mój domowy tryb życia i frustrację wynikającą z faktu, że czuję, jakbym wciąż stała w miejscu oraz że bywają dni, gdy spędzam więcej czasu z Elmo z Ulicy Sezamkowej, Dorą Odkrywczynią i dinozaurem Barneyem niż z człowiekiem, którego poślubiłam. Moje argumenty nie docierają do Cate, która nadal bez wahania zamieniłaby się ze mną. Właśnie mam jej odpowiedzieć, gdy Ruby wydaje z siebie mrożący krew w żyłach wrzask:

– Nieeee! Mamo! Miało być w całoooości!

Zamieram z nożem w powietrzu. Natychmiast uświadamiam sobie, że popełniłam fatalny błąd, krojąc tosta w cztery podłużne paski. Cholera, myślę, a tymczasem Ruby żąda, bym z powrotem skleiła chleb. Żeby dodać sytuacji dramatyzmu, biegnie nawet teatralnym kłusem do szafki, w której trzymamy przybory plastyczne. Wyciąga stamtąd tubkę kleju Elmer i wyzywająco mi ją wręcza. Zastanawiam się, czy nie zabawić się w „kto kogo przetrzyma" i nie wycisnąć kleju na tosta „w takie R z zawijaskiem, jak zawsze robi tatuś".

W końcu oświadczam tak spokojnie, jak się tylko da:

– Ruby. Wiesz, że jedzenia się nie klei.

Córka gapi się na mnie, jakbym właśnie przemówiła do niej w suahili.

– Będziesz musiała zadowolić się pokrojoną grzanką.

Usłyszawszy te brutalne słowa, mała skupia się na opłakiwaniu swego niedoszłego śniadania. Przychodzi mi do głowy, że właściwie mogłabym uratować sytuację, zjadając tosta i robiąc Ruby nowego, ale w wyrazie jej twarzy jest coś tak nieznośnego, że zaczynam recytować po cichu poradę powtarzaną przez naszego pediatrę, poradniki dla rodziców i znajome matki: nie spełniaj każdej jej zachcianki. Jest to filozofia całkowicie przeciwna maksymie, pod którą zwykle się podpisuję: grunt to właściwie ocenić sytuację – co tak naprawdę oznacza: stawiaj na swoim tylko wtedy, kiedy to wygodne, w przeciwnym wypadku nie rób problemów, a ułatwisz sobie życie.

Poza tym, myślę, przygotowując się psychicznie na nieprzyjemną sytuację, staram się unikać węglowodanów, właśnie od dziś. Tak więc, pamiętając o swoim cellulicie, stanowczo stawiam przed Ruby talerz i oświadczam:

– Zjadasz to albo nic.

– No to nic! – odpowiada.

Przygryzam wargę i wzruszam ramionami, jakbym chciała powiedzieć: strajk głodowy? Proszę bardzo! – po czym wychodzę do salonu, gdzie Frank po cichu wcina swoje niezalane mlekiem płatki Apple Jack, wkładając do buzi po jednym – jest to jedyna rzecz, którą jada na śniadanie. Przeczesuję dłonią jego miękkie włosy, wzdycham do telefonu i mówię:

– Wybacz. Na czym stanęłyśmy?

– Na twojej rocznicy – przypomina mi Cate wyczekującym tonem, z nadzieją na sprawozdanie z idealnego romantycznego wieczoru, na bajkę, której pragnie również dla siebie. Normalnie czułabym się okropnie, sprawiając jej zawód. Ale gdy tak słucham nasilających się szlochów córki i patrzę, jak usiłuje ugnieść swojego tosta w kulkę, nadając mu konsystencję ciastoliny (by mi udowodnić, że nie mam racji i że owszem, da się skleić jedzenie) bez wyrzutów sumienia, a wręcz z pewną przyjemnością oznajmiam Cate, że pager Nicka odezwał się w samym środku kolacji.

– Nie wyłączył go? – pyta zawiedziona.

– Nie. Zapomniał.

– O kurcze. To dupa. Bardzo mi przykro.

– Uhm.

– Więc nie było prezentów? Nawet kiedy wrócił do domu?

– Nie. Postanowiliśmy w tym roku nic sobie nie kupować... Ostatnio jest krucho z forsą.

– Jasne. – Cate jak zwykle nie przyjmuje do wiadomości również tego, że chirurdzy plastyczni wcale nie śpią na pieniądzach, przynajmniej nie ci, którzy w szpitalach akademickich ratują dzieciom życie, zamiast powiększać biusty w prywatnych klinikach.

– Naprawdę – mówię. – Zrezygnowaliśmy z jednego źródła dochodu, pamiętasz?

– O której wrócił do domu? – pyta Cate.

– Późno. Za późno na s-e-k-s... – odpowiadam. Znając moje szczęście, moja utalentowana córka zapamięta owe cztery literki i któregoś dnia postanowi się nimi pochwalić na przykład matce Nicka, Connie, która ostatnio dała mi do zrozumienia, że jej zdaniem dzieci oglądają za dużo telewizji.

– A co u ciebie? – pytam, przypominając sobie, że Cate była wczoraj na randce. – Doszło do czegoś?

– Nie. Wciąż posucha.

Parskam śmiechem.

– Jak to? Pięć dni i już posucha?

– Raczej pięć tygodni – poprawia mnie. – Poza tym seks nawet nie wchodził w grę. Dupek mnie wystawił.

– Nie gadaj – rzucam, zastanawiając się, kto mógłby wystawić Cate. Poza tym, że ma idealną figurę, jest jeszcze zabawna, inteligentna i uwielbia sport. O baseballu opowiada tak, jak inne kobiety recytują hollywoodzkie plotki. Innymi słowy, jest marzeniem każdego faceta. Oczywiście miewa kaprysy i wymagania, czasami też zaskakuje swoimi kompleksami, ale mężczyźni nigdy nie zauważają tego na początku. Owszem, wyobrażam sobie, że ktoś mógłby z Cate zerwać, ale nie wystawić ją na pierwszej randce.

Z kuchni dochodzi mnie kazanie Ruby o tym, że nie mówi się „nie gadaj", tylko „nie mów", Cate zaś ciągnie:

– Aha. Do wczoraj zawsze mi się udawało. Nigdy nikt mnie nie wystawił i nigdy nie umówiłam się z żonatym facetem. Prawie mi się wydawało, że to pierwsze jest nagrodą za drugie. Tak się kończy wiara w karmę.

– Może on rzeczywiście był żonaty.

– Nie. Na pewno nie. Przecież najpierw dowiedziałam się kto zacz.

– Czekaj. Czy to był ten księgowy z eHarmony czy pilot twojej ostatniej wycieczki?

– Ani jedno, ani drugie. Botanik ze Starbucksa.

Gwiżdżę z wrażenia, zerkając jednocześnie do kuchni, gdzie łapię Ruby na tym, że bierze ukradkowy kęs swojego tosta. Nienawidzi porażek niemal tak samo mocno, jak jej ojciec, który nie potrafi się nawet zmusić do tego, by pozwalać jej wygrywać w gry planszowe.

– Nieźle – mówię. – Wystawił cię botanik. To dopiero coś.

– Dasz wiarę? – odpowiada Cate. – Nie wysłał nawet głupiego SMS-a. Żadnego: *Wybacz Cate, ale dziś chyba wybiorę towarzystwo paprotek.*

– Cóż. Może po prostu... zapomniał?

– Może uznał, że jestem za stara.

Już otwieram usta, by jakoś zbyć tę cyniczną uwagę, ale nie przychodzi mi do głowy nic poza standardowym tekstem, że ten jedyny na pewno gdzieś na nią czeka i że wkrótce go pozna.

– Wcale nie jestem tego taka pewna. Tesso, coś mi się zdaje, że ty chyba zgarnęłaś ostatniego, który się nadawał. – Milknie na moment, a ja już wiem, co za chwilę usłyszę. – Poprawka: ostatnich dwóch. Ty cholero.

– Przestaniesz kiedyś wreszcie o nim gadać? – pytam. Obie mamy na myśli mojego byłego narzeczonego. – Możesz mi podać przybliżony termin?

– Hm. Co powiesz na: nigdy? Albo... powiedzmy, że wtedy, kiedy wyjdę za mąż. Ale zaraz... to przecież to samo co nigdy, prawda?

Ze śmiechem odpowiadam, że muszę już kończyć. Chcąc nie chcąc, wracam myślami do Ryana, mojej sympatii z czasów college'u, i do naszego związku. Rozstaliśmy się, gdy byliśmy już narzeczonymi, i to wcale nie świeżo po zaręczynach. Od ślubu dzieliło nas zaledwie parę tygodni, tkwiliśmy po uszy w planach dotyczących podróży poślubnej, ostatecznych przymiarkach sukni i pierwszych lekcjach tańca. Zaproszenia zostały wysłane, lista prezentów zamknięta, obrączki wygrawerowane. Dla wszystkich otaczających mnie ludzi byłam typową szczęśliwą przyszłą panną młodą – z wyćwiczonymi na siłowni ramionami, lekko opaloną skórą i lśniącymi włosami. Promieniałam – dosłownie i w przenośni. Prawdę znała tylko moja terapeutka Cheryl, która w każdy wtorek od siódmej wieczorem pomagała mi określić niewyraźną granicę pomiędzy zwykłym przedślubnym stresem a problemami z zaangażowaniem, mającymi swe źródło w niedawnym brutalnym rozwodzie moich rodziców.

Gdy patrzę na to z perspektywy czasu, odpowiedź wydaje się oczywista, choć wtedy tego nie rozumiałam. Po pierwsze, Ryan był w zasadzie całym moim światem. Spotykaliśmy się od drugiego roku college'u i żadne z nas nigdy w życiu nie spało z nikim innym. Nie wyobrażałam sobie pocałunku z kimś, kto nie był Ryanem, nie mówiąc już o pokochaniu nowej osoby. Mieliśmy wspólne grono znajomych, z którymi dzieliliśmy cenne wspomnienia – nie chciałam ich niszczyć zerwaniem. Dzieliliśmy również pasję do literatury – oboje jako przedmiot kierunkowy wybraliśmy angielski i oboje pracowaliśmy również później jako nauczyciele w liceum, choć ja planowałam zacząć studia uzupełniające na Uniwersytecie Columbia – marzył mi się w przyszłości tytuł profesorski.

Co więcej, zaledwie kilka miesięcy wcześniej namówiłam Ryana, żeby porzucił pracę oraz swoje ukochane rodzinne Buffalo i przeprowadził się ze mną do Nowego Jorku. Życie w wielkim mieście rzeczywiście okazało się ekscytujące, lecz jednocześnie napawało mnie strachem. Dorastałam w pobliskim Westchester i w dzieciństwie często odwiedzałam Manhattan z rodzicami i bratem, ale, jak się okazało, mieszkanie tam to zupełnie inna sprawa. Ryan był dla mnie oparciem w niepewnym, przerażającym prawdziwym świecie. Godny zaufania, uczciwy, miły, zabawny Ryan miał dużą, hałaśliwą rodzinę, a jego rodzice byli razem od trzydziestu lat i nadal świetnie się dogadywali – moja matka stwierdziła, że to dobry znak.

Wszystko się zgadzało.

Poza tym Ryan wciąż mnie zapewniał, że jesteśmy dla siebie stworzeni. Że po prostu, jak to neurotyczka, za bardzo wszystko analizuję. Naprawdę w nas wierzył – przez większość czasu i mnie się udzielała jego wiara.

– Ty jesteś takim typem, który nigdy nie będzie w stu procentach gotowy – powiedział mi po jednej z sesji z Cheryl, o których zawsze opowiadałam mu w niemal najdrobniejszych szczegółach. Siedzieliśmy we włoskiej restauracji w Greenwich Village, czekając na gnocchi, a on wyciągnął swoje długie, chude ramię i poklepał mnie po dłoni. – To jedna z rzeczy, które najbardziej w tobie kocham.

Pamiętam, jak zastanawiałam się nad tymi słowami, przyglądając się jednocześnie jego rzeczowej minie i stwierdzając, z pewną dozą żalu, że prawdopodobnie ma rację. Że widocznie nie zostałam zaprogramowana na niepohamowaną, bezwarunkową namiętność, o której czytałam w książkach, którą widziałam w filmach, a nawet słyszałam, jak mówią o niej koleżanki, z Cate na czele. Może będę musiała zadowolić się tym, co stanowiło podwaliny mojego związku z Ryanem –

poczuciem bezpieczeństwa, wspólnymi zainteresowaniami i empatią. Może to, co mamy, powinno mi wystarczyć i choćbym całe życie szukała, nie znajdę nic lepszego.

– Ale ja jestem w stu procentach gotowa – powiedziałam w końcu, wmawiając sobie w duchu, że to prawda. Wciąż nie byłam pewna, czy nie idę przypadkiem na kompromis, ale przynajmniej podjęłam jakąś decyzję. Wyjdę za Ryana. Koniec i kropka.

Aż trzy dni później po raz pierwszy ujrzałam Nicka.

Jak co dzień jechałam do pracy zatłoczonym metrem. On wsiadł do pociągu dwa przystanki po mnie, z dużym termosem kawy, w szaroniebieskim lekarskim uniformie. Jego ciemne falujące włosy były dłuższe niż teraz i pomyślałam, że wygląda bardziej na aktora niż na lekarza. Przyszło mi do głowy, że może rzeczywiście jest aktorem grającym lekarza i właśnie jedzie na plan. Pamiętam, jak spojrzałam mu w oczy – najbardziej ciepłe brązowe oczy, jakie widziałam w życiu – i ogarnęło mnie szalone uczucie, które można nazwać tylko miłością od pierwszego wejrzenia. Pamiętam, jak pomyślałam, że ta chwila, ten człowiek, którego nie znam i pewnie nigdy nie poznam, to dla mnie ocalenie.

– Dzień dobry – odezwał się z uśmiechem i chwycił się tej samej poręczy, której i ja się trzymałam.

– Cześć – odpowiedziałam. Nasze dłonie zetknęły się, a mi zaparło dech, koła pociągu stukały miarowo i jechaliśmy tak, prowadząc towarzyską pogawędkę – co dziwne, żadne z nas już dziś nie pamięta, o czym rozmawialiśmy. W którymś momencie, gdy poruszyliśmy już kilka bardziej osobistych kwestii, w tym mój doktorat i jego staż w szpitalu, Nick skinieniem głowy wskazał na mój pierścionek z brylantem i zapytał:

– Kiedy twój wielki dzień?

Odpowiedziałam, że za niecały miesiąc. Musiałam mieć przy tym ponurą minę, ponieważ rzucił mi znaczące spojrzenie i spytał, czy wszystko w porządku. Zupełnie, jakby czytał w moich myślach, w moim sercu. Popatrzyłam na niego i nagle się rozkleiłam. Nie mogłam uwierzyć, że płaczę przy tym kompletnie nieznajomym człowieku, tym bardziej że nie zdarzyło mi się to nawet na tweedowej kozetce u Cheryl.

– Wiem, co czujesz – powiedział łagodnym tonem.

Zapytałam, skąd niby może wiedzieć.

– Też przez to przechodziłem – odrzekł. – Oczywiście ja nie byłem jeszcze w drodze do ołtarza, ale i tak...

Parsknęłam śmiechem przez łzy. W tym momencie musiałam wyglądać wyjątkowo mało atrakcyjnie.

– Może wszystko jeszcze się ułoży – powiedział, odwracając wzrok, by dać mi trochę prywatności.

– Może – odparłam, odszukując w torbie chusteczkę, po czym wzięłam się w garść.

Już za chwilę wychodziliśmy z metra przy Sto Szesnastej Ulicy (dopiero potem dowiedziałam się, że tak naprawdę Nick jechał gdzie indziej). Tłum wokół nas powoli się rozproszył. Pamiętam, że w tunelu było gorąco, w powietrzu unosił się zapach prażonych fistaszków, a z ulicy ponad nami dochodził sopran kobiety śpiewającej folkową piosenkę. Czas jakby stanął w miejscu; patrzyłam, jak Nick wyjmuje z kieszeni fartucha długopis i zapisuje swoje nazwisko i numer telefonu na karteczce, którą do dziś noszę w portfelu.

– Proszę – powiedział, wciskając mi ją do ręki.

Spojrzałam na jego nazwisko i pomyślałam, że wygląda na Nicholasa Russo. Cudownie godny zaufania. Seksowny. Zbyt dobry, by mógł być prawdziwy.

Wypróbowałam brzmienie tego pięknego nazwiska.

– Dzięki, Nicholasie Russo.

– Mów mi Nick – odparł. – A ty jesteś...?

– Tessa – odpowiedziałam, czując, jak miękną mi kolana.

– A więc, Tesso. Zadzwoń do mnie, gdybyś kiedyś chciała pogadać. Bo wiesz... Czasem dobrze porozmawiać z kimś... z zewnątrz. Niezaangażowanym emocjonalnie.

Spojrzałam mu w oczy i od razu domyśliłam się prawdy. Oboje byliśmy już zaangażowani emocjonalnie, i to na całego.

*

Następnego dnia oznajmiłam Ryanowi, że nie mogę za niego wyjść. Był to jak na razie najgorszy dzień w moim życiu. Miewałam już złamane serce – choć oczywiście tylko na poziomie szczenięcej miłości – ale tym razem było dużo, dużo gorzej. Oprócz złamanego serca miałam wyrzuty sumienia, czułam też wstyd z powodu skandalu, jakim było odwołanie ślubu.

– Ale dlaczego? – pytał Ryan przez łzy. Do dziś staram się nie wracać pamięcią do widoku jego twarzy w tamtej chwili. Widziałam go już płaczącego, nigdy jednak z mojego powodu. Przyszło mi to z trudem, ale miałam świadomość, że zasługuje na poznanie prawdy, choćby miała być brutalna.

– Kocham cię, Ryan. Ale nie jestem już w tobie zakochana. Nie mogę wyjść za kogoś, w kim nie jestem zakochana – powiedziałam, choć wiedziałam, że nie brzmi to zbyt oryginalnie. Tego rodzaju bezpodstawne, płytkie wymówki rzucają zazwyczaj faceci w średnim wieku, którzy wymieniają żonę na młodszy model.

– Skąd wiesz? I co to w ogóle ma znaczyć, że nie jesteś zakochana?

Jedyne, co mogłam zrobić, to potrząsnąć głową i pomyśleć o tamtej chwili w pociągu z nieznajomym o imieniu Nick w szaroniebieskim uniformie, i raz po raz powtarzać, jak bardzo mi przykro.

Cate była jedyną osobą, która poznała całą historię. Do dziś tylko ona zna prawdę: że spotkałam Nicka, jeszcze z a - n i m zerwałam z Ryanem. Że gdyby nie Nick, wyszłabym za mojego narzeczonego. Że prawdopodobnie do dziś byłabym jego żoną, mieszkałabym w innym mieście z innymi dziećmi i żyła całkiem innym życiem. Rozwodnioną, anemiczną wersją mojego obecnego życia. Równie przytłoczona macierzyństwem, a do tego pozbawiona prawdziwej miłości.

Oczywiście wśród bardziej stronniczo nastawionych znajomych rozeszły się plotki o niewierności, gdy Nick i ja zaledwie kilka miesięcy później zaczęliśmy się na serio spotykać. Nawet Ryan (który wciąż znał mnie lepiej niż ktokolwiek inny, z Nickiem włącznie) wyraził wątpliwości co do kolejności zdarzeń i tego, jak szybko poradziłam sobie z naszym rozstaniem.

„Chcę wierzyć, że jesteś dobrym człowiekiem" – napisał w liście, który mam do dziś. „Chcę wierzyć, że byłaś wobec mnie uczciwa i że nigdy byś mnie nie zdradziła. Ale jest mi trudno, gdy myślę o tym, kiedy tak naprawdę poznałaś swojego nowego chłopaka".

Odpisałam mu, mimo że zabronił mi to robić, zapewniając go o swej niewinności i raz jeszcze przepraszając za ból, jakiego mu przysporzyłam. Oświadczyłam, że zawsze będzie zajmował szczególne miejsce w moim sercu i mam nadzieję, że z czasem mi wybaczy i znajdzie kogoś, kto pokocha go tak, jak na to zasługuje. Wniosek był prosty. Znalazłam, czego szukałam. Byłam zakochana w Nicku. Uczucie to nigdy nie osłabło. Życie nie zawsze jest zabawą i prawie nigdy nie jest łatwe – myślę, wracając do kuchni, podniesiona na duchu i gotowa na drugą filiżankę kawy – ale jestem zakochana w swoim mężu, a on jest zakochany we mnie. To w moim życiu element stały i pozostanie taki, gdy nasze dzieci będą dorastać, ja wrócę do pracy, znajomi będą pojawiać się i znikać. Nie mam co do tego wątpliwości.

A jednak łapię się na tym, że wyciągam rękę i odpukuję dwa razy w drewnianą deskę do krojenia. Ponieważ jeśli idzie o sprawy najważniejsze, nigdy nie można być ich za bardzo pewnym.

ROZDZIAŁ 4

Valerie

Następnego ranka Charliego przenoszą na drugą stronę ulicy, z ostrego dyżuru w Mass General do Shriners, które, jak w kółko słyszy Valerie, jest jednym z najlepszych dziecięcych centrów oparzeniowych w kraju. Valerie wie, że gdy tam dotrą, czeka ich długa i trudna walka, ale czuje też ulgę, że stan Charliego się ustabilizował, tym bardziej kiedy widzi doktora Russo czekającego na nich w nowym pokoju.

Choć nie minęła jeszcze nawet doba od ich pierwszej rozmowy, ma już do niego pełne zaufanie. Gdy lekarz zbliża się z kartą Charliego w dłoni, Valerie zauważa nagle jego wyjątkową urodę: łagodny zarys ust, piękny nos i lśniące brązowe oczy.

– Dzień dobry – mówi, starannie wymawiając każdą sylabę. Przyjął oficjalną postawę, jego ruchy są wyważone. A jednak jest w nim również coś znajomego i budzącego poczucie bezpieczeństwa. Valerie przez moment zastanawia się, czy przypadkiem ich ścieżki już się kiedyś nie przecięły w jakichś zupełnie innych okolicznościach.

– Dzień dobry – odpowiada. Trochę jej wstyd, że się wczoraj rozkleiła. Żałuje, że nie była silniejsza, ale pociesza się tym, że doktor Russo widział już niejedno. Zresztą prawdopodobnie zanim Charlie wyzdrowieje, jeszcze nie raz zobaczy jej łzy.

– Jak się pani czuje? – pyta doktor ze szczerym zainteresowaniem. – Czy spała pani chociaż trochę?

– Troszeczkę – mówi Valerie, choć tak naprawdę spędziła większość nocy, stojąc przy łóżku Charliego. Sama nie wie, czemu skłamała, a tym bardziej nie może pojąć, jak którakolwiek matka na świecie zdołałaby spać w podobnej sytuacji.

– Dobrze. Dobrze. – Doktor Russo jeszcze przez kilka sekund patrzy jej prosto w oczy, po czym spuszcza wzrok na Charliego, który już nie śpi, ale wciąż jest pod wpływem silnych środków przeciwbólowych. Valerie patrzy, jak doktor bada policzek i ucho Charliego. Pomaga mu pielęgniarka, która sprawnie podaje przybory, maści, gazę i wymienia z lekarzem ciche uwagi. Następnie doktor zajmuje się dłonią chłopca. Pęsetą odsuwa bandaże, odkrywając zwęgloną, spuchniętą skórę. Valerie odruchowo chce odwrócić wzrok, ale się powstrzymuje. Walcząc z falą mdłości, stara się zapamiętać widok pokrytej plamami ręki synka, miejscami różowej i czerwonej, miejscami czarnej. Porównuje go z tym, co ujrzała kilka godzin wcześniej, gdy ostatnio zmieniano Charliemu bandaże. Uważnie wpatruje się w twarz doktora Russo w oczekiwaniu na jego reakcję.

– I jak to wygląda? – pyta nerwowo, gdyż nie udało jej się nic wywnioskować z jego miny.

Doktor Russo mówi szybko, lecz życzliwie:

– Sytuacja na pewno nie jest prosta... Ręka jest trochę bardziej spuchnięta na skutek podawania mu kroplówki... Odrobinę niepokoi mnie przepływ krwi, ale jest za wcześnie, by powiedzieć, czy będzie potrzebna escharotomia. – Zanim Valerie zdąży zadać pytanie, on już zaczyna w prosty sposób wyjaśniać złowieszczy medyczny termin. – Escharotomia to zabieg chirurgiczny wykonywany na głębokich oparzeniach trzeciego stopnia, kiedy pojawia się obrzęk albo opuchlizna, które utrudniają krążenie krwi. – Valerie z trudnością podąża za tokiem jego wypowiedzi, a tymczasem doktor Russo ciągnie jeszcze wolniej: – Oparzenia sprawiły, że skóra stała się bardzo sztywna i twarda, a odkąd podajemy Charliemu płyny, spalona tkanka puchnie i staje się jeszcze bardziej napięta. To powoduje ucisk, który, jeśli się powiększy, może utrudnić krążenie. Jeśli do tego dojdzie, będziemy musieli interweniować, zrobić serię nacięć, aby go zmniejszyć.

– Czy to niebezpieczne? – pyta Valerie, instynktownie domyślając się, że zawsze istnieje jakieś zagrożenie.

Doktor Russo kiwa głową.

– Cóż, jeśli to możliwe, zawsze lepiej uniknąć operacji – mówi ostrożnym, cierpliwym tonem. – Istnieje niewielkie ryzyko krwotoku oraz infekcji, ale zazwyczaj jesteśmy w stanie to kontrolować... Krótko mówiąc, nie martwiłbym się zbytnio.

Valerie zwraca uwagę na słówko zbytnio, analizując jego wszystkie niuanse i stopień niepokoju lekarza, zastanawiając się nad tym, co dokładnie oznaczają jego słowa. Doktor Russo chyba wyczuwa jej emocje, bo uśmiecha się lekko. Ściska lewą stopę Charliego opatuloną dwoma kocami i mówi:

– Jestem naprawdę zadowolony z jego postępów i mam nadzieję, że idziemy w dobrym kierunku... On jest bardzo dzielny. To widać na pierwszy rzut oka.

Valerie przełyka ślinę i kiwa głową, skrycie pragnąc, by jej syn nie musiał już być taki dzielny. I żeby ona nie musiała być dzielna dla niego. Ma dość tego, że o wszystko w życiu musi walczyć – zawsze tak było, również przed wypadkiem.

– A co z jego twarzą? – pyta.

– Wiem, że jest pani trudno... Musimy jeszcze poczekać... Minie kilka dni, zanim będziemy mogli określić, czy oparzenia są drugiego czy trzeciego stopnia... Kiedy już to stwierdzimy, zaczniemy obmyślać strategię.

Valerie przygryza wargę i kiwa głową. Następuje kilka sekund ciszy, podczas których zauważa, że od wczoraj na podbródku doktora Russo pojawił się lekki zarost, który kładzie się cieniem na jego skórze. Zastanawia się, czy lekarz w ogóle był w międzyczasie w domu i czy on też ma dzieci.

W końcu doktor się odzywa:

– Na razie zadbamy, żeby skóra była czysta i opatrzona. Będziemy go cały czas obserwować.

– Dobrze. – Valerie znów kiwa głową.

– Naprawdę będziemy na niego uważać – powtarza doktor Russo. Wyciąga rękę i dotyka jej łokcia. – Proszę dziś wreszcie spróbować się przespać.

Valerie zmusza się do uśmiechu.

– Spróbuję – kłamie znowu.

Później tego samego wieczoru, całkiem rozbudzona siedzi w bujanym fotelu obok łóżka i myśli o ojcu Charliego. Spotkała go w jakiejś spelunce w Cambridge, zaledwie kilka dni po awanturze z Laurel. Przyszła do baru sama. Wiedziała, że to zły pomysł, jeszcze zanim ujrzała go siedzącego w kącie, również samotnie. Palił papierosa za papierosem, był taki tajemniczy, piękny i niepokojący. Valerie poczuła, że potrzebuje nic nieznaczącej przygody na jedną noc i że jeśli się uda, opuszczą bar razem. Stało się tak – trzy godziny i cztery kieliszki wina później.

Miał na imię Lionel, ale wszyscy mówili na niego Lion, co samo w sobie powinno wydać jej się ostrzeżeniem. Po pierwsze, wyglądał jak lew*: miał skórę koloru miodu i zielone oczy, gęstą grzywę kręconych włosów i wielkie, pokryte odciskami dłonie. Poza tym, miał specyficzny temperament: był spokojny i wyniosły, choć często zdarzały mu się nagłe

---

* Lion (ang.) – lew (wszystkie przypisy pochodzą od tłumaczki).

i krótkie wybuchy gniewu. A na dodatek, podobnie jak lew, całkowicie zadowalał się tym, że to partnerka odwala całą robotę – czy chodziło o pranie, gotowanie, czy zajmowanie się jego rachunkami. Valerie przypisywała to jego niezwykłemu zaangażowaniu w pracę, ale według jej brata lenistwo Liona wynikało z poczucia, że wszystko mu się należy. Zachowywał się tak, jak często zachowują się olśniewająco piękne kobiety.

Valerie rozumiała, o co chodzi Jasonowi, nawet w ferworze zauroczenia, czyli w stanie, w którym większość kobiet jest całkowicie zaślepiona uczuciem, tyle że po prostu jej to nie obchodziło. Co więcej, wady Liona wydawały jej się fascynujące, romantyczne, po prostu pasowały do jego artystycznej natury.

– On ma niezwykły talent – powtarzała Jasonowi, jakby to usprawiedliwiało wszystkie negatywne cechy jej chłopaka. Zdawała sobie sprawę z tego, jak brzmią jej słowa. Wiedziała też, że Lion w gruncie rzeczy wpisuje się w stereotyp wybuchowego, egocentrycznego artysty, a ona jest jeszcze bardziej banalna przez to, że się w nim zakochała. Odwiedzała go w pracowni i oglądała jego dzieła, nigdy jednak nie widziała, jak tworzył. Mimo to potrafiła sobie ze szczegółami wyobrazić, jak ukochany, wykonując lekkie ruchy nadgarstkiem, chlapie czerwoną farbą na ogromne płótno. Przed oczyma stawał jej wtedy widok ich obojga, odtwarzających scenę z filmu *Uwierz w ducha*, w której Demi Moore i Patrick Swayze pochylali się nad kołem garncarskim przy dźwiękach *Unchained Melody*.

– Jak sobie chcesz. – Jason wywracał oczami. – Po prostu bądź ostrożna.

Valerie obiecywała. Było jednak w Lionie coś, co kazało jej zapomnieć o ostrożności – a przy okazji również o prezerwatywach. Kochali się wszędzie, w każdym możliwym miejscu w jego pracowni, w jej mieszkaniu, w letnim domku na

Martha's Vineyard, gdzie pilnował psa znajomej (okazała się potem jego byłą dziewczyną, co było źródłem ich pierwszej poważnej kłótni), a nawet na tylnym siedzeniu taksówki. Dla Valerie był to najlepszy seks w życiu – fizyczne połączenie z drugim człowiekiem, które sprawiało, że czuła się niepokonana. Czuła, że nie ma rzeczy niemożliwych. Niestety, euforia trwała krótko, a zastąpiła ją paranoiczna zazdrość, gdy Valerie zaczęła odkrywać, a to zapach perfum na pościeli, a to jasny włos w brodziku, a to ślad szminki na kieliszku po winie, którego nie chciało mu się nawet wsadzić do zmywarki. Wściekła, zaczęła zadawać mu pytania, ale i tak za każdym razem wierzyła w historyjki o wizycie kuzynki, pani profesor z instytutu sztuki czy dziewczyny, którą poznał w galerii i która – jak przysięgał – była lesbijką.

Przez cały ten czas Jason robił, co mógł, by przekonać Valerie, że Lion nie jest jej wart. Że jest po prostu kolejnym niezbyt utalentowanym artystą z problemami, jakich wielu. Valerie udawała, że przyznaje bratu rację, naprawdę chciała mu ją przyznać, ale nie potrafiła zmusić się do tego, by mu uwierzyć. Po pierwsze, Lion nie miał wcale aż tylu problemów – nie był uzależniony od narkotyków ani od alkoholu, nigdy nie wszedł w zatarg z prawem. A przy tym, niestety, był utalentowany. „Genialny prowokator o ostrym spojrzeniu" – tak napisał o nim pewien krytyk w „Boston Phoenix" w swej recenzji z pierwszej wystawy Liona w galerii Newbury Street. Nawiasem mówiąc, właścicielką tego miejsca była zuchwała i zawadiacka bywalczyni salonów o imieniu Ponder, która miała stać się kolejnym podbojem Liona.

– Ponder? Bardziej pretensjonalnie już się chyba nie można nazywać – stwierdził Jason. Valerie właśnie nakryła Liona, jak całował się z nią na ulicy przed swoim mieszkaniem i załamana pobiegła do domu, by podzielić się tą wiadomością z bratem. – Lion i Ponder – ciągnął Jason. – Z takimi imionami są siebie warci.

– Faktycznie – odpowiedziała Valerie, czerpiąc pewne pocieszenie z drwiącego tonu brata.

– Rozważcie* sobie t o – rzucił Jason, wystawiając w górę oba środkowe palce.

Valerie uśmiechnęła się, ale nie potrafiła zdradzić Jasonowi, co było najgorsze w rozstaniu z Lionem. Poprzedniego dnia zrobiła test i okazało się, że jest w ciąży. Sama nie do końca wiedziała, czemu ukrywa to przed bratem – ze wstydu, z żalu, czy może w nadziei, że to jednak nieprawda – że choć raz pozytywny wynik testu ciążowego okaże się fałszywy. Kilka dni później, gdy badanie krwi w gabinecie lekarskim potwierdziło obecność płodu, płakała w swoim pokoju, modląc się o poronienie lub o siłę na to, by pójść do kliniki przy Commonwealth Avenue, którą kilka jej koleżanek odwiedziło w czasach college'u. W głębi duszy wiedziała jednak, że nie potrafi tego zrobić. Może z powodu katolickiego wychowania, jednak bardziej prawdopodobne było, że tak naprawdę chciała urodzić to dziecko. D z i e c k o L i o n a. Wprawdzie żarliwie zaprzeczała, że uczucie to ma coś wspólnego z pragnieniem, by do niej wrócił. Mimo to za każdym razem, gdy podnosiła słuchawkę, by do niego zadzwonić, wyobrażała sobie, jak jej były chłopak zmienia decyzję, jak w ogóle się zmienia.

Ani razu nie odebrał telefonu. Zostawiła mu kilka niejasnych i rozpaczliwych wiadomości, które jednak nie sprawiły, że oddzwonił. Nawet gdy oznajmiła, że ma mu do powiedzenia „coś bardzo ważnego".

– Nie zasługuje na to, żeby wiedzieć – stwierdził Jason. Lion stał się pierwszą osobą, którą w życiu znienawidził.

– Ale czy dziecko nie zasługuje na ojca? – spytała Valerie.

– Jeśli mamy do wyboru dwie drogi: Lion albo nikt, to dla dzieciaka lepsza będzie ta druga.

---

* Ponder (ang.) – rozmyślać, rozważać.

Valerie rozumiała, o co chodzi bratu. Pustka jest lepsza niż wieczne rozczarowanie. Czuła jednak, że ukrywanie ciąży przed Lionem byłoby równie złe, jak jej usunięcie. Tak więc pewnego samotnego wieczoru pod koniec trzeciego trymestru postanowiła dać mu ostatnią szansę i jeszcze raz do niego zadzwonić. Jednak gdy wystukała numer, jakiś nieznajomy głos z bliskowschodnim akcentem poinformował ją, że Lion wyniósł się do Kalifornii i nie zostawił adresu. Nie była pewna, czy może ufać temu człowiekowi, czy nie jest przypadkiem w zmowie z jej byłym, lecz mimo to oficjalnie dała za wygraną. Zachowała się podobnie jak w sytuacji z Laurel i dawnymi znajomymi z Southbridge. Stwierdziła, że nic więcej nie da się zrobić. Co dziwne, to poczucie bezsilności okazało się na tyle pocieszające, że przypominała sobie o nim w każdym trudnym momencie: gdy zaczęła rodzić, gdy przywiozła Charliego ze szpitala do domu i podczas bezsennych nocy, kiedy mały dostawał kolki, gdy miał zapalenie ucha, wysoką gorączkę czy gdy przydarzył mu się bolesny upadek. Przypomniała sobie o nim również wtedy, kiedy Charlie był dość duży, by zacząć pytać o ojca – tej okropnej chwili Valerie bała się przez cały czas. Zmodyfikowała nieco prawdę, mówiąc mu to, co obmyśliła przez te wszystkie lata – że jego tatuś był zdolnym artystą, który musiał wyjechać, zanim Charlie się urodził, i że nie wie, gdzie teraz jest. Wyciągnęła jedyny obrazek Liona, jaki miała – niedużą abstrakcję z okręgami w różnych odcieniach zieleni – i uroczyście powiesiła go nad łóżkiem synka. Potem pokazała mu nieostrą fotografię jego ojca, jedyną, jaką miała, trzymaną dotąd w szafie, w starym pudle na kapelusze. Zaoferowała, że oprawi ją dla niego, Charlie pokręcił jednak głową i odłożył zdjęcie z powrotem do pudła.

– Nigdy cię nie widział – powiedziała Valerie, z całej siły powstrzymując łzy. – Ale gdyby cię znał, kochałby cię równie mocno jak ja.

– Kiedyś wróci? – zapytał Charlie, patrząc na nią szeroko otwartymi, smutnymi, lecz suchymi oczami.

Valerie pokręciła głową.

– Nie, kochanie. Już nie wróci.

Charlie przyjął to do wiadomości, dzielnie kiwając głową, a Valerie po raz kolejny powtórzyła sobie w duchu, że nic więcej nie da się zrobić. Może tylko być dla niego dobrą matką, najlepszą, jaką się da.

Ale teraz, po kilku latach, wpatrując się w szpitalny sufit, zaczyna mieć wątpliwości. Zaczyna żałować, że nie zrobiła więcej, by odnaleźć Liona. Chciałaby, żeby jej syn miał ojca. I żeby wreszcie nie byli sami.

ROZDZIAŁ 5

Tessa

Jest niedzielne popołudnie. Nick, Ruby, Frank i ja krążymy po Target w poszukiwaniu kostiumów na Halloween. Tak w naszym wydaniu wygląda wspólne rodzinne spędzanie czasu. Właśnie zdałam sobie sprawę z tego, że oficjalnie zmieniłam się we własną matkę. Nie po raz pierwszy z zakłopotaniem przyłapałam się na tym, że jestem do niej podobna. Wiem na przykład, że powtarzam jej słowa, gdy ostrzegam Ruby, że „stąpa po cienkim lodzie" lub że „tylko nudziarze się nudzą". Nasze podobieństwo widzę również wtedy, gdy kupuję coś, czego tak naprawdę nie chcę – może to być równie dobrze sukienka, jak sześciopak zupek chińskich – tylko i wyłącznie dlatego, że jest przecenione. A także kiedy negatywnie oceniam ludzi, dlatego że zapomnieli przysłać bilecik z podziękowaniem, jeżdżą samochodem z dobraną indywidualnie tablicą rejestracyjną lub, uchowaj Boże, zbyt entuzjastycznie żują gumę w miejscach publicznych.

Ale gdy tak stoję pośrodku działu z przebraniami w Target i mówię Ruby, że nie, nie założy stroju Sharpay z *High*

School Musical, który składa się z wiązanej na szyi, wysadzanej świecidełkami góry odsłaniającej brzuch i obcisłych złotych spodenek do pół łydki – wiem, że Barb, czyli moja matka, przemawia przeze mnie na całego. Nie chodzi już nawet o wspólną nam feministyczną wrażliwość, ale o złożoną Ruby obietnicę, że będzie mogła wybrać, „co tylko zechce" – dokładnie to samo powtarzała mi matka, gdy byłam dziewczynką, a potem młodą kobietą. Jednak za każdym razem, podobnie jak ja teraz, miała tak naprawdę na myśli coś innego, a mianowicie: „Możesz być kimkolwiek zechcesz, pod warunkiem, że to zaakceptuję".

Krzywiąc się, przypominam sobie rozmowy, które odbywałam z matką w zeszłym roku, po tym jak oświadczyłam jej, że rezygnuję z kariery naukowej w Wellesley College. Wiedziałam, że będzie miała na ten temat co nieco (czyli dużo) do powiedzenia, ponieważ przyzwyczaiłam się już, że zawsze musi wtrącić swoje nieproszone trzy grosze. Często śmiejemy się z bratem z jej wizyt i z tego, ile razy zaczyna zdanie od: „Jeśli mogłabym coś zasugerować…" – co jest łagodnym wstępem do tego, by zarzucić nam, że wszystko robimy źle. „Jeśli mogę coś zasugerować, być może wieczorem powinnaś przygotowywać Ruby strój na następny dzień – w ten sposób unikniesz porannych kłótni". Albo: „Jeśli mogę coś zasugerować, dobrze byłoby wyznaczyć specjalne miejsce na pocztę oraz gazety dostarczane do domu. Z własnego doświadczenia wiem, że dzięki temu w domu naprawdę jest mniejszy bałagan". Lub też mój ulubiony tekst: „Jeśli mogę coś zasugerować, powinnaś się zrelaksować i stworzyć dziecku spokojniejsze otoczenie. Wydaje mi się, że Frankie wyczuwa twój stres".

Owszem, mamo, wyczuwa mój stres, podobnie jak pozostali domownicy oraz cała reszta świata. To właśnie dlatego mam zamiar zrezygnować z pracy.

Takie wyjaśnienie oczywiście jej nie zadowoliło. Przeciwnie, miała dla mnie w związku z nim mnóstwo nowych

„sugestii". Takich jak: „Nie rób tego. Pożałujesz, zobaczysz. Twoje małżeństwo na tym ucierpi". Następnie zaczęła cytować słynne feministki: Betty Friedan, która poświęcanie kariery dla rodziny określała jako „nienazwany problem", oraz Alix Kates Shulman, która proponowała, by zamiast rzucać pracę, kobiety odmówiły wykonywania siedemdziesięciu procent zajęć domowych.

– Ja po prostu nie rozumiem, jak możesz rezygnować ze swoich marzeń – wykrzyknęła żarliwie, co przywiodło mi na myśl jej hipisowskie lata, kiedy zajmowała się paleniem staników. – Jak możesz tak łatwo przekreślić to, na co tak ciężko pracowałaś. Tylko po to, żeby siedzieć cały dzień w domu, w dresie, składać uprasowane rzeczy i przyrządzać pełnowartościowe obiady.

– Nie o to chodzi – odpowiedziałam, zastanawiając się, czy jakimś cudem poprzez linię telefoniczną widzi, że stoję przy kuchence, przyrządzając makaron z serem, boczkiem i truflami z przepisu, który właśnie wycięłam z czasopisma. – Po prostu chcę spędzać więcej czasu z Ruby i Frankiem.

– Wiem, kochanie. Wiem, że wierzysz w to, co mówisz. Ale pewnego dnia zorientujesz się, że zaprzedałaś swoją duszę.

– Mamo, błagam cię – odparłam, wywracając oczami. – Nie dramatyzuj.

Ale moje protesty nie zdołały ugasić jej zapału.

– Ani się spostrzeżesz, jak twoje dzieci pójdą do szkoły. A ty będziesz siedzieć w domu przez cały dzień, czekając, aż wrócą, a potem zasypywać je pytaniami o to, jak im minął dzień, będziesz żyła ich życiem. Wtedy spojrzysz w przeszłość i pożałujesz tej decyzji.

– A skąd ty możesz wiedzieć, jak ja się będę czuła? – pytam urażonym tonem, tak samo jak wtedy, gdy byłam jeszcze w liceum, a ona próbowała, jak to określała, „uwrażliwić mnie na pewne sprawy". Na przykład, gdy zapragnęłam być cheerleaderką, wyśmiewała tę decyzję, i to w dodatku w obecności moich koleżanek, powtarzając, że powinnam „zapisać się do prawdziwej drużyny", zamiast „wdzięczyć się, podskakując przed bandą chłopaków".

– Wiem, bo cię znam... Wiem, że dla ciebie to za mało. Podobnie zresztą jak dla Nicka. Pamiętaj: zakochał się w dziewczynie, która pragnęła spełniać swoje marzenia i podążała za głosem serca. Ty przecież kochasz swoją pracę.

– Ale mamo, jeszcze bardziej kocham swoją rodzinę.

– Jedno drugiego nie wyklucza.

– Czasem wydaje mi się, że jednak tak – odparłam, myśląc o dniu, w którym po powrocie do domu zastałam nianię, piszczącą z zachwytu nad pierwszymi krokami Ruby. A także o mnóstwie innych chwil, które przeoczyłam: tych bardziej i mniej ważnych.

– A co na to Nick? – zapytała. Z góry wiedziałam, że to pułapka. Że prawidłowa odpowiedź nie istnieje.

– Nick popiera mój wybór.

– Cóż, nie dziwi mnie to. – Jej uszczypliwy ton po raz setny kazał mi się zastanowić nad tym, co właściwie nie podoba jej się w moim mężu, albo raczej we wszystkich facetach z wyjątkiem mojego brata.

– Co to miało znaczyć? – spytałam wyzywająco, wiedząc, że pogląd ten, podobnie jak wszystkie inne, wygłasza z punktu widzenia własnego rozwodu i nienawiści do mojego uganiającego się za spódniczkami ojca.

– Cóż, powiem ci tylko tyle, z jednej strony to bardzo szlachetne, że Nick wspiera twoją decyzję – zaczęła, przełączając się na swój spokojny, pobłażliwy ton, tylko odrobinę mniej denerwujący niż ten ostry i pełen goryczy, który również zdarza jej się przybierać. – Chce, żebyś była szczęśliwa, i wydaje mu się, że to cię uszczęśliwi. Poza tym uważa, że dodatkowy czas spędzony z dziećmi jest ważniejszy niż dodatkowy dochód, co może być całkiem niegłupie...

Zanurzyłam łyżkę w bulgoczącym sosie serowym i spróbowałam swojego dzieła. Idealne, stwierdziłam, podczas gdy matka perorowała dalej:

– Ale to nie on poświęca swoje marzenia. A z biegiem lat może to stworzyć między wami barierę. On będzie żył swoim ekscytującym, pełnym wyzwań i satysfakcji życiem, które nie będzie miało nic wspólnego z tobą, Ruby ani Frankiem. Podczas gdy na ciebie spadnie cały trud i monotonia domowych spraw...

– Ale mamo, ja mam swoje życie. Mam zainteresowania i znajomych, a teraz mogę im poświęcić jeszcze więcej czasu... Poza tym zawsze mogę wrócić na uczelnię i poprowadzić jeden czy dwa kursy jako wykładowca kontraktowy, jeśli będzie mi tego bardzo brakowało.

– To nie to samo. To by było dorywcze zajęcie, nie kariera. Hobby, a nie pasja... Z czasem Nick może zacząć tracić dla ciebie szacunek. Co gorsza, sama możesz go dla siebie stracić – dodała, a ja wzięłam głęboki wdech, przygotowana na to, co za chwilę usłyszę. Zgodnie z moimi przewidywaniami, Barb zakończyła wywód następującą gorzką uwagą:

– A wtedy – stwierdziła dobitnie – właśnie wtedy małżeństwo staje się podatne...

– Podatne? Niby na co? – spytałam, udając głupią, by pokazać jej, że moim zdaniem plecie bzdury.

– Na kryzys wieku średniego – odparła. – Na syreni śpiew czerwonych sportowych samochodów oraz panienek z wielkimi biustami i jeszcze większymi aspiracjami...

– Na szczęście nie gustuję ani w czerwonych samochodach, ani w dużych biustach – odrzekłam, rozbawiona barwnym sposobem wyrażania się mojej matki.

– Miałam na myśli Nicka.

– Wiem o tym – odpowiedziałam, walcząc z pragnieniem, aby wytknąć jej brak spójnych argumentów. Przecież wyskoki taty zaczęły się już po tym, jak założyła własną firmę dekoratorską. Co więcej, artykuł na temat jej projektu wystroju kamienicy na Murray Hill ukazał się w „Elle Decoration" w tym samym tygodniu, w którym odkryła najnowszy romans ojca, nakrywając go z niepracującą kobietą, pozbawioną wszelkich ambicji poza dążeniem do mistrzostwa w sztuce odpoczywania. Miała na imię Diane i mój ojciec jest z nią do dziś. David i Diane (oraz ich dwa psy, Dottie i Dalilah). Wszystko w ich domu opatrzone jest monogramem z literką D. Stanowią idealny obraz sielanki powtórnego małżeństwa, wspólnie oddając się hedonizmowi, pławiąc się w owocach jej funduszu powierniczego i jego emerytury, którą otrzymał po trzydziestu latach pracy w ekskluzywnej kancelarii prawniczej z tradycjami.

Powstrzymałam się jednak przed uświadomieniem matce, że praca zawodowa nie jest w pełni skuteczną polisą ubezpieczeniową. Po pierwsze, żeby jej nie zranić, a po drugie – ponieważ darzę ją zbyt dużym szacunkiem i nie chciałam, by przyszło jej do głowy, że jest inaczej. Być może nie podeszła do rozwodu z podręcznikowym spokojem (w dniu, gdy dowiedziała się o Diane, rzuciła się na należącego do ojca mercedesa cabrio z kijem baseballowym), robiła jednak, co mogła. Poza tym z każdego życiowego kryzysu wychodziła zwycięsko, silna, a nawet, wbrew oczekiwaniom i mimo wszystkich przeciwności losu, autentycznie szczęśliwa. Wychowała mnie i mojego brata. Gdy byliśmy w podstawówce, przeżyła krótki, lecz intensywny okres zmagań z rakiem piersi. Jakimś cudem udało jej się ukryć przed nami chorobę. Pamiętam, jak upierała się, że ogoliła głowę ze względu na panującą wówczas w Nowym Jorku falę upałów. Później, zaczynając od zera, zrobiła karierę. Krótko mówiąc, Barbie to twarda i piękna babka i zawsze byłam dumna z tego, że jest moją matką, mimo że bywa naprawdę nieznośna.

Zamiast więc odpyskować, postanowiłam po prostu trzymać się swoich racji.

– Mamo, posłuchaj. Wiem, że chcesz dobrze. Ale nam, na-szej rodzinie, moja decyzja wyjdzie na dobre.

– W porządku, jak uważasz – poddała się. – Obym się my-liła, Tesso. Naprawdę, mam taką nadzieję.

Przypominam sobie teraz tamtą rozmowę i złożone samej sobie przyrzeczenie, że będę wspierać decyzje Ruby, choćbym się z nimi nie zgadzała. Ale patrząc na fotografię z czasopisma, na której Sharpay, z umalowanymi czerwoną szminką ustami i w butach na wysokim obcasie stoi w prowokującej pozie, poddaję się. Postanawiam skłonić córkę, żeby ten jeden raz zmieniła zdanie i zrezygnowała ze stroju panienki lekkich obyczajów. Tylko ten jeden raz.

– Ruby, to chyba nie jest kostium dla małej dziewczyn-ki – mówię swobodnym tonem.

Ale Ruby tylko stanowczo kręci głową.

– Właśnie że jest.

Zdesperowana próbuję dalej:

– Zamarzniesz w tym.

– Jestem ciepłokrwista – odpowiada. Najwyraźniej nie zro-zumiała wszystkiego z udzielonej jej dziś rano przez ojca lekcji biologii.

Tymczasem zauważam inną mamę z córką – obie ubrane w takie same fioletowe dresy z weluru – które zgodnie wybierają dla małej całkowicie przyzwoity kostium Dorotki z *Czarno-księżnika z Krainy Oz*. Matka uśmiecha się z wyższością, po czym, jakby chciała mi pokazać, jak załatwia się takie sprawy, mówi głośno i dobitnie, najwyraźniej mając na myśli Ruby:

– Kochanie, spójrz na ten prześliczny strój Królewny Śnieżki. Byłby idealny dla dziewczynki z ciemnymi włosami.

Włączam się do gry, by pokazać jej, że takie marne sztucz-ki nie działają w mojej rodzinie:

– Tak! Ruby, przecież ty masz ciemne włosy! A może prze-bierzesz się za Królewnę Śnieżkę? Mogłabyś nosić w rączce błyszczące czerwone jabłko!

– Nie. Nie chcę być Królewną Śnieżką. Poza tym nie lubię jabłek – ripostuje Ruby z kamienną twarzą.

Kobieta z rozbawieniem wzrusza ramionami i uśmiecha się do mnie sztucznie, jakby chciała powiedzieć: „Próbowałam. Ale nawet tak wybitna matka jak ja nic więcej tu nie poradzi".

Ja również obdarzam ją wymuszonym uśmiechem, powstrzymując się od powiedzenia jej, co myślę: że patrzenie z góry na inne matki to naprawdę niedobra karma. Ponieważ zanim się zorientuje, jej mały aniołek może zmienić się w wytatuowaną nastolatkę, która ukrywa skręty w markowej torebce i robi laskę komu popadnie na tylnym siedzeniu swojego BMW.

Kilka sekund później obie odchodzą zadowolone, a zza rzędu półek wyłania się Nick, niosąc na rękach Franka oraz kostium Elma z *Ulicy Sezamkowej*. Na widok ojca, Ruby rozświetlają się oczy – oto szansa, by pogrążyć mnie w najbardziej spektakularny z możliwych sposobów.

– Mamusia powiedziała, że w Halloween mogę być, kim chcę, a teraz mówi, że nie mogę być Sharpay! – wykrzykuje.

Nick unosi brwi.

– Przecież mamusia na pewno nie złamałaby obietnicy?

– O, właśnie że tak – oznajmia Ruby, wysuwając do przodu dolną wargę. – Dopiero co złamała.

Nick zerka na mnie, a ja z ociąganiem kiwam głową.

– Sam zobacz – mamroczę, wskazując na zdjęcie z gazety i z ukrywaną satysfakcją obserwując jego minę. Z jednej strony wiem, że odruchowo pragnie niemal za wszelką cenę uszczęśliwić córkę, spełniając jej zachciankę. Z drugiej zaś trudno o bardziej nadopiekuńczego ojca, w związku z czym zdecydowanie wolałby, żeby jego ukochana księżniczka nie przemierzała okolicznych ulic w stroju nieletniej prostytutki.

Z nadzieją patrzę, jak Nick przyklęka obok Ruby i robi, co w jego mocy.

– Ruby... Wydaje mi się, że to przebranie dla starszej dziewczynki. Może weźmiemy je w przyszłym roku?

Ruby potrząsa głową.

– Wcale nie dla starszej, tatusiu. Jest w moim rozmiarze! – oświadcza.

Na ten pierwszy znak oporu, Nick prostuje się, pokonany, i rzuca mi bezsilne spojrzenie.

– Cóż – zwraca się do Ruby. – To chyba sprawa między tobą a mamą.

Po raz kolejny przychodzi mi na myśl moja matka – usiłuję sobie wyobrazić, jak przekonałaby Ruby i, co może ważniejsze, jak zareagowałaby na lekkie podejście Nicka do ojcostwa. W uszach dźwięczą mi jej słowa: „Trud i monotonia spadną na ciebie...". Wzdycham w końcu ciężkim westchnieniem matek na całym świecie i mówię:

– Jak obietnica, to obietnica. Niech będzie Sharpay.

– Suuuuper! – woła Ruby, żwawym truchtem ruszając w stronę kas.

– Suuuuper! – powtarza po niej Frank. Obaj z Nickiem podążają za małą.

– Ale żadnej szminki – mówię już do siebie, zupełnie jak moja matka. – I założysz pod spód golf, młoda damo. Czy ci się to podoba, czy nie.

*

Tego samego wieczoru, kiedy dzieci leżą wreszcie w łóżkach, spoglądam na kalendarz i uświadamiam sobie, że jutro Ruby będzie dyżurną w przedszkolu. Dla Ruby to fantastyczna wiadomość, ponieważ według przedszkolnych zasad przywilejem dyżurnej jest karmienie złotej rybki, wybieranie książki, którą pani czyta dzieciom, a także pierwszeństwo na placu zabaw. Niestety oznacza to również, że wypada moja kolej, by przygotować zdrową, a zarazem pyszną przekąskę dla szesnaściorga dzieci, która w dodatku nie może zawierać choćby śladowej ilości orzechów ze względu na śmiertelną alergię jednego z przedszkolaków – co właściwie wyklucza wszelkie produkty, jakie zwykle miewa się pod ręką.

– Cholera – mamroczę pod nosem, zastanawiając się, jak mogłam wcześniej nie zauważyć jaskrawopomarańczowej krechy, którą zaledwie dwa tygodnie temu podkreśliłam słowo „dyżurna".

– Kalifornijskie czy francuskie? – pyta Nick, pokazując mi dwie butelki wina.

Wskazuję na francuskie. Nick odkłada drugą butelkę na półkę, a ja stękam z niezadowoleniem.

– Co jest? – pyta Nick.

– Ruby jest jutro dyżurną...

– To co?

– Musimy przynieść przekąski – używam liczby mnogiej, choć wiem, że tego typu zadania to moja działka. Było tak nawet wtedy, gdy jeszcze chodziłam do pracy, której niestety teraz nie mogę już dłużej używać jako wymówki, a zawsze odrobinę obniżało to poprzeczkę.

– Ale w czym problem? – Nick nadal kompletnie nie rozumie, o co chodzi.

– Mamy puste szafki.

– Eee, daj spokój – odpowiada nonszalancko. – Na pewno coś się znajdzie.

– Właśnie problem w tym, że nie – uświadamiam mu, myśląc o dzisiejszym lunchu oraz obiedzie, przygotowanych z resztek z ostatniego tygodnia.

Nick otwiera wino, nalewa nam po kieliszku, po czym niespiesznie rusza w stronę spiżarni.

– Aha! – woła, wyciągając nieotwarte opakowanie markiz czekoladowych, które podjadam, gdy nikt nie widzi.

– Markizy? – uśmiecham się.

– Tak jest. Czekoladowe. Wiesz, taki tradycyjny dziecięcy przysmak: mleko i ciasteczka.

Kręcę głową, myśląc, jak to cudownie i beztrosko być mężczyzną – tatą. Uważać, że w jakiejkolwiek szkole, w jakimkolwiek wszechświecie czekoladowe markizy mogłyby być odpowiednią przekąską dla przedszkolaków, a zwłaszcza dla całej grupy.

– To naprawdę, naprawdę zły pomysł – mówię, rozbawiona. – Ty przecież jesteś lekarzem. Czy to nie tak jakby córka pastora uprawiała seks? Albo jakby szewc bez butów chodził?

– Jaka znów córka pastora? – śmieje się Nick, po czym dodaje: – Daj spokój. Dzieci kochają ciastka. Poza tym twoja analogia jest wątpliwa, w końcu nie jestem dentystą, tylko chirurgiem plastycznym.

– Wszystko jedno. Markizy są wykluczone.

– Dlaczego?

– Po pierwsze, zawierają orzechy – mówię, przesuwając wzrokiem po liście składników. – Po drugie, pełno w nich cukru. Po trzecie, nie są domowej roboty. Nawet nie wyglądają na domowy wypiek... masz pojęcie, co inne matki gadałyby za moimi plecami, gdybym poczęstowała dzieci markizami? – Nick podaje mi kieliszek, ja tymczasem kontynuuję swój żartobliwy wywód. – Byłabym wyrzutkiem przez resztę roku. I przez wiele następnych lat. Równie dobrze mogłabym tam pójść, zapalić papierosa i powiedzieć: „Ale zajebiste markizy".

Nick uśmiecha się pod nosem.

– Czyżby te wszystkie mamy naprawdę były takie bezwzględne?

– Przynajmniej niektóre. Bardziej bezlitosne, niż ci się zdaje.

– Przejmujesz się?

Wzruszam ramionami, myśląc, że w tym chyba właśnie tkwi sedno sprawy. Nie powinny mnie obchodzić takie głupoty.

Nie powinnam dbać o to, co sobie ludzie pomyślą. A jednak się przejmuję. Zwłaszcza ostatnio.

Nagle, jak na zawołanie, rozlega się dzwonek telefonu. Na ekraniku wyświetla się imię April. April to moja druga po Cate najbliższa przyjaciółka – a już na pewno najbliższa ze wszystkich znajomych mam. Choć muszę przyznać, że przez większość czasu wprawia mnie w kompleksy. Nie robi tego celowo – po prostu taka już jest. Do bólu perfekcyjna. Jej dom jest zawsze czysty, dzieci grzeczne i elegancko ubrane, albumy ze zdjęciami na bieżąco uzupełniane pięknymi czarno-białymi ujęciami (oczywiście jej autorstwa). Wszystko robi idealnie, zwłaszcza jeśli chodzi o dzieci – od żywienia po wynajdywanie najlepszych prywatnych szkół (a potem rezerwowanie dla swych pociech najlepszych nauczycieli). Przeczytała na temat wychowania wszystko, co można było przeczytać, i swoją wiedzą gorliwie dzieli się ze mną, a także z każdą inną osobą, która zechce jej wysłuchać. Lubuje się zwłaszcza w informacjach podszytych złowieszczą nutą. Butelka wody zawiera znaczne ilości ołowiu? Po okolicy jeździ podejrzany mężczyzna w białej furgonetce? Nowe badania łączą szczepienia z autyzmem? Od niej dowiesz się o tym w pierwszej kolejności. Na moje nieszczęście, jej córka Olivia, o rok starsza od Ruby, chodzi do zerówki gdzie indziej (przy szkole Longmere Country Day – oczywiście, najlepszej podstawówce w mieście). W przeciwnym razie z pewnością zawczasu przypomniałaby mi o moim kulinarnym obowiązku.

– To April – mówię. – Zapytajmy ją o markizy.

Nick wywraca oczami, a ja odbieram telefon.

April natychmiast zaczyna mnie przepraszać, że dzwoni tak późno – robi taki wstęp do niemal każdej naszej rozmowy. Zazwyczaj pada tekst: „Wiem, że dzwonię w złym momencie". Co ciekawe, nigdy nie słyszałam o tym, by w jej rozkład dnia kiedykolwiek wkradł się jakikolwiek chaos.

Wyczerpujące rytuały posiłków, kąpieli czy chodzenia spać, które obnażają wszelkie niedoskonałości mniej wybitych matek, u niej przebiegają jak w zegarku. A już na pewno tak wytresowała swoje dzieci, że nigdy nie marudzą ani nie przeszkadzają, kiedy rozmawia przez telefon. Co więcej, Olivia jest jedynym znanym mi dzieckiem, które zamiast „co?" mówi „słucham?".

– Wiesz, że do nas można dzwonić o dowolnej porze – mówię (u niej, owszem, panuje telefoniczna godzina policyjna: najpóźniej do ósmej wieczorem, w tej chwili jest za pięć). Następnie, nie dopuszczając jej do głosu, dodaję: – Mam do ciebie małe pytanko. Jutro jest kolej Ruby na przyniesienie przekąsek, a jedyne, co mamy w spiżarce, to czekoladowe markizy. Myślisz, że się nadadzą?

Przełączam telefon na głośnik, ale po drugiej stronie linii zapada nagła cisza.

– April? – odzywam się, szczerząc zęby w uśmiechu. – Jesteś tam?

Na co ona odpowiada:

– Markizy, Tess? Ty mówisz p o w a ż n i e?

– Ja nie... To pomysł Nicka.

April wydaje z siebie stłumiony okrzyk, jakbym właśnie jej oznajmiła, że podczas kłótni dostałam od niego lewym sierpowym prosto w oko, po czym zaniepokojona pyta:

– Tesso? Przełączyłaś mnie na głośnik?

– Aha – potwierdzam, wiedząc, że chętnie by mnie za to zabiła.

– Czy... czy Nick jest... t a m g d z i e ś? – szepcze.

– Stoi obok mnie – odpowiadam, z coraz szerszym uśmiechem.

– Witaj, April – odzywa się Nick, po raz kolejny przewracając oczami. Lubi ją, ale nie rozumie, jak możemy być tak bliskimi przyjaciółkami. Często oskarża April o neurotyzm i skłonności do dramatyzowania, a ja nie potrafię się z nim nie zgodzić. Wytłumaczyłam mu jednak, że kiedy się mieszka za miastem, na tej samej ulicy i ma się dzieci w podobnym wieku (jej syn Henry jest pół roku starszy od Franka), nie trzeba więcej, aby zbliżyć się do siebie. Choć prawdę mówiąc, wydaje mi się, że nasza relacja nie jest wyłącznie dziełem przypadku. Po pierwsze, April jest osobą, która zrobi dla ciebie absolutnie wszystko, a to jest coś. Gdy jesteś chora, przynosi ci bulion. Pożycza sukienkę, kiedy nie masz odpowiedniego stroju, a zapomniałaś wybrać się na zakupy. W razie konieczności zajmie się twoimi dziećmi. Po drugie, ma talent do planowania i zawsze potrafi zorganizować jakiś atrakcyjny wypad, czy to z dziećmi, z mężami, czy tylko dla nas, dziewczyn. Po trzecie wreszcie, nie stroni od kieliszka wina – albo i dwóch, a nawet trzech – a po alkoholu staje się przezabawnie szczera, wręcz prześmiewcza. To zaskakująca cecha u tak zdyscyplinowanej i dobrze ułożonej osoby. Dzięki temu z April zawsze jest wesoło.

W tej chwili jednak przez moją przyjaciółkę przemawia zdrowy rozsądek – to April, którą kocham, uczynna perfekcjonistka podchodząca do życia z powagą, choć czasami wbrew sobie.

– Cóż, może to nie jest całkiem zły pomysł – mówi pobłażliwym tonem, z którego chyba nawet sama nie zdaje sobie sprawy. – Ale na pewno wymyślimy coś lepszego.

Wyobrażam sobie, jak chodzi tam i z powrotem po kuchni, a jej smukłe, wyćwiczone dzięki grze w tenisa nogi i ramiona jak zawsze ani na chwilę nie przestają być w ruchu.

– O! Mam pomysł... Właśnie niedawno upiekłam najpyszniejsze na świecie babeczki marchewkowe. To coś w sam raz!

Nick krzywi się. Nie cierpi określeń typu: „najpyszniejszy" czy „smakowity", a już szczególnie włos mu się jeży na dźwięk wyrażenia „rozpływający się w ustach".

– Hm. No tak. Tylko ja nie wiem, czy mam czas na to, żeby teraz piec babeczki.

– Ależ Tesso, przecież to dziecinnie proste. Bułka z masłem.

Dla April wszystko jest dziecinnie proste. W zeszłym roku miała czelność nazwać „bułką z masłem" upieczenie wołowiny w cieście francuskim, gdy zwierzyłam jej się, że brak mi pomysłu na bożonarodzeniowy obiad. Nawiasem mówiąc, skończyło się na tym, że zamówiłam danie w restauracji, na czym zresztą później przyłapała mnie teściowa, pytając, jak zrobiłam sos. Nie mogłam sobie w tamtej chwili przypomnieć, jak się robi jakikolwiek sos, nie wspominając już o tym, który królował na naszym stole.

– Tak, chyba tym razem będę musiała zdecydować się na kupne – mówię, wyłączając głośnik, by oszczędzić Nickowi dalszy ciąg rozmowy.

– Hm. Cóż, zawsze pozostają szaszłyki owocowe – odpowiada, po czym wyjaśnia, że wystarczy kupić plastikowe patyczki i nadziać na nie winogrona, truskawki oraz kawałki ananasa i melona. – Do tego kilka torebek popcornu ze sklepu ze zdrową żywnością... ten od Pirate's Booty jest całkiem smakowity... chociaż z drugiej strony według ostatniego raportu konsumenckiego popcorn stanowi jedną z najczęstszych przyczyn zakrztuszeń, podobnie jak winogrona, parówki, rodzynki, guma do żucia, landrynki... Zatem może to jednak nie najlepszy pomysł... Zawsze się boję, że któreś z moich dzieci się zakrztusi. Albo utonie. O Boże, no tak... nie chciałabym cię totalnie zdołować, ale... właściwie to w tej sprawie do ciebie dzwonię...

– Żeby mnie ostrzec przed popcornem i winogronami? – pytam, wiedząc, że to całkiem prawdopodobne.

– Nie... Nick ci nie powiedział? – April znów zniża głos do szeptu.

– Już wyłączyłam głośnik – uspokajam ją. – O czym miałby mi powiedzieć?

– O wypadku.

– Jakim wypadku?

Na dźwięk słowa wypadek Nick rzuca mi zaniepokojone spojrzenie – w jakiś sposób oboje czujemy, co za chwilę nastąpi.

– Chłopiec z klasy Graysona Crofta... Charlie Anderson?

– Tak?

– Poparzył się na przyjęciu u Romy Croft. To był wypadek przy ognisku.

Aż odbiera mi mowę. Przychodzi mi na myśl, jak bardzo mały jest świat, a zwłaszcza Wellesley. Romy Croft jest jedną z najbliższych przyjaciółek April. Grają razem w tenisa. Syn Romy i córka April są w tej samej grupie w zerówce przy Longmere Country Day, najwyraźniej razem z nowym pacjentem Nicka.

Jak się można było spodziewać, April pyta:

– Czy Nick nie jest przypadkiem jego lekarzem? Tak wszyscy mówią...

– Owszem – odpowiadam, pełna podziwu dla tempa, w jakim ta informacja rozniosła się w zaledwie jeden weekend.

– Co jest? – wtrąca się Nick, przypatrując mi się bacznie.

Zakrywam dłonią telefon.

– Twój pacjent z piątku wieczorem. Ten wypadek wydarzył się u Romy Croft...

– U kogo? – pyta Nick, po raz kolejny udowadniając, że fatalnie mu idzie zapamiętywanie nazwisk i śledzenie sieci towarzyskich kontaktów w Wellesley. Czasami wydaje mi się, że robi to specjalnie, wręcz się tym szczyci. Zwłaszcza jeśli chodzi o tak wysoko postawioną osobistość jak Romy Croft, która urządza wystawne, słynne na całą okolicę kolacje, działa chyba w każdej organizacji charytatywnej w miasteczku, a także należy do rady rodziców szkoły Longmere, do której mam nadzieję od przyszłego roku wysłać Ruby.

Kręcę głową i wystawiam przed siebie palec wskazujący na znak, że będzie musiał chwilę poczekać.

Przez cały ten czas April opowiada mi o tym, jak Romy odchodzi od zmysłów ze zmartwienia.

– Jak to się stało? – pytam.

– Nie wiem... Mogłabym przysiąc, że biedaczka przeżywa nerwicę pourazową, w związku z czym wypchnęła z pamięci wszelkie szczegóły.

– Czyli nic nie pamięta?

– Nie za bardzo... W każdym razie nic konkretnego, choć oczywiście byli tam razem z Danielem, wszystkiego pilnowali... Ale w którejś chwili Daniel pobiegł do domu, żeby przynieść więcej batoników, krakersów czy pianek... Romy została z chłopcami sama... wtedy chyba kilku z nich zaczęło rozrabiać... i w jakiś sposób Charlie musiał się potknąć i upaść... Romy nic więcej nie pamięta, poza tym że wrzasnęła do Daniela, żeby wezwał karetkę... Boże, jakie to wszystko okropne.

– Rzeczywiście, straszne – mamroczę, wyobrażając sobie tę makabryczną, przerażającą scenę.

– Naprawdę, w życiu nie widziałam Romy tak zdenerwowanej. Zwykle potrafi zachować spokój w każdej sytuacji... Ale teraz... Oczywiście przede wszystkim martwi się o Charliego, ale o Graysona też. Mówi, że poszedł spać z płaczem, a w nocy budziły go koszmary. Romy planuje zabrać go do psychiatry dziecięcego.

– No tak. Wyobrażam sobie.

– No i, oczywiście mówię ci to w absolutnej tajemnicy, Romy i Daniel umierają ze strachu przed potencjalnym pozwem...

– Naprawdę myślisz, że rodzice Charliego pójdą z tym do sądu? – pytam, myśląc o tym, jaki by to był dramat, gdyby rodzice jednego dziecka z klasy pozwali rodziców innego. A ja myślałam, że sytuacja była ciężka, gdy w zeszłym tygodniu chłopiec z przedszkola Romy ugryzł kolegę z tej samej grupy.

– Nie rodzice. Matka – poprawia mnie April. – Mały nie ma ojca. Ona jest samotną matką... i właściwie żadne z nas nie wie o niej zbyt wiele... Oczywiście rozesłałam maile do rodziców i nauczycieli, informując wszystkich, co się stało... Ale na razie nikt z nią nie rozmawiał... a przynajmniej nic mi o tym nie wiadomo... Więc tak naprawdę nikt z nas nie ma pojęcia, co jej przyjdzie do głowy.

– No tak – mówię, czując, że z jakiegoś powodu nagle się denerwuję. – Ale jestem pewna, że ona w tej chwili o tym nie myśli.

– Jasne, że nie – przytakuje April. Chyba właśnie sobie uświadomiła, że zachowuje się nietaktownie. W związku z czym dodaje szybko: – No więc jak on się czuje? Chodzi mi o Charliego.

– Eee... tak naprawdę to nie wiem. Nick i ja nie rozmawialiśmy o szczegółach... nie zdawałam sobie sprawy, że... że to się przydarzyło znajomym.

– Och. Cóż... mogłabyś go zapytać?

– Yyy... dobrze... Poczekaj chwilkę. – Spoglądam na Nicka, który gwałtownie kręci głową, najwyraźniej wyczuwając, w jakim kierunku poszła nasza rozmowa. Nie dziwi mnie to. Jeśli idzie o etykę zawodową, Nick jest niezwykle zasadniczy.

I rzeczywiście, już za chwilę szepcze do mnie:

– Daj spokój, Tess. Wiesz, że nie wolno mi opowiadać o pacjentach...

– Powiedzieć jej to?

– Nie wiem... Powiedz po prostu coś neutralnego, no wiesz, że jeszcze nie da się określić stopnia głębokości oparzeń. Że za wcześnie, by cokolwiek stwierdzić.

– Stopień głębokości oparzeń? – Spotkałam się już z tą terminologią, nie pamiętam jednak, co konkretnie się za nią kryje.

– Chodzi o to, czy mamy do czynienia z oparzeniami drugiego czy trzeciego stopnia. – W głosie Nicka pojawia się niecierpliwa nuta. Kiwam głową i idę do salonu, tak by nie słyszał, co mówię.

– April, to znów ja.

– I co powiedział?

– Z tego, co zrozumiałam... – zaczynam, odchrząkując – chłopiec ma dość poważne oparzenia twarzy i dłoni... Ale pamiętaj, że mówię ci to w zaufaniu. Wiesz, chodzi o tajemnicę lekarską.

April obronnym tonem zapewnia mnie, że oczywiście, jak najbardziej rozumie.

– Mam tylko nadzieję, że nic mu się nie stało. Tak bardzo żal mi obu stron...

– Tak, to rzeczywiście straszne. Takie rzeczy wydarzają się zupełnie niespodziewanie – przytakuję, zastanawiając się, czemu czuję wewnętrzne rozdarcie. Powtarzam sobie, że nie ma sensu kogokolwiek obwiniać.

– Z tego, co wiem, Romy wybiera się jutro do szpitala. Na pewno coś im przyniesie, no i postara się porozmawiać z matką chłopca... A ja spróbuję zorganizować im obiady albo coś takiego. Puszczę listę w przedszkolu. Na pewno znajdą się chętni do pomocy. To naprawdę niesamowita społeczność, wszyscy są ze sobą tak mocno związani.

– A czy ty ją kiedyś poznałaś? Matkę Charliego? – pytam. Sama nie wiem dlaczego, ale dużo bardziej identyfikuję się z tamtą nieznaną kobietą niż z Romy.

– Nie. Chociaż pamiętam ją z dni otwartych szkoły. Jest bardzo drobna... Nawet ładna, choć ma dość pospolitą urodę. Proste ciemne włosy, wiesz, takie błyszczące, o które nie trzeba specjalnie dbać. Wygląda bardzo młodo... Tak młodo, że zastanawiam się, czy przypadkiem nie zaszła w ciążę jako nastolatka... Chociaż być może się mylę. Równie dobrze mogłaby być wdową.

– Aha – mówię. Wiem, że wkrótce April przejdzie do tego, co istotne. Ona zaś, jakby czytała w moich myślach, ciągnie:

– Nie chcę zbytnio się wtrącać, ale jest to w jakiś sposób również moja sprawa... Wiesz, przyjaźnię się z Romy, mam dziecko w tej samej klasie... No i przez to, że znam ciebie i Nicka. Jezu, trudno uwierzyć, jaki ten świat mały.

– Faktycznie – potwierdzam, wracając do kuchni. Czuję, że muszę napić się wina.

– No dobrze – April gwałtownie i znienacka kieruje rozmowę z powrotem na lżejsze tory. – Pomóc ci z tymi szaszłykami? Właśnie byłam na zakupach i mamy w domu mnóstwo owoców, mogłabym ci część podrzucić.

– Dzięki – odpowiadam – ale nie chcę ci robić kłopotu. Rano zdążę jeszcze skoczyć do sklepu.

– Na pewno?

– Na pewno.

– W porządku – mówi April. – Ale obiecaj mi, że zapomnisz o markizach.

– Obiecuję – odpowiadam, zastanawiając się, jak choć przez chwilę mogłam przejmować się tak trywialną sprawą, jak przekąski dla przedszkolaków.

ROZDZIAŁ 6

Valerie

Z okna pokoju Charliego na trzecim piętrze kliniki Shriners roztacza się przyjemny widok na trawnik obsadzony różowymi i białymi hortensjami. Valerie jednak woli zasłaniać żaluzje, a ponieważ okno wychodzi na północ, w pokoju jest prawie całkiem ciemno. W związku z tym Valerie szybko traci orientację. Dzień i noc zlewają się ze sobą, co przywołuje słodko-gorzkie wspomnienia czasów, gdy Charlie był jeszcze niemowlęciem. Jedyne, czego wówczas pragnęła, to być blisko niego i zaspokajać jego potrzeby. Teraz jednak może tylko bezsilnie obserwować, jak pielęgniarki zmieniają mu opatrunki, a z plastikowych torebek pełnych płynów sączą mu się do żył substancje odżywcze, elektrolity i środki przeciwbólowe. Godziny mijają powoli, a codzienną monotonię przerywa jedynie wpadający dwa razy dziennie doktor Russo oraz niekończące się korowody pielęgniarek, pracowników socjalnych i personelu szpitalnego. Większość z nich przychodzi do Charliego, kilka osób pyta, jak ona się trzyma, reszta zajmuje się po prostu wyrzucaniem śmieci, przynoszeniem posiłków czy zmywaniem podłogi. Valerie odmawia spania na stalowej leżance na kółkach przywiezionej przez jedną z wielu anonimowych pielęgniarek, nakrytej zmechaconym białym prześcieradłem oraz obciągniętej cienkim niebieskim kocem. Woli trwać w drewnianym bujanym fotelu obok łóżka Charliego, skąd patrzy na jego unoszącą się miarowo klatkę piersiową, drgające powieki i pojawiający się od czasu do czasu we śnie uśmiech.

Raz na jakiś czas pomimo wysiłków Valerie zapada w drzemkę, zwykle kilkuminutową, czasami dłuższą, z której jednak za każdym razem budzi się gwałtownie, wciąż na nowo przeżywając telefon od Romy i wciąż na nowo uświadamiając sobie, że ten koszmar dzieje się naprawdę. Charlie jest nadal zbyt mocno oszołomiony lekami, by zdawać sobie sprawę z tego, co się stało, a Valerie pragnie, by nadeszła wreszcie chwila, gdy będzie mu mogła wszystko wyjaśnić, choć jednocześnie się jej boi.

Czwartego lub piątego dnia Rosemary, matka Valerie, wraca z Sarasoty, gdzie była z wizytą u kuzynki. To kolejna chwila, której Valerie obawiała się przez cały ten czas, ogarnięta irracjonalnym poczuciem winy. Nie dość, że skróciła matce (która prawie nigdy nie ma okazji ruszyć się z Southbridge) wakacje, to jeszcze dodała kolejne nieszczęście do jej i tak już tragicznego życia. Obaj mężowie Rosemary – najpierw pierwszy (ojciec Valerie), potem drugi, który był sprzedawcą – zmarli na zawał serca. Ojciec Valerie odśnieżał kiedyś podjazd – uparcie odmawiając zapłacenia chłopcu z sąsiedztwa za robotę, którą mógł wykonać sam. Nagle upadł i już się nie podniósł. Co do sprzedawcy, to choć jej przypuszczenia nigdy nie zostały potwierdzone, Valerie i tak była niemal pewna, że zmarł w momencie, gdy uprawiali z Rosemary seks. Podczas pogrzebu Jason nachylił się do siostry i wyraził opinię na temat liczby zdrowasiek, które trzeba by odmówić, by odpokutować grzech śmiertelnych stosunków cielesnych niesłużących prokreacji. To jedna z rzeczy, które Valerie szczególnie kocha w swoim bracie – jego umiejętność rozśmieszania jej w najbardziej nieprawdopodobnych momentach.

Nawet teraz Jason próbuje rzucać dowcipami, często kosztem co gorliwszych lub bardziej gadatliwych pielęgniarek. Valerie zmusza się wtedy do uśmiechu, by w ten sposób podziękować bratu za jego wysiłki i za to, że jak zwykle jest przy niej. Wraca do niej najwcześniejsze wspomnienie z dzieciństwa: ona i Jason w czerwonym wózku-zabawce, zjeżdżający pędem ze stromego, porośniętego trawą pagórka obok domu. Oboje tak bardzo się śmiali, że aż posiusiali się w majtki, wypełniając dno wózka ciepłą cieczą. Winę zwalili potem na jamnika sąsiada.

Wiele lat później, gdy była w ciąży, to właśnie Jason trzymał ją za rękę podczas pierwszego badania USG. Potem zawiózł ją do szpitala, gdy odeszły jej wody. Przejmował nocne dyżury przy dziecku, gdy opadała z sił. Nawet wspierał ją podczas studiów oraz gdy uczyła się do egzaminów adwokackich, raz po raz powtarzając, że da radę i że on w nią wierzy. Był jej bratem bliźniakiem, najlepszym przyjacielem, a także, od czasu kłótni z Laurel, jedynym prawdziwym powiernikiem.

Nic więc dziwnego, że i teraz jej pomaga: dowozi z domu ubrania i przybory kosmetyczne, dzwoni do szkoły Charliego oraz do szefa kancelarii Valerie, wyjaśniając, że będzie jej potrzebny urlop na czas nieokreślony, a także – właśnie dziś rano – odbiera matkę z lotniska. Valerie wyobraża sobie, jak Jason wyjaśnia Rosemary sytuację, delikatnie sugerując, co powinna, a czego nie powinna mówić. Chociaż zapewne nic to nie da, ponieważ wbrew najlepszym chęciom ich matka ma niesamowity talent do tego, by zawsze coś palnąć, zwłaszcza w rozmowach z własną córką.

Nic więc dziwnego, że gdy Rosemary i Jason docierają wreszcie do szpitala i zastają Valerie w bufecie, niewidzącym wzrokiem wpatrującą się w przestrzeń ponad puszką z napojem gazowanym, nietkniętym hamburgerem i talerzem pełnym frytek, matka zamiast ją pocieszyć, zaczyna od krytyki:

– Nie do wiary, jak w szpitalu mogą sprzedawać takie niezdrowe jedzenie – rzuca, nie kierując swoich słów do nikogo konkretnego. Oczywiście można ją zrozumieć, biorąc pod uwagę, że straciła obu mężów w wyniku zawału. Valerie nie jest jednak w nastroju, by słuchać podobnych uwag, zwłaszcza że i tak nie miała najmniejszego zamiaru czegokolwiek jeść.

Odsuwa od siebie czerwoną plastikową tackę i wstaje, żeby przywitać się z matką.

– Cześć, mamo. Dziękuję, że przyjechałaś – mówi. Ogarnia ją zmęczenie na samą myśl o rozmowie, której przecież jeszcze nie odbyły.

– Val, kochanie – odzywa się Rosemary. – Naprawdę nie ma powodu, żebyś mi dziękowała za to, że odwiedzam swojego jedynego wnuka.

Zawsze mówi o Charliem w ten sposób – Jason zażartował kiedyś, że to w oczach ich matki jedynie usprawiedliwienie dla samotnego macierzyństwa Valerie. „Charlie może i jest bękartem – powiedział – ale przynajmniej dzięki niemu przetrwa ród Andersonów".

Valerie roześmiała się wtedy, myśląc, że nikomu innemu na świecie nie darowałaby takich słów. Jason był wyjątkiem. Na palcach jednej ręki mogłaby policzyć sytuacje, kiedy ją rozgniewał. Z Rosemary zaś było ostatnio dokładnie odwrotnie. Valerie z wahaniem obejmuje matkę, która niezgrabnie odwzajemnia jej uścisk. Dwie kobiety, obie smukłe i drobne, wyglądają jak swoje lustrzane odbicia, obie sztywne i pełne rezerwy. Jason wywraca oczami. Ostatnio zapytał je nawet, jak to możliwe, że dwie osoby, które tak bardzo się kochają, mają tak ogromny problem z okazywaniem sobie uczuć. Valerie czuje, że zazdrości bratu, przypominając sobie, jak po raz pierwszy przyprowadził do domu swojego chłopaka – przystojnego maklera giełdowego imieniem Levi. Wtedy była zszokowana, widząc, jak swobodnie się dotykają, trzymają za ręce, a w pewnej chwili nawet przytulają.

Zaskoczenie Valerie nie miało nic wspólnego z tym, że jej brat jest gejem – wiedziała o tym od lat, może nawet domyślała się, zanim sam Jason sobie to uświadomił. Chodziło o to, w jak naturalny i niewymuszony sposób potrafił okazywać uczucia. Valerie pamięta, że Rosemary w takich chwilach odwracała wzrok, najwyraźniej nie chcąc przyjąć do wiadomości natury owej „przyjaźni". Gdy Jason oświadczył jej, że woli facetów, przyjęła to ze stoickim spokojem (którego nie zachowała już na wieść o ciąży swojej córki), jednak chyba nie do końca to do niej dotarło i do dziś dnia rzuca czasem ni stąd, ni zowąd do Valerie, że „on przecież nie wygląda na geja", jak gdyby wciąż miała nadzieję, że zaszła w tej sprawie jakaś pomyłka. Z drugiej strony, ilekroć Valerie słyszy te słowa, czuje, że musi przyznać matce rację – Jason zdecydowanie nie pasuje do stereotypu. Mówi i chodzi jak heteryk. Żyje meczami Red Sox i Patriots*. Nie ma za grosz wyczucia mody i ubiera się niemal wyłącznie w dżinsy i flanelowe koszule.

– Mamo, ale on jest gejem – odpowiadała Valerie, która wierzyła, że miłość oznacza również akceptację. Nawet gdyby mogła, nie zmieniłaby niczego w swoim bracie. Ani w swoim synu.

W każdym razie Valerie bała się reakcji matki na stan Charliego. Spodziewała się, że ta albo beztrosko nie przyjmie do wiadomości tego, co się stało, albo zarzuci ją oskarżeniami, albo też będzie zamęczać wszystkich wokół bezustannym zastanawianiem się, co by było gdyby.

---

* Red Sox, Patriots – drużyny z Massachusetts, odpowiednio baseballowa i futbolowa.

Valerie odnosi tackę, wyrzuca jej zawartość do najbliższego śmietnika, po czym prowadzi gości w stronę wyjścia z bufetu. Już w drodze do windy Rosemary zadaje pierwsze pytanie.

– Wciąż do końca nie rozumiem... Jak to się, na Boga, stało?

Jason spogląda na nią z niedowierzaniem pomieszanym z oburzeniem, Valerie zaś wzdycha i odpowiada:

– Nie wiem, mamo. Nie było mnie tam, no i oczywiście nie rozmawiałam jeszcze o tym z Charliem.

– A co z pozostałymi dziećmi? Albo z ich rodzicami? Co ci powiedzieli? – pyta Rosemary, kręcąc głową, jak staroświecka nakręcana zabawka.

Valerie myśli o Romy, która zostawiła liczne wiadomości na jej poczcie głosowej i już dwa razy zjawiła się w szpitalu, przynosząc ze sobą kartki z życzeniami wykonane ręcznie przez Graysona. Mimo że Valerie bardzo chciałaby usłyszeć szczegółowy raport z tamtego wieczoru, wciąż nie może się zmusić do tego, by spotkać się z Romy lub chociażby do niej oddzwonić. Nie czuje się gotowa na wysłuchiwanie przeprosin ani wymówek i jest pewna, że nigdy nie będzie potrafiła przebaczyć. To kolejna cecha wspólna Valerie i jej matki. Rosemary ma zwyczaj chować urazę o wiele dłużej niż którakolwiek inna ze znanych jej córce osób.

– No dobrze, chodźmy do niego – mówi w końcu Rosemary, wzdychając ciężko. Valerie kiwa głową i już po chwili jadą windą dwa piętra w górę, po czym w ciszy dochodzą do końca korytarza. Gdy zbliżają się do pokoju Charliego, Valerie słyszy, jak jej matka mamrocze pod nosem:

– Naprawdę nie rozumiem, dlaczego od razu do mnie nie zadzwoniłaś.

– Wiem, mamo... Przepraszam... Po prostu chciałam przeczekać te pierwsze godziny... Przecież na odległość i tak nic byś nie zrobiła.

– Pomodliłabym się – odpowiada Rosemary, unosząc brew. – Mogłabym się za niego pomodlić... A gdyby, uchowaj Boże... – cichnie nagle, a jej pomarszczona twarz przybiera nieszczęśliwy wyraz.

– Przepraszam, mamo – powtarza Valerie, zastanawiając się po cichu, ile razy jeszcze będzie musiała to powiedzieć.

– Najważniejsze, że już z nami jesteś – wtrąca się Jason, rzucając Rosemary swój najbardziej czarujący uśmiech. To żadna tajemnica, że pomimo swojej orientacji seksualnej wciąż jest jej ulubieńcem.

– A co do ciebie, mój drogi – Rosemary zwraca się do syna, mierząc go wzrokiem, co, jak później zauważył ze śmiechem w rozmowie z siostrą, wyglądało, jakby szukała pierwszych objawów AIDS – jesteś o wiele za chudy.

Jason obejmuje Rosemary za ramiona.

– Och, daj spokój, mamo – mówi. – Spójrz tylko na tę twarz. Musisz przyznać, że nieźle wyglądam.

Gdy do Valerie docierają słowa brata, ogarnia ją fala zdenerwowania. Nawet nie dlatego, że Jason mówi o swojej przystojnej, gładkiej twarzy, lecz bardziej z powodu wyrazu jego oczu. Rysuje się w nich niepokój, współczucie, nagła świadomość, że on również właśnie powiedział coś niewłaściwego. Valerie dobrze zna to litościwe spojrzenie, którym brat ją obdarza, i boli ją serce na myśl o tym, że pozna je teraz także jej syn.

*

Następnego ranka, gdy Charlie wciąż pogrążony jest we śnie, doktor Russo wpada zbadać jego dłoń. Valerie od razu orientuje się, że coś jest nie tak, pomimo jego niewzruszonej miny i powolnych, precyzyjnych ruchów.

– Co się dzieje? – pyta. – Proszę mi powiedzieć.

Doktor Russo kręci głową.

– Nie wygląda to dobrze. Jego dłoń. Za duża opuchlizna...

– Będzie potrzebna operacja? – pyta Valerie, przygotowując się na złą wiadomość.

– Tak, chyba trzeba będzie zmniejszyć ucisk.

Valerie czuje, jak na myśl o tym ściska się jej gardło. Ale wtedy doktor Russo mówi:

– Proszę się nie martwić. Wszystko będzie dobrze. Musimy tylko zmniejszyć ucisk i zrobić przeszczep.

– Przeszczep?

– Tak. Przeszczep skóry.

– Skąd?

– Z nogi, w okolicy uda. Potrzebny nam zaledwie wąski paseczek skóry... Później powiększymy go w specjalnym urządzeniu, które nazywa się dermatomem siatkowym, i przymocujemy do dłoni Charliego kilkoma zszywkami.

Valerie czuje, że się bezwiednie krzywi, gdy tymczasem doktor Russo mówi dalej:

– Potem podajemy osocze, co oznacza, że przeszczep dosłownie pije płytki krwi, dzięki czemu w skórze powstają nowe naczynia krwionośne.

– Kiedy tak pana słucham, wszystko wydaje się proste.

– Bo to naprawdę j e s t całkiem proste – przytakuje doktor. – Robiłem to tysiące razy.

– A więc nie ma żadnego ryzyka? – pyta Valerie, zastanawiając się, czy wierzyć jego opinii, czy poprosić jeszcze o konsultację z innym lekarzem.

– Właściwie nie. Naszą główną obawą będzie zbieranie się płynu pod przeszczepem. Żeby tego uniknąć, ponacinamy skórę w dermatomie serią krótkich, ciągłych cięć. – Doktor Russo ilustruje opis odpowiednią gestykulacją. – Cięcia będą naprzemienne, czyli ułożone tak, jak cegły w murze. Dzięki temu, po pierwsze, możliwy jest odpływ wysięku, po drugie, rozciągnięcie przeszczepu na większej powierzchni... no i lepsze dopasowanie go do konturu dłoni.

Valerie kiwa głową. Jest oszołomiona, ale jednocześnie odrobinę podniesiona na duchu precyzją całego zabiegu.

– Wykorzystamy również terapię podciśnieniową VAC. To znaczy, że użyjemy specjalnego opatrunku próżniowego, który wytworzy ujemne ciśnienie, co sprzyja gojeniu się rany i zapobiega gromadzeniu się płynów. Dzięki temu oczyszczamy przeszczep, zmniejszamy ryzyko infekcji, szybciej go unaczyniamy i sprawiamy, że lepiej przylega do podłoża.

– Dobrze – mówi Valerie, układając sobie to wszystko w głowie.

– Brzmi w porządku?

– Tak – odpowiada, myśląc, że nie chce konsultować się z nikim więcej, że ufa mu całkowicie. – A co potem?

– Na pięć dni unieruchomimy mu rękę szyną. Później zaczniemy terapię.

– Czyli... myśli pan, że będzie nią mógł normalnie ruszać?

– Ręką? Oczywiście. Jestem bardzo dobrej myśli. I pani też powinna być.

Valerie spogląda na doktora Russo, zastanawiając się, czy odgadł już, że pozytywne myślenie nigdy nie było jej mocną stroną.

– Dobrze. Będę – odpowiada w końcu. Najwyższy czas to zmienić.

– W takim razie jest pani gotowa?

– Jak to? Już teraz?

– Jeśli jest pani gotowa, możemy zaraz zacząć zabieg.

– Tak – odpowiada Valerie. – Jestem gotowa.

ROZDZIAŁ 7

Tessa

Nikt w najbliższej okolicy nie potrafi już mówić o niczym innym niż wypadek Charliego Andersona – a przynajmniej żadna z tutejszych gospodyń domowych, w których szeregi powoli przenikam. Temat wraca jak bumerang na placu zabaw, na zajęciach baletowych Ruby, na kortach tenisowych, a nawet w sklepie spożywczym. Niektóre panie wiedzą o związku Nicka z całą sprawą i otwarcie proszą mnie o przekazanie wyrazów współczucia. Inne nie mają o tym pojęcia i opowiadają mi całą historię tak, jakbym nigdy wcześniej jej nie słyszała, wyolbrzymiając grozę sytuacji. Później w domu dyskutujemy o tym z Nickiem. Jednak najbardziej denerwują mnie sąsiadki, które owszem, wiedzą, udają jednak głupie po to, by wydobyć ode mnie informacje.

Niemal wszystkie kobiety rozmawiają ze mną ściszonymi głosami i z grobowymi minami. Wyglądają, jakby delektowały się dramatyzmem całej sytuacji. Nick nazywa je „emocjonalnymi gapiami". Jak zawsze jest nastawiony z pogardą do wszystkiego, co trąci plotkarstwem.

– Czy te baby naprawdę nie mają nic lepszego do roboty? – pyta, gdy zdaję mu raport z najnowszych doniesień poczty pantoflowej. Zazwyczaj podzielam jego zdanie, choć czasem sama z poczuciem winy, ale jednak uczestniczę w tej pełnej spekulacji i analiz ogólnej paplaninie.

Najbardziej w tym wszystkim uderza mnie wyraźne poczucie, że większość tych kobiet zamiast współczuć matce chłopca, najbardziej przejmuje się losem Romy. „Nie powinna tak się obwiniać, to się mogło przytrafić każdemu". Słysząc to, zazwyczaj przytakuję, dlatego że nie chcę zaostrzać sytuacji, ale też dlatego że teoretycznie się z nimi zgadzam – to rzeczywiście mogło przytrafić się każdemu.

Jednak im więcej słyszę o tym, jak biedna Romy od wielu dni nie śpi ani nie je i że to, co się wydarzyło w jej ogrodzie tak naprawdę nie było jej winą – tym bardziej dochodzę do wniosku, że owszem, zawiniła. Ona i Daniel są odpowiedzialni za tę tragedię. W końcu, na miłość boską, kto pozwala sześciolatkom na zabawy z ogniem? A jeśli już ktoś popełnia tak kardynalny błąd, którego przyczyną jest najzwyklejszy w świecie brak rozsądku – prawdopodobnie powinien mieć wyrzuty sumienia.

Oczywiście nie mówię tego wszystkiego April, która, co zrozumiałe, popadła w obsesję na punkcie stanu emocjonalnego Romy (a także jej potencjalnych problemów prawnych oraz finansowych). Jak na przyjaciółkę przystało, dzieli się ze mną wszystkimi szczegółami. Robię, co mogę, by okazać jej empatię, ale któregoś popołudnia, podczas wspólnego lunchu w niedużym bistro w Westwood, czuję, że zaczynam tracić cierpliwość, słysząc, jak April oburzonym tonem oświadcza:

– Valerie Anderson wciąż nie chce porozmawiać z Romy.

Wbijam wzrok w miskę z sałatką, którą polałam właśnie hojnie serowym dressingiem – co, jak stwierdzam, sprawia, że zamawianie na lunch sałatki traci sens, a tym bardziej traci go upieranie się, by sos przyniesiono w osobnym naczyniu.

April ciągnie swój wywód. Jej ton z chwili na chwilę staje się bardziej dramatyczny.

– Romy była w szpitalu z prezentem od Graysona, i to własnoręcznie wykonanym. Poza tym wysłała Valerie maila i kilkakrotnie nagrywała jej się na sekretarkę.

– I co?

– Nic. Zero reakcji. Grobowa cisza.

– Hm – mówię, dźgając widelcem kawałek grzanki.

April bierze maleńki kęs swojej sałatki, skropionej beztłuszczowym octem balsamicznym, po czym popija go śmiałym łykiem chardonnay. Zdecydowanie preferuje lunche w formie płynnej, sałatki zamawia dopiero po dłuższym namyśle.

– Nie uważasz, że to niegrzeczne z jej strony?

– Niegrzeczne? – pytam, wpatrując się w nią z niedowierzaniem.

– Owszem. Niegrzeczne – powtarza z naciskiem.

Starając się ostrożnie dobierać słowa, odpowiadam:

– Nie wiem. Może... Ale z drugiej strony...

April odruchowo przekłada swój długi kucyk z jednego ramienia na drugie. Zawsze uważałam, że jej wygląd nie pasuje do charakteru. Kasztanowe loki, piegi, zadarty nosek i wysportowana sylwetka przywodzą na myśl pogodną osobę, prowadzącą aktywny tryb życia. Na przykład dziewczynę, która grała kiedyś w hokeja na trawie, a teraz zmieniła się w wyluzowaną mamuśkę wożącą dzieci na lekcje futbolu. Tymczasem w rzeczywistości trudno o kogoś bardziej sztywnego niż April. Biwakowanie polega jej zdaniem na pobycie w czterogwiazdkowym hotelu – wyjątkowo zamiast pięciogwiazdkowego. Wyjazd na narty zaś kojarzy jej się głównie z futrami i *fondue*.

– Ale z drugiej strony co? – pyta, zmuszając mnie, żebym powiedziała głośno to, co wolałabym pozostawić jej domyślności.

– Jej synek jest w szpitalu.

– Wiem o tym – odpowiada April z obojętnym wyrazem twarzy.

– No więc? – gestem daję jej do zrozumienia, że nie rozumiem, dlaczego ma pretensje.

– Okej. Nie mówię, że Valerie powinna rzucać się Romy na szyję... Ale korona by jej z głowy nie spadła, gdyby po prostu do niej oddzwoniła.

– Zgadzam się, mogłaby to zrobić. A w każdym razie byłby to miły gest z jej strony – przyznaję z ociąganiem. – Ale nie wydaje mi się, żeby miała czas się teraz nad tym zastanawiać. Nie wiemy tak naprawdę, przez co ta kobieta przechodzi.

April wywraca oczami.

– Wszystkie mamy od czasu do czasu chore dzieci. Wszystkie byłyśmy na ostrym dyżurze. Wszystkie wiemy, jakie to uczucie bać się o ich zdrowie.

– Daj spokój – rzucam, zbulwersowana. – Jej syn leży w szpitalu już od kilku dni. Ma poparzenia trzeciego stopnia na twarzy. Prawa ręka, którą rzucał piłkę, jest kompletnie do niczego. Już zrobili mu jeden zabieg, teraz czeka go następny. A i tak prawdopodobnie będzie miał problemy z codziennymi czynnościami. No i zostaną mu blizny. Do końca życia. – Już mam umilknąć, nie mogę się jednak powstrzymać, by nie dodać jeszcze: – Naprawdę wiesz, jak to jest? Jak to jest mieć takie problemy? Jesteś tego pewna?

Na te słowa April w końcu traci rezon.

– Będzie miał blizny do końca życia?

– Oczywiście – mówię.

– Nie wiedziałam...

– Daj spokój. A coś ty myślała? Przecież doznał poważnych oparzeń.

– Nie sądziłam, że jest z nim aż tak źle. Nic mi nie mówiłaś.

– Właściwie to owszem, mówiłam. – Liczę w myślach to, ile już razy przekazywałam jej informacje na temat jego stanu. Nie podawałam może zbyt wielu szczegółów, ale jednak.

– Ale przecież słyszałam, jak Nick mówił, że po przeszczepach skóry... nie zostaje ślad. Że chirurgia oparzeń bardzo poszła do przodu.

– Nie aż t a k bardzo... To znaczy faktycznie, w ciągu ostatnich lat nastąpił ogromny postęp i na pewno słyszałaś, jak chwali się tym, że jego przeszczepy są modelowe... Mimo wszystko... Nick jest świetny, ale nie aż tak. Skóra chłopca jest miejscami naprawdę mocno poparzona. A właściwie s p a l o n a. Nic z niej nie zostało.

W tym momencie gryzę się w język i powstrzymuję przed wypomnieniem April, że gdy w zeszłym roku Olivia spadła z ganku i wyszczerbiła sobie mleczaka, ona przez wiele tygodni lamentowała nad tym, na ilu zdjęciach jej dziecko będzie oszpecone, zanim wyrośnie jej stały ząb, i w nieskończoność wyszukiwała w Google hasło: „szare, odbarwione, martwe zęby". A przecież małej nie stała się żadna krzywda w porównaniu z nieszczęściami dotykającymi inne dzieci.

– Nie wiedziałam – powtarza April.

– Cóż – odzywam się ostrożnie, łagodnym tonem. – Teraz już wiesz. Mogłabyś też przekazać to wszystko Romy i powiedzieć jej, że może... może Valerie po prostu potrzebuje czasu. Chryste, w końcu do tego wszystkiego jest jeszcze samotną matką. Wyobrażasz sobie, że przechodzisz przez coś takiego, nie mając przy sobie Roba?

– Nie – odpowiada April. – Nie wyobrażam sobie. – Zaciska wargi, odwraca wzrok i wygląda przez okno obok naszego stolika. Po chodniku przed restauracją idzie wolnym krokiem dziewczyna w zaawansowanej ciąży. Czuję ukłucie zazdrości, jak zawsze gdy widzę kobietę, która wkrótce ma urodzić dziecko.

W końcu zwracam się znowu do April.

– Myślę, że nie powinnyśmy oceniać Valerie, skoro nigdy nie byłyśmy w takiej sytuacji. A już na pewno nie powinnyśmy jej obmawiać...

– Dobrze, już dobrze – mówi April. – Rozumiem, o co ci chodzi.

Zmuszam się do uśmiechu.

– Ale nie masz mi za złe?

– Jasne, że nie – zapewnia mnie April, muskając usta białą serwetką.

Upijam długi łyk kawy i wpatrując się w przyjaciółkę, zastanawiam się, czy mogę jej wierzyć.

ROZDZIAŁ 8

Valerie

Dni mijają, a do Charliego zaczyna powoli docierać, dlaczego leży w szpitalu. Wie, że na przyjęciu u Graysona doszło do wypadku i że poparzył sobie w ognisku rękę oraz twarz. Wie, że miał już jedną operację i wkrótce czeka go druga. Wie, że minie dużo czasu, zanim jego skóra się zagoi, a terapia zacznie przynosić efekty, ale że w końcu wróci do domu, do własnego łóżka, do szkoły i kolegów. Słyszał to wszystko już wiele razy – od pielęgniarek, psychiatrów, terapeutów zajęciowych i fizykoterapeutów, od chirurga, na którego mówi „doktor Nick", od wujka i babci, a przede wszystkim od matki, która nie odstępuje go na krok. Widział się już w lustrze, niejednokrotnie przyglądał się także swojej dłoni bez opatrunku – w zależności od nastroju z niepokojem, strachem lub po prostu zaciekawieniem. Wie już, jak ból wzmaga się i słabnie w zależności od dawki morfiny i innych środków. Zdarzyło mu się też kilka razy rozpłakać z frustracji podczas terapii.

Jednak Valerie nie daje spokoju przeczucie, że jej syn nie zrozumiał jeszcze do końca, co mu się przydarzyło. Albo nie pojmuje, jak ciężkich doznał obrażeń, albo tego, jak skutki wypadku będą dawać mu się we znaki jeszcze przez wiele miesięcy, a może nawet lat. Nie miał do czynienia z ludźmi poza bezpieczną strefą szpitala, nikt się na niego jeszcze nie gapił ani nie zadawał nietaktownych pytań. Valerie martwi się tym wszystkim i poświęca mnóstwo wewnętrznej energii, by przygotować się na to, co przyniesie najbliższa przyszłość, na ten jeden konkretny moment prawdy, gdy Charlie zada jej pytanie, które ona wciąż na nowo sama sobie powtarza: dlaczego?

Chwila ta przychodzi pewnego wczesnego czwartkowego poranka, prawie dwa tygodnie po wypadku. Valerie stoi przy oknie, przyglądając się pierwszym w tym roku tumanom śniegu, spodziewając się, że gdy Charlie się obudzi, będzie podekscytowany. Nie pamięta, żeby kiedykolwiek w życiu widziała śnieg – choćby kilka płatków – w październiku. Może w codziennym pędzie przegapia się takie rzeczy. Valerie wzdycha głęboko i zaczyna zastanawiać się nad prysznicem albo chociaż filiżanką kawy. W końcu jednak wraca na swój bujany fotel, cicho szurając kapciami po twardej, zimnej szpitalnej posadzce. Siada nieruchomo i zaczyna wpatrywać się w mały bezgłośny telewizor, przymocowany do ściany nad łóżkiem Charliego. Prezenter pogody Al Roker rozsiewa radość na dachu Rockefeller Plaza*, wdając się w pogawędki z tryskającymi energią turystami, którzy machają przed kamerami własnoręcznie namalowanymi transparentami. Napisy na nich głoszą: WSZYSTKIEGO NAJLEPSZEGO, JENNIFER... POZDRAWIAMY SZKOŁĘ PODSTAWOWĄ LIONVILLE... BRAWA DLA GOLDEN GOPHERS**.

Valerie zastanawia się, kiedy sama będzie mogła cieszyć się taką nieskomplikowaną radością, gdy nagle słyszy Charliego, który przywołuje ją cicho. Szybko odwraca wzrok od ekranu.

---

* Rockefeller Plaza – adres budynku, w którym znajduje się siedziba telewizji NBC.
** Golden Gophers – drużyna sportowa Uniwersytetu Minnesoty.

Synek uśmiecha się do niej. Valerie odwzajemnia uśmiech, po czym wstaje i pokonuje kilka kroków, które dzielą ją od łóżka. Opuszcza boczną barierkę, siada na brzeżku materaca i zaczyna głaskać małego po włosach.

– Dzień dobry, kochanie.

Charlie oblizuje wargi. Zawsze tak robi, gdy jest podekscytowany albo ma dla niej jakąś dobrą nowinę.

– Miałem sen o wielorybach – mówi, kopnięciem odrzucając kołdrę i podciągając kolana pod brodę. Ma zaspany, lekko zachrypnięty głos, ale nie słychać już w nim otępienia wywołanego lekami. – Pływałem z nimi.

– Opowiadaj – zachęca go Valerie, żałując, że sama nie ma takich przyjemnych snów.

Charlie znów oblizuje usta i Valerie zauważa, że jego dolna warga jest spierzchnięta. Sięga do szuflady koło łóżka i wyjmuje z niej pomadkę ochronną, a tymczasem Charlie ciągnie:

– Były dwa... Ogromne. Woda wyglądała na lodowatą, tak samo jak na obrazku w mojej książce o wielorybach. Wiesz, o której mówię?

Valerie kiwa głową, wyciągając rękę, żeby nałożyć mu bladoróżową pomadkę. Charlie wydyma na chwilkę usta, po czym opowiada dalej:

– Ale w moim śnie woda była naprawdę ciepła. Jak w wannie. I nawet udało mi się popływać na jednym wielorybie... Siedziałem mu na grzbiecie.

– To brzmi cudownie, kochanie – mówi Valerie, delektując się poczuciem normalności, mimo że oboje siedzą w szpitalu.

Ale już za chwilę na twarzy Charliego pojawia się delikatny wyraz niepokoju.

– Pić mi się chce – mówi.

Valerie oddycha z ulgą, że skargę wywołało pragnienie, a nie ból, i szybko wyjmuje kartonik z sokiem z lodówki w rogu pokoju. Wbija w niego plastikową słomkę, którą kieruje w stronę ust synka.

– Umiem sam – mówi Charlie, marszcząc brwi. Valerie przypomina się wczorajsza rada doktora Russo: pozwalać małemu, by radził sobie sam, nawet jeśli sprawia mu to trudność.

Puszcza więc kartonik i patrzy, jak Charlie nachmurza się, niezgrabnie chwytając pudełko lewą ręką. Prawa wciąż leży na poduszce, unieruchomiona szyną. Valerie wie, że nie powinna nad nim stać i obserwować każdego jego ruchu. Nie potrafi się jednak powstrzymać.

– Podać ci coś jeszcze? – pyta, z sercem coraz mocniej ściśniętym niepokojem. – Jesteś głodny?

– Nie – odpowiada Charlie. – Ale ręka mnie strasznie swędzi.

– Niedługo zmienimy opatrunek. I posmarujemy rękę. To pomoże.

– Czemu mnie tak bardzo swędzi?

Valerie cierpliwie wyjaśnia mu to, co słyszał już kilka razy – że ogień uszkodził gruczoły, które nawilżają skórę.

Charlie spogląda na swoją dłoń i znów marszczy czoło.

– Okropnie to wygląda, mamusiu.

– Wiem, skarbie. Ale z dnia na dzień jest lepiej. Skóra potrzebuje czasu, żeby się zregenerować.

Właśnie ma mu powiedzieć o jego drugim przeszczepie, zaplanowanym na poniedziałek rano, gdy nagle Charlie szeptem zadaje pytanie, które łamie jej serce:

– Mamusiu, czy to była moja wina?

Valerie na gwałt stara się przypomnieć sobie przeczytane wcześniej artykuły dotyczące psychologii ofiar oparzeń, a także ostrzeżenia zajmujących się Charliem psychiatrów: „Będzie odczuwał strach, mętlik w głowie, a nawet poczucie winy". Jednak już za chwilę odpycha od siebie wszelkie rady. Wie, że w tej sytuacji wystarczy jej własny instynkt matki.

– Oj kochanie, oczywiście, że to nie była twoja wina. To nie była niczyja wina – mówi, myśląc o Romy i Danielu i o tym, jak wielkie tak naprawdę ma do nich pretensje, z czym jednak nie zamierza nigdy ujawnić się przed synkiem. – Wypadki się zdarzają.

– Ale czemu? – Charlie wpatruje się w nią wielkimi, szeroko otwartymi oczami. – Czemu musiałem mieć ten wypadek?

– Nie wiem – odpowiada Valerie, wpatrując się bacznie w jego śliczną twarzyczkę w kształcie serca: szerokie czoło, okrągłe policzki i drobny, lekko szpiczasty podbródek. Zalewa ją fala smutku, jednak nawet najdrobniejszym gestem czy grymasem nie daje tego po sobie poznać. – Czasami złe rzeczy po prostu się zdarzają. Nawet bardzo dobrym ludziom.

Uświadamiając sobie, że takie wytłumaczenie nie satysfakcjonuje go ani odrobinę bardziej niż jej, Valerie odchrząkuje i dodaje:

– Ale wiesz co?

Czuje, że w jej radosnym głosie pobrzmiewa fałszywa nuta, tak jak wtedy, gdy na przykład obiecuje mu lody w zamian za dobre zachowanie. Chciałaby i teraz mieć mu coś do zaoferowania – cokolwiek, co wynagrodziłoby mu cierpienie.

– Co? – pyta Charlie z pełną nadziei miną.

– Razem poradzimy sobie ze wszystkim. Jesteśmy wspaniałą, niepokonaną drużyną. Nie zapominaj o tym.

Valerie połyka łzy, a tymczasem Charlie pociąga sok przez słomkę, uśmiecha się dzielnie i mówi:

– Nie zapomnę, mamo.

*

Następnego dnia, tuż po bolesnej sesji terapii zajęciowej, Charlie z frustracji jest na granicy płaczu, gdy nagle słyszy, że ktoś dwa razy puka do drzwi. Ten charakterystyczny odgłos może oznaczać tylko doktora Russo. Valerie widzi, jak synek natychmiast się rozchmurza. Jej samej również robi się lżej na duchu. Trudno by znaleźć dwoje ludzi, którzy bardziej cieszyliby się z wizyty Nicka Russo.

– Proszę! – woła Charlie i uśmiecha się na widok swojego lekarza. Valerie z zaskoczeniem stwierdza, że doktor Russo nie jest dziś ubrany jak zwykle w fartuch i tenisówki, lecz w ciemne dżinsy, jasnobłękitną koszulę z rozpiętym kołnierzykiem i granatową sportową marynarkę. Towarzyszące im czarne mokasyny i srebrne spinki w mankietach sprawiają, że wygląda swobodnie, a zarazem elegancko.

Valerie nagle przypomina sobie, że jest piątek po południu – doktor Russo i jego żona z pewnością mają jakieś plany. Już dawno zauważyła złotą obrączkę na jego serdecznym palcu. Poza tym, przysłuchując się jego rozmowom z Charliem, dowiedziała się całkiem sporo na temat jego życia. Wie, że ma dwoje małych dzieci, dziewczynkę i chłopca. Wie, że córka przeżywa właśnie buntowniczy okres – to właśnie opowieści o niegrzecznej Ruby Charlie słucha najchętniej.

– Jak się dziś miewasz, kolego? – pyta doktor Russo, lekko mierzwiąc chłopcu jasne loki, które zdecydowanie potrzebują strzyżenia. Valerie już w dzień przyjęcia u Graysona pomyślała, że należałoby je podciąć.

– Świetnie. Zobacz, doktorze Nicku, wujek Jason dał mi iPoda – oznajmia Charlie, pokazując maleńkie srebrne urządzenie, które dostał w zeszłym tygodniu. Przed wypadkiem Valerie nigdy nie pozwoliłaby na tak drogi prezent. Teraz wie, że ich życie już na zawsze zostało podzielone na to „przed" wypadkiem i „po" nim.

Charlie podaje iPoda doktorowi, a ten obraca gadżet w dłoni.

– Bardzo fajny – mówi z podziwem. – O wiele mniejszy niż mój.

– I ma miejsce na tysiąc piosenek! – Charlie z dumą obserwuje, jak doktor Russo przegląda playlistę.

– Beethoven, Czajkowski, Mozart – wymienia lekarz, po czym gwiżdże z uznaniem. – No, no, kolego. Masz wyrafinowany gust muzyczny.

– Wujek Jason ściągnął mi z internetu wszystkie moje ulubione utwory – informuje go Charlie, a jego słowa, głos i wyraz twarzy zaczynają sprawiać, że wygląda na dziecko o wiele starsze, niż jest w rzeczywistości. – Dzięki nim się relaksuję.

– Wiesz co...? To zupełnie tak jak ja. Uwielbiam słuchać muzyki klasycznej, zwłaszcza gdy się czymś martwię albo jestem zdenerwowany – mówi doktor Russo, wciąż przeglądając listę utworów. W pewnej chwili przestaje na moment, spogląda na Valerie i wita się z nią bezgłośnie. Valerie uśmiecha się do niego z nadzieją, że on wie, jak bardzo docenia to, że w pierwszej kolejności zwrócił się do Charliego. A także, co ważniejsze, jak bardzo jest mu wdzięczna, że w rozmowach z Charliem porusza zupełnie inne tematy niż wypadek, sprawiając, że mały czuje się ważny jeszcze długo po jego wyjściu.

– Jadąc tu, słuchałem Symfonii „Jowiszowej". Znasz ją? Charlie kręci głową.

– Mozart – wyjaśnia doktor Russo.

– To pana ulubiony kompozytor?

– Oj, toś mi zabił ćwieka. Mozart jest niesamowity. Ale Brahms, Beethoven i Bach też nieźle wymiatają. – Doktor Russo przysiada na brzegu łóżka, tyłem do Valerie, która patrzy na nich i nagle czuje ostre ukłucie żalu, że Charlie nie ma taty. Wprawdzie pogodziła się z tym już dawno temu, ale i tak zdarzają się chwile, kiedy wprost nie może uwierzyć, że ojciec Charliego nie wie nic o swoim synu. Ani o tym, jak bardzo mały kocha muzykę klasyczną, *Gwiezdne wojny*, płetwale błękitne i klocki lego. Ani o tym, że biega w śmieszny sposób, z jedną ręką przyciśniętą do boku, ani o tym, że gdy się uśmiecha, wokół oczu pojawiają mu się drobne, wesołe zmarszczki: jest jedynym znanym Valerie dzieckiem z kurzymi łapkami. Ani o tym, że właśnie leży w szpitalu i rozmawia ze swoim chirurgiem o słynnych kompozytorach.

– Lubi pan *Jesu, Joy of Man's Desiring*? – pyta Charlie jednym tchem, a Valerie walczy ze łzami, które nagle napłynęły jej do oczu.

– Oczywiście – mówi doktor Russo, po czym śpiewa *staccato* na całe gardło kilka pierwszych taktów, a Charlie dołącza do niego, swoim wysokim, słodkim głosikiem, wyśpiewując angielski tekst kantaty: *Drawn by Thee, our souls, aspiring! Soar to uncreated light!*

Doktor Russo znów uśmiecha się do Valerie i pyta:

– Kto nauczył cię tyle o muzyce, kolego? Mama?

– Aha. I wujek Jason.

Valerie przychodzi do głowy, że to akurat tylko i wyłącznie zasługa Jasona – choć pamięta, że będąc w ciąży, puszczała muzykę klasyczną, trzymając odtwarzacz przy brzuchu.

Doktor Russo oddaje Charliemu iPoda. Chłopiec chwyta urządzenie zdrową ręką, kładzie na udzie i zaczyna przewijać playlistę lewym kciukiem.

– Spróbuj prawą ręką – mówi doktor Russo łagodnie. Charlie marszczy brwi, ale wykonuje polecenie. Napina się fioletowa błona skóry między kciukiem a palcem wskazującym.

– Proszę – odzywa się w końcu chłopiec, wciskając guzik z napisem „play" i podkręcając głośność. Bierze jedną słuchawkę, drugą podaje lekarzowi. – Lubię ten utwór.

– Aaa, oczywiście. Ja go wprost uwielbiam – mówi doktor Russo.

– Świetny, prawda?

Mija kilka spokojnych sekund.

– Owszem – odpowiada doktor Russo. – Jest piękny. Waltornie… brzmią wesoło, prawda?

– Tak – odpowiada Charlie. – Bardzo, bardzo wesoło.

Chwilę później do pokoju niespodziewanie wchodzi Rosemary, niosąc torbę pełną gadżetów ze sklepu Wszystko za Dolara dla Charliego oraz plastikowy pojemnik swojego słynnego kurczaka tetrazzini. Valerie wie, jak bardzo jej matka się stara, jak bardzo chce okazać im swoje wsparcie. A jednak łapie się na pragnieniu, żeby Rosemary nie przychodziła, a w każdym razie nie w tej chwili. Nie może się nadziwić jej talentowi do wprowadzania nerwowej atmosfery samą swoją obecnością.

– Och! Dzień dobry – mówi Rosemary, patrząc na doktora Russo. Nigdy wcześniej się nie spotkali, choć wiele o nim słyszała, głównie od Charliego.

Chirurg odwraca się gwałtownie, po czym wstaje z uprzejmym, wyczekującym uśmiechem. Valerie przedstawia ich sobie, skrępowana. Odkąd znaleźli się w szpitalu, ona i Charlie nie zawarli wielu znajomości, mimo to cały czas pilnowała się, by przypadkiem nie ujawnić nikomu żadnych osobistych informacji. Tylko od czasu do czasu wymknął jej się jakiś szczegół, czasem przez nieuwagę, czasem z konieczności. Doktor Russo wie na przykład, że formularze zgody na operacje syna podpisuje tylko ona – no i każdy z łatwością by zauważył, że małego nie odwiedzają żadni mężczyźni poza Jasonem.

– Bardzo mi miło panią poznać, pani Anderson. – Lekarz wyciąga rękę w stronę Rosemary.

– Mnie również bardzo miło pana poznać – odpowiada matka Valerie, ściskając jego dłoń. Na jej twarzy maluje się podziw i szacunek. Z tą samą miną rozmawia zwykle po niedzielnej mszy z księdzem, zwłaszcza jeśli jest młody i przystojny. – Jestem panu niezmiernie wdzięczna za wszystko, co zrobił pan dla mojego wnuka.

Mimo że to właściwe słowa, Valerie czuje złość, wręcz zażenowanie z powodu lekkiego drżenia w głosie matki. Co ważniejsze, nie zapomina, że Charlie przez cały czas przysłuchuje im się uważnie, a melodramatyczna nuta w głosie Rosemary przypomina mu tylko, czemu się tu znaleźli. Doktor Russo najwyraźniej również zdaje sobie z tego sprawę, ponieważ w odpowiedzi mamrocze szybko: „nie ma za co", po czym znów zwraca się do Charliego:

– No dobrze, kolego, pozwolę ci teraz spędzić trochę czasu z babcią.

Charlie krzywi się.

– Oj, doktorze Nicku, nie może pan jeszcze trochę zostać? Proszę…

Valerie zauważa wahanie doktora Russo i szybko rusza mu z odsieczą.

– Kochanie, pan doktor musi już iść. Ma jeszcze do odwiedzenia dużo innych pacjentów.

– Właściwie to muszę przez chwilkę porozmawiać z twoją mamą. Oczywiście, o ile się zgodzi? – Spogląda na Valerie. – Znajdzie pani minutę?

Valerie kiwa głową, myśląc o tym, jak bardzo jej życie zwolniło tempo, odkąd się tu znaleźli. Kiedyś wiecznie gdzieś się spieszyła, teraz ma czasu a czasu.

Doktor Russo ściska stopę Charliego i mówi:

– Zobaczymy się jutro. Zgoda?

– Zgoda – odpowiada chłopiec z ociąganiem.

Valerie widzi, że Rosemary, której duma ucierpiała, kiedy zepchnięto ją na drugi plan, teraz próbuje sobie to zrekompensować przesadną żywiołowością:

– Popatrz! Przyniosłam ci wyszukiwanki! – woła przenikliwym głosem. – Fajnie, co?

Valerie zawsze uważała, że szukanie wyrazów w diagramie pełnym liter to jedna z najnudniejszych gier, jakie sobie można wyobrazić. Z pozbawionej entuzjazmu reakcji syna wnioskuje, że podziela on jej opinię. Babcia mogła go równie dobrze zaprosić do liczenia wypustek na piłkach do golfa.

– Chyba tak – mówi, wzruszając ramionami.

Doktor Russo żegna się z Rosemary skinieniem głowy, po czym wychodzi z pokoju. Valerie podąża za nim, myśląc o wieczorze, kiedy się poznali i ich pierwszej rozmowie pośrodku sterylnego korytarza, dokładnie takiego samego jak ten, którym szli teraz. Myśli o tym, jak długą drogę przeszli razem z Charliem, i o tym, że przez ten czas jej przerażenie ustąpiło miejsca stoickiemu zrezygnowaniu, a w końcu pojawiły się też przebłyski nadziei.

Ona i lekarz stoją naprzeciwko siebie. Po kilku sekundach ciszy doktor Russo pyta:

– Ma pani ochotę na filiżankę kawy? W bufecie?

– Dobrze – odpowiada Valerie. Czuje, że serce zaczyna bić jej szybciej, co ją zaskakuje i niepokoi. Jest zdenerwowana, choć nie wie dlaczego, i ma nadzieję, że on nie wyczuwa jej zakłopotania.

– To świetnie – mówi doktor Russo i oboje ruszają w stronę windy.

Po drodze nie pada ani jedno słowo, tylko od czasu do czasu witają się z przechodzącymi obok pielęgniarkami. Valerie od kilku tygodni uważnie przypatruje się ich twarzom i reakcjom. Już jakiś czas temu doszła do wniosku, że doktor Russo jest tu otoczony powszechnym podziwem, niemal wielbiony, w przeciwieństwie do kilku innych chirurgów, o których słyszała, że zachowują się protekcjonalnie, arogancko albo po prostu niegrzecznie. Russo nie jest nadmiernie wylewny czy gadatliwy, ale ma ciepły, pełen szacunku dla innych sposób bycia, który wraz z jego reputacją (mającą coś ze sławy gwiazdy rocka) czyni go najpopularniejszym lekarzem w całym szpitalu. „Jest najlepszy w kraju" – słyszy wciąż Valerie. „A do tego taki miły! No i przystojniak, trzeba mu to przyznać".

Dlatego jego zaproszenie na kawę naprawdę pochlebia Valerie. Wie wprawdzie, że jedyne, o czym Russo chce z nią rozmawiać, to zbliżająca się operacja Charliego lub jego ogólne postępy, ale czuje również, że rzadko robi to przy kawie, zwłaszcza w piątkowy wieczór.

Kilka sekund później docierają do windy. Otwierają się drzwi. Doktor Russo gestem prosi ją, by weszła pierwsza. Gdy już są w środku, oboje w ciszy patrzą przed siebie, aż w pewnej chwili doktor Russo odchrząkuje i mówi:

– Charlie to świetny dzieciak.

– Dziękuję – odpowiada Valerie. Wierzy, że Russo naprawdę tak myśli. Komplementy dotyczące syna są jedynymi, jakie potrafi przyjmować.

Wychodzą z windy, skręcają za róg i już są w bufecie. Gdy Valerie mruży oczy, przyzwyczajając je do ostrego światła jarzeniówek, doktor Russo pyta:

– Kiedy zaczął się interesować muzyką klasyczną?

– Jakoś w zeszłym roku. Jason gra na pianinie i gitarze, więc sporo go nauczył.

Doktor Russo kiwa głową, jakby przyswajał sobie tę informację, po czym pyta, czy Charlie też gra na jakichś instrumentach.

– Chodzi na lekcje pianina – odpowiada Valerie, pokonując znaną już trasę obok opiekacza i napojów gazowanych, prosto do automatu z kawą. Czuje, że doktor Russo myśli o dłoni Charliego. – Całkiem nieźle mu idzie. Czasem wystarczy, że usłyszy jakąś piosenkę... i potrafi odtworzyć nuty ze słuchu. – Valerie ciągnie z wahaniem, zastanawiając się, czy się za bardzo nie przechwala. – To rodzinny talent. Podobno Jason ma słuch absolutny. Kiedyś określił ton naszego dzwonka do drzwi jako środkowe A.

– No proszę. – Doktor Russo jest autentycznie pod wrażeniem. – To chyba rzadki talent, prawda?

Valerie kiwa głową, po czym bierze kubek i zaczyna przeglądać listę kaw.

– Z tego, co wiem, zdarza się u jednej osoby na dziesięć tysięcy albo coś w tym stylu.

Doktor Russo gwiżdże z podziwem, a potem pyta:

– Charlie też tak potrafi?

– Nie, nie – odpowiada Valerie. – Po prostu jest troszkę ponad przeciętną. To wszystko.

Doktor Russo kiwa głową, po czym naciska guzik, wybierając zwykłą czarną kawę. Valerie natomiast decyduje się na orzechową, do której wrzuca brązowy cukier z saszetki.

– Jest pani głodna? – pyta lekarz, gdy przechodzą obok lady z przekąskami.

Valerie kręci głową. Już dawno zapomniała, co to głód. Przez ostatnie dwa tygodnie schudła co najmniej dwa i pół kilo. Już wcześniej była chuda, teraz zrobiła się koścista.

Podchodzą do kasy i Valerie wyciąga portmonetkę, jednak doktor Russo ją powstrzymuje.

– Ja stawiam.

Valerie nie protestuje, nie chcąc robić problemu z powodu kubka kawy za osiemdziesiąt centów. Dziękuje mu więc nonszalanckim tonem i oboje kierują się do stolika z tyłu sali, tego, przy którym siadywała już wiele razy, jednak zawsze w samotności.

– A więc... – doktor Russo siada i pociąga łyk kawy. – Jak się pani trzyma?

Valerie siada naprzeciwko i zapewnia go, że u niej wszystko w porządku. Przez chwilę nawet sama w to wierzy.

– Wiem, że jest pani trudno. Ale proszę mi wierzyć... naprawdę uważam, że Charlie robi duże postępy. I myślę, że to przede wszystkim dzięki pani.

Valerie czuje, że się rumieni. Dziękuje mu i dodaje:

– Tu jest naprawdę wspaniale. Wszyscy są tacy cudowni.

Nie potrafi wyrazić wdzięczności w bardziej bezpośredni sposób. Czuje, że chyba by się rozkleiła. Doktor Russo kiwa głową. Tym razem to on jest lekko zakłopotany.

– To nasza praca – mówi zupełnie innym tonem niż ten, którego użył w stosunku do Rosemary. Valerie uśmiecha się do lekarza swojego syna. On odwzajemnia uśmiech. Potem oboje jednocześnie popijają kawę, cały czas utrzymując kontakt wzrokowy.

Valerie stwierdza, że jakkolwiek by na to spojrzeć, jest to wyjątkowa chwila dla nich obojga. Doktor Russo najwyraźniej również zdaje sobie z tego sprawę, ponieważ oboje milczą nieco dłużej, niż powinni. Valerie na gwałt zastanawia się, co powiedzieć. Opiera się pokusie zasypania go medycznymi pytaniami, ponieważ wydaje jej się, że już i tak za dużo pyta. Jednak nie bardzo ma ochotę poruszać inne tematy, które wydają jej się albo zbyt trywialne, albo zbyt osobiste.

– A więc... – doktor Russo przerywa wreszcie milczenie. – Chciałem porozmawiać o poniedziałkowej operacji.

– Dobrze. – Valerie prostuje się na krześle, żałując, że nie ma przy sobie notesu oraz długopisu. Robienie notatek pomogłoby jej rozładować stres. – Dziękuję – dodaje, przypominając sobie to, czego dowiedziała się z wcześniejszych rozmów z nim, a także z uwag rzucanych przez pielęgniarki oraz z artykułów, które znalazła w internecie.

Doktor Russo odchrząkuje.

– W poniedziałek rano do Charliego przyjdzie anestezjolog i poda mu narkozę.

Valerie czuje narastające napięcie, a tymczasem doktor Russo mówi dalej:

– Potem ogolę mu głowę i usunę z twarzy spaloną skórę.

Valerie kiwa głową, nerwowo przełykając ślinę.

– Następnie za pomocą dermatomu elektrycznego pobierzemy warstwę skóry z jego głowy, żeby stworzyć z niej przeszczep średniej grubości.

– Średniej grubości? – dopytuje przestraszona Valerie.

Doktor Russo kiwa głową uspokajająco.

– Przeszczep średniej grubości składa się z naskórka i części skóry właściwej.

– A skóra odrośnie? Ta na jego głowie?

– Tak. Pozostała tkanka zawiera mieszki włosowe oraz gruczoły łojowe, które rozmnożą się i stworzą nową warstwę naskórka. Opatrzymy to miejsce gazą nasączoną antybiotykiem, żeby ochronić je przed infekcjami...

– No dobrze – Valerie znów przełyka ślinę i kiwa głową. – A potem? Co z przeszczepem?

– Pobrany fragment skóry ułożymy na policzku Charliego i skalpelem zrobimy w nim małe dziurki, przez co nasiąknie krwią i płynem. Następnie przytwierdzimy go bardzo cienką nitką oraz odrobiną kleju biologicznego i opatrzymy.

– Czy... czy przeszczep zawsze się przyjmuje?

– Zazwyczaj tak. Powinien przyrosnąć i się unaczynić... a skóra z głowy będzie pasowała do policzka.

Valerie kiwa głową. Nadal jest oszołomiona, czuje się jednak odrobinę pewniej. Doktor Russo dodaje, że po operacji Charlie dostanie specjalną, wykonaną na miarę maskę, dzięki której kontroluje się blizny na twarzy.

– Krótko mówiąc, chcemy, żeby blizny były płaskie, gładkie i miękkie.

– Maskę? – Valerie próbuje sobie to wyobrazić, po raz kolejny martwiąc się o piętno, jakie wypadek pozostawi na jej synu, gdy już wyjdzie ze szpitala i zetknie się z ludźmi.

– Tak – odpowiada doktor Russo. – Jeszcze dziś po południu przyjdzie terapeuta i wykona skan twarzy Charliego. Dane, które uzyska, przekażemy firmie, która produkuje przezroczyste silikonowe maski. Maska pokryje całą twarz Charliego, oczywiście z wyjątkiem otworów na oczy, nos i usta.

– Ale będzie całkiem przezroczysta?

– Tak. Będziemy przez nią obserwować, jak bledną blizny. Pozwoli nam też na kontrolowanie ucisku... Z czasem terapeuta będzie przystosowywał maskę do wszelkich zmian zachodzących na twarzy małego. – Doktor Russo wpatruje się w Valerie, jakby czegoś w niej szukał. – Co pani na to?

Valerie kiwa głową, lekko podtrzymana na duchu.

– Jakieś pytania?

– Nie. W tej chwili nie – odpowiada Valerie cicho.

– Gdyby jednak miała pani jeszcze jakieś wątpliwości, proszę do mnie dzwonić. O każdej porze. Ma pani mój numer.

– Dziękuję, panie doktorze.

– Nick. – Doktor Russo poprawia ją tak już co najmniej po raz czwarty.

– Nick – powtarza Valerie, a ich spojrzenia znów się spotykają. Ponownie zapada cisza, ale tym razem Valerie czuje się swobodniej, niemal jakby ich milczące porozumienie sprawiało jej przyjemność. Nick chyba czuje to samo, ponieważ uśmiecha się i swobodnie zmienia temat:

– Charlie wspominał, że jesteś prawniczką.

Valerie kiwa głową, zastanawiając się, w jakim kontekście Charlie mógł rozmawiać z lekarzem na temat jej zawodu.

– A czym się konkretnie zajmujesz?

– Prawem pracy – odpowiada, myśląc o tym, jak bardzo pozbawiona znaczenia wydaje jej się w tej chwili kancelaria i wszystko, co z nią związane. Poza kilkoma rozmowami telefonicznymi z dyrektorem jej działu, który zapewnił ją, że jej sprawami i klientami zajmie się ktoś inny i że nie powinna się o nic martwić, Valerie od czasu wypadku w ogóle nie myślała o pracy i nie potrafiła sobie wyobrazić, jak kiedykolwiek mogła się stresować czymś tak mało istotnym.

– Studiowałaś gdzieś niedaleko? – pyta Nick.

Valerie kiwa głową.

– Na Harvardzie. – Zwykle nie wypowiada tego słowa, nie z powodu fałszywej skromności, która towarzyszy wielu jej znajomym z roku, kiedy mówią: „Chodziłem lub chodziłam do szkoły w Cambridge"*, ale dlatego że po prostu nie czuje się godna tej nazwy. Z Nickiem jednak jest inaczej, być może dlatego, że Valerie wie, iż on tam studiował, jest więc tak doskonale wykształcony, jak się tylko da. Rzeczywiście, jej słowa nie robią na nim wielkiego wrażenia. Kiwa tylko głową i zadaje kolejne pytanie:

– Zawsze wiedziałaś, że chcesz się zajmować prawem?

Valerie zastanawia się, czy wyznać mu prawdę: że prawo nigdy nie było jej pasją, po prostu chciała coś w życiu osiągnąć. Zwłaszcza po narodzinach Charliego, gdy tak rozpaczliwie

---

* Uniwersytet Harvarda znajduje się w Cambridge w stanie Massachusetts.

pragnęła zacząć wreszcie dobrze zarabiać i zapewnić swojemu dziecku wszystko, czego mu potrzeba. Robić coś, z czego Charlie mógłby być dumny, dzięki czemu będzie mu mogła w jakimś stopniu wynagrodzić brak ojca.

Oczywiście Valerie nie zwierza się z tego wszystkiego Nickowi. Mówi tylko:

– Nie, właściwie to nie. Przez kilka lat byłam asystentką w kancelarii, aż uświadomiłam sobie, że jestem równie inteligentna, jak moi zwierzchnicy... – uśmiecha się. – Pielęgniarki w szpitalu pewnie myślą tak samo o tobie.

– Rzeczywiście. Trochę przesadzają. – Nick uśmiecha się skromnie.

– Och, daj spokój. Sam w to nie wierzysz. Przecież na samym początku pochwaliłeś mi się, jaki jesteś dobry.

– Naprawdę? – Spogląda na nią, zaskoczony. – Kiedy?

– Kiedy się poznaliśmy – odpowiada Valerie, a jej uśmiech blednie na wspomnienie tamtej nocy.

Nick wpatruje się w przestrzeń nad jej głową, jakby i on na nowo przeżywał tamte chwile.

– Rzeczywiście tak było, prawda?

Valerie kiwa głową i wyznaje:

– Jak dotąd... potwierdzam w stu procentach. – Spogląda na niego, a on nachyla się w jej stronę nad stolikiem i mówi:

– Poczekaj tylko. Daj mi parę miesięcy i jeszcze kilka operacji...

Valerie nie odpowiada, ale czuje, jak wali jej serce, w którym wzbiera wdzięczność i coś jeszcze, czego nie potrafi nazwać. Jest gotowa dać mu tyle czasu, ile tylko zapragnie.

ROZDZIAŁ 9

Tessa

Jest piątkowy wieczór. Siedzę w salonie w towarzystwie matki, brata i bratowej, którzy przyjechali na weekend z Manhattanu. Wszyscy jesteśmy elegancko ubrani – na ósmą mamy zarezerwowany stolik w restauracji – i raczymy się winem, podczas gdy dzieci, świeżo wykąpane i nakarmione, bawią się na górze pod okiem opiekunki. Brakuje tylko jednej osoby – Nicka, który spóźnia się już dwadzieścia minut, co nie uchodzi uwadze mojej matki.

– Czy Nick zawsze w weekendy tak późno wraca z pracy? – pyta, zakładając nogę na nogę, po czym znacząco spogląda na timeksa, którego nosi teraz w miejsce drogocennego zegarka od Cartiera, prezentu od mojego ojca na ostatnią rocznicę ślubu, którą razem obchodzili.

– Zazwyczaj nie – odpowiadam obronnym tonem. Wiem, że mówi tak, bo ma żywiołowy charakter i nie potrafi usiedzieć przez dłuższy czas w jednym miejscu, a jednak traktuję to jak zawoalowany atak, coś w stylu pytania: „Kiedy przestał pan bić żonę?". Albo, w tym przypadku: „Czy wciąż pozwalasz, by twój mąż cię bił?".

– Musiał wpaść do pewnego pacjenta. To mały chłopiec – mówię, próbując przypomnieć jej w ten sposób, jak bardzo szlachetne jest zajęcie Nicka. – W poniedziałek czeka go przeszczep skóry.

– Cholera jasna – mój brat wzdryga się i potrząsa głową. – Naprawdę nie wiem, jak on to robi.

– Aha – przytakuje mu żona, pełnym podziwu spojrzeniem wpatrując się w przestrzeń.

Na matce moje słowa nie robią aż takiego wrażenia. Z pełną sceptycyzmu miną składa serwetkę na pół, potem na cztery.

– Na którą mamy rezerwację? – pyta. – Może powinniśmy po prostu umówić się z nim już w restauracji?

– Dopiero na ósmą. Zostało jeszcze pół godziny. A restauracja jest bardzo blisko – odpowiadam krótko. – Zdążymy, mamo. Spokojnie.

– Właśnie, mamo, wyluzuj – rzuca mój brat przekornie.

Matka podnosi ręce do góry.

– Dobrze, już dobrze – mówi, po czym zaczyna nucić pod nosem.

Spięta, zaczynam sączyć wino. Moja matka również nie wygląda na uspokojoną. Zazwyczaj nie przejmuję się spóźnieniami Nicka i nie robię mu wyrzutów, gdy nagle wzywają go do szpitala. Zdążyłam pogodzić się z tym, jaki charakter ma jego praca, a co za tym idzie, również nasze wspólne życie. Ale gdy odwiedza nas moja rodzina, sytuacja się zmienia. W związku z czym ostatnią rzeczą, którą powiedziałam dziś po południu do Nicka, dowiedziawszy się, że musi „jeszcze na parę minut wpaść do szpitala", było: „Tylko błagam, nie spóźnij się". On pokiwał głową i wydawało mi się, że rozumie, o co mi chodzi. Po pierwsze, nie chcemy dawać mojej matce argumentów wspierających jej tezę, że w naszym związku to on jest ważniejszy. Po drugie, chociaż uwielbiam swojego starszego brata Deksa i jestem bardzo blisko z jego żoną Rachel, to jednak od czasu do czasu, patrząc na nich, bywam zazdrosna, a czasem wręcz zdegustowana. Nie potrafię się powstrzymać przed porównywaniem swojego związku z Nickiem z ich – najwyraźniej idealnym – małżeństwem.

Teoretycznie nasza czwórka ma ze sobą wiele wspólnego. Dex, podobnie jak Nick, ma stresujące zajęcie, które pochłania mu dużo czasu (pracuje w banku inwestycyjnym Goldman Sachs), Rachel zaś zrezygnowała z kariery prawniczej, gdy zaczęła rodzić dzieci. Tak jak ja przez jakiś czas pracowała na pół etatu, po czym zwolniła się na dobre. Dex i Rachel również mają dwójkę dzieci – siedmioletnią Julię i czteroletnią Sarę. Także ich stosunki domowe przypominają nasze. Dex pozostawia żonie wychowanie i utrzymanie dyscypliny. Co ciekawe, w odróżnieniu od Nicka, moja matka akurat jego się nie czepia, przeciwnie, zdarzało jej się kilka razy zarzucić Rachel, że jest zbyt wymagająca w stosunku do męża.

Ale najbardziej uderzające jest to, że ja i mój brat mamy zaskakująco podobną historię, jeśli chodzi o związki. On też zerwał zaręczyny zaledwie kilka dni przed ślubem. To właściwie wariactwo: brat i siostra, których dzielą dwa lata różnicy wieku, oboje odwołują ślub, zresztą również w odległości dwóch lat. Każdy psychiatra z przyjemnością poddałby nas analizie, i prawdopodobnie przypisałby ów dziwny fakt rozstaniu naszych rodziców. Dex wierzy, że to właśnie dlatego i ojciec, i matka tak bardzo nas wspierali. Oboje stracili tysiące dolarów wpłaconych jako ślubne zaliczki. Musieli też najeść się wstydu przed co bardziej staroświeckimi znajomymi. Mimo wszystko uważali chyba, że to niewielka cena za to, by ich dzieci wybrały właściwych partnerów. Chociaż nie powstrzymało to matki od okrutnych kpin i podarowania nam na gwiazdkę po ciepłej kurtce, żebyśmy – a jakże by inaczej – „nie musieli już chodzić w tych starych, podszytych tchórzem".

Poza tym musieliśmy w kółko wysłuchiwać jej rad, byśmy pod żadnym pozorem nie wiązali się teraz z kimś tylko dlatego, że nie chcemy być sami. Na co Dex tłumaczył jej, że łatwiej mu rozpoznać „tę jedyną" świeżo po tym, jak się sparzył, gdyż wie już, czego nie chce – i że w przypadku Rachel nie ma absolutnie żadnych wątpliwości. Ja natomiast zadowalałam się prostszą odpowiedzią: „Mamo, nie wtrącaj się".

Swoją drogą, Dex wywołał większy skandal niż ja, ponieważ Rachel była przyjaciółką jego ówczesnej narzeczonej – i to przyjaciółką jeszcze z dzieciństwa. Co więcej, jestem niemal pewna, że w grę wchodziła zdrada. Wprawdzie moje podejrzenia nigdy się nie potwierdziły, ale od czasu do czasu Deksowi lub Rachel wymyka się jakiś szczegół. Nick i ja wymieniamy wtedy porozumiewawcze spojrzenia. Nie żeby po tylu latach miało to jeszcze jakieś znaczenie. Wydaje mi się jednak, że podejrzane początki nie ułatwiają związku. Innymi słowy, jeśli dwoje ludzi ma romans, a potem rzeczywiście zostają razem, mają przynajmniej w zanadrzu romantyczną historię pod tytułem „byliśmy dla siebie stworzeni", która ich do pewnego stopnia rozgrzesza. W przeciwnym razie, są tylko parą zdrajców.

Jak dotąd, Dex i Rachel zaliczają się do tej pierwszej grupy. Po latach nadal są w siebie tak zapatrzeni, że to aż nie do zniesienia. Są również najlepszymi przyjaciółmi; inaczej niż ja i Nick. Absolutnie wszystko robią razem – chodzą na siłownię, czytają gazetę, oglądają te same programy i filmy. Jedzą razem śniadania, obiady, a czasami nawet lunche i co najdziwniejsze, co wieczór chodzą do łóżka o tej samej porze. Co więcej, Dex mawia, że bez Rachel ma problemy z zaśnięciem – a także, że nigdy nie chodzą spać pogniewani.

Nie chcę przez to powiedzieć, że ja i Nick nie lubimy spędzać wspólnie czasu – przeciwnie, uwielbiamy to. Ale nie jesteśmy jak papużki nierozłączki – nigdy nie byliśmy. Nie chodzimy razem na siłownię (ja zresztą ostatnio nie chodzę w ogóle), a nasze pory posiłków czy kładzenia się spać także różnią się od siebie, i to znacznie. Wieczorami nie mam absolutnie żadnych kłopotów, żeby zasnąć bez Nicka u boku.

Nie wiem, czy to czyni małżeństwo Deksa i Rachel lepszym od naszego, od czasu do czasu miewam jednak niepokojące poczucie, że nasz związek jest daleki od ideału. Cate i April, którym zwierzyłam się z moich wątpliwości, twierdzą, że to my jesteśmy normalni, a Dex i Rachel nietypowi, żeby nie powiedzieć dziwaczni. Zwłaszcza April, której stosunki z mężem wyglądają zupełnie inaczej, utrzymuje, że związek Deksa i Rachel jest tak naprawdę „niezdrowy i współuzależniający". Gdy zaś poruszam ten temat z Nickiem, czy to tęsknym, czy pełnym niepokoju tonem, on – co zrozumiałe – przybiera postawę obronną.

– Ale ty przecież jesteś moją najlepszą przyjaciółką – mówi. Pewnie to i prawda, ponieważ Nick nie ma tak naprawdę bliskich przyjaciół, co jest typową cechą większości znanych nam chirurgów. Kiedyś owszem, miał – w liceum, w college'u, a nawet kilku na studiach medycznych – nie zrobił jednak nic, by przez te wszystkie lata utrzymać z nimi kontakt. Co ważniejsze, nawet jeśli czyni mnie to jego najlepszą przyjaciółką, i nawet jeśli teoretycznie on również jest moim najbliższym przyjacielem, czasami czuję, że Cate i April, a nawet Rachel, wiedzą o mnie więcej. Zwłaszcza jeśli chodzi o życie codzienne. To z nimi rozmawiam o kawałku sernika, którego nie powinnam była jeść, szałowych okularach słonecznych, które znalazłam na wyprzedaży, albo o zachwycającej rzeczy, którą powiedziała Ruby lub zrobił Frank. Oczywiście w końcu również i Nick się o tym wszystkim dowiaduje, o ile temat nadal jest ważny – albo chociaż aktualny – gdy w końcu mamy okazję pobyć razem. Częściej jednak zdarza się, że istotne sprawy ograniczam do minimum, całkowicie natomiast oszczędzam mu trywialnych – a w każdym razie tych, które on oceniłby jako trywialne.

Poza tym pozostaje jeszcze kwestia życia seksualnego Deksa i Rachel. Wiem o nim właściwie przez przypadek.

Zaczęło się jakiś czas temu od wyznania Rachel, że niemal od roku starają się o trzecie dziecko. Już sama ta informacja wywołała we mnie ukłucie zazdrości. Nick już dawno i kategorycznie wykluczył taką możliwość. Choć ogólnie zgadzam się z nim, czasem tęsknię do mniej przewidywalnego modelu rodziny niż mama–tata–córka–syn.

Zapytałam wtedy Rachel, czy mocno się starają. Oczekiwałam opowieści o typowych, pozbawionych romantyzmu strategiach i metodach, do których uciekają się pary pragnące począć dziecko, takich jak testy owulacyjne, termometry, seks według grafiku. Zamiast tego usłyszałam:

– Och, nie robimy nic innego niż zwykle... Ale wiesz, kochamy się trzy lub cztery razy w tygodniu i nic... Wiem, że rok to jeszcze nie tak długo, ale z dziewczynkami udało się od razu...

– Trzy lub cztery razy, kiedy jajeczkujesz? – spytałam.

– Nie, właściwie to nie wiem dokładnie, kiedy mam owulację, więc po prostu robimy to trzy lub cztery razy w tygodniu, no wiesz... z a w s z e – odpowiedziała, parskając nerwowym śmiechem. Najwyraźniej nie czuła się swobodnie, omawiając swoje życie seksualne.

– Zawsze? – powtórzyłam, myśląc o starożytnym japońskim przysłowiu, które głosi, że jeśli nowożeńcy wkładają do słoika ziarnko fasoli za każdym razem, gdy się kochają podczas pierwszego roku małżeństwa, a potem przez resztę życia za każdym razem jedno wyjmują, nigdy nie opróżnią słoika.

– No tak. A czemu pytasz? Czy powinniśmy... się ograniczyć? Może oszczędzać się na najlepsze dni cyklu? Może na tym polega nasz problem?

Nie potrafiłam ukryć zaskoczenia.

– Ale naprawdę kochacie się c z t e r y razy w tygodniu? Czyli praktycznie co drugi dzień?

– No... no tak... – odpowiedziała, nagle na powrót stając się dawną nieśmiałą Rachel, dziewczyną, którą z wielkim

103

trudem wyciągnęłam z jej skorupy po tym, jak poślubiła mojego brata, z nadzieją, że poczujemy coś, czego żadna z nas nie miała w dzieciństwie, że poczujemy się jak siostry. – Ale czemu pytasz? Jak... jak często ty i Nick?

Zawahałam się i już-już miałam powiedzieć jej prawdę: owszem, kochamy się trzy lub cztery razy, tyle że w miesiącu. Ale w tym momencie odezwała się we mnie duma, a może nawet duch rywalizacji.

– Och, sama nie wiem. Raz czy dwa w tygodniu – odparłam, czując się nie na miejscu, jak jedna z tych starych mężatek, o których czytałam w czasopismach, lecz nigdy nie wyobrażałam sobie, że mogłabym stać się jedną z nich.

Rachel pokiwała głową i kontynuowała narzekania na swoją słabnącą płodność, pytając mnie, czy uważam, że Dex będzie rozczarowany, jeśli nie urodzi mu się syn. Zupełnie jakby wiedziała, że kłamię, i chciała poprawić mi nastrój, wyolbrzymiając własne problemy. Później poruszyłam ten temat z April, która rozwiała mój niepokój, a przy okazji zapewne i swój.

– Cztery razy w tygodniu? – Prawie wykrzyczała to pytanie. Zupełnie jakby właśnie usłyszała, że masturbują się w kościele albo wymieniają partnerami z sąsiadami z góry. – Rachel kłamie.

– Nie sądzę – odparłam.

– Ależ oczywiście, że tak. Wszyscy kłamią, jeśli chodzi o seks po ślubie. Czytałam kiedyś, że badania na ten temat zawsze są skrzywione, ponieważ nikt nie mówi prawdy, nawet w anonimowej ankiecie...

– Naprawdę wydaje mi się, że Rachel nie kłamie – powtarzam, czując ulgę na wiadomość, że nie jestem sama. Uczucie to jeszcze się wzmogło, gdy Cate, która kocha seks bardziej niż większość dorastających chłopców, dorzuciła swoje trzy grosze.

– Rachel to lizuska. I męczennica – oświadczyła, przypominając mi jej zachowanie podczas naszych babskich wypadów w czasach, gdy nie miała jeszcze dzieci. Zawsze godziła się na najmniejszy pokój i zdawała się na nas, gdy trzeba było zdecydować, gdzie zjemy kolację. – Wyobrażam sobie, jak zgadza się na seks, nawet jeśli sama nie ma na niego ochoty. Chociaż z drugiej strony... z twojego brata jest niezłe ciacho.

– Oj, przestań już. – Zawsze tak reaguję, gdy któraś z koleżanek zaczyna mówić, jak bardzo atrakcyjny jest mój brat. Słyszałam to przez całe życie, a przynajmniej od czasów liceum, gdy nagle zyskał wierne grono wielbicielek. W tamtych czasach musiałam nawet zrezygnować z kilku przyjaźni z powodu podejrzeń, że dziewczyny bez skrupułów wykorzystywały mnie, by zbliżyć się do Deksa.

Przedstawiłam jej swoją teorię, że w małżeństwie uroda ma niewiele wspólnego z pociągiem seksualnym. Że uważam Nicka za pięknego mężczyznę, ale w większości przypadków to nie wystarczy, bym pokonała typowe zmęczenie. Ludzie zakochują się w sobie ze względu na atrakcyjność fizyczną, jednak na dłuższą metę takie rzeczy tracą znaczenie.

Rozmyślam nad tym wszystkim, gdy nagle Nick zjawia się w salonie, witając ogół zebranych i przepraszając za spóźnienie.

– Nic nie szkodzi. – Moja matka wyrywa się jako pierwsza, zupełnie jakby to do niej należało wybaczanie mojemu mężowi.

Nick uśmiecha się pobłażliwie i całuje ją w policzek.

– Barbie, moja droga. Stęskniliśmy się za tobą – mówi z tylko dla mnie wyczuwalną nutką sarkazmu w głosie.

– My za tobą też – odpowiada moja matka, unosząc znacząco brwi i spoglądając na zegarek.

Nick ignoruje przytyk, pochyla się i całuje mnie w usta. Ja również go całuję, odrobinę dłużej niż zwykle, zastanawiając się, co chcę w ten sposób udowodnić – i komu.

Dex wstaje i wita Nicka męskim uściskiem, a mi przychodzi do głowy to samo, co zawsze, gdy widzę ich obok siebie:

że mogliby uchodzić za braci, choć Dex ma bardziej smukłą, elegancką sylwetkę i zielone oczy, podczas gdy Nick jest ciemnooki i bardziej muskularny. Ma w sobie coś z Włocha.

– Dobrze cię widzieć, stary – mówi Nick z uśmiechem.

Dex odwzajemnia uśmiech.

– Ciebie też. Jak leci? Co tam w szpitalu?

– Dobrze... W porządku – odpowiada Nick. Zazwyczaj właśnie do tego sprowadzają się ich rozmowy o pracy, jako że wiedza medyczna Deksa jest równie powierzchowna, co pojęcie Nicka o rynkach finansowych.

– Tessa wspominała o twoim ostatnim pacjencie – odzywa się Rachel. – O tym małym chłopcu, który opiekał pianki nad ogniskiem.

– Aha. – Z twarzy Nicka powoli znika uśmiech.

– Jak on się miewa? – pyta Rachel.

– Nieźle. – Nick kiwa głową. – To mały twardziel.

– Czy to jego wychowuje samotna matka?

Nick rzuca mi poirytowane spojrzenie, które może znaczyć albo: „Czemu opowiadasz o moich pacjentach?", albo: „Czemu wdajesz się w plotki?". Zapewne znaczy jedno i drugie.

– No co? – rzucam rozzłoszczona, myśląc o niewinnej pogawędce, którą odbyłam z Rachel tuż po wypadku. Potem zwracam się do niej i potwierdzam: – Tak, jego.

– A co się stało? – włącza się Dex, jak zawsze głodny ciekawych historii. Nie znaczy to, że jest niemęski, ani nawet metroseksualny, ale Deksowi zawsze sprawiało przyjemność plotkowanie z dziewczynami. Od czasu do czasu zdarza mu się nawet przeglądać kolorowe magazyny typu „People" czy „Us Weekly". Zawsze mi się to w nim podobało, podejrzewam również, że między innymi dlatego on i Rachel są sobie tak bliscy.

Relacjonuję mu w skrócie historię Charliego Andersona. Nick tymczasem potrząsa głową, mamrocząc:

– Jezu, od kiedy to z mojej żony zrobiła się taka plotkara.

– Słucham? – Moja matka wyraźnie staje w mojej obronie.

Nick powtarza swoją uwagę wyraźnie, niemal wyzywająco.

– Zrobiła się z niej plotkara, mówisz? A to niby od kiedy?

To test, choć Nick nie zdaje sobie z tego sprawy.

– Odkąd zaczęła się zadawać z gotowymi na wszystko gospodyniami domowymi.

Matka spogląda na mnie znacząco, po czym jednym haustem opróżnia swój kieliszek.

– Chwileczkę, czy coś mnie ominęło? – pyta Dex.

Rachel uśmiecha się i ściska go za rękę.

– Pewnie tak – mówi żartobliwie. – Zawsze jesteś o krok do tyłu, kochanie.

– Nie, Dex – zaprzeczam dobitnym tonem. – Nic cię nie ominęło.

– Co to, to na pewno – mamrocze Nick pod nosem, rzucając mi kolejne pełne wyrzutu spojrzenie.

– Och, uspokój się już – mówię.

Nick posyła mi całusa, jakby chciał zaznaczyć, że cały czas żartował.

Robię to samo, udając, że jestem w równie przekornym nastroju, a jednocześnie ze wszystkich sił staram się zignorować pierwsze oznaki urazy, które moja matka, niby samozwańcza wieszczka, przewidziała już jakiś czas temu.

*

Podczas kolacji wszyscy odzyskujemy dobry humor, dyskutując na przeróżne tematy, od polityki przez popkulturę, na rodzicielstwie i byciu babcią kończąc. Matka zachowuje się bez zarzutu, nie wyżywa się na nikim, nawet na byłym mężu – co zdarza jej się chyba po raz pierwszy od czasu rozwodu. Również Nick jest nad wyraz uroczy i okazuje mi szczególne względy. Być może chce zatrzeć niemiłe wrażenie, które zrobił swoim spóźnieniem, a może pragnie zrekompensować mi nazwanie mnie plotkarą. Wino również robi swoje i już wkrótce czuję, że się rozluźniam. Reszta wieczoru upływa w swobodnej, radosnej rodzinnej atmosferze.

Ale następnego ranka budzę się wcześnie, z pulsującymi skrońmi i na nowo ogarnięta niepokojem. Gdy schodzę na dół zaparzyć kawę, przy kuchennym stole zastaję matkę z filiżanką earl greya i sfatygowanym egzemplarzem *Pani Dalloway* – jej ulubionej książki.

– Ile razy już to czytałaś? – pytam, napełniając ekspres wodą i świeżo zmieloną kawą, po czym siadam obok niej.

– Och, sama nie wiem. Co najmniej sześć – odpowiada. – Może i więcej. Zawsze się przy niej uspokajam.

– Zabawne. Na mnie działa wręcz odwrotnie. Co w niej takiego uspokajającego? Nieskonsumowane lesbijskie pragnienia? Czy dążenie bohaterki, by odnaleźć wreszcie sens w swoim bezsensownym życiu, polegającym na robieniu zakupów, wychowywaniu dzieci i urządzaniu przyjęć?

Barb aż parska śmiechem, tak bardzo moje słowa przypominają wywody, które sama ma zwyczaj wygłaszać.

– Nie tyle chodzi o treść – mówi – co o moment w moim życiu, kiedy czytałam ją po raz pierwszy.

– Kiedy? W college'u? – pytam. Ja po raz pierwszy zakochałam się w Virginii Woolf właśnie na studiach.

Matka kręci głową.

– Nie. Dex był wtedy malutki, a ja byłam w ciąży z tobą.

Przekrzywiam głowę w oczekiwaniu na dalszy ciąg.

Matka dwoma kopnięciami pozbywa się różowych puchatych kapci, które kompletnie do niej nie pasują, i ciągnie:

– Twój ojciec i ja mieszkaliśmy jeszcze w Brooklynie. Byliśmy wtedy bez grosza... ale tacy szczęśliwi. To był chyba najwspanialszy okres w moim życiu.

Wyobrażam sobie urządzone w kiczowatym stylu lat siedemdziesiątych romantyczne mieszkanie w nowojorskiej kamieniczce, w którym spędziłam pierwsze trzy lata życia, ale które znam tylko ze zdjęć, rodzinnych filmów wideo i opowieści matki. Było to, zanim mój ojciec założył swoją kancelarię i zanim wyprowadziliśmy się do tradycyjnego domu w stylu kolonialnym w Westchester, w którym mieszkałam aż do rozwodu rodziców.

– Kiedy ty i tata... przestaliście być razem szczęśliwi? – pytam.

– Och, czy ja wiem... To się stało stopniowo... i nawet pod sam koniec zdarzały się cudowne chwile. – Matka uśmiecha się w taki sposób, że równie dobrze mogłaby się za moment roześmiać, jak wybuchnąć płaczem. – Twój ojciec, co za facet... Potrafił być taki uroczy, taki błyskotliwy...

Kiwam głową, myśląc, że przecież wciąż taki bywa – że właśnie tymi dwoma przymiotnikami ludzie go zwykle określają.

– Szkoda, że musiał być z niego taki kobieciarz – dodaje matka tak swobodnym i rzeczowym tonem, że równie dobrze mogłaby powiedzieć: „Szkoda, że zaczął nosić sportowe garnitury z poliestru".

Odchrząkuję, po czym z wahaniem pytam o coś, co zawsze podejrzewałam:

– Czy ojciec miał inne kochanki? Przed nią? – Mam na myśli obecną żonę taty, Diane. Wiem, że matka nienawidzi, gdy ktoś choćby wymawia jej imię. Jestem przekonana, że pogodziła się już z odejściem męża i przeżyła ból rozstania. Jednak z jakiegoś powodu nigdy nie zdoła wybaczyć „tej drugiej", ponieważ żarliwie wierzy w kobiecą solidarność i w to, że jesteśmy sobie winne prawość i uczciwość, której mężczyźni wydają się z natury pozbawieni.

Matka rzuca mi długie, poważne spojrzenie, jakby się zastanawiała, czy może mi zdradzić swoją tajemnicę.

– Tak – mówi w końcu. – Wiem o jeszcze dwóch innych. Chociaż mogło ich być więcej.

Przełykam ślinę i kiwam głową.

109

– Za każdym razem się przyznawał, wszystko mi opowiadał. Rozklejał się, zaczynał płakać i przysięgał, że nigdy więcej tego nie zrobi.

– I wybaczyłaś mu?

– Za pierwszym razem tak. Całkowicie. Za drugim udawałam, że też, ale tak naprawdę przestałam mu ufać. Ze ściśniętym żołądkiem szukałam śladów szminki na jego kołnierzyku i numerów telefonu w portfelu. Czułam, że się poniżam. Że on mnie poniżył... Chyba cały czas wiedziałam, że znowu to zrobi... – matka milknie, a jej wzrok staje się nieobecny.

Mam ochotę ją przytulić, ale zamiast tego zadaję kolejne trudne pytanie.

– Myślisz, że przez to... straciłaś zaufanie do mężczyzn?

– Być może – odpowiada matka, spoglądając nerwowo w kierunku schodów, jakby się bała, że Nick albo Dex usłyszą, jak źle mówi o ich płci. Zniża głos do szeptu. – I może też dlatego tak bardzo byłam zła na twojego brata... kiedy zerwał pierwsze zaręczyny.

To kolejna nowa rzecz, której się o niej dowiaduję. Nigdy nie przypuszczałam, że matka podejrzewała Deksa o niewierność – ani że kiedykolwiek o cokolwiek miała do niego pretensje.

– Przynajmniej nie byli jeszcze małżeństwem.

– No tak. Właśnie to sobie powtarzałam przez cały czas. Poza tym nie znosiłam tej okropnej Darcy. Więc właściwie wszystko się dobrze skończyło.

Otwieram usta, ale się powstrzymuję.

– Śmiało – zachęca mnie matka.

Waham się jeszcze przez chwilę, po czym pytam:

– Ufasz Nickowi?

– A czy ty mu ufasz? – rzuca. – Raczej nad tym powinnyśmy się zastanowić.

– Ufam mu, mamo – odpowiadam, kładąc zaciśniętą dłoń na piersi. – Wiem, że nie jest idealny.

– Nikt nie jest – stwierdza matka tonem podobnym do tego, jakim kaznodzieja wypowiada słowo: amen.

– I wiem, że nasze małżeństwo nie jest idealne – dodaję, myśląc o trudnym początku zeszłego wieczoru.

– Nie ma idealnych małżeństw.

Amen.

– Ale na pewno nigdy by mnie nie zdradził.

Matka rzuca mi spojrzenie, które kiedy indziej uznałabym za apodyktyczne, ale teraz, w miękkim, złocistym świetle wschodzącego słońca, traktuję je jedynie jako wyraz matczynej troski. Wyciąga dłoń i kładzie ją na mojej.

– Nick to dobry człowiek. Naprawdę dobry… Ale nauczyłam się w życiu jednego: nigdy nie mów nigdy.

Czekam, aż powie coś więcej. Nagle słyszę, jak Frank woła mnie z góry, przerywając pełną intymności ciszę, która zapadła między nami.

– A w końcu zawsze się okazuje – dodaje moja matka, ignorując nasilające się krzyki wnuka, zupełnie jakby go nie słyszała – że tak naprawdę możesz liczyć tylko na siebie.

ROZDZIAŁ 10

Valerie

W sobotę tuż po zmroku w szpitalu zjawia się Jason z torbą popcornu do mikrofalówki, dwoma pudełkami żelków i dwiema płytami z filmami oznaczonymi ostrzeżeniem: „Dzieci mogą oglądać za zgodą rodziców".

– Świetnie! Uwielbiam żelki! – woła na wszelki wypadek Valerie, przeczuwając to, czym brat odgrażał się od wielu dni.

Jason kręci głową i oświadcza:

– O nie. Dziś mamy męski wieczór.

Valerie zaciska ręce na poręczach fotela. Spanikowana, przypomina sobie, jak czuła się w dzieciństwie, grając w gorące krzesła.

– Zawsze mówiłeś, że należę do bandy.

– Nie dziś. Dziś mamy z Charliem imprezę z nocowaniem. Żadnych dziewczyn. Prawda, Charlie?

– Prawda – odpowiada Charlie uśmiechnięty od ucha do ucha i robi z wujkiem żółwika.

Valerie, która jeszcze przed chwilą gorączkowo zastanawiała się, jak umilić Charliemu wieczór, teraz panikuje na myśl o rozłące z nim. Od wypadku zdarzało jej się kilka razy opuścić szpital na parę godzin, żeby odebrać jedzenie na wynos czy szybko załatwić parę sprawunków. Któregoś wieczoru pojechała nawet do domu, zrobić pranie i przejrzeć korespondencję. Nigdy jednak nie zostawiła Charliego na całą noc i nawet jeśli on jest na to gotowy – ona z pewnością nie.

– Proszę bardzo. Zajadajcie sobie żelki i oglądajcie filmy – mówi tak swobodnie, jak tylko potrafi, starając się nie okazać paniki i nie podkopać autorytetu Jasona. Spogląda na zegarek i mamrocze pod nosem, że wróci za kilka godzin.

– Nie ma mowy – oświadcza Jason. – Wrócisz jutro. A teraz już leć.

Valerie rzuca bratu pełne konsternacji spojrzenie, na co on po prostu spycha ją z fotela.

– Zwijaj się. Już cię nie ma. Znikaj, kobieto.

– Dobrze już, dobrze – mówi w końcu Valerie, powoli zbierając swoje rzeczy: torebkę i telefon ładujący się w kącie pokoju. Wie, że nie myśli racjonalnie, że powinna ją ucieszyć perspektywa nocy we własnym łóżku i odrobiny prywatności. Co ważniejsze, wie, że zostawia Charliego w dobrych rękach. Jego stan jest stabilny, a mały jest bezpieczny i ma się zupełnie dobrze – tak będzie przynajmniej do czasu poniedziałkowej operacji.

A mimo to Valerie czuje głęboką wewnętrzną niechęć do wyjścia stąd. Bierze głęboki wdech i powoli wypuszcza powietrze, żałując, że skończyły jej się tabletki uspokajające.

– No, dalej – szepcze Jason i pomaga jej włożyć płaszcz. – Zadzwoń do jakiejś koleżanki. Pójdźcie na parę drinków. Zabaw się, chociaż przez chwilę.

Valerie kiwa głową, udając, że rozważa pomysły brata, choć w głębi duszy dobrze wie, że na pewno nie zrobi niczego podobnego. Imprezki w sobotnie wieczory, w każdym razie takie, jakie ma na myśli jej brat, były w jej życiu rzadkością jeszcze przed wypadkiem – teraz zaś stały się zupełnie wykluczone.

Podchodzi do Charliego, przytula go i delikatnie całuje w policzek, tuż obok blizny.

– Kocham cię, skarbie – mówi.

– Ja ciebie też, mamusiu – odpowiada chłopiec, po czym szybko z powrotem przenosi wzrok i uwagę na płyty DVD, które Jason rozłożył w nogach łóżka.

– No dobrze... To lecę. – Valerie ociąga się jeszcze przez chwilę, udając, że czegoś szuka. Kiedy nie może już dłużej zwlekać, nie wzbudzając podejrzeń, całuje Charliego po raz kolejny, wychodzi i zaczyna maszerować w stronę zimnego ciemnego podziemnego parkingu. Przez kilka chwil, szukając wzrokiem swojego zakurzonego seledynowego volkswagena (na zderzaku ma polityczną nalepkę sprzed dwóch kampanii wyborczych) jest przekonana, że ktoś go ukradł, jakimś cudem nie ruszając żadnego z trzech modeli BMW, zaparkowanych na tym samym poziomie. Prawie oddycha z ulgą, że nie ma wyjścia i musi wrócić na górę. Zaraz jednak przypomina sobie, że po tym, jak kilka dni temu pojechała do pobliskiego baru po burrito, wcisnęła się w wąską przestrzeń zaplanowaną z myślą o małych samochodach. Właśnie tam znajduje swoje auto. Przed otwarciem drzwi, spogląda na tylne siedzenie. To długoletnie przyzwyczajenie, od czasu, gdy w jej rodzinnym mieście pewna nastolatka została porwana w centrum handlowym zaledwie kilka dni przed Bożym Narodzeniem. Cała ta mrożąca krew w żyłach scena została zarejestrowana przez kamerę monitorującą.

Dziś jednak zerka na tylne siedzenie jedynie dla formalności i na pewno nie jeży się jej od tego włos na głowie. Przychodzi jej na myśl, że to chyba jedyna dobra strona tragedii – gdy przydarzy nam się coś naprawdę przerażającego, mniej realne strachy tracą swoją moc. Dzięki temu nie boi się już gwałcicieli z podziemnych garaży. Wzdryga się, wsiada do samochodu i włącza silnik. Radio, którego ostatnio słuchała bardzo głośno, zaczyna na cały regulator wygrywać

Nightswimming R.E.M., piosenkę, która nawet gdy nie jest jej smutno, z jakiegoś powodu zawsze wprawia ją w przygnębienie. Valerie chucha w dłonie, żeby je ogrzać, po czym zmienia stację, z nadzieją, że trafi na coś bardziej pogodnego.

W końcu decyduje się zostawić *Sara Smile*, myśląc, że jeśli Hall & Oates jej nie pomogą, to chyba nikomu się to nie uda. Następnie rusza wolno w stronę domu, od czasu do czasu podśpiewując refren i z całych sił stara się zapomnieć o tym, co stało się ostatnim razem, gdy pozwoliła Charliemu na imprezę z nocowaniem tylko dla chłopaków.

*

Tyle że Valerie nie jedzie prosto do domu. Nie od razu. Owszem, ma taki zamiar, planuje oddzwonić do kilku osób – znajomych z pracy i kilku koleżanek z Southbridge, nawet do Laurel, która za pośrednictwem poczty pantoflowej (czytaj Jasona) dowiedziała się o wypadku. Ale w ostatniej chwili mija swój zjazd z autostrady i kieruje się prosto pod adres, który wyszukała w internecie, po czym nauczyła się go na pamięć zeszłej nocy, kiedy Charlie już zasnął. Pragnie wierzyć, że to tylko niewinny kaprys, wymysł, drobnostka, wie jednak, że sama siebie oszukuje. Zdaje sobie sprawę, że nie robi tego również z nudów, ponieważ Valerie nigdy się nie nudzi. Zbytnio ceni sobie samotność. Wmawia sobie więc, że kieruje nią zwykła ciekawość jak wtedy, gdy w połowie lat dziewięćdziesiątych jechali z Jasonem do Los Angeles na wesele kuzynki i wybrali się po drodze obejrzeć South Bundy Drive, miejsce podwójnego morderstwa dokonanego przez O.J. Simpsona. Tyle że dziś jej ciekawość jest mniej niezdrowa i mniej makabryczna.

Zaczyna siąpić lekki deszczyk. Valerie włącza wycieraczki na najmniejsze obroty. Mokra mgiełka zasnuwająca szybę w jakiś sposób daje jej poczucie bezpieczeństwa.

Jest tajną agentką prowadzącą śledztwo. W jakiej sprawie – jeszcze nie wie. Skręca w lewo, potem dwa razy w prawo i wjeżdża na ulicę, która została elegancko nazwana „bulwarem" – szeroką, wysadzaną drzewami, z czystym chodnikiem. Po obu stronach stoją klasyczne stare budynki, skromniejsze niż przewidywała. Za to ogrody są duże i bujne. Valerie zwalnia, obserwuje, jak zmniejszają się nieparzyste numery po prawej stronie, aż w końcu zatrzymuje się przed bajkowym domem w stylu Tudorów – właśnie tym, którego szukała. Z biciem serca przygląda się wszystkim szczegółom. Dwóm kominom po obu stronach krytego łupkami dachu. Ogromnej brzozie o niskich gałęziach, jakby stworzonych do tego, by się po nich wspinać. Różowemu trzykołowemu rowerkowi i staromodnej czerwonej gumowej piłce, porzuconym na podjeździe. Ciepłemu żółtemu światłu w oknie sypialni na piętrze. Valerie zastanawia się, czy to jego – ich – pokój, czy może należy do jednego z dzieci, i wyobraża sobie całą rodzinę siedzącą w przytulnym domu. Z nadzieją, że są szczęśliwi, Valerie zawraca na trzy i jedzie do domu.

Jakiś czas później leży w wannie, co jest jej ulubionym sposobem spędzania czasu w niedzielę. Zazwyczaj czyta jakieś pismo albo książkę w miękkiej okładce, ale dziś zamyka tylko oczy, starając się nie myśleć o niczym. Leży tak, zanurzona w wodzie po brodę, aż w pewnej chwili czuje, że przysypia. Przychodzi jej do głowy, że ze zmęczenia mogłaby tu zasnąć i utonąć. Charlie zostałby sierotą i już zawsze by się zastanawiał, czy popełniła samobójstwo – i czy jej śmierć nie była w jakiś sposób jego winą. Valerie potrząsa głową, opędzając się od makabrycznych myśli, po czym wstaje i wychodzi z wanny, owijając się najbardziej miękkim ręcznikiem, największym, jaki posiada, który rozmiarami przypomina raczej prześcieradło. Sięga pamięcią do dnia, gdy zamówiła zestaw wykwintnych ręczników z egipskiej bawełny, najbardziej luksusowych, jakie udało jej się znaleźć. Zdecydowała się nawet na monogramy barwy paryskiego błękitu za dodatkowe pięć dolarów od ręcznika. Było to w dniu, kiedy otrzymała swoją pierwszą premię w kancelarii, nagrodę za dwa tysiące przepracowanych godzin – całą tę sumę postanowiła wydać na drobiazgi umilające codzienną rutynę. Oprócz ręczników zamówiła również austriackie poduszki z gęsim pierzem, satynowe prześcieradła, kaszmirowe narzuty, ciężki zestaw garnków z kutego żelaza oraz elegancki porcelanowy serwis na dwanaście osób. Wysokiej jakości przedmioty codziennego użytku, które większość kobiet sprawia sobie, zanim kupią dom i urodzą dziecko. Valerie może i zrobiła to w odwrotnej kolejności, ale za to radziła sobie sama. „Komu potrzebny jest facet?" – myślała za każdym razem, gdy dodawała kolejny przedmiot do koszyka.

To pytanie stało się jej mantrą. Gdy siedziała w kancelarii do późnego wieczora, oszczędzając pieniądze, żeby wreszcie ona i Charlie mogli się wyprowadzić z przygnębiającego mieszkania w suterenie – z rażąco białymi ścianami, których właściciel nie pozwolił przemalować, i wieczną wonią curry i marihuany, dobiegającą spod drzwi sąsiadów naprzeciwko – do przytulnego domku w stylu Cape Cod, w którym mieszkają do dziś. Gdy zimą odśnieżała podjazd, wiosną podlewała trawnik, latem czyściła ganek, a jesienią grabiła liście. Gdy robiła wszystko, by stworzyć dom dla siebie i Charliego. Była samodzielna, niezależna i samowystarczalna. Jak kobiety z pełnych feministycznego przesłania piosenek, których słuchała w radiu: *I am woman, hear me roar... I will survive... R-E-S-P-E-C-T.*

A jednak dziś wieczorem, po tym jak stojąc nad kuchennym zlewem, zjadła kanapkę z masłem orzechowym i marmoladą i położyła się do łóżka w swej ulubionej białej flanelowej koszuli nocnej wykończonej dziurkowaną falbanką, Valerie czuje ostre ukłucie samotności, przemożne wrażenie, że czegoś jej brak. Na początku wmawia sobie, że po prostu tęskni za Charliem, który po raz pierwszy w życiu nie śpi w pokoju obok. Ale potem przychodzi jej do głowy tamto światło w sypialni na piętrze i Valerie uświadamia sobie, że chodzi o coś zupełnie innego.

Wpatruje się w ciemność, starając się wyobrazić sobie, jak by to było mieć kogoś obok siebie, próbuje sobie przypomnieć, jak się czuje człowiek splątany w uścisku z drugim człowiekiem. Spocony, bez tchu, zaspokojony. Zamyka oczy i nagle widzi jego twarz, a serce znów zaczyna bić jej jak szalone, tak samo jak w szpitalnym bufecie oraz na ulicy przed jego domem.

Wie, że nie powinna myśleć w ten sposób o żonatym mężczyźnie, a mimo to pozwala sobie na marzenia, przewracając się na bok i wtulając twarz w poduszkę. „Komu potrzebny jest facet?" – stara się nadal powtarzać swoją mantrę.

Ale zasypiając, myśli: „Mnie jest potrzebny. A co ważniejsze, potrzebny jest również Charliemu".

ROZDZIAŁ 11

Tessa

– Jak tam poszukiwania szkoły? – pyta mnie Rachel w niedzielny poranek, siedząc po turecku na podłodze naszego pokoju gościnnego i pakując się przed powrotem do Nowego Jorku. Jesteśmy same po raz pierwszy od początku weekendu, a to tylko dlatego, że moja matka poleciała porannym samolotem, a Dex z Nickiem zabrali dzieciaki na spacer albo raczej, jak to określiła Rachel, gdy wreszcie udało jej się ściągnąć dziewczynki z kanapy: „zarządzili przymusowy wymarsz na dwór".

– Och – odpowiadam, krzywiąc się – to strasznie upierdliwa sprawa.

– Czyli zdecydowanie wykluczyliście publiczną podstawówkę? – Rachel związuje swoje długie do ramion włosy w kucyk za pomocą gumki, którą zawsze nosi na lewym nadgarstku.

– Raczej tak. Nick wolałby szkołę publiczną, pewnie dlatego, że sam do takich chodził... Ale ja i Dex mamy inne doświadczenia... Chyba wszystko zależy od tego, do czego się człowiek przyzwyczaił – mówię, z nadzieją, że to właśnie dlatego Nick tak forsuje publiczną edukację i że nie chodzi mu po prostu o to, żeby się wymigać od oglądania kolejnych szkół, pisania podań i w ogóle rozmów na ten temat.

– Ja też na początku uważałam, że publiczna szkoła to właściwe rozwiązanie, ale z drugiej strony nie wydawało mi się to dobrym pomysłem, jeśli mieszka się w dużym mieście – mówi Rachel i kładzie jedną z kwiecistych bluzek Sary na podłodze, starannie wygładza wszystkie zagięcia, układa rękawy, po czym składa całość w idealnie równy kwadracik, z wprawą właściwą sprzedawczyni w sklepie z odzieżą. Staram się zapamiętać tę technikę, choć wiem, że nigdy nie uda mi się odtworzyć jej ruchów, tak samo jak nie potrafię składać serwetek w kształty przypominające origami, co Nick opanował do mistrzostwa, gdy w czasach college'u pracował jako kelner w ekskluzywnym klubie dla elity.

– Przyrzekłam sobie, że nie będę się stresować wyborem szkoły. Ale teraz, kiedy przyszło co do czego, dałam się wciągnąć w to szaleństwo jak wszyscy wokół.

Rachel kiwa głową.

– Ja byłam bardziej zdenerwowana, wypełniając formularze dla Julii i Sary, niż kiedy zdawałam na studia prawnicze. Co innego przedstawiać własne kwalifikacje, a co innego przechwalać się swoim pięcioletnim dzieckiem... To takie jakieś... prostackie... Dex lepiej sobie z tym radził. W podaniu do Spence opisał Julię jako „pełen życia piwnooki cud".

– Naprawdę? – śmieję się.

– Przysięgam.

– Co za kicz – kręcę głową, jak zawsze zadziwiona moim bratem, poważnym pracownikiem banku, który wydaje się taki fajny, wyluzowany i pełen godności, natomiast w zaciszu domowego ogniska bywa niewyobrażalnym wprost obciachowcem. Z drugiej strony, może właśnie dlatego jego małżeństwo tak wspaniale się układa. Ponieważ w głębi serca Dex jest zupełnym przeciwieństwem cwaniaka, a obserwując przez lata różne związki, doszłam do wniosku, że cwaniak

120

to nie jest dobry materiał na męża. Mój ojciec mógłby być koronnym przykładem dowodzącym słuszności tej tezy.

– Prawda? Nic dziwnego, że nas nie przyjęli. – Rachel uśmiecha się sardonicznie. Jak na taką ambitną dziewczynę, nie przejmuje się specjalnie porażką, przeciwnie, uważa chyba, że w szkole Spence sami nie wiedzą, co stracili. Nagle przychodzi mi do głowy, że choć Rachel na co dzień jest skromna, czasem wręcz nieśmiała, to tak naprawdę jest jedną z najbardziej pewnych siebie osób, jakie znam; w przeciwieństwie do April i wielu jej koleżanek, które swym perfekcjonizmem starają się zatuszować głębokie kompleksy. – Wiem, że powinnam była poprawić to, co napisał – ciągnie – ale w głębi duszy byłam przekonana, że Spence nie jest dla nas...

Pytam ją dlaczego, jak zawsze zaintrygowana szczegółami ich miejskiego życia – tak bardzo różniącego się od moich wspomnień z Manhattanu, z czasów, gdy nie miałam jeszcze dzieci.

– Och, sama nie wiem – odpowiada, sięgając po różowy kaszmirowy sweterek z maleńkimi pomponikami pod szyją. Wszystkie rzeczy Julii i Sary są słodkie i dziewczęce, co nie zgadza mi się jakoś ze stylem samej Rachel. Jej szafa pełna jest dżinsów, ciepłych swetrów w kolorach ziemi i długich, ekstrawaganckich chust, którymi obwiązuje szyję nawet w lecie. – Po prostu każda szkoła ma jakąś tam opinię... Chapin jest dla blond skarbów białej elity... W Spence pełno jest dziewcząt z socjety. Albo, jak mówią ci, którzy nienawidzą tej szkoły, zepsutych dziewuch myślących tylko o pieniądzach... Zresztą Dex mówił tak samo, kiedy nas odrzucili. – Rachel ze śmiechem naśladuje głos męża: – „Jak śmieli nie przyjąć naszego piwnookiego cudu!".

Śmieję się z brata, po czym pytam Rachel, jaki typ w takim razie reprezentuje Brearley – czyli szkoła dla dziewcząt na Upper East Side, do której chodzą Sara i Julia.

– Hm... Pomyślmy... Niechlujne intelektualistki.

– Wam chyba daleko do niechlujstwa – zauważam, wskazując na idealnie równe stosiki rzeczy, które Rachel wkłada właśnie do opatrzonych monogramami płóciennych torebek.

Rachel parska śmiechem, po czym pyta:

– A ty? Nadal planujesz posłać Ruby do Longmere?

Kiwam głową pod wrażeniem tego, że bratowa pamięta nazwy bostońskich szkół. Patrzę na nią z jeszcze większym podziwem, gdy zadaje kolejne pytanie:

– To tam chodzi córka April, prawda?

– Tak... I w tej chwili nie pomaga mi to w przekonaniu Nicka – dodaję, po czym opowiadam jej historię Charliego Andersona. – Nick nie chce uczestniczyć w tym wszystkim... A już na pewno pragnąłby uniknąć towarzystwa osób, które określa jako „wścibskie leniwe histeryczki".

– Na wścibskie leniwe histeryczki można trafić w s z ę d z i e – stwierdza Rachel. – W szkołach publicznych i prywatnych, na Manhattanie i Środkowym Zachodzie. Nie da się od nich uciec.

– No tak. Tylko powiedz to Nickowi. Ostatnio jest strasznie przewrażliwiony.

Natychmiast po wypowiedzeniu tych słów zaczynam ich żałować. Po pierwsze, czuję się nielojalna w stosunku do Nicka, zwłaszcza że Rachel w życiu nie powiedziała złego słowa na Deksa, a po drugie, otwarcie krytykując męża, sprawiłam, że narastające we mnie od jakiegoś czasu wątpliwości zmieniły się w konkretny zarzut.

Rachel spogląda na mnie współczująco, co jeszcze wzmaga moje poczucie winy.

– Przewrażliwiony? Na punkcie czego?

– Och, czy ja wiem. – Wycofuję się lekko. – Rozumiem, o co mu chodzi. Ja też uważam, że Romy, April i cała ich klika powinny się odczepić, dać tej kobiecie i jej dziecku trochę przestrzeni. Sama powiedziałam to April, co nie było łatwe ze względu na naszą przyjaźń.

– Wyobrażam sobie. – Rachel kiwa głową.

– Ale Nick przesadza. Wiesz, jaki potrafi być. Może nie jest przekonany o swojej nieomylności, ale...

– Bezpośredni? Zasadniczy?

– No tak, to też. Zawsze był bardzo serio – mówię, uświadamiając sobie, jak trudno jest opisywać najbliższych, być może dlatego, że zdajemy sobie sprawę ze złożoności ich charakterów. – A do tego absolutnie nie toleruje niczego, co uważa za błahe, czy są to plotki, kolorowe pisma, pijaństwo, czy kultura konsumpcyjna.

Rachel kiwa głową z wahaniem – z jednej strony pragnie okazać mi wsparcie, z drugiej – wyraźnie nie chce mówić źle o Nicku.

– Wiem, robię z niego strasznego ponuraka...

– Nie, nie. – Rachel energicznie zaprzecza. – Wcale nie. Słuchaj, ja znam Nicka. Rozumiem go. Ma świetne poczucie humoru...

– Jasne – przytakuję. – Po prostu ostatnio trochę się z niego zrobił odludek. Nigdy nie ma ochoty spotkać się ze znajomymi... A jeśli chodzi o dzieci, zachowuje się albo beztrosko, albo zmienia się w adwokata diabła... A może po prostu dopiero teraz zaczęłam zwracać na to uwagę... – dodaję, zamyślona, po czym z wahaniem powtarzam Rachel opinię mojej matki na ten temat.

– Cóż, Barbie to cyniczka. Lepiej podchodzić do niej z rezerwą. Wiesz, co mi ostatnio powiedziała? I to w obecności dziewczynek?

– Co takiego?

– Że małżeństwo to jak wyprawa do restauracji ze znajomymi. Zamawiasz to, co chcesz, ale gdy patrzysz na talerze pozostałych, żałujesz, że nie podjęłaś innej decyzji.

Chowam twarz w dłoniach i wybucham śmiechem.

– Faktycznie, to było brutalne – mówię.

– Prawda? Przez nią poczułam się jak wielki kotlet schabowy, który Dex może lada chwila odesłać z powrotem do kuchni.

– A co powiesz na to? Oto, co stwierdziła, gdy zobaczyła ostatnio, jak Nick otwiera przede mną drzwi samochodu: „Gdy mężczyzna otwiera przed żoną drzwi samochodu, możesz być pewna tylko jednej z dwóch rzeczy: albo samochód jest nowy, albo żona".

Rachel parska śmiechem, po czym pyta:

– No i? Samochód był nowy?

– Niestety tak – odpowiadam. – Nowiuteńki. W k a ż d y m r a z i e... Nigdy bym się jej do tego nie przyznała, ale okazało się, że rezygnacja z pracy nie jest panaceum na wszystkie problemy, jak to sobie wyobrażałam. Jestem tak samo wykończona i nadal nie mam wystarczająco dużo czasu dla dzieci... ani w ogóle na nic.

– Zgadza się. Właściwie, to nie chodząc do pracy, masz jeszcze większe wyrzuty sumienia, zauważyłaś to? Że nie jesteś mamą, która ze swoimi dziećmi rysuje, maluje, wycina, lepi...

– Ale ty przecież jesteś taką mamą – mówię, rzucając jej oskarżycielskie spojrzenie.

– A skąd – odpowiada. – Nie pamiętam, kiedy ostatnio wyciągnęłyśmy z dziewczynkami przybory plastyczne. Teoretycznie, siedząc w domu, mam o wiele więcej czasu, ale tracę go na drobiazgi, których jakoś udawało mi się unikać, kiedy chodziłam do pracy.

– Tak jest! – wołam, czując, że zalewa mnie fala ulgi, jako że nie ma nic gorszego niż przeświadczenie, że nikt inny nie dzieli twoich odczuć, zwłaszcza jeśli chodzi o sprawy związane z macierzyństwem. Nie ma też nic lepszego, niż wiedzieć, że nie jesteś sama. – Trafiłaś w dziesiątkę. Ja czuję, że potrzebna mi żona... Ktoś, kto będzie pomagał dzieciom w lekcjach i...

– Załatwiał za ciebie różne sprawy – dopowiada Rachel.

– I kupował prezenty.

– I je pakował.

– I pisał liściki z podziękowaniami.

– I wkładał zdjęcia do albumów. – Rachel przewraca oczami. – W tym temacie jestem dwa lata do tyłu.

– Co tam, zapomnij o albumach. Ja potrzebuję kogoś, kto w ogóle będzie robił zdjęcia. – Przypomina mi się, jak ostatnio powiedziałam Nickowi, że gdyby coś mi się stało, dzieciom nie zostanie po mnie nawet fotografia. Nick odparł, żebym nie mówiła takich makabrycznych rzeczy, po czym chwycił aparat i trzasnął mi fotkę, którą później skasowałam. Miałam podkrążone oczy i wielki pryszcz na brodzie posmarowany clearasilem. Aż dreszcz mnie przeszedł na myśl o tym, że ktoś mógłby mnie zapamiętać tak koszmarnie. Zwłaszcza jeśli tym kimś byłaby inna kobieta. Druga żona Nicka i jedyna matka, jaką znałyby moje dzieci.

W tym momencie, kiedy zaczynam czuć, że powoli przekraczamy granicę między żartobliwym biadoleniem a wrednym obmawianiem, Rachel uśmiecha się i mówi:

– No tak... Ale mają szczęście, że są tacy uroczy. Chociaż nieudolni.

Uśmiecham się, lekko zakłopotana tym, że Rachel mówi tak o naszych dzieciach. Ale już za chwilę uświadamiam sobie, że miała na myśli Deksa i Nicka.

– Rzeczywiście. – Uśmiecham się jeszcze szerzej. – Całe szczęście.

*

Tej nocy, długo po tym, jak goście wyjechali, a dzieci poszły spać, Nick i ja przygotowujemy się do snu w naszej sypialni.

– Bardzo miły weekend – mówię, wycierając się ręcznikiem, po czym nakładam hojną warstwę mleczka nawilżającego na twarz oraz szyję. – Fajnie tak oglądać dzieciaki razem.

– Faktycznie, było super – odpowiada Nick, pochylony nad szufladą, z której chwilę później wyciąga parę batystowych

125

spodni od piżamy. – Nawet twoja matka sprawowała się całkiem nieźle.

Uśmiecham się, wyjmując ze swojej komódki czarną nocną koszulkę z mieszanki bawełny i lycry – nie jest może seksowna w oczywisty sposób, ma jednak ładny krój i mam nadzieję, że sprawi, iż coś między nami zaiskrzy. Choć mam nie tyle ochotę na seks, co na następujący po nim zwykle moment bliskości.

– Aha – mówię. – Chociaż wczoraj mi nagadała.

– O czym?

– Och, czy ja wiem. Cały czas się martwi...

– Ale czym znowu?

– Tym, co zwykle. Jak trudno jest być małżeństwem z małymi dziećmi. Że rzuciłam pracę, choć nie powinnam. – Nagle uświadamiam sobie, że zmartwienia matki krystalizują mi się w głowie i nagle stają się również moimi zmartwieniami. A może już dawno nimi były, a intuicja Barb wyciągnęła je tylko na światło dzienne?

– Powiedziałaś jej, że wszystko u nas w porządku? – pyta Nick, ale nie wygląda na zainteresowanego odpowiedzią. Sprawdza wiadomości w telefonie i już za chwilę pisze odpowiedź. Oba zręczne kciuki poruszają się równocześnie. Zawsze, gdy widzę jego dłonie w ruchu, przypomina mi się, że jest wybitnym chirurgiem i ogarnia mnie fala pożądania. Mimo to nie podoba mi się, że użył wyrażenia „w porządku". Chciałabym, żeby było lepiej niż „w porządku".

– Tak – odpowiadam. – Powiedziałam.

Patrzę, jak Nick pisze dalej, ze zmarszczonymi brwiami, i wiem, że to korespondencja związana z pracą. W końcu gwałtownie zamyka klapkę telefonu, wciąga spodnie od piżamy i zawiązuje tasiemkę wokół pasa. Gdy zaczęliśmy się spotykać, spytałam go któregoś wieczoru, czy zawsze śpi topless. Rozśmieszyło go to określenie. Mężczyzna może być bez koszuli, nie topless. Patrzę, jak ciska ubrania gdzieś w pobliżu kosza na bieliznę, zamiast włożyć je do środka. Takie bałaganiarstwo jest do niego niepodobne i kiedy patrzę na kupkę rzeczy na podłodze (na szczycie stosu leży jego bordowa czapeczka z daszkiem z logo Harvardu), czuję, że powoli coś we mnie pęka.

Liczę po cichu do dziesięciu, czekając, aż coś powie, cokolwiek, a gdy tego nie robi, to ja się odzywam:

– Wydrukowałam podanie do Longmere.

Mówię to specjalnie, żeby sprowokować go do bardziej emocjonalnej reakcji albo chociaż wciągnąć do rozmowy. Wiem, że to manipulacja, czuję nawet lekkie wyrzuty sumienia, ale uznaję, że cel uświęca środki.

– Tak? – Nick rusza w stronę umywalki w łazience. Siadam na brzegu wanny i obserwuję, jak drgają mu mięśnie na plecach, gdy myje zęby. Jak zwykle za mocno je szoruje. Kiedyś powtarzałam mu, że to szkodliwie wpływa na dziąsła, ale z biegiem lat się poddałam.

– Powinniśmy chyba zacząć się tym zajmować – mówię.

– Aha? – rzuca znudzonym tonem, jakby chciał mi dać do zrozumienia, że ten temat jest na długiej liście spraw, które go nie dotyczą, podobnie jak przedszkolne przekąski czy kostiumy na Halloween.

Cholera, myślę. Moja matka miała rację.

– Tak, włożę ci je do teczki. Myślisz, że dasz radę w najbliższym czasie nad nim usiąść? Może w tym tygodniu? Rachel i Dex wypełnili swoje...

Nick rzuca mi spojrzenie w lustrze, po czym mówi z ustami pełnymi pasty do zębów:

– Ty tak poważnie?

Spoglądam na niego beznamiętnie, podczas gdy on spluwa do zlewu, płucze usta, po czym mówi:

– Dobra. Jak chcesz. Ale zapowiada mi się zwariowany tydzień. Jutro jest przeszczep Charliego.

– No tak. – Moją irytację wzmaga fakt, że użył imienia swojego pacjenta. Już za chwilę Nick kładzie się obok mnie w łóżku.

127

– Czyli jednak się decydujemy? – pyta, wzdychając. – Składamy papiery do Longmere?

– To świetna szkoła. Charlie do niej chodzi.

Już ułamek sekundy później wiem, że przeholowałam.

– Co to miało znaczyć? – pyta Nick.

– Nic – odpowiadam z miną niewiniątka i poprawiam kołdrę.

– Dobra, dobra. Co jest, Tess? Masz do mnie o coś pretensje?

– Nie – odpowiadam tak mało przekonującym tonem, jak to tylko możliwe. Chcę, żeby dopytywał dalej, chcę mu opowiedzieć o tym, co czuję, o frustracji powoli zamieniającej się w gniew. Gniew, który raz wydaje mi się usprawiedliwiony, w innych momentach: paranoiczny, egoistyczny i tak dalej.

Tylko że Nick nie pyta. Nie daje mi szansy. Mówi po prostu:

– To dobrze. A teraz daj już spokój. Odpocznijmy wreszcie.

– W porządku. Rozumiem. Masz jutro operację.

Nick spogląda na mnie z nieobecnym uśmiechem, po raz ostatni sprawdza wiadomości, po czym wyłącza lampkę przy łóżku. Najwyraźniej zupełnie nie dotarł do niego mój sarkazm. Nie zauważył też kusej koszulki nocnej.

ROZDZIAŁ 12

Valerie

W poniedziałek rano, gdy doktor Russo wraz z pięcioosobowym zespołem operują Charliego, Valerie siedzi w szpitalnym holu i po prostu czeka – nic więcej nie może zrobić. Czeka w samotności; przekonała matkę i brata, żeby przyszli później, gdy już będzie po wszystkim. Valerie nigdy nie lubiła być rozpraszana w stresujących momentach i nie może zrozumieć osób, które gwałtownie szukają wtedy czegoś, co odwróci ich uwagę. Na przykład jej matka, gdy jest zdenerwowana, ma zwyczaj robić na drutach.

W związku z tym Valerie ani na chwilę nie spogląda na zawieszony w rogu płaskoekranowy telewizor, z którego ryczy CNN, ani na żadne z dziesiątek kobiecych czasopism rozłożonych na stolikach. Nie słucha nawet iPoda Charliego, którego obiecała mu przypilnować w czasie operacji. Nie szuka ucieczki. Woli pozostać w gotowości i po prostu wytrzymać te okropne chwile, czekając, aż ktoś otworzy drzwi i zaprowadzi ją do synka. Ma nadzieję, że tym kimś będzie Nick, ponieważ jest pewna, że gdy ujrzy jego twarz, będzie w stanie od razu się domyślić, czy wszystko poszło gładko. Wie już, że Nick mówi prawdę prosto z mostu, więc przez cały czas koncentruje się na wyobrażaniu sobie jego uspokajającego uśmiechu, gorąco pragnąc, by rzeczywistość wyglądała właśnie tak, jak w jej marzeniach.

Tylko na chwilę, mniej więcej dwie godziny po tym, jak zaczęła się operacja, Valerie zapomniała się i powróciła myślami do swego niemądrego sobotniego występku. Zaczerwieniła się ze wstydu, choć wiedziała, że nikt jej nie zauważył i nikt nigdy się nie dowie, co zrobiła, a także – że to się nigdy nie powtórzy. Mimo to teraz zadaje sobie pytanie, co miała nadzieję przez to uzyskać. I, dobry Boże, co by się stało, gdyby Nick ją zobaczył – albo, co gorsza, gdyby zobaczyli ją oboje. Co wtedy? Czy stwierdziliby, że jest po prostu oszalałą z rozpaczy matką i poczuli w stosunku do niej jeszcze większą litość? A gdyby potraktowali to poważniej i oskarżyli ją, że ich śledzi? Czy Nick byłby na tyle wstrząśnięty, że umyłby ręce i przekazał Charliego innemu, gorszemu chirurgowi? Na samą myśl o tym Valerie przechodzą dreszcze. Ciaśniej owija się swetrem.

Po raz kolejny pyta samą siebie dlaczego? Co sprawiło, że tam pojechała? Jednocześnie robi, co może, by nie dopuścić do siebie niepokojącej odpowiedzi, która nasuwa się sama. Że coś między nimi jest. Wzajemny pociąg. Albo przynajmniej iskra porozumienia. Valerie potrząsa głową, odrzucając tę myśl jako coś nie na miejscu, urojenie. To niemożliwe, żeby cokolwiek czuła do faceta, którego ledwo zna. A już na pewno on nie czuje nic do niej. Nic poza współczuciem. Po prostu Valerie jest teraz słabsza psychicznie niż zwykle, bardziej wrażliwa, a Nicka traktuje jak wybawienie. Powtarza sobie, że musi to być częste zjawisko – pacjentki zakochujące się w lekarzach, mylące zwykłą wdzięczność z czymś więcej. Przypomina sobie nawet, że kiedy była w ciąży, czytała o kobietach, które durzą się w swoich ginekologach. Wtedy wydawało jej się to nie do pomyślenia, ale z perspektywy czasu dochodzi do wniosku, że może była zbyt pochłonięta Lionem, by choćby spojrzeć na kogokolwiek innego.

To musi być to. Przypadek Valerie jest niczym więcej, jak tylko podręcznikowym przykładem takiej właśnie sytuacji. Nagle wszystko to wydaje jej się najzupełniej logiczne, zwłaszcza biorąc pod uwagę, jak bardzo Nick jest przystojny. Jego uroda natychmiast rzuca się w oczy – to właśnie dlatego tyle pielęgniarek singielek na jego widok traci przytomność umysłu i zanosi się niemądrym chichotem. Co więcej, nawet ich zamężne koleżanki – z rodzaju tych, które noszą przy sobie zdjęcia rodziny, chwaląc się nimi na lewo i prawo – tracą dla niego głowę.

Valerie zakłada nogę na nogę i zmienia pozycję w fotelu, z ulgą, że udało jej się znaleźć logiczne wyjaśnienie własnego dziwnego zachowania. Nick jest wspaniałym i przystojnym chirurgiem – a ona nie dość, że nie ma nikogo, to jeszcze ostatnimi czasy zupełnie straciła kontakt ze światem zewnętrznym. Spogląda w górę, na wskazówkę sekundową przesuwającą się po tarczy wiszącego na ścianie zegara, przekonując samą siebie, że zauroczenie wkrótce minie, aż w pewnym momencie sylwetka poruszająca się za drzwiami z matowego szkła przerywa jej rozmyślania. Valerie prostuje się w swoim fotelu, z nadzieją, że to ktoś do niej, ktoś, kto ma dla niej nowiny. Z nadzieją, że to Nick.

Jednak zamiast niego Valerie widzi w progu poczekalni dwie kobiety. Jedną z nich zna, choć nie od razu potrafi skojarzyć skąd. W końcu uświadamia to sobie, po czym cała sztywnieje, gdy kobieta nagle wypowiada jej imię.

– Romy – wita ją Valerie. – Co ty tu robisz?

Romy unosi wielki wiklinowy kosz pełen starannie ułożonych białych i żółtych kwiatów oraz owoców – tak idealnych i lśniących, że wyglądają jak sztuczne.

– To dla ciebie – mówi Romy, ostrożnie stawiając kosz na podłodze u jej stóp. Valerie patrzy na niego i zauważa opartą o bukiet butelkę prowansalskiego wina, przewiązaną wstążką z rafii. Na myśl o tym, jak bardzo niestosowny jest to prezent, zalewa ją fala gniewu. Rozgląda się po pomieszczeniu, czując, że znalazła się w pułapce, że nie ma dokąd uciec, mogłaby najwyżej odepchnąć obie kobiety i rzucić się do drzwi, a tego przecież nie może zrobić. Powiedziała Nickowi, że będzie tu na niego czekać.

Valerie przyjmuje prezent skinieniem głowy, nie dziękuje jednak Romy, po czym zwraca się w stronę jej towarzyszki.

– Cześć, Valerie – odzywa się nieznajoma. Mówi powoli, jakby usiłowała porozumieć się z cudzoziemcem. – Jestem April. Moja córka Olivia jest w jednej grupie z Charliem. Chciałyśmy ci tylko powiedzieć, że wszyscy rodzice są z tobą. Cała szkoła. Tak bardzo nam przykro. Jak się czuje Charlie?

– Dobrze – odpowiada Valerie i już po chwili tego żałuje, zwłaszcza gdy zauważa minę April. Jest w niej coś, co wydaje się Valerie niesmaczne: rodzaj pogardy pomieszanej z agresją.

No i Charlie w c a l e nie czuje się dobrze.

– Jest w tej chwili operowany.

Obie kobiety wymieniają zaskoczone, pełne niepokoju spojrzenia, czym jeszcze bardziej umacniają Valerie w jej cynizmie, a także w podejrzeniu, że Romy przede wszystkim boi się pozwu, a co za tym idzie, utraty pieniędzy. Nagle Valerie przypomina sobie wielkie brylantowe kolczyki, które Romy miała na sobie podczas dni otwartych szkoły – i zauważa, że zastąpiły je skromne srebrne kółka. Zniknął również ogromny pierścionek zaręczynowy. Tak jakby swoim wyglądem chciała dać do zrozumienia, że jest skromna i w żadnym wypadku nie śpi na pieniądzach.

– Operowany?

– Tak. Robią mu przeszczep skóry.

Romy dotyka dłonią policzka.

– A jak… jego twarz?

Odpowiedź Valerie jest zwięzła i natychmiastowa.

– Wolałabym o tym nie rozmawiać.

Koleżanki po raz kolejny wymieniają spojrzenia, tym razem wyraźniej widać w nich niepokój oraz to, że wcale nie chodzi im o Charliego.

Romy, z trzęsącą się brodą, mówi:

– Po prostu się martwimy.

– O kogo? – nie wytrzymuje Valerie.

– O Charliego. – April robi krok do przodu, gotowa bronić przyjaciółki.

Valerie aż się jeży na dźwięk imienia syna wypowiedzianego przez tę zupełnie obcą osobę, której w ogóle nie powinno tu być.

– Słuchaj, Romy, nie mam zamiaru składać pozwu. Bez względu na twoje zaniedbanie.

Romy wygląda, jakby zaraz miała się rozpłakać.

– To nie było żadne zaniedbanie – odzywa się April.

– Naprawdę? – odpowiada Valerie. – A więc wydaje wam się, że to dobry pomysł pozwalać małym chłopcom piec pianki nad ogniskiem?

– Wypadki się zdarzają. Nawet jeśli się uważa. – Oczy Romy wypełniają się łzami.

– Czy możesz mi w takim razie powiedzieć, co się właściwie stało? – naciska Valerie. Mówi coraz głośniej. Zatopiony w lekturze mężczyzna w rogu sali zerka w ich stronę, węsząc skandal. – Bo twój mąż mówił, że nie jest pewny. A ty wiesz? Czy w ogóle ktokolwiek wie?

Romy jak na zawołanie przestaje ronić łzy, co jest kolejnym dowodem na to, że nie były one szczere.

– Chłopcy rozrabiali.

– To normalne u sześciolatków – dodaje April.

– Zgadza się. Pytam więc jeszcze raz – Valerie przybiera ton prosto z sali sądowej – jak można uznać, że pozwalanie grupie sześciolatków na pieczenie pianek nad ogniskiem to dobry pomysł? Szczególnie jeśli z góry wiadomo, że będą rozrabiać?

– Nie wiem. Ja... jest mi naprawdę przykro – mówi Romy, lecz jej słowa są puste. Nieszczere.

– Trzeba było od tego zacząć – warczy na nią Valerie.

– Próbowała od tego zacząć – wtrąca się April. – Nie odbierasz jej telefonów.

– Byłam ostatnio odrobinę zajęta. Wybaczcie.

– Posłuchaj. – Romy ponawia próbę. – Wiemy, że twojemu dziecku stała się krzywda...

– Nic o mnie nie wiecie – mówi Valerie jeszcze głośniej. – Wydaje się wam, że mnie znacie. Ale nie macie o niczym pojęcia. Najmniejszego.

April stuka Romy w ramię, po czym skinieniem głowy wskazuje drzwi.

– Chodźmy stąd – mówi.

– Świetny pomysł. Proszę bardzo, idźcie – rzuca Valerie. – I zabierzcie ze sobą swoje wino i kwiaty. Może przydadzą się przy okazji następnego przyjęcia.

*

Kilka minut po ich wyjściu zjawia się Nick. Nie uśmiecha się, ale to bez znaczenia. Valerie wie już, jaką minę robi, gdy jest zadowolony – spokojną, a jednocześnie pełną optymizmu. Wie, że z Charliem wszystko dobrze. Wstaje w oczekiwaniu na potwierdzenie swoich nadziei.

– Świetnie się spisał – mówi Nick. Valerie wie, że tak naprawdę znaczy to: „Świetnie się spisałem".

– Dziękuję. Bardzo dziękuję.

Nick kiwa głową.

– Jestem naprawdę zadowolony z rezultatów.

Valerie jeszcze raz mu dziękuje. Nick ostrzega ją, że na razie wiele nie zobaczy, że skóra potrzebuje czasu, żeby się zagoić.

– Innymi słowy, dla ciebie może to nie wyglądać zbyt dobrze. Ale wierz mi, wszystko jest w porządku.

– To najważniejsze – odpowiada Valerie, przypominając sobie zdjęcia, które w czasie weekendu przeglądała w internecie, wszystkie ciężkie przypadki, o których czytała, mimo napomnień Nicka, by trzymała się z dala od sieci. – Mogę... mogę go zobaczyć?

– Oczywiście. Wciąż śpi, ale niedługo powinien się obudzić. – Nick zaciekawiony spogląda na kosz. – Twój?

– Nie – odpowiada Valerie.

Wzrok Nicka przyciąga duża biała koperta, wyraźnie zaadresowana „dla Valerie i Charliego".

Valerie niezdarnie podnosi kartkę, wrzuca ją do torebki i jąkając się, przyznaje:

– To znaczy tak... jest mój... Ale chyba go tu zostawię. Jakaś inna rodzina... się ucieszy. Ostatnio nie mam nastroju na wino...

Nick patrzy na nią tak, jakby podejrzewał, że nie jest to cała prawda. Nie odzywa się jednak, tylko prowadzi ją do pokoju, w którym leży Charlie. Po drodze mówi szybciej i z większym entuzjazmem niż zwykle. Opowiada jej szczegółowo o całej operacji i zapewnia, że wszystko dobrze poszło. Gdy stają pod drzwiami sali pooperacyjnej, Nick gestem wskazuje jej, by weszła pierwsza. Valerie zbiera się w sobie, jednak na to, co ukazuje się jej oczom, gdy przekracza próg, trudno się przygotować. Charlie leży w łóżku i wygląda na mniejszego niż kiedykolwiek. Jego ciało jest przykryte kocami, a głowa i twarz bandażami, spomiędzy których widać tylko oczy, nos i usta. Valerie obserwuje, jak nieznajoma pielęgniarka sprawdza mu puls i temperaturę. Ogarnia ją nagłe pragnienie, by do niego podejść, dotknąć różowej skóry na jego szyi, ale się powstrzymuje z obawy, że mogłaby go w jakiś sposób zainfekować.

– Jak on się czuje? – pyta Nick pielęgniarkę, która zachrypniętym głosem podaje mu jakieś kompletnie nic niemówiące Valerie liczby.

Nick kiwa głową z aprobatą, pielęgniarka notuje coś w karcie i znika.

– Chodź. – Nick gestem wzywa Valerie.

Charlie zaczyna mrugać i otwiera oczy. Valerie wstydzi się swojego wahania, tego, że w chwili próby nie okazała się silniejsza. Przecież jej syn przeżył właśnie czterogodzinną operację. I to on ma maskę na twarzy i jest podłączony do kroplówki. Ona musiała tylko czekać.

– Cześć, kochanie – mówi, zmuszając się do uśmiechu, udając odwagę.

– Mama… – odzywa się Charlie, tak samo, jak wtedy, gdy był jeszcze niemowlęciem i zaczynał wymawiać pierwsze słowa.

Na dźwięk jego głosu i na widok jego błękitnych oczu, Valerie zalewa fala ulgi.

– Byłeś bardzo dzielny – mówi i siada na brzegu łóżka, a oczy zachodzą jej łzami. Głaszcze go po nogach przez kilka warstw koców, patrząc, jak mały walczy ze sobą, żeby nie zamknąć oczu. Po kilku sekundach powieki stają się jednak zbyt ciężkie i zamykają się.

– Popatrz. Pokażę ci – szepcze Nick, odwracając się i zakładając lateksowe rękawiczki. Następnie podchodzi do Charliego, pewnym, spokojnym ruchem zdejmuje mu maskę i odchyla brzeg bandaża, by pokazać jej swoje dzieło.

Valerie spogląda na twarz syna i wymyka jej się stłumiony okrzyk. Jego policzek pokrywają warstwy bladej, półprzezroczystej skóry, upstrzone maleńkimi dziurkami, przez które sączy się krew i płyny. Wygląda to jak upiorna maska. Jak scena z horroru – z gatunku tych, na które Valerie nigdy nie patrzy, chowając twarz w dłoniach. Teraz czuje, że zaczyna się trząść, ale udaje jej się powstrzymać łzy.

– Wszystko w porządku? – pyta Nick.

Valerie kiwa głową. Gwałtownie łapie powietrze, potem zmusza się, by zrobić wydech i wziąć się w garść.

– Pamiętaj, trzeba czasu, żeby wszystko się zagoiło – mówi Nick, nakładając Charliemu z powrotem opatrunek i maskę.

Valerie wie, że powinna coś powiedzieć, ale nie jest w stanie wykrztusić słowa.

– Za kilka dni wszystko będzie wyglądało zupełnie inaczej. Zobaczysz.

Valerie znów kiwa głową. Czuje się słabo, kręci jej się w głowie. Powtarza sobie, że nie wolno jej zemdleć. Nigdy by sobie nie wybaczyła omdlenia na widok twarzy syna.

– Skóra musi się unaczynić, żeby odzyskała normalny kolor. A kiedy się zagoi i przylgnie do tkanki i mięśni pod spodem, będzie się również normalnie poruszać.

„Powiedz coś!", nakazuje sobie Valerie, znów siadając na brzeżku łóżka Charliego.

– To dlatego potrzebna nam będzie maska, o której ci mówiłem. Powinna dotrzeć dziś albo jutro. Dzięki niej będziemy kontrolować ciśnienie i wszystko utrzyma się na miejscu, kiedy Charlie zacznie jeść stałe pokarmy, mówić i tak dalej. Poza tym, maska zmniejszy ból...

Valerie spogląda na Nicka, zaniepokojona.

– To znaczy, że będzie go bolało? Mówiłeś chyba, że są na to różne środki?

Nick wskazuje na kroplówkę.

– Owszem, są. Ale mimo wszystko będzie odczuwał dyskomfort, a maska pomoże go zmniejszyć.

– No dobrze – mówi Valerie. Zawroty głowy i przerażenie powoli mijają, dzięki kolejnym informacjom, które są jej potrzebne, żeby pomóc synkowi. – Czyli Charlie może na razie tylko pić?

Nick kiwa głową.

– Tak jest. Jutro albo pojutrze zaczniemy wprowadzać miękkie pokarmy. Poza tym potrzebuje tylko odpoczynku. Dużo odpoczynku. Prawda, zuchu? – dodaje, widząc, że Charlie znów otwiera oczy.

Chłopiec mruga powiekami, wciąż zbyt senny, by mówić.

– Prawda – odpowiada za niego Valerie.

– To świetnie. – Nick zdejmuje rękawiczki i jak koszykarz wrzuca je do śmietnika w rogu sali. Trafia. Wygląda na zadowolonego. – W takim razie do zobaczenia.

Valerie czuje nagłe ukłucie bólu. Gdyby tylko nie musiał jeszcze iść.

– Kiedy? – pyta, po czym natychmiast tego żałuje.

– Niedługo – odpowiada Nick i ściska ją za rękę, jakby chciał jej w ten sposób po raz kolejny powtórzyć, że wszystko idzie zgodnie z planem, dokładnie tak, jak powinno.

ROZDZIAŁ 13

Tessa

– Nie lubię się chwalić, że miałam rację – słyszę w słuchawce głos April w poniedziałek rano, gdy manewruję między półkami pełnymi płatków śniadaniowych w sklepie ze zdrową żywnością.

– Akurat – śmieję się. – Dobrze wiem, że to uwielbiasz.

– Nieprawda – upiera się April.

– Ach tak? A pamiętasz, jak powtarzałaś, że jeśli pozwolę Frankowi bawić się w piaskownicy, na pewno dostanie owsików?

April parska śmiechem.

– No dobra, wtedy akurat miałam satysfakcję. Ale nie dlatego, że mały dostał owsików, tylko dlatego, że oboje z Nickiem obśmialiście mnie jako paranoiczkę.

– Bo jesteś paranoiczką – odpowiadam. Często drażnię się z April, wytykając jej obsesję ciągłego mycia rąk i przypominając, że ma przecież w organizmie przynajmniej kilka białych krwinek. – Chociaż miałaś rację... A o co chodzi tym razem?

April milczy przez kilka sekund, po czym oświadcza:

– O Valerie Anderson. Co za jędza.

– Co się stało? – pytam podejrzliwie, zastanawiając się, czy April jakimś cudem wie o tym, że Charlie był dziś rano operowany.

– Nie uwierzysz – mówi April. Jej opowieści są zawsze bardzo kolorowe, nawet jeśli dotyczą zwykłych, codziennych drobiazgów. Starannie opisuje mi kosz, zawierający wino z namysłem wybrane z piwniczki Romy oraz przepiękny bukiet z kwiaciarni, w którego przygotowanie włożyły tak wiele serca.

Uważając, by nie zabrzmiało to jadowicie, mówię:

– Myślałam, że postanowiłyście jednak nie narzucać się i dać jej trochę czasu?

– Owszem. Czekałyśmy tydzień, tak jak zasugerowałaś... W końcu Romy uznała, że spróbuje jeszcze raz.

Wrzucam do koszyka pudełko rodzynków, myśląc, że to naprawdę niezbyt dobry pomysł nachodzić tak matkę, której dziecko leży w szpitalu i która nie życzy sobie wizyt. Przychodzi mi również do głowy, że przemawianie April do rozumu niewiele się różni od udzielania dobrych rad Ruby. Wpada jednym uchem, wypada drugim. Jedyna różnica polega na tym, że April udaje, że słucha.

– No wiesz, chciała podać jej gałązkę oliwną czy coś w tym stylu.

– Hm... – zaczynam, dochodząc do wniosku, że to ostatnie wyrażenie również wiele mówi o April, a także zaprzecza temu, co przez cały czas utrzymuje Romy: że jej wysiłki wynikają ze współczucia i mają na celu wsparcie innej matki w trudnej sytuacji, nie zaś rozgrzeszenie samej siebie. – A więc Valerie się to nie spodobało? – pytam.

– Mało powiedziane – mówi April z naciskiem, po czym słowo po słowie zdaje mi sprawę z ich wymiany zdań i z tego, jak Valerie odmówiła przyjęcia kosza, radząc Romy, by wykorzystała go na następnym przyjęciu. – Co za złośliwa jędza.

– To rzeczywiście dość niezręczna sytuacja – mówię, ostrożnie dobierając słowa, ponieważ rozumiem, że właśnie w takich chwilach weryfikują się przyjaźnie.

– Aha. A im więcej o tym myślę, tym bardziej mi się to wszystko wydaje smutne. Właściwie to mi jej żal.

– Z powodu tego, co się stało z jej synkiem? – pytam, zdając sobie sprawę, że posługuję się niedomówieniami.

– No tak, dlatego też. Ale i dlatego, że ona najwyraźniej nie ma żadnych przyjaciół.

– Czemu tak myślisz?

– Cóż, przede wszystkim nie wiem, jak ktokolwiek mógłby lubić osobę z takim nastawieniem do świata. Poza tym, ona siedziała w tej poczekalni całkiem sama. Wyobrażasz sobie, co by było, gdyby jedno z naszych dzieci znalazło się w takiej sytuacji? Miałybyśmy wokół siebie mnóstwo życzliwych ludzi.

Próbuję wytłumaczyć April to, co założyłam na samym początku – że może Valerie chce być sama – ale ona mi przerywa:

– Wydaje mi się, że Valerie jest jedną z tych zgorzkniałych samotnych kobiet, które nienawidzą całego świata. Zastanów się, czy nie powinna okazać trochę wdzięczności? Przynajmniej ze względu na Charliego? W końcu nasze dzieci są w tej samej klasie!

– Nie wiem, może... – odpowiadam.

– W każdym razie koniec z tym. Oficjalnie dałyśmy z Romy za wygraną. Niech Valerie radzi sobie sama.

– Może jeszcze zmieni zdanie – mówię.

– Cóż, jeśli nawet, to my nie mamy zamiaru więcej jej do tego przekonywać. Jest zdana na siebie.

– Jasne, rozumiem.

– No... A, właśnie – wychodząc, wpadłyśmy na twojego uroczego męża.

Przez chwilę milczę, zaskoczona, z nadzieją, że Nick nie był wobec nich szorstki albo chłodny.

– Naprawdę? – odzywam się w końcu. – Wiedział... co tam robiłyście?

– Pewnie tak. Ale nie rozmawialiśmy na ten temat... nie chciałam stawiać go w niezręcznej sytuacji... Więc po prostu pogawędziliśmy chwilę. O Longmere. A Romy, co przemiłe z jej strony, zaproponowała, że napisze Ruby rekomendację. Powiedziała Nickowi, że to będzie dla niej zaszczyt. Z listem od członkini rady rodziców właściwie możesz już uważać ją za przyjętą.

– Och. To bardzo miłe.

– I przysięgam, że jej do tego nie namawiałam. To był tylko i wyłącznie jej pomysł. Prawda, że jest wspaniała?

– Tak – odpowiadam. Moja dwulicowość aż przyprawia mnie o mdłości. – Jest cudowna.

*

Po załatwieniu czterech kolejnych spraw, czytaj: po kilku godzinach biegania w deszczu, wracam do domu, w którym zastaję przygnębiający widok. Kuchnia jest pełna brudnych naczyń oraz resztek masła orzechowego i marmolady, salon zaś zasłany jest lalkami, kawałkami układanek i niezidentyfikowanymi plastikowymi elementami. Ruby i Frank siedzą na podłodze otępiali, zaledwie kilka centymetrów od telewizora. Gapią się na kreskówki – i to nie te zdrowe, przeznaczone dla małych dzieci, ale te przepełnione laserami i seksizmem, w których mężczyźni to bohaterowie, a każda kobieta przypomina bezradną lalkę o figurze seksbomby. Policzek Franka, wysmarowany galaretką winogronową, znajduje się niebezpiecznie blisko beżowej poręczy fotela (wiedziałam, że trzeba było zamówić ciemniejszy materiał), zaś Ruby ma na sobie frotowy szlafroczek, mimo że na zewnątrz są cztery stopnie i leje. Tymczasem nasza opiekunka do dzieci, Carolyn, dwudziestoczteroletnia sobowtórka Jessiki Simpson, z biustem rozmiaru

DD i tak dalej, rozparta na kanapie piłuje paznokcie i śmiejąc się, rozmawia przez iPhone'a. Słucham, jak dyskutuje z kimś na temat nocnych klubów, i zastanawiam się, jak to możliwe, że choć spędza w naszym domu zaledwie marne dziesięć godzin w tygodniu, nigdy nie widziałam, by wypełniała w tym czasie jakikolwiek ze swych obowiązków (zawsze jest zajęta czymś innym: rozmowami przez telefon, makijażem, jedzeniem, korespondencją e-mailową albo wpisami na Twitterze). Naglę czuję znajomą falę gniewu wzbierającą mi w klatce piersiowej – uczucie, które odkąd zostałam matką, ogarnia mnie aż nazbyt często. Jedyne, co mi przychodzi do głowy, to obrać ścieżkę po linii najmniejszego oporu. Jak gdyby nigdy nic pójść na górę i dopiero tam wystukać numer Cate lub Rachel i rozpocząć swą zwykłą litanię skarg na Carolyn.

Jednak po wczorajszej wymianie zdań z Nickiem, a także po rozmowie, którą odbyłam dziś z April, nie jestem w nastroju do ukrywania swoich prawdziwych emocji. Przechodzę więc gwałtownym krokiem obok Carolyn i zaczynam zbierać zabawki i wrzucać je do wiklinowego kosza w rogu pokoju. Wyraźnie spłoszona moim nagłym wejściem, Carolyn szybko kończy rozmowę, wciska pilnik do tylnej kieszeni swoich obcisłych dżinsów i prostuje się. Nie przeprasza jednak za bałagan, nie włącza się również w moją ostentacyjną akcję porządkową.

– Cześć, Tessa – rzuca pogodnie. – Jak leci?

– W porządku – odpowiadam, żałując, że odkąd cztery miesiące temu zaczęła dla nas pracować, nie zadbałam o właściwą formalną oprawę naszych stosunków. Może gdybym była dla niej „panią Russo", traktowałaby swoją pracę odrobinę poważniej.

Chwytam leżącego na stoliku pilota i wśród chóralnych protestów wyłączam telewizor.

– Ani słowa – rzucam w stronę dzieci swym najbardziej surowym tonem, co oczywiście sprawia tylko, że czuję się jeszcze gorzej. To nie ich wina, że Carolyn jest takim niechlujem.

Z szeroko otwartymi oczami i wciąż wpatrując się w czarny już teraz ekran telewizora, Frank wpycha do buzi kciuk, Ruby zaś pociąga nosem i mówi:

– Już się prawie skończyło.

– Nic mnie to nie obchodzi. Nie powinniście w ogóle oglądać teraz telewizji. – Moja odpowiedź przeznaczona jest przede wszystkim dla uszu blond opiekunki.

– Carolyn nam pozwoliła. – Riposta Ruby była łatwa do przewidzenia.

Odwracam się i z uniesionymi brwiami spoglądam na Carolyn, która uśmiecha się niewinnie.

– Byli t a c y g r z e c z n i. Zjedli fasolkę. Pomyślałam, że zrobię im frajdę – mówi, wchodząc w rolę dobrego policjanta, co wprawia mnie w jeszcze większą wściekłość.

– Jasne, jasne... Ale następnym razem proponuję, żebyśmy ograniczyły się do Disney Channel albo Nickelodeon – mówię z szerokim uśmiechem, wiedząc, że wprowadzam w ten sposób podwójne standardy. Że gdy to ja rozmawiam przez telefon, pozwalam im na oglądanie czegokolwiek, o ile tylko oznacza to dla mnie choćby chwilę spokoju. Skoro jednak finansuję Carolyn imprezy w modnych klubach oraz ekstrawaganckie zakupy w ekskluzywnych sklepach, mam prawo wymagać, żeby robiła, o co ją proszę.

– Jak najbardziej. Nie ma sprawy – odpowiada Carolyn, a mi przypomina się dzień, w którym przyjmowaliśmy ją do pracy. Właściwie to j a z nią rozmawiałam, podczas gdy Nick z nieobecną miną siedział w kącie pokoju, udając zainteresowanie. Po wszystkim podniósł oba kciuki, stwierdzając, że jest „wystarczająco miła i inteligentna", po czym oskarżył mnie o zbytnią wybredność, gdy zwróciłam jego uwagę na znaki ostrzegawcze: roleksa, sandały od Jimmy'ego Choo i wielką torbę od Louisa Vuittona, a także oświadczenie, że prace domowe są „nie do końca w jej stylu". Musiałam jednak przyznać, że ma dobry kontakt z dzieciakami, zwłaszcza z Ruby, która od razu zapałała do niej gorącą sympatią. Choć być może sprawiły to raczej jej długie włosy i paznokcie u stóp pomalowane lakierem w kolorze fuksji. Poza tym była lepsza od pozostałych przesłuchanych przez nas kandydatek, z których jedna ledwo mówiła po angielsku, druga była weganką odmawiającą choćby dotknięcia mięsa, a trzecia przypominała powieściową nianię Mary Poppins do tego stopnia, że nawet jej referencje były fikcyjne. Carolyn okazała się więc moją jedyną ścieżką do wolności, przynajmniej przez dziesięć godzin tygodniowo. W związku z czym teraz bardzo spokojnym tonem mówię:

– Carolyn?

– Tak? – odpowiada, robiąc balona z gumy, a ja zaczynam układać w głowie, co powiem dziś wieczorem Nickowi (zaczynając oczywiście od „a nie mówiłam").

– Muszę jeszcze iść na górę i zrobić parę rzeczy, zanim wyjdziesz. Czy mogłabyś poczytać im książeczkę?

– Jasne – dziarsko odpowiada Carolyn.

– I proszę cię, ubierz Ruby cieplej.

– Jasne – powtarza. – Nie ma problemu.

– Bardzo, ale to bardzo ci dziękuję – mówię z wymuszoną cierpliwością. Całuję dzieci w przelocie (tylko Frank odwzajemnia pocałunek), po czym kieruję się w stronę gabinetu, który jest tak naprawdę niedużą wnęką w naszej sypialni. To jedna z wielu rzeczy, które chętnie zmieniłabym w naszym domu. Mieszkamy w wybudowanej w 1912 roku willi w stylu Tudorów, pełnej staroświeckiego uroku, ale wyjątkowo mało przestrzennej i funkcjonalnej.

Przez następne pół godziny odpowiadam na e-maile i zamawiam kilka spóźnionych prezentów. Potem coś mnie skłania do otwarcia starego dokumentu. Znajduje się w nim program zajęć, które kiedyś prowadziłam – *Gry i sport w powieści wiktoriańskiej*. Było to zaledwie dwa lata temu, ale wydaje się o wiele dawniej i nagle zalewa mnie fala tęsknoty za dyskusjami, które prowadziłam, wykładami na temat szachów i strategii erotycznych podbojów w *The Tenant of Wildfell Hall* Anny Brontë, towarzyskich gierek w *Targowisku próżności* czy zabaw na świeżym powietrzu i salonowych tańców w *The Mayor of Casterbridge* Thomasa Hardy'ego.

Z dołu dochodzi mnie wrzask Ruby, ale stwierdzam, że to okrzyk radości, nie bólu. Nagle czuję przypływ żalu i tęsknoty za dawnym życiem. Za oazą spokoju w moim gabinecie na terenie kampusu, za popołudniami spędzonymi na konsultacjach ze studentami, które stymulowały mnie intelektualnie i szczerze mówiąc, były formą ucieczki od monotonii codziennego domowego życia. Powtarzam sobie, że muszę wziąć się w garść. Po prostu mam zły dzień. Martwię się wczorajszą kłótnią z Nickiem, dzisiejszą niepokojącą rozmową z April, chaosem, który panuje na dole. A tak przecież w życiu bywa – problemy w jednej sferze życia przekładają się na wszystkie pozostałe.

Sięgam po telefon, żeby zadzwonić do Cate. Potrzebne mi słowa otuchy. Ale już za chwilę uświadamiam sobie, że Cate pragnie – albo wydaje jej się, że pragnie – mieć życie takie jak ja, a ja nie mam ochoty wysłuchiwać teraz, jak bardzo mi się poszczęściło. Rezygnuję również z telefonu do Rachel, która zawsze potrafi powiedzieć to, co trzeba – być może dlatego, że mimo narzekań tak naprawdę w głębi duszy uwielbia być gospodynią domową. Zastanawiam się, czy nie zadzwonić do Nicka, żeby oczyścić atmosferę i opowiedzieć mu o rozmowie z April, wiem jednak, że nie będzie miał teraz dla mnie czasu. A poza tym domyślam się, co by mi poradził: „Wróć do pracy", „Znajdź nowe koleżanki" albo „Zwolnij Carolyn". Jakby rozwiązanie było takie proste. Jakby cokolwiek w życiu było proste.

ROZDZIAŁ 14

Valerie

Nick przychodzi sprawdzić, co u Charliego, o każdej pełnej godzinie, aż w końcu pojawia się po raz ostatni, w lewisach i szarym golfie, z czarną torbą i wełnianym płaszczem przewieszonym przez ramię, najwyraźniej w drodze do domu.

– Jak się wszyscy miewają? – pyta cicho, spoglądając na śpiącego Charliego, potem na Jasona i w końcu na Valerie.

– W porządku – odpowiada Valerie szeptem. W tym momencie odzywa się Jason:

– Cześć, doktorze. Mówiłem właśnie Val, że powinna się stąd wyrwać. Zaczerpnąć świeżego powietrza. Zgadzasz się ze mną?

Nick wzrusza ramionami z udawaną bezradnością.

– Owszem. Ale ona mnie nigdy nie słucha.

– Właśnie że słucham – odpowiada Valerie tonem trzpiotowatej nastolatki, który zaskakuje ją samą. Odwraca wzrok. Nagle czuje się przezroczysta, obnażona, myśląc o Nicku i tamtym złocistym świetle w oknie sypialni na piętrze.

– Ach tak? – Nick uśmiecha się figlarnie. – To znaczy, że dużo śpisz? Jadasz trzy posiłki dziennie? I nie czytasz w internecie o ciężkich przypadkach?

Valerie czerwieni się i mamrocze:

– Dobrze, już dobrze. Wyjdę. – Wstaje, wkłada płaszcz i chwyta leżącą na bujanym fotelu torebkę.

– Dokąd idziesz? – pyta Jason.

– Jeszcze nie wiem – odpowiada Valerie, lekko zakłopotana, świadoma tego, że Nick ją obserwuje. – Pewnie pójdę po coś do zjedzenia. Masz na coś ochotę? Coś meksykańskiego? – pyta brata.

Jason się krzywi.

– Eee, nie... Nie sądziłem, że kiedykolwiek to powiem, ale mam dosyć burrito.

– Byliście kiedyś U Antonia? – pyta Nick.

Valerie kręci głową.

– Nie, a to gdzieś niedaleko?

– Aha. Tuż obok, po drugiej stronie Cambridge Street. Nieduży lokalik, może niezbyt wyrafinowany, ale jedzenie mają genialne. Lepsze niż cokolwiek na North End. Najlepszy kurczak z brokułami, jakiego w życiu jadłem. Nawet moja mama nie robi lepszego – mówi Nick, klepiąc się po przedniej kieszeni dżinsów, jakby szukał kluczyków.

– Brzmi nieźle – mówi Jason. Zwraca się do Valerie i prosi: – Przyniosłabyś mi lazanię?

– Jasne.

– Ale nie śpiesz się. Zjedz spokojnie na miejscu. Nie jestem bardzo głodny.

– A to chyba po raz pierwszy w życiu – dogryza mu żartobliwie siostra, nagle uświadamiając sobie, że z kolei ona po raz pierwszy od długiego czasu wprost umiera z głodu. Całuje chrapiącego synka w zdrowy policzek i wychodzi, słysząc, że Nick podąża kilka kroków za nią.

– Ja też właśnie wychodziłem – mówi. – Może cię odprowadzę?

Jego głos jest pełen wahania i Valerie już otwiera usta, żeby odmówić, nie chcąc robić mu kłopotu. Ale w ostatniej chwili zmienia zdanie.

– Będzie mi miło.

Kilkadziesiąt sekund później wychodzą razem ze szpitala. Nocne powietrze jest zimne i ostre, dzięki czemu natychmiast mają temat do rozmowy.

– Och. – Valerie zakrywa twarz szalikiem i oboje przyśpieszają kroku. – Co za okropny mróz.

– Faktycznie. W tym roku jesień nie trwała zbyt długo.

– No tak, nawet nie pamiętam, kiedy liście zmieniły kolor – zauważa Valerie, myśląc, że i tak nie potrafiłaby się nimi zachwycać.

Rozglądają się na obie strony, czekają kilka sekund, aż przejadą samochody, po czym przechodzą szybko przez Cambridge Street i zmierzają w stronę czarno-białej markizy, którą Valerie widywała wiele razy, przechodząc obok, ale nigdy nie zwróciła na nią uwagi. Nick otwiera przed nią drzwi i dokładnie w tym momencie przysadzisty facet z wąsem – dokładnie taki, jakiego można by się spodziewać, wchodząc do restauracji o nazwie U Antonia – woła grzmiącym głosem:

– Doktor Russo! Gdzieś się podziewał, dobry człowieku?

Nick parska śmiechem.

– Jak to gdzie? Byłem tu nie dalej jak tydzień temu.

– Rzeczywiście. Przypominam sobie. – Wąsacz obrzuca Valerie badawczym spojrzeniem.

Valerie ogarnia fala zdenerwowania z lekką nutką poczucia winy, która jednak mija, gdy Nick oznajmia:

– To moja znajoma, Valerie. Valerie, to jest Tony.

Valerie podoba się bezpośredni sposób, w jaki Nick ją przedstawia. Jego słowa brzmią szczerze, bo przecież są szczere. Faktycznie, są znajomymi.

– Chciałem pokazać Valerie najlepszą włoską restaurację w mieście – ciągnie Nick.

– W mieście?

– Przepraszam, na świecie.

– Wspaniale. W takim razie stolik na dwie osoby!

Nick kręci głową.

– Niestety, nie mogę zostać. Nie dziś.

Tony mówi to, co Valerie myśli.

– Och, daj spokój. Jeden kieliszek wina? Mała bruschetta?

Nick z wahaniem podwija rękaw płaszcza, by spojrzeć na zegarek – wielkie elektroniczne cudeńko z mnóstwem guzików z boku. Valerie zauważyła go już wcześniej, w szpitalu, i wyobrażała sobie, jak Nick nastawia go, zanim wybierze się na poranny jogging, z którego – jest tego pewna – nie rezygnuje nawet w środku zimy.

– Skoro nalegasz... – mówi w końcu Nick, spoglądając w głąb sali oświetlonej przyćmionym światłem. – Spójrzcie, nawet mój stolik jest wolny.

– Ależ oczywiście! Trzymaliśmy go dla ciebie! – woła Tony gromkim głosem, mruga do Valerie jak do starej znajomej, po czym prowadzi ich w stronę dwuosobowego stolika w rogu. Odsuwa przed Valerie krzesło, wręcza jej wielkie, lśniące menu i oferuje, że zabierze płaszcz.

– Dziękuję, ale chyba wolę mieć go przy sobie – odpowiada Valerie. Wciąż jeszcze trzęsie się z zimna.

Obserwuje ruch warg Tony'ego recytującego specjalności dnia, ale ma problemy ze skupieniem się na czymkolwiek innym niż Nick, który właśnie dyskretnie sprawdza swoje SMS-y. Valerie wyobraża sobie słowa na ekraniku: *Gdzie jesteś?*, a może: *O której wrócisz do domu?* Powtarza sobie, że to nie jej sprawa, i zamawia kieliszek polecanego przez Tony'ego chianti.

– A dla pana? – właściciel restauracji zwraca się do Nicka.

– To samo.

Tony odwraca się i odchodzi, a Valerie opiera przedramiona na szklanym blacie stolika, przypominając sobie snobistyczne ostrzeżenie jedynego prawnika, z jakim kiedykolwiek umówiła się na randkę – że nigdy nie należy zamawiać wina w lokalu z obrusami w kratkę, papierowymi serwetkami czy laminowanym menu. Po dwudziestu minutach spotkania z tamtym człowiekiem Valerie wiedziała już, że drugiej randki nie będzie.

– No widzisz? Jednak miałaś ochotę na drinka – odzywa się Nick.

Valerie spogląda na niego pytająco.

– Mówiłaś, że nie masz nastroju na wino? – Nick uśmiecha się porozumiewawczo. – Kiedy zostawiłaś kosz w poczekalni?

– Ach, tak. – Valerie za wszelką cenę stara się uspokoić albo przynajmniej wyglądać na spokojną. – No cóż, teraz mam.

Nick wyraźnie zastanawia się nad jej słowami. Lekko obraca się na krześle, by spojrzeć na nią pod innym kątem. W końcu odchrząkuje i pyta:

– Czemu tego nie zrobiłaś?

– Czego?

– Czemu nie przyjęłaś tego kosza?

Valerie przełyka ślinę i odpowiada, starannie dobierając słowa:

– Właściwie… nie do końca… nie do końca wierzę w szczerość intencji osób, które go przyniosły.

Nick kiwa głową, jakby dokładnie rozumiał, o co jej chodzi, a jeszcze bardziej ją zaskakuje, gdy oznajmia:

– Ja też im nie wierzę. – Valerie patrzy na niego zdezorientowana, więc wyjaśnia: – Mijałem się z nimi w drzwiach. Rozmawialiśmy przez chwilę.

– A więc znasz je?

Nick, postukując palcami o stolik, potwierdza:

– Owszem. Znam.

Valerie już ma zapytać skąd, ale się powstrzymuje, domyślając się, że ma to coś wspólnego z jego żoną. Nie chce w ogóle poruszać tego tematu. Boi się, że Nick się speszy i stanie to na drodze ich nieśmiało rozwijającej się znajomości, która może się przez to wydać nie do końca niewinna. Valerie pragnie wierzyć, że prawdziwa przyjaźń między nimi jest możliwa i że nie skończy się ona po wyjściu Charliego ze szpitala. Valerie już od bardzo dawna nie stworzyła z nikim prawdziwej relacji – właściwie już straciła nadzieję, że kiedykolwiek jej się to uda. Jason uparcie tłumaczy jej, że powinna się bardziej starać, ale Valerie wierzy, że nie chodzi tu o wysiłek. Raczej o to, że jest samotną pracującą matką, uwięzioną na ziemi niczyjej. Nie pasuje do towarzystwa gospodyń domowych, których pełno w Wellesley, nie ma też czasu na kontakty z bezdzietnymi prawniczkami w swojej kancelarii. Nieszczególnie jej to nawet przeszkadza, tak samo jak nie martwi jej zbytnio konflikt z Laurel i pozostałymi koleżankami z liceum. Codzienne życie nie pozwala jej zastanawiać się nad tym, czego jej brakuje. A jednak teraz, posmakowawszy prawdziwej bliskości, nagle zaczyna za nią tęsknić, tak mocno, że aż zapiera dech.

Na szczęście Nick zdaje się tego nie zauważać. Uśmiecha się tylko znacząco, jakby właśnie opowiedział dowcip zrozumiały tylko dla nich obojga.

– Ale nawet gdybym ich nie znał, spotkałem w życiu inne osoby, dokładnie w tym samym typie – dodaje.

– To znaczy? – pyta Valerie, nachylając się w jego stronę, tak bardzo pragnąc usłyszeć, że ją rozumie, że mają podobny stosunek do ludzi i świata.

– Hm, pomyślmy... – zaczyna Nick, pocierając podbródek. – Powierzchowne. Sztuczne. Ze skłonnościami do owczego pędu. One się bardziej martwią tym, jak odbierają je inni, niż tym, kim naprawdę są. Całą energię zużywają na gonienie za sprawami kompletnie pozbawionymi znaczenia.

– No właśnie. – Valerie uśmiecha się na myśl o tym, jak idealnie Nick ubrał w słowa jej własne uczucia dotyczące Romy i April. Następnie, niewiele się zastanawiając, wyrzuca z siebie to, co naprawdę myśli: – One się chyba boją, że złożę pozew. Zwłaszcza że prawdopodobnie wiedzą, czym się zajmuję.

– Och, jestem pewien, że wiedzą o tobie bardzo dużo. Bez wątpienia dokładnie cię sprawdziły.

– Tak myślisz?

– A co innego mają do roboty? – Nick spogląda jej w oczy.

– A więc ty też znasz całą historię? – pyta Valerie, wpatrując się w niego. – O tym… jak to się wszystko stało?

Nick kiwa głową.

Valerie wie, że nie chodzi mu o podstawowe informacje, które zebrał jako chirurg Charliego. Zna również tło całej historii. Wie o zaniedbaniu Romy i Daniela, dotarły do niego również plotki, które – jest tego pewna – od jakiegoś czasu hulają po okolicy.

Oczywiście już za chwilę Nick potwierdza jej przypuszczenia.

– Boston tak naprawdę jest mały, nie uważasz?

Valerie przytakuje. Jego bezpretensjonalna szczerość sprawia, że zalewa ją nagła fala czystego uczucia.

– A więc? Zrobisz to?

– Co?

– Złożysz pozew?

Valerie kręci głową. W tym momencie podchodzi do nich Tony z winem i bruschettą, po czym ulatnia się szybko, jakby wyczuwając, że trafił na poważną, prywatną rozmowę. Valerie i Nick stukają się kieliszkami i popijają wino, patrząc sobie w oczy, w milczeniu.

W końcu Nick opuszcza kieliszek i mówi:

– Wiesz co, nie wykluczałbym tego na twoim miejscu. Należy im się. Co za idioci pozwalają dzieciom na zabawy z ogniem?

– Zgadzam się, wierz mi. I nawet zastanawiałam się nad pozwem. – Valerie zaciska zęby i robi wszystko, co w jej mocy, by powstrzymać toksyczną falę gniewu, której dała już upust rano. – Ale... To by nie pomogło Charliemu. Nic by to nie zmieniło.

– Wiem.

Oboje upijają po łyku wina.

– A poza tym... – Valerie milknie na chwilę. – Poza tym to nie w moim stylu.

– To też wiem – mówi Nick, całkiem jakby byli starymi przyjaciółmi. Jego szeroki uśmiech i wino na pusty żołądek sprawiają, że Valerie zaczyna się lekko kręcić w głowie.

Nie spuszczając z niej wzroku, Nick wskazuje na półmisek z bruschettą.

– Częstuj się.

Valerie z uśmiechem przekłada dwie kromki na swój talerz, wdzięczna, że może zająć czymś ręce. Ma nadzieję, że on się nie domyśla, jak na nią działa.

– Myślę – odzywa się, podając mu półmisek – że nie pomaga mi fakt, że jestem samotną matką.

– Jak to?

Valerie wzrusza ramionami, szukając odpowiednich słów, by opisać swoje poczucie, że brak chłopaka lub męża – w ogóle jakakolwiek inność – przeszkadza w zawieraniu przyjaźni, zwłaszcza z kobietami. Już od podstawówki miała jasność co do tego, że dziewczęta przyjaźnią się z koleżankami podobnymi do siebie – albo takimi, które podziwiają.

– Nie wiem... – mówi w końcu, zachwycając się pięknie ułożonymi na talerzyku pomidorami z bazylią, czosnkiem i cebulką, przyrumienioną na idealny, złocisty odcień. – Wydaje mi się, że ludzie zakładają... no wiesz... że samotne matki zawsze potrzebują pieniędzy... albo że na przykład mogą być... oportunistkami. – Podnosi wzrok i widzi, że Nick się krzywi. Najwyraźniej się z nią nie zgadza.

– A czy ty... byłaś kiedyś mężatką? – pyta.

Valerie potrząsa głową. Próbuje bruschetty, po czym zaczyna wychwalać jej idealny smak i świeżość składników.

Nick patrzy na nią, zawstydzony.

– Przepraszam... Nie powinienem był pytać... To nie moja sprawa. – Spuszcza wzrok na własny talerz, jakby chciał ją w ten sposób zapewnić, że nie będzie jej więcej męczył.

Valerie wie, że powiedziała za dużo. Przez sekundę pragnie posłuchać instynktu, jak zwykle zasznurować usta i porzucić temat życia prywatnego. Jednak już za chwilę upija długi łyk wina i ostrożnie dobierając słowa, zaczyna opowiadać:

– Nie. Nigdy nie byłam mężatką. Ojciec Charliego szybko zniknął... Miał na imię Lion, już to powinno coś ci o nim powiedzieć. – Uśmiecha się, pozwalając mu w ten sposób zrobić to samo. – Był artystą, naprawdę utalentowanym – ciągnie. – Wydawało mi się, że go kocham. On mówił, że kocha mnie, a ja mu wierzyłam. Ale potem... Cóż, nie wyszło. – Valerie parska nerwowym śmiechem. – Lion zniknął tuż po tym, jak zaszłam w ciążę. Nigdy nie widział swojego syna. Z tego, co mi wiadomo, w ogóle nie ma pojęcia, że Charlie istnieje. Chociaż czasem aż nie chce mi się wierzyć, że żaden z jego znajomych nigdy nie widział mnie z dzieckiem. Które w dodatku ma jego kręcone włosy i trójkątną buzię.

Valerie nigdy w życiu nie powiedziała nikomu tak wiele na ten temat. Jest wykończona, ale i ogarnia ją ulga. Czuje na sobie wzrok Nicka. W końcu zbiera się na odwagę, by spojrzeć mu w oczy.

– Wiesz, gdzie on teraz jest?

Valerie znów upija wino i odpowiada:

– Słyszałam, że przeniósł się gdzieś na zachód... Ale nigdy nie próbowałam go odszukać... Chociaż pewnie dałoby się to zrobić... Na pewno ma gdzieś jakieś wystawy... Ale ja po prostu... nie widzę sensu. Zawsze uważałam, że tak jest lepiej dla Charliego.

– Musiało ci być ciężko – mówi cicho Nick. W jego oczach widać ciepło i zrozumienie, za to ani śladu litości.

– Rzeczywiście. Było – przyznaje Valerie.

– Nadal jest?

– Czasami – odpowiada, wytrzymując jego spojrzenie. Myśli o tamtym wieczorze, o wypadku, o tym, jak bardzo była przerażona i samotna, nawet w chwilach, gdy był przy niej Jason. – Ale nie teraz.

Nick rzuca jej kolejny szeroki, zwycięski uśmiech, który sprawia, że serce zaczyna jej bić jak szalone, i mówi:

– Bardzo się z tego cieszę. – Potem spogląda na zegarek i proponuje, żeby coś zamówili.

– Myślałam, że musisz iść? – protestuje Valerie, ale bez przekonania.

– Jeszcze nie – odpowiada Nick, gestem wzywając Tony'ego, po czym oświadcza jej, że z pewnością pokocha tutejsze ravioli ze szpinakiem.

ROZDZIAŁ 15

Tessa

Wieszam właśnie w przedpokoju granatowy płaszczyk Franka i różowy szalik Ruby, gdy do domu wpada Nick, jakby mu się zdawało, że te kilka sekund ma znaczenie wobec dwugodzinnego spóźnienia. Nie rozmawialiśmy przez cały dzień, nie licząc trzech wiadomości. Ja napisałam pierwsza, pytając, o której będzie w domu. Później on nagrał mi się na pocztę głosową, oświadczając, że wróci na tyle wcześnie, żeby położyć dzieci spać. Jakiś czas potem przyszedł SMS informujący mnie, że jednak zjawi się później, niż przewidywał. Na szczęście nie obiecywałam nic Ruby ani Frankowi. Już dawno temu nauczyłam się, że nie warto ryzykować.

– B a r d z o cię przepraszam za spóźnienie – mówi Nick szczerym tonem i całuje mnie na powitanie. Jego wargi lądują na lewo od moich. Ponawia próbę. Tym razem nasze zamknięte usta spotykają się, a mnie ogarnia niepokojące przeczucie, że już nie pracował, gdy wysyłał mi ostatnią wiadomość. Niektóre kobiety nazwałyby to intuicją, na przykład Cate, która używa tego słowa bez opamiętania, podczas gdy tak naprawdę chodzi jej o to, że nie jest na tyle głupia ani ślepa, by przeoczyć dość oczywiste fakty. Takie jak na przykład intensywny zapach czosnku na skórze i ubraniu Nicka, jego żarliwe przeprosiny, a przede wszystkim jego skruszone spojrzenie.

Gwoli uściślenia – nie jest to skrucha człowieka, który zdradził lub choćby o tym myślał. Ani też typowego „niedobrego męża", który nie przyszedł na mecz swojego dziecka, nie zauważył nowej fryzury żony albo musiał jechać do pracy w samym środku rocznicowej kolacji. Uczucia malujące się na twarzy Nicka są bardziej subtelne, a jednak zauważalne. Wpatruję się w niego uważnie, usiłując jakoś je określić, a jednocześnie starając się sprawiać wrażenie obojętnej. W końcu stwierdzam, że Nick patrzy na mnie jak człowiek, który wstydzi się tego, że wolałby być gdzie indziej.

– W porządku – mówię, zaglądając mu w oczy z nadzieją, że się mylę. Że Nick tak się śpieszył, ponieważ za mną tęsknił, albo może pragnął naprawić to, co zepsuło się między nami zeszłej nocy. Nawet jeśli oznaczałoby to udawanie, że nic się nie stało, czyli nasz zwykły sposób rozwiązywania problemów.

Pytam więc, tak swobodnie, jak tylko mogę, bez oskarżycielskiej nuty w głosie:

– Co cię zatrzymało?

– Och, wiesz, jak czasem jest... – odpowiada, unikając mojego spojrzenia i wciąż jeszcze w płaszczu wchodzi do salonu.

– To znaczy? – Idę za nim, przypominając sobie sceny z filmów, w których mąż po drodze do domu wstępuje do knajpy, zajmuje swoje zwykłe miejsce przy barze i zwierza się z problemów barmanowi albo komukolwiek innemu, kto zechce go wysłuchać. Albo, co gorsza, siedzi sam, dusząc je w sobie. Nagle zaczynam się zastanawiać, czy Nick ma jakieś kłopoty, o których mi nie mówi, oczywiście pomijając trudności, jakie napotyka w pracy każdy chirurg dziecięcy. Przypominam sobie pewien wieczór w zeszłym tygodniu, kiedy wyjrzałam z okna sypialni i zobaczyłam, że wraca samochodem z pracy. Zaparkował na podjeździe, lecz zamiast wysiąść z auta, po prostu w nim siedział, zapatrzony przed siebie. Obserwowałam go przez chwilę, zastanawiając się, czy słucha muzyki, czy się po prostu zamyślił. Jakkolwiek było, najwyraźniej nie śpieszyło mu się, żeby wejść do domu. A gdy w końcu przekroczył próg, po całych pięciu minutach, a ja zapytałam go, co robił, wyglądał na zaskoczonego, jakby naprawdę nie znał odpowiedzi. Teraz patrzy na mnie tym samym lekko zdziwionym wzrokiem.

Stawiam więc wszystko na jedną kartę i wdychając aromat czosnku, pytam:

– Jak było U Antonia?

Zapada znacząca cisza. Odwracam wzrok i wbijam go w pajęczynę na żyrandolu, dziwnie zawstydzona – za niego i za siebie. Tak samo czułam się, gdy pewnej nocy weszłam nagle do salonu i zastałam go na kanapie, z rozpiętymi dżinsami i ręką w bokserkach, jęczącego cicho. Usiłowałam wymknąć się niezauważona, ale niechcący nastąpiłam na jedną z zabawek Ruby. W ten sposób ja nakryłam jego, a on mnie. Otworzył wtedy oczy, spojrzał na mnie i znieruchomiał w milczeniu. Gdy następnego ranka zszedł na śniadanie, myślałam, że zażartuje na ten temat, a jednak się myliłam.

Nie przeszkadzało mi to, że mój mąż się masturbuje. Najgorsze było jego milczenie, które w jakiś sposób oddaliło nas od siebie – i teraz czuję, że dzieje się to samo.

– U Antonia? W porządku – odpowiada w końcu Nick.

– Czyli jadłeś już obiad?

– Coś tam wrzuciłem na ruszt. Miałem ochotę na włoskie jedzenie.

– Wziąłeś coś dla mnie? – pytam z nadzieją, że zapomniał po prostu zabrać białą papierową torbę z tylnego siedzenia samochodu. Gdyby ją teraz wyciągnął, byłabym gotowa porzucić wszelkie podejrzenia.

Nick pstryka palcami.

– Powinienem był! Przepraszam. Uznałem, że zjadłaś z dzieciakami?

– Owszem – mówię. – Ale nie odmówiłabym czegoś od Antonia. Mogłabym codziennie jadać jego ravioli na deser.

– Nie wątpię – odpowiada Nick z uśmiechem. Najwyraźniej śpieszy mu się, żeby zmienić temat, bo już za chwilę pyta, jak mi minął dzień.

– W porządku. – Staram się przypomnieć sobie, co robiłam przez ostatnie dwanaście godzin. Mam pustkę w głowie. To mógłby być zły lub dobry znak, w zależności od punktu widzenia. Dziś wydaje się zły.

– A jak tam dzieci? Leżą w łóżkach? – pyta od niechcenia.

– Nie. Imprezują na mieście. – Uśmiecham się, by złagodzić sarkazm własnej odpowiedzi.

Nick cicho parska śmiechem.

– A jak twój dzień? – pytam, myśląc, że matka miała rację. Z nas dwojga to on ma ciekawe życie, a wieczorem lepsze rzeczy do roboty niż powrót do domu.

– Przeszczep poszedł bardzo dobrze – odpowiada automatycznie. Cztery słowa na opisanie czterogodzinnej operacji.

– Tak? – dopytuję. Pragnę usłyszeć więcej szczegółów, nie dlatego że interesują mnie medyczne zagadnienia. Po prostu bardzo bym chciała, żeby mój mąż chciał dzielić się ze mną swoimi sprawami.

– Aha. Podręcznikowy przykład – odpowiada, przecinając dłonią powietrze.

Czekam jeszcze chwilę, ale po kilku sekundach staje się jasne, że nie ma mi na ten temat nic więcej do powiedzenia.

– April mówiła, że spotkała cię w szpitalu – mówię w końcu.

Na twarzy Nicka maluje się ożywienie, wręcz gniew.

– No właśnie, co to miało do cholery znaczyć?

– Nie wiedziały, że to dziś Charlie miał operację – odpowiadam, zastanawiając się jednocześnie, czemu właściwie ich bronię, skoro tak naprawdę zgadzam się z Nickiem.

– No i co z tego? – prycha mój mąż.

Kiwam głową, dając mu w ten sposób do zrozumienia, że jestem po jego stronie, z nadzieją na zażegnanie narastającego między nami konfliktu.

– Słyszałam, że przyniosły wino – mówię, wywracając oczami.

– Kto przynosi wino do poczekalni w szpitalu? I to w dodatku rano.

Nick zrzuca płaszcz.

– Powinnaś w ogóle zerwać z nią kontakty – oznajmia stanowczo.

– Zerwać kontakty z April?

– Tak jest. Masz lepsze rzeczy do roboty niż spotkania z nią.

Na przykład spotkania z własnym mężem, mam ochotę odpowiedzieć, ale się powstrzymuję.

– Ona nie jest taka zła – mówię. – Myślę, że naprawdę chciała pomóc.

– Pomóc? Komu? Swojej bezmyślnej psiapsiółce?

Wzruszam słabo ramionami, a Nick ciągnie, coraz bardziej zaaferowany:

– Zasługują na to, żeby je pozwać do sądu.

– Myślisz, że to możliwe?

– Nie ma mowy.

– Czy matka tego chłopca rozmawiała z tobą na ten temat? – pytam, jak zawsze bardziej zaciekawiona międzyludzką sferą jego zawodu niż samą medycyną.

– Nie – odpowiada szorstko.

– A my byśmy to zrobili? Pozwałbyś ich?

– Może i tak – odpowiada, odsłaniając w ten sposób swoje mściwe oblicze, które niezbyt lubię, ale jednocześnie podziwiam, podobnie jak jego niepohamowanego ducha rywalizacji, ślepy upór i łatwość wpadania w gniew, czyli cechy wybitnego chirurga, które sprawiają, że mój mąż jest właśnie tym, kim jest. – Być może pozwałbym ich tylko i wyłącznie z powodu tej obraźliwej butelki wina... I jeszcze miny tej... jak jej tam? Remy?

– Romy – odpowiadam, zadziwiona tym, że zdołał się nauczyć nazwy każdego mięśnia i każdej kości w ludzkim ciele, nieskończonej liczby łacińskich terminów, a jednocześnie nie potrafi zapamiętać kilku prostych imion.

Nick mówi już jakby sam do siebie:

– Ten jej sztuczny uśmieszek... Skończyłem właśnie wyczerpującą, skomplikowaną operację, a ta szczerzy zęby i wciąga mnie w pogawędki o prywatnych szkołach.

– A tak, April mówiła, że Romy napisze nam rekomendację.

– Niech ją cholera weźmie. Nie ma mowy. Nie chcę od niej żadnych rekomendacji. Nie chcę, żeby Ruby chociażby zbliżała się do takich ludzi.

– Chyba trochę za bardzo uogólniasz – mówię, czując wzbierającą frustrację i gniew.

– Może. A może i nie. Zobaczymy.

– Zobaczymy? – powtarzam. – To znaczy co? Zamierzasz się tym zająć?

– Jasne. Jak chcesz. W końcu obiecałem.

– Spojrzałeś dziś chociaż na te papiery? – pytam, choć wiem, że tak naprawdę nie chodzi mi wcale o podanie, tylko o jego relacje z nami, najbliższą rodziną.

– Tess! – Nick tym samym tonem przemawia czasem do Ruby, po raz dziesiąty prosząc ją, żeby umyła zęby. Albo raczej wtedy, gdy słyszy, jak ja po raz dziesiąty ją o to proszę.

– No co? – rzucam.

– Czy ty w ogóle wiesz, jaki miałem dzisiaj dzień? – Nie czeka na odpowiedź. – Skleiłem dzieciakowi twarz. Nie miałem czasu na takie duperele.

162

– Miałeś za to czas na kolację U Antonia – mówię, czując narastającą furię.

Nick wstaje gwałtownie.

– Idę wziąć prysznic.

– Jasne, idź, idź – rzucam w stronę jego pleców.

Odwraca się i rzuca mi zimne, twarde spojrzenie.

– Czemu to robisz, Tess? Czemu stwarzasz problemy?

– A czemu ty nie chcesz wracać do domu? – Wypluwam z siebie te słowa z nadzieją, że Nick zmięknie. Powie mi, żebym nie gadała bzdur.

On jednak tylko wzrusza ramionami.

– O rany, sam nie wiem. Może dlatego, że stwarzasz taką miłą atmosferę.

– Chyba sobie żartujesz. Przecież wychodzę z siebie, żeby było ci tu dobrze! Żeby nam było dobrze. Nawet nie wiesz, jak się staram! – krzyczę łamiącym się głosem. Przed oczami staje mi cały dzień. Zakupy w spożywczaku, gotowanie, zabawy z dziećmi. Wszystko to, co robię dla naszej rodziny.

– Może w takim razie nie powinnaś się tak bardzo wysilać. Nie wiem, co takiego robisz, Tess, ale najwyraźniej coś nam nie wychodzi. – Głos Nicka jest pełen złości, ale spokojny, opanowany, podobnie jak jego ruchy podczas operacji. Rzuca mi ostatnie lekceważące spojrzenie, odwraca się i już za chwilę znika na górze. Po kilkunastu sekundach słyszę, jak odkręca prysznic w łazience, z której nie wychodzi jeszcze przez bardzo długi czas.

ROZDZIAŁ 16

Valerie

– Pani też jest lekarzem? – Donośny głos przerywa rozmyślania Valerie, przypominając jej, że wciąż jest U Antonia
i czeka na lazanię dla Jasona, o której zapomniałaby, gdyby
nie Nick. Podnosi wzrok i uśmiecha się do Tony'ego.

– Lekarzem?... Nie – odpowiada, jakby to był całkowicie
niedorzeczny pomysł. Szczególnie biorąc pod uwagę, że jedyna ocena niedostateczna, jaką w życiu dostała, była z biologii
w liceum. Zdecydowanie odmówiła wtedy przeprowadze-
nia sekcji zwłok świńskiego płodu, który przydzielony jej
do tego celu partner (członek szkolnej drużyny piłki noż-
nej) z uporem maniaka nazywał Wilburem. Wciąż pamięta
przyprawiającą o mdłości woń formaldehydu i widok deli-
katnych brodawek na bladoróżowym języku nieszczęsnego
stworzenia.

Tony nie poddaje się.

– To może pielęgniarką?

Valerie przychodzi do głowy, żeby zniechęcić go do dalszych pytań, oświadczając po prostu, że jest prawniczką. Wie

jednak, że Tony jest ciekaw, co łączy ją z Nickiem, a wino sprawia, że słabnie jej zwykła ostrożność. Poza tym Tony ma w sobie jakąś otwartość i życzliwość. Valerie uznaje, że może powiedzieć mu prawdę.

Kiwa więc głową w kierunku kliniki.

– Mój synek leży w Shriners.

– Och – cicho odzywa się Tony. Ze smutkiem potrząsa głową. Valerie zastanawia się, czy sprawiła to jej odpowiedź, czy może żałuje beztroskiego pytania, które zawiodło go w ponure rejony. – Jak się czuje?

Valerie uśmiecha się, chcąc w ten sposób rozładować sytuację. Postanawia przećwiczyć rozmowę, którą w ciągu następnych miesięcy będzie musiała odbyć jeszcze wiele razy.

– Trzyma się, miał na razie dwie operacje...

Milknie na chwilę, zmuszając się do kolejnego uśmiechu. Nie bardzo wie, co jeszcze może powiedzieć.

Tony przestępuje z nogi na nogę, po czym nachyla się, by ustawić prosto solniczkę i pieprzniczkę na stoliku obok.

– Doktor Russo jest jego chirurgiem?

– Tak. – Valerie ni z tego, ni z owego zalewa fala dumy, jakby to, że Nick leczy Charliego, świadczyło o niej jako o matce. Wszystko, co najlepsze dla mojego dziecka, myśli.

Tony patrzy na nią wyczekująco, więc Valerie dodaje:

– Najpierw operowali mu rękę. A dziś rano policzek.

Dotyka dłonią twarzy i nagle czuje pierwsze ukłucie niepokoju od czasu, gdy rozstała się z Charliem prawie dwie godziny temu. Spogląda na leżącą na stoliku komórkę z dzwonkiem ustawionym na maksymalną głośność, zastanawiając się, czy to możliwe, że Jason dzwonił, a ona tego nie słyszała. Ale wyświetlacz jest pusty. Na tapecie dwupasmowa droga wije się, by zniknąć w oddali pod błękitnym niebem upstrzonym pierzastymi białymi obłoczkami.

– W takim razie już pani pewnie wie, że doktor Russo jest najlepszy – mówi Tony tak żarliwie, że Valerie zaczyna się zastanawiać, czy nie ma jakichś wiadomości z pierwszej ręki na temat pacjentów Nicka bądź ich rodziców. Tony z namaszczeniem dodaje: – A jaki jest skromny... Ale pielęgniarki, które tu przychodzą, opowiadały mi o jego odznaczeniach... o dzieciach, które uratował... Słyszała pani o tej małej dziewczynce z katastrofy samolotu w Maine? Jej ojciec był grubą rybą w telewizji. Mówili o tym w wiadomościach jakieś dwa lata temu.

Valerie kręci głową, uświadamiając sobie, że już nigdy nie będzie mogła pozwolić sobie na luksus ignorowania podobnych historii.

– To był mały jednosilnikowy samolocik. Lecieli na ślub... cała rodzina... Samolot spadł jakieś czterysta metrów za lotniskiem, tuż po starcie. Wszyscy oprócz dziewczynki zginęli na miejscu od oparzeń lub udusili się dymem. Pilot, rodzice, starsi bracia. Tragedia. – Tony spogląda na nią, zasmucony.

– A co z małą? – pyta Valerie.

– Została sama. Sierotka. Ale przeżyła. Pielęgniarki nazwały ją „dzieckiem szczęścia".

– Mocno była poparzona? – dopytuje Valerie, nerwowo kiwając stopą.

– Mocno. Naprawdę. Osiemdziesiąt procent powierzchni ciała albo jakoś tak.

Valerie przełyka ślinę i myśli o tym, o ile gorzej mógł się skończyć wypadek Charliego. Nagle czuje, że zaschło jej w gardle.

– Jak długo leżała w szpitalu?

– O rany, sam nie wiem. – Tony wzrusza ramionami. – Długo, bardzo długo. Miesiącami. Może nawet rok.

Valerie kiwa głową, czując falę bólu zalewającą ją na myśl o wypadku, o tym, jak musiał być straszny. Przed oczami stają jej płomienie pochłaniające samolot i wszystkich tych ludzi w środku. Zaciska powieki, żeby zablokować koszmarne obrazy.

– Wszystko w porządku? – pyta Tony.

Valerie podnosi wzrok. Tony stoi bliżej. Ze złożonymi dłońmi i pochyloną głową wygląda dziwnie wdzięcznie jak na takiego krzepkiego, przysadzistego mężczyznę.

– W porządku. W porównaniu z tamtymi ludźmi mieliśmy szczęście. – Valerie dopija wino i nagle czuje palącą potrzebę powrotu do szpitala. W tym momencie z zaplecza wychodzi kucharz z zapakowanym zamówieniem.

– Lazania i sałatka?

– Dziękuję. – Valerie sięga po torebkę.

Tony unosi rękę.

– Nie, nie. Na koszt firmy. Ale proszę do nas wrócić, zgoda?

Valerie zaczyna protestować, ale w końcu kiwa głową w podziękowaniu i obiecuje, że na pewno wróci.

*

– Co z nim? – pyta Jasona, gdy przekracza próg pokoju Charliego i zastaje synka w tej samej pozycji, w której go zostawiła.

– Wciąż śpi. Nie obudził się nawet na zmianę opatrunku.

– To dobrze – mówi Valerie. Charlie potrzebuje odpoczynku. Każda minuta snu to kolejna minuta bez bólu, chociaż czasem Valerie martwi się, że najgorsze mogą być senne koszmary. Dwoma kopnięciami pozbywa się butów, po czym zakłada kapcie: to część jej wieczornego rytuału.

– No i? – pyta Jason. – Jak było?

– Dobrze – odpowiada Valerie cicho, myśląc o tym, jak szybko upłynął jej czas z Nickiem, jak przyjemnie i swobodnie się czuła. – Porozmawialiśmy sobie. To była dobra rozmowa.

– Chodziło mi o jedzenie. – Jason unosi brwi. – Nie o towarzystwo.

– Jedzenie było super. Proszę. – Rzuca mu torbę z lazanią, a on mamrocze coś pod nosem.

– Co takiego?

Jason powtarza, wolniej i głośniej:

– Zdaje się, że ktoś tu się kocha w Doktorze Adonisie.

– W Doktorze Adonisie? – powtarza Valerie i wstaje, by zaciągnąć rolety. – Co to za nowe określenie?

– Doktor Adonis. Doktor Ciacho.

Valerie parska nerwowym śmiechem.

– Ciacho?

– W końcu przystojniak z niego – odpowiada Jason, mrugając do niej figlarnie.

Valerie wywraca oczami.

– To chyba t y się zakochałeś.

Jason wzrusza ramionami.

– Owszem, to atrakcyjny facet. Tyle że ja się nie zapieram i temu nie zaprzeczam.

– Nie interesują mnie żonaci mężczyźni.

– Przecież nie mówię, że masz coś z tym robić. Ale podoba ci się.

– Wcale nie! – upiera się Valerie. Jednocześnie myśli o ciemnych oczach Nicka i o leciutkim grymasie, który wykrzywia jego twarz, ilekroć chce podkreślić, że mówi coś ważnego. Przychodzi jej do głowy, że może zbyt gwałtownie reaguje. Nie powinna tak mocno protestować, zwłaszcza że często przekomarzają się z Jasonem na temat przystojnych facetów (na przykład kawalera, który mieszka po drugiej stronie jej ulicy i czasami kosi trawnik bez koszuli). W końcu niektórzy z nich też są żonaci.

Jason otwiera torebkę, wącha lazanię i kiwa głową z aprobatą.

– To o czym tak długo rozmawialiście?

– O różnych rzeczach – odpowiada Valerie, po czym uświadamia sobie, że nie mówiła jeszcze Jasonowi o koszu od Romy.

Zastanawia się, czy teraz tego nie zrobić, stwierdza jednak, że opowieść może poczekać do rana. – O pracy. O jego dzieciach. O Charliem. I tak dalej.

– Wspomniałaś, że uważasz go za ciacho?

– Nie zaczynaj.

– To ty nie zaczynaj. To niebezpieczne zakochać się w takim Baldwinie.

– Dobra, dobra – odpowiada Valerie ze śmiechem, ponieważ przypomina sobie, że rzeczywiście kochała się kiedyś w Billym albo którymś innym z braci Baldwin, pamięta tylko, że grał w *Linii życia* i że Nick rzeczywiście odrobinę go przypomina. Na moje nieszczęście, myśli, patrząc, jak Jason rzuca się na lazanię, Nick ma jeszcze ładniejsze oczy.

ROZDZIAŁ 17

Tessa

– Tess? – odzywa się Nick tej nocy, kiedy kładzie się wreszcie do łóżka tuż po pierwszej. Jego głos jest pełen czułości,
niemal przechodzi w szept, a mnie zalewa fala ulgi na dźwięk
tonu, jakim wymawia moje imię.

– Tak? – odszeptuję.

Nick bierze kilka głębokich oddechów, jakby zbierał się
w sobie. Przez chwilę mam ochotę przerwać tę ciszę i zapytać
go, co mu chodzi po głowie. Ale zmuszam się do cierpliwości,
wyczuwając, że ma mi coś ważnego do powiedzenia.

– Przepraszam cię – mówi w końcu, przyciągając mnie do
siebie i obejmując ramionami. Nawet gdyby mnie nie przy-
tulił, wiedziałabym, że tym razem mówi szczerze. W przeciwieństwie do wieczornych przeprosin za spóźnienie, te nie
są wymuszone.

– Za co? – pytam cicho, nie otwierając oczu. Normalnie
w takim pytaniu brzmiałaby bierna agresja, ale dziś naprawdę
chcę wiedzieć.

– Za to, co powiedziałem. To nie była prawda. – Znów bierze kilka głębokich oddechów, wydychając powietrze nosem, po czym dodaje: – Jesteś świetną mamą. I wspaniałą żoną.

Całuję mnie w szyję, tuż pod uchem, i przytula się do mnie mocniej, każdym centymetrem swojego ciała. Zawsze tak się ze mną godzi po kłótni – przedkładając czyny nad słowa – i choć zwykle nie podoba mi się takie podejście, dziś mi nie przeszkadza. Przyciskam się do niego. Bardzo chcę mu wierzyć, pozbyć się narastających wątpliwości co do naszego związku. Powtarzam sobie, że Nick zawsze walczył trochę nie fair i łatwo przychodzą mu ostre słowa, których potem żałuje. Z drugiej strony zawsze zastanawiam się, czy nie ma w nich ziarnka prawdy.

– Zatem czemu to powiedziałeś? – szepczę pomiędzy pocałunkami. – Czemu powiedziałeś, że nam nie wychodzi?

Przychodzi mi na myśl, że jedno nie wyklucza drugiego. Możliwe, że jestem cudowną żoną i matką – a mimo to coś się między nami zepsuło. Albo właśnie powoli się psuje.

– Sam nie wiem… Czasami bywam sfrustrowany – odpowiada. Nagle zaczyna się śpieszyć. Gwałtownie ściąga mi dół od piżamy.

Próbuję mu się oprzeć, chociażby po to, by skończyć tę rozmowę, ale czuję, że poddaję się przytłaczającej fali pożądania. Ulegam potrzebie, by być jak najbliżej niego. Tak samo czułam się na samym początku, kiedy urywaliśmy się z zajęć na uczelni i biegliśmy do domu, żeby być razem i kochać się trzy razy w ciągu jednego popołudnia. To było dawno temu.

– Chcę, żebyś była szczęśliwa – mówi Nick.

– Ja jestem szczęśliwa.

– W takim razie nie doszukuj się problemów tam, gdzie ich nie ma.

– Wcale się nie doszukuję.

– Czasami tak.

Zastanawiam się nad tym. Dziś wieczorem mogłam go inaczej przywitać. Może to moja wina. Może naprawdę stwarzam problemy, jak te gospodynie domowe, które kiedyś oskarżałam o to, że wyolbrzymiają każdą sytuację, by zabić codzienną monotonię. Może w moje życie wkradła się pustka i teraz oczekuję od Nicka, że ją zapełni. Może on naprawdę po prostu miał ochotę na włoskie jedzenie.

– No już, Tess. Pogódźmy się – mówi, zadzierając mi podkoszulek. Nawet nie zadaje sobie trudu, żeby mi go ściągnąć. Mocno całuje mnie w usta i już za chwilę porusza się we mnie, jakby w ten sposób chciał odkupić swoje grzechy. Odwzajemniam pocałunek równie gwałtownie. Serce bije mi szybko, ciasno oplatam nogami jego talię. Przez cały czas powtarzam sobie, że robię to, bo go kocham. Nie dlatego, że chcę mu coś udowodnić.

A jednak już za chwilę, gdy zwalniam uścisk i czuję, że on robi to samo, słyszę swój własny szept:

– Widzisz, Nick? Widzisz? Wychodzi nam. Wychodzi.

ROZDZIAŁ 18

Valerie

Valerie obserwuje Charliego, który w skupieniu ostrożnymi, pewnymi pociągnięciami to pomarańczowej, to zielonej kredki koloruje obrazek przedstawiający wydrążoną dynię. To nudne zadanie dla dziecka w jego wieku, niewymagające ani odrobiny kreatywności, ale Charlie najwyraźniej rozumie, że to dobre ćwiczenie dla jego dłoni i poważnie traktuje polecenie terapeuty.

Valerie patrzy, jak synek dorysowuje w tle czarnego kota z długimi wąsami. Wypowiada imię małego, ale on nie reaguje – wpatruje się tylko w swój obrazek pod różnymi kątami, przesuwając kartkę, nie ruszając za to głową.

Valerie jeszcze raz zwraca się do niego. Chce go tylko zapytać, co ma ochotę zjeść na lunch. W końcu synek podnosi na nią wzrok, ale nadal milczy. Valerie zaczyna się martwić o jego nastrój. Od operacji minęło już kilka dni i chociaż zdążyła się już trochę przyzwyczaić do maski osłaniającej jego twarz, nie przywykła jeszcze do tego, że zamazuje ona jego rysy, przez co trudno domyślić się, co mu chodzi po głowie.

– Nie jestem Charlie – odzywa się w końcu chłopiec niskim, zachrypniętym, teatralnym głosem.

– A kim jesteś? – Valerie włącza się do gry.

– Szturmowcem Imperium – odpowiada Charlie złowieszczym tonem, usiłując naśladować głos dorosłego.

Valerie uśmiecha się. Po cichu dodaje to do listy przełomowych momentów: pierwszy stały pokarm, pierwszy spacer po korytarzu, pierwszy żart z samego siebie.

– Nie potrzebuję nawet kostiumu na Halloween – mówi Charlie. W tym momencie do pokoju wchodzi Nick. Valerie czuje, że twarz jej się rozjaśnia i jest pewna, że z jej synkiem dzieje się to samo.

Oboje wiedzą, po co Nick przyszedł – żeby spojrzeć na przeszczep i za pomocą igły usunąć zbierający się płyn. Procedura jest mniej bolesna, niż wygląda – zarówno dzięki morfinie, którą Charlie wciąż dostaje dożylnie, jak i przez to, że zakończenia nerwowe wciąż jeszcze nie przyłączyły się do przeszczepionej skóry – ale mimo wszystko nie należy do przyjemnych. A jednak Nick potrafi tak zająć ich oboje rozmową, że niemiła czynność staje się tylko pobocznym elementem jego wizyty.

– A to czemu, kolego? – pyta teraz. – Czemu nie potrzebujesz kostiumu?

– Bo i tak mam już maskę! – głos Charliego znów przechodzi w zwykły wysoki sopran.

Nick zaczyna się śmiać.

– Co racja to racja.

– Mogę być szturmowcem Imperium albo mumią.

– Na twoim miejscu wybrałbym szturmowca – mówi Nick. – A ja będę Darthem Vaderem.

„Nie możesz ukrywać się w nieskończoność, Luke", myśli Valerie. A potem: „Ja jestem twoim ojcem". To jedyne dwa cytaty z *Gwiezdnych wojen*, które zna na pamięć, no może oprócz: „Niech moc będzie z tobą".

– Masz kostium Dartha Vadera? – pyta Charlie, sięgając pod maskę, by podrapać się w czoło.

– Nie. Ale na pewno jakiś bym znalazł... Albo możemy po prostu udawać – odpowiada Nick, unosząc niewidzialny miecz.

– Aha. Możemy udawać.

Valerie czuje, jak zalewa ją fala ciepła, gdy obserwuje Charliego i Nicka. Obaj się uśmiechają. W pewnym momencie chłopiec poważnieje i pyta:

– Przyjdziesz na zabawę? – Chodzi mu o przyjęcie z okazji Halloween, organizowane w bufecie na dole. Wszyscy pacjenci są zaproszeni wraz z rodzinami. Oczywiście ona i Charlie wybierają się, razem z Jasonem i Rosemary.

– Oj, kochanie. Nick ma dwoje dzieci, na pewno będzie zbierać z nimi słodycze – mówi szybko Valerie, rozpakowując kostium Spidermana, który Jason kupił wczoraj w Target (miała tylko dwa warunki dotyczące przebrania: nie może być zbyt straszne i musi mieć maskę, która przykryje maskę Charliego).

– Przyjdę – obiecuje Nick. – O której się zaczyna?

– O czwartej – odpowiada Valerie z ociąganiem, rzucając mu spojrzenie, które ma wyrażać wdzięczność, a zarazem uświadomić mu, że uczestnictwo w zabawie z okazji Halloween nie należy do jego obowiązków jako chirurga.

– Nick, naprawdę... Nie musisz... – mówi łagodnym tonem.

– Przyjdę – powtarza Nick, przesuwając dłonią po króciutkich jasnych włoskach, które zdążyły już pojawić się na ogolonej różowej główce Charliego.

Valerie wyobraża sobie żonę i dzieci Nicka, czekających na niego w domu. Wie, że powinna jeszcze raz zaprotestować. Ale zamiast tego rozkoszuje się ciepłem, które zalewa jej klatkę piersiową i powoli rozprzestrzenia się po całym ciele.

– To bardzo miło z twojej strony – mówi wreszcie.

*

Kilka godzin później Charlie drzemie, a Valerie znów zaczyna wątpić, czy słusznie zrobiła, przyjmując spontaniczną
propozycję Nicka. Czuje nagłą potrzebę, by go z niej zwolnić.
Bardzo dobrze wie, że Halloween wymaga udziału obojga
rodziców – jedno zostaje w domu, żeby rozdawać słodycze,
drugie zbiera je z dziećmi po okolicy – i uświadamia sobie,
że jego żonie z pewnością nie spodoba się decyzja, by wziąć
udział w zabawie w szpitalu. Valerie chce mu oszczędzić kłopotów w domu i niezręcznej wymiany zdań, do której z pewnością dojdzie, jeśli jednak nie uda mu się przekonać żony.
Co ważniejsze, czuje, że złamana obietnica lub jakiekolwiek
inne rozczarowanie w życiu Charliego byłoby dla niej nie do
zniesienia. Postanawia więc dmuchać na zimne – to jej zwykła taktyka, którą stosuje aż nazbyt często.

Najpierw zamierza poczekać na kolejną wizytę Nicka, ale
w końcu dochodzi do wniosku, że powinna załatwić to jak
najszybciej, zanim znów zmieni zdanie. Gwałtownym ruchem wyciąga z torebki telefon, a z portfela jego wizytówkę,
i walcząc z falą dziwnego zdenerwowania wystukuje jego
numer, modląc się, żeby odebrał.

Po trzecim sygnale Nick odzywa się ostrym, niecierpli-
wym tonem, jakby właśnie przeszkodziła mu w czymś bardzo
ważnym.

Valerie waha się przez chwilę, żałując, że do niego zadzwoniła i tylko pogorszyła sprawę. Nagle czuje, że w ogóle
nie ma prawa korzystać z jego prywatnego numeru, mimo
że sam jej go podał.

– Cześć, Nick – odzywa się w końcu. – Tu Valerie.

– O! Witaj, Valerie – odpowiada Nick swoim zwykłym
życzliwym tonem. – Wszystko w porządku?

– Tak. Wszystko świetnie – mówi Valerie, wsłuchując się
w odgłosy w tle, które zdecydowanie nie kojarzą jej się ze

szpitalem. – Nie przeszkadzam? – pyta, gdyż przychodzi jej do głowy, że Nick może być z rodziną.

– Skąd. Co tam?

– Cóż, ja tylko... chciałam z tobą porozmawiać o Halloween – duka Valerie.

– O co chodzi?

– Posłuchaj. To było z twojej strony bardzo miłe, że obiecałeś przyjść... Ale...

– Ale co?

– Ale to przecież Halloween.

– No i...?

– Na pewno powinieneś być gdzie indziej. Z rodziną. Z dziećmi... I po prostu nie czuję się dobrze z tym, że...

– A poczułabyś się lepiej, gdybym ci powiedział, że i tak mam dyżur? – pyta Nick. – Oczywiście, jeśli chcesz, możesz zadzwonić do ordynatora i powiedzieć mu, że twoim zdaniem powinien dać mi wolne...

– Naprawdę masz dyżur? – Valerie chodzi tam i z powrotem po korytarzu przed pokojem Charliego, z jednej strony czując ulgę, z drugiej zażenowanie, że zrobiła taką aferę. Zastanawia się, czemu nie przyszło jej do głowy, że jego decyzja nie ma absolutnie nic wspólnego z nimi.

– Val – odzywa się Nick, po raz pierwszy zdrabniając jej imię. Valerie od razu to wychwytuje i nie może powstrzymać nagłej radości. – Chcę przyjść. W porządku?

Serce Valerie znów zalewa fala ciepła.

– W porządku – odpowiada.

– A teraz wybacz. Właśnie kupuję kostium Dartha Vadera.

– Jasne – mówi Valerie. Czuje, jak na usta wypływa jej niemądry uśmiech, którego nie potrafi opanować. Rozłącza się. Z całych sił stara się nie dopuścić do siebie myśli o tym, czemu tak naprawdę do niego zadzwoniła.

ROZDZIAŁ 19

Tessa

Przez kilka następnych dni duchy domowego ogniska czuwają nad naszą rodziną i wszystko zaczyna wracać do normy. Nick zmienia się w męża idealnego – dzwoni do mnie z pracy tylko po to, żeby powiedzieć „cześć", wraca do domu na tyle wcześnie, by położyć dzieci spać, a któregoś wieczoru nawet przygotowuje mi kolację. Jednak jego wysiłki nie wydają mi się w żaden sposób wymuszone. Wygląda na to, że szczerze angażuje się w życie rodzinne, chce stać się jego integralną częścią i uczestniczy we wszystkich ulotnych codziennych chwilach, które dotychczas zawsze mu umykały. Poświęca nam tyle uwagi, że zaczynam mieć wyrzuty sumienia z powodu naszej ostatniej kłótni – co paradoksalnie przyjmuję z pewną ulgą, chociażby dlatego, że znów mam poczucie kontroli nad własnym życiem. Rachel i Cate, którym zwierzyłam się z naszych problemów, zgodnie uznały, że faktycznie była to częściowo moja wina. Przyczyną z pewnością była burza hormonów, nuda oraz ogólna paranoja, które – jak zażartowała Rachel – są nieodłącznymi elementami macierzyństwa.

Sytuacja komplikuje się dopiero w Halloween, wczesnym popołudniem, kiedy Nick dzwoni ze szpitala z informacją, że najprawdopodobniej nie zdąży wrócić do domu na zbieranie słodyczy, a już na pewno nie da rady dotrzeć na zaplanowane wcześniej spotkanie sąsiedzkie u April. Powstrzymuję się od przypomnienia mu, że dla dzieci Halloween jest drugim ulubionym dniem w roku (a może nawet i najważniejszym dla Ruby, ze względu na jej imponującą słabość do słodyczy), i że choć staram się nie podporządkowywać tradycyjnemu podziałowi ról, to jednak uważam zbieranie z dziećmi cukierków za typowe zadanie ojca. Mimo to milczę i skupiam się na fakcie, że Nick odwiózł dziś Ruby do szkoły i został tam, by nagrać paradę przebierańców maszerującą korytarzami, po czym wrócił do domu, żeby spędzić trochę czasu z Frankiem przed wyjściem do pracy.

– Wszystko w porządku? – pytam spokojnie, tonem, mam nadzieję, pełnym wsparcia.

– Tak, tak. Po prostu dużo się tu dzieje – odpowiada. W jego głosie słychać napięcie i roztargnienie, ale także rozczarowanie, które łagodzi moje własne. Pyta, czy poradzimy sobie bez niego z rozdawaniem słodyczy.

– Jasne. Zostawię miskę cukierków na ganku. Nie będziemy długo poza domem. Nie ma problemu.

*

Naprawdę nie ma problemu, powtarzam sobie, gdy maszerujemy z Ruby i Frankiem w stronę położonego na wzgórzu domu April. Powoli zapada zmierzch. Zastajemy April przywiązującą pęk pomarańczowych i czarnych baloników do skrzynki pocztowej. Wystarczy na nią zerknąć, by się domyślić, że zdążyła już wypić kilka kieliszków wina. Nagle czuję, że ja również miałabym na jeden ochotę. April posyła mi całusa, po czym zaczyna hałaśliwie zachwycać się Elmo i Sharpay.

– Dzięki – mówię, myśląc jednocześnie, że chociaż dzieciaki rzeczywiście wyglądają słodko, jej komplementy są odrobinę przesadzone i że chyba nie ma nic a ż t a k uroczego w dwóch kostiumach ze sklepu, z których jeden jest wyjątkowo mało oryginalny, drugi zaś odrobinę tandetny.

– A gdzie Nick? – pyta April, rozglądając się wokoło, jakby oczekiwała, że zaskoczy ją, wyskakując z krzaków.

– Musiał zostać w pracy – odpowiadam ze zwykłą mieszaniną dumy i żalu, charakterystyczną dla osoby, która poślubiła chirurga.

– A to szkoda – mówi April współczująco.

– Aha. Ale co zrobić? – Wzruszam ramionami. Spoglądam na jej dom, podziwiając bogate dekoracje: strachy na wróble ustawione wzdłuż podjazdu, małe duchy zwisające z gałęzi drzew, ułożone na ganku dynie ze starannie powycinanymi oczami, nosami i ustami. Mówię jej, że wszystko wygląda pięknie. Próbuję w ten sposób zmienić temat, chociażby ze względu na Franka i Ruby, którym nie powinno się przypominać o nieobecności ojca.

– Dzięki! – woła April. – Za domem czeka dziewczyna od malowania dzieciakom twarzy, a ja wciąż się zastanawiam nad zabawą w wyławianie jabłek. Myślisz, że jest za zimno?

– Raczej tak. Złota zasada: im prościej, tym lepiej – mówię, choć wiem, że mogłabym równie dobrze radzić Madonnie, by postawiła na przeciętność, albo Britney Spears, żeby wybierała wartościowych facetów.

Zwierzam jej się ze swojej refleksji. April parska śmiechem, po czym bierze mnie pod ramię i oświadcza, że stęskniła się za mną. Prawdopodobnie chodzi jej o to, że stęskniła się za naszymi rozmowami dotyczącymi czegoś innego niż Romy i jej przeżycia.

– Ja za tobą też – odpowiadam z zadowoleniem. Patrzymy, jak Ruby i Frank żywiołowo ściskają Olivię na powitanie.

Udało nam się zaprzyjaźnić ze sobą nasze dzieci, to nie byle co.

Przez następną godzinę nie opuszcza mnie dobry nastrój. Rozmawiam ze znajomymi, wymieniam najnowsze plotki z sąsiadkami. Dyskutujemy na zwykłe tematy – o tym, jak szybko płynie czas, jak dzieciom podoba się w szkole i że naprawdę wkrótce musimy się wszyscy spotkać na placu zabaw. Przez cały ten czas robię, co mogę, by nie myśleć o nieobecności Nicka – która mocno rzuca się w oczy, zwłaszcza gdy spoglądam na grupkę ojców skupioną wokół czerwonych plastikowych wózków do zabawy, pełnych toreb na cukierki dla dzieci i butelek piwa dla nich samych. Wszyscy wciąż pytają mnie, gdzie jest mój mąż.

Wiem, że pamiętają o aferze z Romy, ale jedynie Carly Brewster ma czelność bezpośrednio poruszyć ten temat. Jak na ironię, Carly sama jest najbardziej obmawianą i najmniej lubianą kobietą w okolicy. Była konsultantka, magister zarządzania po Wharton School na Uniwersytecie Pensylwanii, wydaje się kompletnie znudzona swoją rolą niepracującej matki wychowującej czterech synów i wynagradza to sobie wiecznym wtykaniem nosa w nie swoje sprawy oraz wywoływaniem niepotrzebnych konfliktów na wywiadówkach i zebraniach stowarzyszenia sąsiedzkiego. Ostatniej wiosny zasugerowała na przykład, że koty powinny być wyprowadzane wyłącznie na smyczy.

Carly nonszalancko zaczyna rozmowę, z wprawą huśtając najmłodsze dziecko w nosidełku.

– Co u tego małego? – pyta, udając, że niezbyt wyraźnie pamięta całą historię. – No wiesz, tego, który się poparzył u Croftów?

– W porządku – mówię, wpatrując się w jej ciemne odrosty.

– Twój mąż jest dziś u niego?

– Nie wiem. Nie pytałam – odpowiadam z naciskiem, choć jestem świadoma, że nie zrozumie aluzji.

Tak jak się spodziewałam, Carly rozgląda się dookoła z teatralnym westchnieniem, po czym ścisza głos do szeptu:

– Mój mąż pracuje z jego matką. Valerie Anderson. – Oczy jej się rozświetlają. – Mówił mi, że od tygodni nie było jej w kancelarii...

– Hm – odpowiadam wymijająco, po czym z nadzieją, że zwrócę jej uwagę na jej własne dzieci (czyli jedyny temat, który sprawia jej większą przyjemność niż obmawianie innych), zagajam: – Jak tam twoi chłopcy?

– Istne wariactwo – odpowiada, wywracając oczami, po czym zaczyna przyglądać się drugiemu pod względem starszeństwa synowi, który przebrany za Kubusia Puchatka, systematycznie wyrywa chryzantemy z klombu April. Carly najwyraźniej należy do matek, które mają bezkrytyczny stosunek do własnych dzieci, w związku z czym kompletnie nie reaguje na jego niszczycielskie zapędy. – Tak. To prawdziwe chłopaki, nie ma co do tego wątpliwości.

W przeciwieństwie do Franka – myślę – który regularnie podnosi krzyk, gdy nie chcę mu dać do zabawy swojego błyszczyka, podbiera Ruby lalki, a ostatnio oznajmił, że gdy dorośnie, chce zostać fryzjerem. Opowiadam o tym Carly, która współczująco przekrzywia głowę i śpiewnym tonem zapewnia mnie, że nie powinnam zbytnio się martwić.

Wiem oczywiście, że ma na myśli coś przeciwnego – powinnam się martwić, i to bardzo. Obserwuję Kubusia Puchatka energicznie depczącego powyrywane uprzednio fioletowe i różowe płatki. Mam przeczucie, że z równą zawziętością morduje owady. Dochodzę do wniosku, że wolałabym mieć syna geja niż napompowanego testosteronem prostaka, na jakiego najprawdopodobniej wyrośnie jej dziecko.

– A to Prosiaczek, jak się domyślam? – mówię, uśmiechając się do niemowlęcia w jej ramionach, ubranego w różowy śpioszek w paski i z plastikowym ryjkiem przyczepionym do noska, po czym rozglądam się za Tygryskiem i Kłapouchym. Carly kiwa głową. – Przeuroczy – mamroczę pod nosem.

– O trzeciej nad ranem nie jest taki słodki – zauważa Carly znużonym głosem. Zawsze chełpiła się swoim zmęczeniem. – Mam nianię, a i tak muszę wstawać co parę godzin, żeby go nakarmić.

– Ciężka sprawa – rzucam, podziwiając, jak w mistrzowski sposób dała mi właśnie do zrozumienia dwie rzeczy: że ma wysoką pozycję i dużo pieniędzy, dzięki czemu stać ją na to, by zatrudniać pomoc, oraz że jest na tyle zaangażowana w macierzyństwo, że mimo to wstaje w nocy i karmi dziecko piersią.

– Faktycznie. Ale naprawdę uważam, że warto... A ty karmiłaś swoje piersią?

Nie twoja sprawa, myślę. Mam ochotę skłamać. W przeszłości robiłam to wiele razy. A jednak mówię jej prawdę, czując dziwną ulgę, że nie muszę już tego ukrywać jak jakiegoś brudnego sekretu.

– Karmiłam przez kilka tygodni. Ale przestałam. Wszystkim nam wyszło to na dobre.

– Czyżby brakowało ci pokarmu? – pyta Carly szeptem.

– Nie. Po prostu wróciłam do pracy, a odciąganie było za trudne – odpowiadam. W tym momencie mój wzrok pada na Ruby, która z całych sił stara się wypchnąć skrzeczącego Franka z tylnego okienka lawendowego plastikowego samochodziku. – Hej! Ruby! Przestań, ale już! – krzyczę do niej przez trawnik.

– Moja kolej! – odwrzaskuje Ruby. W jej głosie słychać początki histerii. – On nie chce mnie puścić!

– Frank ma dwa latka. Ty masz cztery.

– Dwa latka to wystarczy, żeby się dzielić zabawkami! – woła moja córka, i niestety tym razem ma rację.

– Lepiej tam pójdę – zwracam się do Carly, szczęśliwa, że mogę się od niej uwolnić.

– To właśnie w takich momentach najbardziej ci żal, że ich ojca nie ma w pobliżu, co? – rzuca Carly, uśmiechając się do mnie, jakby chciała powiedzieć: „Moje życie jest lepsze niż twoje".

*

Później tego samego wieczoru – gdy dzieci już śpią, światło na ganku jest zgaszone, a ja z całych sił walczę z pokusą rzucenia się na słodycze – przypominam sobie jej pełen wyższości uśmieszek. Zastanawiam się, czy go sobie nie wymyśliłam. Może jestem przewrażliwiona na punkcie pracy Nicka i swoje własne wątpliwości przenoszę na innych? Przychodzi mi do głowy, że Carly nie jest taka wyjątkowa – wszystkie kobiety porównują się ze znajomymi. Wiemy, czyj mąż więcej pracuje, czyj więcej pomaga w domu, kto więcej zarabia i kto częściej uprawia seks. Porównujemy swoje dzieci – to, czyje przesypiają noc, czyje jedzą więcej warzyw, czyje są lepiej wychowane i czyje chodzą do lepszej szkoły. Wiemy, kto ma najładniej utrzymany dom, kto organizuje najlepsze przyjęcia, kto najlepiej gotuje i gra w tenisa. Wiemy, która z nas jest najbardziej inteligentna, która ma najmniej zmarszczek wokół oczu i najlepszą figurę – prezent od natury albo i nie. Mamy też świadomość tego, kto pracuje na pełen etat, kto został w domu z dziećmi, komu udaje się pogodzić jedno z drugim pozornie bez problemu, a kto chodzi na zakupy i lunche, podczas gdy z potomstwem siedzi niania. Przetrawiamy wszystkie te informacje i omawiamy je z koleżankami. Porównania oraz zwierzenia – oto co robią kobiety.

Różnica między nami wynika – jak myślę – z tego, po co to robimy. Czy po to, by się utwierdzić w krzepiącym przekonaniu, że nasze własne życie wcale nie odbiega tak bardzo od normy? Czy też po to, by rywalizować z innymi i przy okazji cudzych porażek upajać się swoją wyższością?

Dzwonek telefonu ratuje mnie przed manowcami, na które zeszły moje myśli, a także przed nieotwartym batonikiem Twix. Na ekraniku wyświetla się imię Nicka. Czym prędzej odbieram.

– Hej! – rzucam. Czuję się, jakbyśmy nie rozmawiali od wielu dni.

– Cześć, kochanie. Jak dzisiaj poszło?

– Było fajnie. – Opowiadam mu o najbarwniejszych momentach wieczoru. O tym, jak Frank powtarzał: „Psikus albo psikus". Jak Ruby przypominała mu o tym, by mówić: „dziękuję". Jak bardzo była dumna, gdy któraś ze starszych dziewczynek komplementowała jej kostium. – Oczywiście bez ciebie to nie było to samo. Tęskniliśmy.

– Ja też za wami tęskniłem. Za całą trójką.

Biorę mały kęs batonika, wiedząc, że już nie oprę się reszcie.

– Jedziesz już do domu?

– Niedługo.

– To znaczy?

– Raczej niedługo. Ale nie czekaj na mnie...

Przełykam ślinę. Zalewa mnie fala rozczarowania i bezsilności, a potem – poczucia winy pomieszanego z ulgą, że nikt nie może zobaczyć wyrazu mojej twarzy. Rozłączam się, zjadam do końca batonik i kładę się do łóżka – sama.

ROZDZIAŁ 20

Valerie

Valerie wie, że ma problem. Nie dlatego, że w głębi duszy zdaje sobie sprawę, dlaczego tak naprawdę zadzwoniła do Nicka: tylko po to, by usłyszeć jego głos oraz żeby zapisał sobie jej numer. Ani dlatego, że zjawił się na zabawie w pełnym przebraniu Dartha Vadera. Nawet nie dlatego, że został w ich pokoju jeszcze długo po tym, jak Charlie zasnął i przysiadłszy na parapecie, rozmawiał z Valerie ściszonym głosem, aż oboje stracili poczucie czasu. Oczywiście wszystko to były oznaki kłopotów, zwłaszcza gdy Valerie zaczęła o tym myśleć następnego ranka.

Ale decydująca chwila nadeszła, gdy zadzwonił do niej w drodze do domu, żeby „jeszcze o czymś z nią porozmawiać". Chodziło o Charliego – tyle pamiętała – jednak wszelkim pozorom profesjonalizmu zaprzeczyła godzina, o której Valerie odebrała jego telefon, oraz to, że nie rozłączył się, gdy już omówili to, co mieli omówić. Rozmawiali, aż do chwili, gdy Nick dojechał do domu jakieś trzydzieści minut później.

– Wesołego Halloween – wyszeptał.

– Wesołego Halloween – odszepnęła. Po czym zebrała wszystkie siły i rozłączyła się. Z mieszaniną melancholii i poczucia winy wyobraziła sobie jego dom i trójkę ludzi w środku. A mimo to poszła tej nocy spać z nadzieją, że rano Nick znowu zadzwoni.

*

Tak się oczywiście stało. Co więcej, od tego czasu rozmawiali już codziennie – raz dzwonił on, raz ona. Każdą rozmowę zaczynali od omówienia stanu Charliego, ale zawsze kończyło się na „jeszcze jednej sprawie", a potem zazwyczaj jeszcze jednej.

I oto sześć dni później telefon dzwoni ponownie.

– Gdzie jesteś? – pyta Nick. Nie musi się już nawet przedstawiać.

– Tutaj – odpowiada Valerie, wpatrując się w śpiącego Charliego. – W klinice.

– Jak on się czuje?

– Dobrze... Śpi... A ty gdzie jesteś?

– Będę za pięć minut. – I rozmawiają dalej, aż do momentu gdy Valerie słyszy jego głos na korytarzu.

– Hej – Nick wchodzi do pokoju, wsuwając telefon do kieszeni, z szerokim uśmiechem, jakby właśnie opowiedział dowcip zrozumiały tylko dla nich dwojga.

– Cześć! – Valerie czuje, że na jego widok sama też się uśmiecha.

Ale dziesięć minut niezobowiązującej pogawędki później Nick poważnieje. W pierwszej chwili Valerie zaczyna się martwić, że coś poszło nie tak z przeszczepem Charliego, ale szybko uświadamia sobie, że chodzi o coś zupełnie przeciwnego – po prostu nadszedł czas powrotu do domu. Przypomina sobie, jak Nick tłumaczył jej, że nowa skóra potrzebuje mniej więcej tygodnia, żeby się przyjąć. Patrzył jej przy tym prosto w oczy, jakby w ten sposób chciał jej zagwarantować, że mówi prawdę. A mimo to Valerie jest wstrząśnięta i przytłoczona nowiną, zupełnie jakby nie zdawała sobie sprawy, że ten moment musi w końcu nadejść.

– Dzisiaj? – pyta. Serce wali jej gwałtownie. Z przerażeniem i wstydem Valerie uświadamia sobie, że nie chce wracać do domu. Powtarza sobie, że chodzi wyłącznie o miejsce, w szpitalu czuje się bezpieczniej, ale w głębi duszy wie, że to nie jest jedyny powód.

– Jutro – odpowiada Nick, a przez jego twarz przemyka cień. Czuje to samo co ona. Ale szybko z powrotem przybiera profesjonalny ton. Zaczyna opowiadać o postępach Charliego, czekającej go rehabilitacji, kolejnej operacji oraz wydaje instrukcje na najbliższe tygodnie, zapewniając Valerie, że wszystko pójdzie dobrze.

– Za jakiś tydzień może wrócić do szkoły. Najlepiej, żeby wciąż nosił maskę przez mniej więcej osiemnaście godzin dziennie. Ale od czasu do czasu może ją zdejmować, byle nie podczas uprawiania sportu i tym podobnych... No i musi w niej spać. To samo dotyczy szyny na ręce.

Valerie przełyka ślinę i kiwa głową, zmuszając się do uśmiechu.

– To świetnie. Wspaniałe nowiny. – Czuje, że jest złą matką. Powinna przyjąć jego słowa z niepohamowaną radością.

– Rozumiem, że się boisz – mówi Nick. – Ale Charlie jest na to gotowy.

– Wiem – odpowiada Valerie, do bólu przygryzając dolną wargę.

– Ty zresztą też. – Jego ton jest tak przekonujący, że Valerie prawie mu wierzy.

*

Następnego popołudnia Valerie walczy z pakowaniem i wszystkimi niezbędnymi papierami, gdy nagle przypomina jej się, jak po raz pierwszy w życiu opuszczała wraz z Charliem szpital. Miał wtedy zaledwie trzy dni.

Teraz nachodzi ją dokładnie to samo przeczucie nadciągającej klęski, strach, że gdy zostanie już sama z dzieckiem, stanie się jasne, że jest oszustką i nic nie potrafi. Jedyną rzeczą, która łagodzi jej niepokój, jest wyraźna radość Charliego, który w podskokach przemierza korytarze, rozdając wykonane wczoraj wieczorem obrazki wszystkim poznanym w szpitalu znajomym. A właściwie – wszystkim oprócz doktora Russo, który zniknął bez śladu.

Valerie wciąż ma nadzieję, że Nick się pojawi albo chociaż zadzwoni. Specjalnie ociąga się z podpisywaniem dokumentów i ładuje ich rzeczy na wózek najwolniej, jak się tylko da. W końcu pyta nawet Letę, korpulentną pielęgniarkę o łagodnym głosie, która zajmowała się nimi od początku, czy nie powinni poczekać na doktora, zanim opuszczą szpital.

– Nie ma go dziś, złotko – odpowiada Leta jeszcze delikatniej niż zwykle, zupełnie jakby się bała, że ta wiadomość zmartwi Valerie. – Podpisał wasze papiery wczoraj wieczorem. – Zaczyna przeglądać kartę Charliego, jakby szukała w niej jakiejś pocieszającej wiadomości. Nagle jej twarz rozjaśnia uśmiech. – Ale chce was zobaczyć za kilka dni. Proszę zadzwonić na ten numer – mówi, zakreślając kółkiem służbowy numer Nicka i podaje jej kartę.

Valerie, zawstydzona, przyjmuje dokument i odwraca wzrok. Czy naprawdę wszystkie pielęgniarki widzą, co czuje i jak bliski stał się dla niej Nick? A może on wchodzi w takie relacje ze wszystkimi pacjentami i ich rodzicami – być może pomyliła przyjaźń z życzliwością? Myśl o tym, że Nick tylko wykonuje swoją pracę, że ona i Charlie nie są wcale wyjątkowi, napełnia ją ulgą, a zarazem rozczarowuje.

Valerie zapina ostatnią torbę, a Leta wypada z pokoju i już za chwilę wraca z wózkiem inwalidzkim dla Charliego, popychanym przez tyczkowatego salowego o imieniu Horace.

– Nie muszę jeździć na wózku! – woła Charlie wesoło.

– Przykro mi, złotko. Takie są przepisy.

Charlie wpatruje się w nią nierozumiejącym wzrokiem.

– Wszystkich tak wywozimy, ptaszynko. Zatem wskakuj. Może będziesz miał szczęście i Horace przewiezie cię na tylnych kółkach.

Charlie wydaje z siebie radosny gulgot i siada na wózku. Valerie rozgląda się po pustym pokoju i po raz ostatni mówi w duchu „dziękuję" miejscu, którego już nigdy nie zapomni.

*

Charlie pyta o Nicka dopiero wieczorem, gdy leży we własnym łóżku. Rysunki i kartki od znajomych ze szpitala wiszą już na ścianach w kolorze miodu, a Charlie, obłożony maskotkami, słucha Beethovena na iPodzie.

– Nie dałem doktorowi Nickowi kartki! – mówi nagle, prostując się w pościeli. – Nawet mu nie powiedziałem do widzenia.

– Zobaczymy się z nim za kilka dni – zapewnia synka Valerie. Układa go z powrotem na poduszce i zapala nocną lampkę.

– Zadzwonimy do niego? – pyta Charlie drżącym głosem.

– Nie, kochanie. Już za późno.

– Proszę… – jęczy chłopiec, ściągając maskę. – Chcę mu powiedzieć dobranoc.

Valerie wie, co powinna odpowiedzieć, wie, że mogłaby zająć synka tuzinem różnych rzeczy, żeby odciągnąć jego uwagę od Nicka.

Zamiast tego jednak wsuwa rękę do kieszeni i wyjmuje telefon, który miała przy sobie przez cały dzień. *Jesteśmy w domu* – pisze. *Wszystko w porządku. Zadzwoń, jeśli możesz. Charlie chce powiedzieć „dobranoc".*

Wciska „wyślij", powtarzając sobie w duchu, że robi to dla dziecka. Kilka sekund później rozlega się dzwonek. Valerie aż podskakuje.

– To on! – woła, przyciskając zieloną słuchawkę i przykładając telefon do ucha Charliego.

– Cześć, doktorze Nicku – mówi chłopiec. – Nie powiedziałem ci do widzenia.

Valerie wytęża słuch, żeby usłyszeć odpowiedź:

– Nic nie szkodzi, kolego. Niedługo się zobaczymy.

– Kiedy? – pyta Charlie.

– Co powiesz na jutro? Spytaj mamę, czy macie czas.

– Mamy jutro czas, mamusiu?

– Tak – odpowiada natychmiast Valerie.

Nick mówi coś jeszcze, czego Valerie już nie słyszy, po czym Charlie oddaje jej telefon.

– Mamusiu, doktor Nick chce z tobą porozmawiać – oświadcza. Z powrotem zakłada maskę, ziewa i zamyka oczy. Valerie przyjmuje telefon.

– Cześć... – mówi. – Przepraszam, że zawracam ci głowę... w wolny dzień... i to wieczorem...

– Daj spokój – prycha Nick. – Wiesz, że bardzo lubię, kiedy dzwonisz... Naprawdę chciałem dzisiaj wpaść... Stęskniłem się. Za wami obojgiem.

Valerie wychodzi z pokoju, zostawiając szczelinę w drzwiach. Znalazłszy się w przedpokoju, szepcze:

– My za tobą też.

W słuchawce zapada trzeszcząca cisza. Valerie idzie w stronę własnej sypialni.

– A teraz? Jest już za późno? – pyta w końcu Nick.

– Teraz? – powtarza Valerie, zaskoczona.

– Mógłbym wpaść na chwilkę? Tylko na niego zerknąć?

Valerie zamyka oczy i wstrzymuje oddech. Wystarczająco długo, by w końcu powiedzieć mu „tak". I żeby po raz setny powtórzyć sobie w duchu, że są przyjaciółmi. Tylko przyjaciółmi.

ROZDZIAŁ 21

Tessa

Do Dnia Dziękczynienia zostało kilka tygodni, a ja czuję, że dopada mnie przedświąteczna chandra. Zaczęła się pewnego dnia, w chwili gdy miałam jechać odebrać Ruby ze szkoły i już byłam spóźniona. Miałam mokre włosy, a Frankie właśnie skończył jeść i był cały w okruchach. Zapięłam go w foteliku, zaczęłam cofać minivana i wjechałam prosto w drzwi od garażu – zamknięte drzwi od garażu – czego rezultatem były uszkodzenia, których naprawa pochłonie dobre trzy tysiące dolarów.

Później tego samego popołudnia, najwyraźniej usiłując poprawić mi humor, Larry – wytatuowany i wąsaty naprawiacz drzwi od garażu, który śmiało mógłby zagrać w filmie człowieka tej właśnie profesji – poinformował mnie, że takie wypadki zdarzają się znacznie częściej, niż mi się wydaje.

– Dasz wiarę? – powiedział z silnym bostońskim akcentem. – Najczęściej to wina faceta!

– Naprawdę? – spytałam z umiarkowanym zainteresowaniem.

Larry energicznie pokiwał głową i dodał:

– Chyba mają więcej na głowie, no nie?

Spojrzałam na niego z niedowierzaniem, a w środku aż się zagotowałam. Chętnie bym mu uświadomiła, jak dużo ja miałam na głowie, wychodząc dziś z domu – z pewnością znacznie więcej niż mój mąż, kiedy pogwizdując, wyfrunął do pracy z termosem kawy i nową płytą Becka pod pachą.

Było jeszcze coś – poza zażenowaniem z powodu własnej głupoty i seksistowskim komentarzem Larry'ego – co zdenerwowało mnie w tej całej sprawie najbardziej. Chodzi o moją pierwszą, odruchową reakcję, kiedy stałam na miejscu wypadku, szacując wielkość strat.

Pomyślałam bowiem: Nick mnie zabije. Podobne stwierdzenia słyszałam najczęściej z ust znajomych kobiet, zajmujących się domem i dziećmi. Zawsze mnie denerwowały, podobnie jak ich zwyczaj ukrywania przed mężem zakupów. Ilekroć słyszałam o takiej sytuacji, miałam ochotę zapytać: To w końcu twój mąż czy ojciec?

Żeby było jasne, nie bałam się Nicka, po prostu martwiłam się, że będzie mną rozczarowany. Że w duchu zapragnie, by jego żona wzięła się w garść. Nie pamiętam, żebym kiedykolwiek wcześniej tak się czuła.

Fakt, że Nick okazał zrozumienie, a nawet lekkie rozbawienie, gdy opowiedziałam mu o tym, co się stało, nie był zbyt pocieszający, ponieważ układ sił w naszym domu się zmieniał, a ja stawałam się zakompleksioną, szukającą aprobaty żoną. Sama siebie nie poznawałam. Czułam, że właśnie spełniają się najgorsze przepowiednie mojej matki.

Kilka dni później to samo uczucie powróciło, gdy mój były narzeczony Ryan znalazł mnie na Facebooku i zaprosił do grona swoich „znajomych", a ja złapałam się na pragnieniu, by wywołało to zazdrość Nicka.

Wpatrując się w miniaturową fotografię Ryana w okularach Ray-Ban, na tle lśniącego w słońcu jeziora, dzwonię do Cate i opowiadam jej o zaproszeniu.

193

– Wiedziałam, że w końcu się do ciebie odezwie – mówi Cate, nawiązując do naszej rozmowy sprzed jakiegoś czasu, kiedy upierałam się, że już nigdy w życiu nie nawiążę kontaktu z Ryanem. Po pierwsze, dostałam od niego przecież list definitywnie i na zawsze kończący naszą znajomość. Po drugie, nikt z naszych wspólnych znajomych nie usłyszał od niego choćby słówka od czasu spotkania w piątą rocznicę matury.

– Myślisz, że powinnam przyjąć to zaproszenie? – pytam.

– No jasne, że tak! Nie chcesz wiedzieć, co teraz robi? Czy się ożenił?

– Nie wiem, chyba chcę...

– Poza tym, nie możesz zignorować zaproszenia, to by było niegrzeczne – ciągnie Cate. – Zwłaszcza że to ty go rzuciłaś...

– Czyli mogłabym powiedzieć nie, gdyby to on ze mną zerwał?

– Jak najbardziej. Nie byłoby to może zbyt uprzejme, ale miałabyś do tego prawo – stwierdza stanowczo Cate, znawczyni etykiety portali społecznościowych oraz osoba z głębokim doświadczeniem w zakresie taktyk stosowanych przez wzgardzonych kochanków.

– No dobra. To jedziemy. – Z żołądkiem ściśniętym z ciekawości przyjmuję zaproszenie, po czym od razu wchodzę na jego profil i czytam ostatni komentarz, z wczorajszego wieczoru: *Ryan płynie promem do domu, gotowy ponownie przeczytać* Middlesex.

Przez chwilę w milczeniu zastanawiam się nad tym, jakie to dziwne zajrzeć ot tak do czyjegoś życia po tym, jak nie widziało się tej osoby od dobrych dziesięciu lat.

– I co? Co tam widzisz? – dopytuje Cate.

– Poczekaj. – Szybko przeglądam profil. Okazuje się, że Ryan mieszka na Bainbridge Island, ale pracuje w Seattle. Stąd prom.

Nadal uczy angielskiego w liceum. Poślubił kobietę, która nazywa się Anna Cordeiro, i mają psa rasy husky o imieniu Bernie. Dzieci brak. Interesuje się polityką, pieszymi wyprawami, jazdą na rowerze, fotografią i Szekspirem. Ulubiona muzyka: Radiohead, Sigur Rós, Modest Mouse, Neutral Milk Hotel oraz Clap Your Hands Say Yeah. Książki: zbyt wiele, by wymieniać. Ulubiony cytat pochodzi od Margaret Mead i brzmi: „Nigdy nie wątp, że mała grupa myślących i zaangażowanych obywateli może zmienić świat". Właściwie żadnych niespodzianek, raportuję Cate, która pyta:

– A jak wygląda?

– Tak samo. Tyle że nosi soczewki kontaktowe – odpowiadam, przypominając sobie, jaki zawsze był bezradny bez swoich okularów o grubych szkłach. – Albo poprawił sobie wzrok laserem.

– Wyłysiał?

– Nie.

– A żona? Ładna czy niespecjalnie? – dopytuje się Cate, podniecona, jakbyśmy to jej byłego podglądały w cyberprzestrzeni.

– Nie wiem. Całkiem, całkiem. Niska. Ładne zęby.

– Blondynka? – zgaduje Cate.

– Nie. Wygląda na Latynoskę. Albo jest bardzo opalona... Czekaj, skopiuję i wkleję.

Wysyłam Cate trzy fotografie. Na pierwszej z nich Ryan i Anna stoją obok siebie na pomoście. Oboje są ubrani w czerwone polary, a u ich stóp leży nasłuchujący pies. Na drugiej Anna z triumfalnym uśmiechem stoi na szczycie pokrytej lodową czapą góry. Trzecie zdjęcie to zbliżenie jej twarzy. Usta ma pomalowane mocną czerwoną szminką, a włosy spięte nisko w gładki kok.

Ułamek sekundy później Cate odbiera e-maila.

– Cholera! – woła. – Młoda jest. Nie wiedziałam, że Ryan gustuje w takich smarkulach.

– Faktycznie, wygląda dość młodo – odpowiadam, uświadamiając sobie, że nigdy nie zauważam wieku ludzi, w każdym razie nie tych młodszych ode mnie. Zupełnie jakbym mentalnie zatrzymała się w trzydziestym pierwszym roku życia.

– Przeszkadza ci to? – pyta Cate. – Jesteś zazdrosna? Czujesz coś w ogóle na jej widok?

Zbywam uśmiechem jej frenetyczny ton i radzę, by przerzuciła się na kawę bez kofeiny.

– Już to zrobiłam – odpowiada.

– Może powinnaś kupić sobie rybkę? Rybki podobno uspokajają.

Cate parska śmiechem i jeszcze raz pyta, czy jestem zazdrosna.

– Nie. Nie jestem – odpowiadam zgodnie z prawdą, po czym zaczynam przeglądać wszystkie osiemdziesiąt siedem zdjęć Ryana, Anny i ich psa. Większość została wykonana w sielankowych plenerach. Mówię Cate, że czuję się prawie tak, jakbym oglądała fotografie obcego człowieka, a nie faceta, za którego omal nie wyszłam za mąż.

– Wygląda na szczęśliwego. Cieszę się.

– Napiszesz do niego?

– A powinnam?

– Właściwie on powinien zrobić to pierwszy, w końcu to on cię dodał do znajomych... Ale co tam, nie powinnaś się tym przejmować.

– Ale co mam napisać?

– Coś zwyczajnego.

– Na przykład?

– Na przykład... hm... *Cieszę się, że dobrze ci się wiedzie, że wciąż uczysz i cieszysz się świeżym powietrzem. Trzymaj się. Tess.*

Piszę słowo w słowo to, co mi dyktuje, i bez zastanowienia wciskam: „Podziel się". Moje własne pozowane zdjęcie natychmiast pojawia się na tablicy Ryana. W porównaniu z jego nastrojowymi fotkami, mój sztywny portret z dziećmi na tle choinki wygląda wyjątkowo nienaturalnie. Brak w nim choćby odrobiny spontaniczności, tak bardzo widocznej na jego fotografiach.

– Dobra. Gotowe – oświadczam, myśląc, że naprawdę powinnam zmienić zdjęcia na swoim profilu. Niestety nikt nigdy nie sfotografował mnie na szczycie majestatycznej, skutej lodem góry. – Już widać mój wpis.

– Jak to widać? Napisałaś mu to na tablicy!? – pyta Cate z przerażeniem w głosie.

– Sama mi kazałaś! – wołam, spanikowana, że źle coś zrozumiałam.

– Nie! Wcale nie! Miałam na myśli prywatną wiadomość. Nie wpis na tablicy! A jeśli on nie chce, żeby jego żona to zobaczyła? A jeśli to zołza?

– Wątpię. Wygląda na całkowicie zadowoloną z życia.

– Skąd możesz wiedzieć, nie znasz jej przecież.

– To co? Skasować? – pytam.

– Tak! Natychmiast... O cholera. Muszę lecieć, jestem umówiona na make-up i czesanie... Ale informuj mnie na bieżąco.

Rozłączam się. Nagle mój wzrok pada na ostatnią fotografię – czarno-białe zdjęcie Anny przy kominku, owiniętej w koc, z miłością wpatrującej się w obiektyw. Po raz kolejny powtarzam sobie w duchu, że nie jestem zazdrosna, nie mogę jednak opanować dziwnego ukłucia w sercu, które każe mi jeszcze kilka razy tego dnia logować się na Facebooku.

Do piątej po południu Ryan wciąż nie odpowiada na moją wiadomość, zmienia jednak opis na: *Ryan dziękuje swojej przewidującej żonie.*

Zastanawiając się, co takiego Anna przewidziała, znów spoglądam na jej zdjęcie przy kominku i w końcu dociera do mnie, czemu od dłuższego czasu tak dziwnie się czuję. To nie zazdrość, a w każdym razie nie o Ryana ani jego małżeństwo, lecz smutek, tęsknota za Nickiem, za moim własnym małżeństwem i tym, jak się poznaliśmy, za czasami, kiedy było między nami zupełnie inaczej. Jeśli w ogóle można to nazwać zazdrością, to dotyczy ona błogiego wyrazu twarzy Anny. Ryan prawdopodobnie zrobił coś, co sprawiło, że się uśmiechnęła, po czym pstryknął fotkę, którą następnie zmienił w sugestywny czarno-biały portret i wrzucił na Facebooka – żadna z tych rzeczy z pewnością nie byłaby możliwa w naszym domu. A przynajmniej nie ostatnimi czasy.

Wieczorem, po tym, jak dostałam wreszcie odpowiedź od Ryana (*Też się cieszę, że cię widzę. Śliczne dzieciaki. Wciąż uczysz?*), opowiadam Nickowi o wszystkim, z nadzieją, że zechce zareagować jak prawdziwy mężczyzna i zaznaczyć swój teren. Albo przynajmniej ogarnie go nostalgia. W końcu w pewnym sensie to Ryan sprawił, że jesteśmy razem.

Nick jednak tylko kręci głową i mówi:

– Można się było domyślić, że ten koleś ma konto na Facebooku. – Po czym bierze pilota i przełącza na CNN. Anderson Cooper prezentuje reportaż o tsunami w Tajlandii i ekran zaczyna błyskać przerażającymi obrazami zniszczeń.

– A co niby jest nie tak z Facebookiem? – pytam obronnym tonem.

– Cóż, przede wszystkim to kompletna strata czasu – odpowiada Nick, podkręcając odrobinę głośność. Brytyjski turysta opowiada akurat o swoim zetknięciu z tajlandzką tragedią.

Czyżby sugerował, że to ja mam za dużo wolnego czasu, gdy tymczasem on jest szalenie zajętym chirurgiem z lepszymi rzeczami do roboty?

– Nieprawda – mówię. – To świetny sposób, żeby odnowić stare znajomości.

– Aha. Wmawiaj to sobie... a przy okazji temu jak-mu-tam. – Mruga do mnie żartobliwie, po czym z powrotem wbija wzrok w ekran telewizora, tak samo pewny siebie, jak na samym początku, gdy zerwałam zaręczyny z innym mężczyzną, ponieważ pojawił się cień szansy, że mogłabym być z nim. Kiedyś lubiłam tę jego niezmąconą wiarę w siebie, teraz jednak coraz bardziej zaczyna ona trącić obojętnością.

Udaję, że dokument w telewizji pochłonął mnie równie mocno jak jego, ale tak naprawdę myśli galopują mi jak szalone. Przypominam sobie, jak było kiedyś, jak się to wszystko zaczęło.

*

Cześć, Nick. Tu Tessa Thaler. Dziewczyna z metra.

Pamiętam, jak zapisywałam te słowa na kartce, zbierając się na odwagę, żeby do niego zadzwonić, i trenowałam je przed Cate to zmysłowym, to dziarskim tonem.

– Jeszcze raz – zażądała Cate z materaca. Innych miejsc do siedzenia w mieszkaniu nie było. Sześć tygodni wcześniej Ryan wyprowadził się, zabierając ze sobą naszą kanapę. – I tym razem bez wysokich tonów.

– Słucham? – spytałam. Z nerwów pociły mi się dłonie.

– Kończysz zdania wysoką tonacją, jakby to były pytania. Jakbyś sama nie była pewna, kim jesteś... „Tu Tessa Thaler? Dziewczyna z metra?".

– Chyba jednak nie dam rady – stwierdziłam, chodząc tam i z powrotem przed parawanem w orientalne wzory, oddzielającym moje łóżko od pokoju dziennego.

– A chcesz, żeby zaczął umawiać się z kimś innym? Albo, co gorsza, w ogóle o tobie zapomniał? – zapytała Cate, mistrzyni perswazji za pomocą gróźb. – No już. Najważniejsze jest wyczucie czasu. – Wyciągnęła ze swojej ogromnej torby pilnik, zmywacz do paznokci oraz waciki i zaczęła sobie robić manicure.

– Nie jestem gotowa na kolejny związek – powiedziałam.

– A kto mówi o związku? Może chociaż raz w życiu przekonasz się, co to namiętny seks. To chyba nie byłoby takie złe?

– Po raz pierwszy w życiu? A skąd wiesz, że Ryan i ja nie uprawialiśmy namiętnego seksu?

Cate otrząsnęła się, jakbym mówiła o jej bracie – co nie jest dalekie od prawdy, ponieważ przez większość czasu spędzonego w college'u nasza trójka była niemal nierozłączna.

– A uprawiałaś?

Wzruszyłam ramionami.

– Nie było źle.

Cate pokręciła głową, piłując paznokcie w kształt, który nazywała „kwadratoowalem".

– Myślę, że najwyższy czas podnieść wymagania. Bierz ten cholerny telefon i dzwoń do niego. Już.

Zadzwoniłam. Wystukałam numer z jego wizytówki i na dźwięk pierwszego dzwonka wzięłam głęboki wdech. A usłyszawszy jego głos, nie do pomylenia z żadnym innym, przeczytałam swoją kwestię z kartki, przy czym w jakiś sposób udało mi się zakończyć każde zdanie kropką.

– Kto? – zapytał Nick.

– Ee... Spotkaliśmy się w metrze? – powtórzyłam, całkowicie skołowana. Nagle opuściła mnie cała odwaga.

– Żartuję. Oczywiście, że cię pamiętam. Co słychać?

– W porządku – odpowiedziałam, żałując, że przećwiczyłam tylko trzy pierwsze zdania. Spojrzałam na Cate, szukając u niej pomocy, ale ona tylko uniosła w górę oba kciuki. – A ty? Jak się masz?

– Nie narzekam... Jak tam miesiąc miodowy? – zapytał całkowicie poważnym tonem, choć kilka tygodni później przyznał, że była to próba przełamania lodów, której natychmiast pożałował, gdyż wydała mu się nie na miejscu.

Parsknęłam nerwowym śmiechem i powiedziałam mu, że nie było miesiąca miodowego, ponieważ nie było ślubu.

– Och... Przykro mi? Gratuluję?

– Dzięki – rzuciłam, co wydawało się uniwersalną odpowiedzią.

– To co? Dzwonisz, żeby mi o tym powiedzieć? – ciągnął gładko Nick. – Czy żeby mnie zaprosić na randkę?

– Żeby ci o tym powiedzieć – odparłam. Jego żartobliwy ton sprawił, że nabrałam śmiałości. – Na randkę to ty powinieneś mnie zaprosić.

Cate uniosła brwi i uśmiechnęła się szeroko, najwyraźniej dumna z mojej riposty.

– W takim razie – odpowiedział Nick – co powiesz na dzisiejszy wieczór? Masz czas?

– Owszem. – Serce zaczęło walić mi jak szalone, co nigdy nie zdarzyło mi się przy Ryanie, nawet na kilka sekund przed naszym pierwszym razem.

– Jesteś wegetarianką? – spytał.

– Dlaczego pytasz? Masz coś do wegetarian?

Roześmiał się.

– Nie... Po prostu jestem w nastroju na hamburgera i piwo.

– Jak dla mnie świetnie – odpowiedziałam, myśląc, że równie kusząca wydałaby mi się perspektywa kiełków i tofu w jego towarzystwie. Cokolwiek, byle z Nickiem Russo.

– Dobrze. Spotkajmy się w Burger Joint, w hotelu Parker Meridien... Wiesz, gdzie to jest?

– Nie – odpowiedziałam, zastanawiając się, czy powinnam wiedzieć. Czy zdradziłam się właśnie jako domatorka, którą zresztą byłam za czasów związku z Ryanem i którą postanowiłam nie być już ani chwili dłużej.

– Hotel jest na Pięćdziesiątej Szóstej Ulicy, między Szóstą a Siódmą, bliżej Szóstej... Wejdziesz do holu i tuż za recepcją zobaczysz zasłonkę i znak z napisem Burger Joint. Będę tam na ciebie czekał.

Gorączkowo zapisywałam jego wskazówki na odwrocie swojego „scenariusza" nie dość że spoconą, to jeszcze trzęsącą się dłonią. Zapytałam o której. Zaproponował ósmą.

– Dobrze. W takim razie do zobaczenia.

Po głosie poznałam, że się uśmiecha.

– Do zobaczenia, Tesso, dziewczyno z metra.

Rozłączyłam się, zamknęłam oczy i wydałam z siebie zwariowany dziewczyński pisk radości.

– Cholera jasna. Nieźle, Tess – odezwała się Cate. – Chociaż powinnaś mu powiedzieć, że masz już plany na wieczór. Następnym razem chociaż udawaj, że zaglądasz do kalendarza. I nigdy nie zgadzaj się na spotkanie tego samego dnia...

– Cate! – zawołałam, biegnąc do szafy. – Nie mam czasu na poradnik randkowy! Muszę wymyślić, w co się ubrać.

Cate wyszczerzyła zęby w uśmiechu.

– Usztywniany stanik, czarne stringi, szpilki.

– Na stanik i stringi się zgadzam... Ale wybieramy się w miejsce pod nazwą Burger Joint. Nie jestem pewna, czy szpilki będą odpowiednie.

Cate, zawiedziona, podeszła za mną do szafy.

– Burger Joint? Boże, mam nadzieję, że nie trafiłaś na skąpiradło. W takiej sytuacji po co spotykać się z lekarzem?

– On wciąż jeszcze studiuje. A ja uwielbiam hamburgery.

– Cóż, jeśli naprawdę jest taki niezwykły, jak mówiłaś... to niech mu będzie.

– Owszem, jest. Jest naprawdę świetny.

– W takim razie – odrzekła Cate, grzebiąc w szafie – zabieramy się do roboty.

Kilka godzin później stałam w chłodnym holu hotelu Parker Meridien w dżinsach, czarnej koszulce bez rękawów i japonkach wysadzanych kamykami. Taki codzienny, swobodny strój normalnie nie spotkałby się z aprobatą Cate, tym razem jednak go zaakceptowała, biorąc pod uwagę charakter lokalu oraz zaproszenie w ostatniej chwili.

Wciąż zgrzana po jeździe duszną taksówką wachlowałam się ręką, wdychając zapach nowych perfum, kupionych kilka godzin wcześniej z myślą o Nicku. Twardo postanowiłam nie mieszać starych zapachów z nowymi początkami. Znalazłam wejście do restauracji, wzięłam głęboki oddech i pełnym dramatyzmu ruchem rozgarnęłam długie do podłogi zasłony, oddzielające Burger Joint od holu hotelowego. Wtedy go zobaczyłam. Stał wprost przede mną, jeszcze bardziej idealny, niż to zapamiętałam. Jego uroda stanowiła mocny kontrast dla żółtego światła, winylowych kanap i przypadkowo dobranych wycinków z gazet, przyczepionych do ścian wyłożonych panelami z imitacji drewna.

Podszedł z uśmiechem, spojrzał na moją lewą dłoń i stwierdził:

– Nie masz pierścionka.

– Nie mam – odpowiedziałam, po czym zamilkłam, przypominając sobie napomnienia Cate, by w żadnym wypadku nie rozmawiać z nim o Ryanie.

– Tak mi się jeszcze bardziej podobasz – orzekł z uśmiechem.

Odwzajemniłam uśmiech, pocierając kciukiem palec serdeczny z krzepiącym poczuciem, że podjęłam dobrą decyzję. Nick zapytał, co chcę do hamburgera. Odpowiedziałam, że tylko keczup, a on pokiwał głową i wskazał mi jedyny wolny stolik, w rogu sali.

– Coraz więcej tu ludzi, lepiej zajmij miejsce.

Wśliznęłam się na siedzenie, nie spuszczając jednocześnie wzroku z jego pleców. Zaczęłam się zastanawiać, co najbardziej w nim podziwiam – stanowczość w działaniu czy to, jak idealnie leżą na nim spłowiałe dżinsy.

Kilka minut później dołączył do mnie z dwoma hamburgerami zawiniętymi w folię i dzbankiem piwa, które już za chwilę rozlał do kufli, po czym uniósł swój i powiedział:

– Za najlepszego hamburgera w twoim życiu.

Uśmiechnęłam się i pomyślałam: Za najlepszą pierwszą randkę w moim życiu.

Nagle Nick spoważniał.

– Cieszę się, że zadzwoniłaś... – wyznał. – Nie sądziłem, że się do mnie kiedykolwiek odezwiesz... Myślałem, że jednak za niego wyjdziesz.

– A czemu tak myślałeś?

– Bo ludzie zazwyczaj tak właśnie robią.

Pokiwałam głową. Przyszedł mi na myśl mój brat, postanowiłam jednak zachować brudne rodzinne sekrety dla siebie. Była to jedna z zasad Cate: żadnego „moi rodzice się rozwiedli", „ojciec zdradził mamę" ani innych aluzji do dysfunkcyjnej rodziny. Zaczęłam przypominać sobie jej pozostałe nauki: żadnego wypytywania o byłe dziewczyny, nigdy nie opowiadaj za dużo o studiach ani o pracy, wykazuj zainteresowanie, ale go nie przesłuchuj.

– Nie cierpię się mylić – stwierdził Nick (później żartował, że już przy pierwszym spotkaniu ostrzegł mnie przed swoją największą wadą). – Ale tym razem cieszę się, że nie miałem racji.

Po trzech godzinach rozmowy, dwóch dzbankach piwa i wspólnym zjedzeniu czekoladowego ciastka, Nick odprowadził mnie na stację Columbus Circle. Zeszliśmy po schodach do tunelu i podeszliśmy do bramki biletowej. Nick wrzucił dwa żetony i gestem dłoni przepuścił mnie pierwszą.

– Dokąd jedziemy? – zawołałam, usiłując przekrzyczeć głośny szum hamującego pociągu, lekko podchmielona od wypitego piwa.

– Donikąd – odpowiedział z uśmiechem. – Po prostu przejedziemy się metrem.

Tak też zrobiliśmy. Mimo że wagon był pusty, my staliśmy, trzymając się jednego metalowego słupka.

– Myślisz, że to ten sam? – zapytał Nick w pewnej chwili.

– Co?

– Ten sam pociąg? Ten sam drążek? – W tym momencie nachylił się w moją stronę i pocałowaliśmy się po raz pierwszy.

– Chyba tak – odpowiedziałam, zamykając oczy i czując jego usta na moich, miękkie, stanowcze, cudowne.

Po powrocie do domu zadzwoniłam do Cate, żeby zdać jej relację. Cate skalkulowała koszt całego wieczoru, po czym stwierdziła, że była to niedorzecznie tania randka, a mimo to – sukces na całej linii.

– Myślę, że to znak – wyszeptała w słuchawkę.

– Znak? Czego? – zapytałam z nadzieją, że pocałowałam dziś mężczyznę, którego kiedyś poślubię.

– Że czeka cię namiętny seks – odparła Cate ze śmiechem.

Ja również się roześmiałam i pomyślałam: obyśmy obie miały rację.

W ciągu miesiąca wiedziałam już, że rzeczywiście tak było. Cate uznała to za istny cud. Udało mi się znaleźć jedynego faceta w całym Nowym Jorku, który był zarówno troskliwy i godny zaufania, jak i seksowny oraz świetny w łóżku. Po prostu ideał. Bezpretensjonalny, twardo stąpający po ziemi chłopak z Bostonu, który uwielbiał hamburgery, piwo i baseball. A jednocześnie przyszły chirurg z dyplomem Harvardu, który czuł się jak u siebie w najbardziej eleganckich restauracjach na Manhattanie. Był przystojny, ale nie próżny. Skrupulatny, ale nie marudny. Pewny siebie, a jednak pozbawiony arogancji. Zawsze robił dokładnie to, co sobie postanowił – bez wyjątku – a jednak miał w sobie również pewną dozę tajemniczości, która nie przestawała mnie intrygować. Mało go obchodziły opinie innych, a mimo to cieszył się powszechnym szacunkiem. Bywał chłodny i powściągliwy, nie tracąc przy tym żarliwości i pasji. Zakochałam się w nim bez pamięci, absolutnie i na sto procent pewna, że moje uczucia były w równym stopniu odwzajemnione, co szczere.

A sześć miesięcy później, w samym środku zimy, Nick znów zabrał mnie do tej samej knajpy z hamburgerami. Gdy już zjedliśmy, napiliśmy się i powspominaliśmy, wyciągnął z kieszeni kluczyki do samochodu i wyrył nimi nasze inicjały na pokrytym graffiti blacie stolika w rogu sali. Zgrabne, proste, głębokie żłobienia. Deklaracja jego uczucia. Nie mogłam sobie wyobrazić milszego gestu, aż do momentu, gdy kilka godzin później, w pustym wagonie metra wyciągnął z kieszeni pierścionek i poprosił mnie o rękę, obiecując, że już zawsze będzie mnie kochał.

ROZDZIAŁ 22

Valerie

Dni są coraz zimniejsze i krótsze, a oni wciąż udają. Udają, że nieustanne wizyty, rozmowy telefoniczne i SMS-y to coś normalnego pomiędzy lekarzem a mamą wracającego do zdrowia pacjenta. Udają, że ich przyjaźń jest całkiem niewinna i zupełnie zwyczajna. Udają, że nie mają nic do ukrycia, że nie ukrywają się – dosłownie – w domu Valerie. A przede wszystkim udają, że nie mają problemu z tym, że tkwią w zawieszeniu pomiędzy egzystencją w szpitalu a oficjalnym powrotem do rzeczywistości.

Valerie odrobinę przypomina to czasy, kiedy chodziła jeszcze do szkoły i zostawała w domu, udając, że jest chora. Rosemary chyba wiedziała, że Valerie symuluje, przymykała jednak na to oko, żeby móc wziąć wolne z pracy i spędzić trochę czasu tylko z córką. Jedne z najmilszych wspomnień Valerie z dzieciństwa to chwile, kiedy leżała skulona na kanapie, owinięta w śpiwór z Wonder Woman, i z zapartym tchem oglądała operę mydlaną albo teleturniej – wraz z matką, która co jakiś czas przynosiła jej rosół albo napój imbirowy na pomarańczowej lakowej tacy. Myśli o zadaniach domowych czy scenach ze szkolnej stołówki były wtedy setki kilometrów od niej.

Tak właśnie czuje się, kiedy Nick wpada z muzyką i filmami dla Charliego oraz winem i daniami na wynos od Antonia dla nich. Valerie przestaje wtedy myśleć o czymkolwiek i żyje chwilą, zapominając o całym świecie, a zwłaszcza o rodzinie Nicka, oddalonej o zaledwie kilka kilometrów.

*

Wszystko się komplikuje w wigilię Dnia Dziękczynienia, gdy Nick wpada z niezapowiedzianą wizytą po drodze do domu – zaledwie kilka minut po przyjściu Jasona, który zjawił się, by pożyczyć stolik do kart na urządzaną przez siebie jutro świąteczną ucztę. Gdy tylko Valerie słyszy dzwonek do drzwi, wie, że wpadła w kłopoty. Zwłaszcza że Jason jest w salonie, czyli bliżej wejścia. Valerie zastyga nad słodkimi ziemniakami, które akurat przyrządza, wiedząc, że może już tylko powiedzieć prawdę. Tę prawdziwą prawdę – nie historyjkę, którą oboje dotąd podtrzymywali.

– Nick. – Valerie słyszy głos Jasona, w którym brzmi mieszanina zaskoczenia, dezaprobaty oraz troski.

Wchodzi do przedpokoju i widzi, jak Nick wyciąga rękę do jej brata.

– Wpadłem, żeby sprawdzić, jak się miewa Charlie. – Ma zmarszczone niepokojem czoło. Jest wyraźnie zakłopotany. Valerie nigdy wcześniej nie widziała go takiego. Nick spogląda na zegarek o kilka sekund za długo, jakby usiłował przez ten czas zebrać myśli. – Nie śpi jeszcze? Czy się spóźniłem?

– Charlie jest już w łóżku – mówi Jason z naciskiem.

– Ale bardzo dobrze się dziś czuł – kończy za niego Valerie, ciągnąc to niedorzeczne przedstawienie zatytułowane: „Wizyta domowa". – A może... jednak wejdziesz na chwilę?

Nick otwiera usta i już ma odrzucić zaproszenie, ale Valerie kiwa głową i szeroko otwiera oczy z uśmiechem zastygłym na ustach, jakby chciała mu powiedzieć, że jeśli teraz wyjdzie, tylko pogorszy sytuację. Nie ma więc wyboru – musi zostać.

– Dobrze. Jasne. Ale tylko na minutkę.

Valerie bierze od niego płaszcz, wiesza w szafie w przedpokoju i prowadzi Nicka do salonu. Nick siada w fotelu, w którym nigdy wcześniej nie siedział – należącym niegdyś do babci Valerie, a wcześniej do babci jej babci. Nie jest to jednak żaden wartościowy antyk – po prostu niezbyt urodziwy stary bladofioletowy fotel w pseudotureckie motywy. Valerie jest jednak do niego tak przywiązana, że nie może się zdobyć na zmianę obicia. Wbija teraz wzrok w zdobiące mebel wzorki i siada na kanapie naprzeciwko Nicka.

Tymczasem Jason zajmuje miejsce w drugim fotelu. Ma nieprzenikniony wyraz twarzy, ale Valerie wyczuwa w jego milczeniu przyganę i zastanawia się, czy spowodowała ją obecność Nicka, czy fakt, że miała przed bratem tajemnicę. Wcześniej się to nie zdarzało – oprócz tamtych trzech dni pomiędzy pozytywnym wynikiem testu ciążowego a momentem, kiedy mu o nim powiedziała.

– A co u was? – pyta Nick, spoglądając to na brata, to na siostrę.

Oboje odpowiadają, że wszystko w porządku, po czym Valerie rozpoczyna nerwowe, szczegółowe sprawozdanie z dnia Charliego – opowiada, co robili, co zjadł, jak często zmieniała mu opatrunki. W końcu dodaje:

– W poniedziałek wraca do szkoły – zupełnie jakby nie było to wcale zalecenie samego Nicka.

Nick kiwa głową i rzuca kolejne pytanie:

– A co robicie jutro? W Dzień Dziękczynienia?

– Wszyscy spotykamy się u Jasona w domu – odpowiada Valerie (mimo że Nick już o tym oczywiście wie). – Hank, chłopak Jasona, wspaniale gotuje.

– Jest zawodowym kucharzem? – pyta Nick.

– Nie. Zawodowym tenisistą – odpowiada Jason. – Ale w kuchni też sobie radzi.

– Hm. Aha – mamrocze Nick. – To w takim razie dodatkowa korzyść dla ciebie.

Valerie czuje, że jej brat z całej siły powstrzymuje się od jakiejś przemądrzałej uwagi na temat korzyści wynikających ze spotykania się z lekarzem. W końcu jednak Jason wstaje, zaciera ręce i mówi:

– Cóż. Chętnie bym pogadał, ale Hank i ja mamy indyka do upieczenia.

Na twarzy Nicka maluje się ulga. Wstaje i po raz drugi ściska dłoń Jasona.

– Dobrze było cię zobaczyć, stary – mówi odrobinę zbyt żywiołowo.

– Ciebie też, doktorze – odpowiada Jason, stawiając kołnierz swojej skórzanej kurtki. – To była... miła niespodzianka. – Po drodze do drzwi rzuca siostrze nierozumiejące spojrzenie i bezgłośnie prosi: – Zadzwoń do mnie.

Valerie kiwa głową i zamyka za nim drzwi na zasuwkę, przygotowując się w duchu na niezręczną wymianę zdań, która za chwilę nastąpi.

– Cholera – odzywa się Nick, który wciąż siedzi sztywno w fotelu po babci, z dłońmi zaciśniętymi na poręczach. – Bardzo cię przepraszam.

– Za co? – pyta Valerie, wracając na swoje miejsce na kanapie.

– Za to, że tu przyszedłem... Że wcześniej nie zadzwoniłem.

– Nic nie szkodzi.

– Co mu powiesz?

– Prawdę. Że jesteśmy przyjaciółmi.

Nick przygląda jej się przez dłuższą chwilę.

– Przyjaciółmi. No tak.

– Przecież nimi jesteśmy – mówi Valerie, desperacko uczepiona tej wersji wydarzeń.

– Wiem o tym, Val. Tylko że...

– Tylko że co?

Nick kręci głową.

– Dobrze wiesz co.

Valerie z zamarłym sercem zastanawia się nad ostatnim rozpaczliwym krokiem – zmienić temat, wstać, pobiec do kuchni i dokończyć przyrządzanie ziemniaków. Zamiast tego jednak szepcze:

– Tak. Wiem.

Nick powoli wypuszcza powietrze, po czym stwierdza:

– To nie jest w porządku.

Valerie siedzi z rękami na podołku i teraz mimowolnie zaciska dłonie w pięści. Nick zaś dodaje, z nutką paniki w głosie:

– To nie w porządku, i to na kilku płaszczyznach. Przynajmniej na dwóch.

Valerie doskonale wie, o czym mówi Nick, ale pozwala mu, by sam to z siebie wyrzucił.

– Po pierwsze, jestem lekarzem twojego syna. Obowiązuje mnie pewna etyka. Zasady stworzone po to, by chronić pacjentów... To byłoby nie fair z mojej strony... żeby wykorzystywać... twoje uczucia...

– Rzeczywiście, jesteś lekarzem Charliego... Ale nie o to chodzi – wtrąca Valerie stanowczo. Wiele o tym myślała i choć jest mu dozgonnie wdzięczna, ma pewność, że nie myli tego uczucia z żadnym innym. – Poza tym, ja nie jestem twoją pacjentką.

– Jesteś jego matką. Właściwie to chyba nawet jeszcze gorzej – mówi Nick. – Nie powinno mnie tu być. Jason o tym wie. Ty o tym wiesz i ja.

Valerie kiwa głową, ze wzrokiem wbitym we własne dłonie. Wie, że jest jeszcze druga sprawa. Ta, której Nick dotychczas nie poruszył. Ot, drobnostka. Jego małżeństwo.

– Czy to znaczy, że wychodzisz? – pyta w końcu.

Nick siada obok niej na kanapie.

– Nie. Nie wychodzę. Będę tu siedział obok ciebie i dalej się zadręczał.

Jego spojrzenie jest pełne emocji, ale i stanowcze, wręcz bojowe.

Valerie spogląda na niego, zaniepokojona. A potem, ignorując wszystko to, w co wierzy, wszystko, co uważa za właściwe, przyciąga go do siebie i bierze w objęcia, tak jak to sobie wyobrażała już wiele razy. Po kilku sekundach to on przejmuje kontrolę, powoli opuszcza ją na kanapę i nakrywa ciężarem swojego ciała. Ich nogi splątują się ze sobą, policzki dotykają.

Po dłuższej chwili Valerie zamyka oczy i odpływa, ukołysana do snu dotykiem obejmujących ją ramion i miarowym opadaniem i wznoszeniem się ich klatek piersiowych. Aż nagle budzi ją melodyjka *Slim Shady* Eminema, którą Jason zaprogramował jako swój dzwonek w jej telefonie. Nick podrywa się i Valerie wie, że on również przysnął – myśl o tym wprawia ją w podekscytowanie.

– To twój telefon? – szepcze Nick. Valerie czuje w uchu jego ciepły oddech.

– Tak. To Jason – odpowiada.

– Chcesz do niego oddzwonić? – pyta Nick, lekko ją przesuwając, by móc spojrzeć jej w oczy. Wyciąga rękę i dotyka jej czoła, tuż pod linią włosów, tak czułym i naturalnym gestem, iż zdaje jej się, jakby leżeli już tak wcześniej tysiące razy i robili poza tym razem mnóstwo różnych innych rzeczy.

– Nie – mówi z nadzieją, że Nick się nie odsunie. Że w ogóle się nie poruszy. – Nie teraz.

Mija dłuższa chwila. W końcu Nick odzywa się ponownie:

– Jak myślisz, która godzina?

Valerie zgaduje, że dziewiąta, choć tak naprawdę wie, że jest później.

– Może dziesiąta – poprawia się niechętnie, ponieważ chce być wobec niego szczera.

Nick wzdycha i dźwiga się do pozycji siedzącej. Kładzie sobie jej nogi na kolanach, po czym spogląda na zegarek.

– Cholera – mamrocze pod nosem, z powrotem strząsając rękaw w dół nadgarstka.

– Co? – Valerie podnosi na niego wzrok, podziwiając jego profil. Tak bardzo pragnie dotknąć jego dolnej wargi.

– Dziesięć po dziesiątej. Lepiej już pójdę – mówi Nick, ale się nie rusza.

– Tak. – Do Valerie zaczyna docierać to, co się właśnie wydarzyło. Zastanawia się, co teraz nastąpi. Wie, że Nick zadaje sobie te same pytania. Wycofają się czy pójdą dalej? Czy byliby w stanie dokończyć to, co zaczęli? Czy odważą się podjąć niewłaściwą decyzję, tylko dlatego że wydaje im się dobra?

Nick przez chwilę wbija wzrok w przestrzeń. W panującym w pokoju półmroku jego oczy wydają się czarne jak smoła. W końcu spogląda na nią, bierze ją za rękę, jakby chciał jej powiedzieć, że odpowiedź, a w każdym razie jego odpowiedź, brzmi tak.

A potem wstaje, idzie do przedpokoju i wyjmuje z szafy swój płaszcz. Valerie obserwuje go z salonu, wciąż niezdolna do najmniejszego ruchu, aż w końcu on podchodzi, bierze ją za ręce i pomaga wstać. Bez słowa prowadzi ją do drzwi, które następnie ona przed nim otwiera.

– Zadzwonię jutro – obiecuje Nick, choć Valerie nie miała co do tego wątpliwości. A potem przytula ją mocno, tym razem na stojąco. Ujmuje jej głowę w dłonie i przesuwa palcami po jej włosach. Nie całują się, ale równie dobrze mogliby to zrobić, ponieważ właśnie w tej chwili ciszy oboje przestają udawać.

ROZDZIAŁ 23

Tessa

Jest poranek Dnia Dziękczynienia. Przygotowuję świąteczny obiad wraz z żoną mojego ojca Diane i matką Nicka Connie. Jeszcze w zeszłym roku ta współpraca irytowałaby mnie, zarówno ze względu na wysokie mniemanie Diane o własnych umiejętnościach kulinarnych, jak i tendencji Connie do przejmowania kontroli nad moją kuchnią. Ale co dziwne, w tym roku – a jest to mój pierwszy Dzień Dziękczynienia jako niepracującej matki – nie roszczę już sobie pretensji do posiłku i właściwie to jestem wdzięczna za stanowisko przy zlewie, gdzie obieram ziemniaki, zajmując w ten sposób najmniej istotną pozycję w kuchennej hierarchii. Wyglądam przez okno na otoczony płotem ogródek z tyłu domu i przychodzi mi do głowy, że być może mam depresję – nie taką, jak z edukacyjnych filmików w telewizji, na których ponure kobiety nie potrafią wstać z łóżka i wyglądają, jakby ktoś właśnie przyłożył im workiem pełnym kamieni. Chodzi o rodzaj depresji, który wytrąca z równowagi, wyczerpuje oraz wprawia w stan obojętności. Obojętności na to, czy posypiemy indyka rozmarynem czy tymiankiem. Na to, że dzieci biegają w dresach zamiast w eleganckich brązowych spodniach ze sztruksu i sweterkach przysłanych przez moją matkę. Na to, że Nick wczoraj znów do późna siedział w pracy. I na to, że pokłóciliśmy się dziś rano tak naprawdę o nic, co w dobrze funkcjonującym małżeństwie jest najlepszym rodzajem kłótni, zaś w małżeństwie z problemami – najgorszym.

– Tesso, kochanie, błagam, powiedz, że masz biały pieprz. – Diane wyrywa mnie z rozmyślań, jak zwykle z nutą zniecierpliwienia w głosie i pretensjonalnym akcentem *à la* Jackie Kennedy. Kilka dni temu wręczyła mi listę składników rozmaitych planowanych przez siebie przystawek, białego pieprzu jednak na niej nie było.

– Chyba mamy – odpowiadam, wskazując na spiżarnię. – Powinien być na drugiej półce.

– Dzięki B o g u. Czarny pieprz nie nadawałby się w żadnym wypadku.

Zmuszam się do pełnego zrozumienia uśmiechu, myśląc jednocześnie, że Diane jest klasyczną snobką. Ma poczucie wyższości pod każdym względem. Dorastała wśród pieniędzy i luksusów (po czym wyszła za kogoś jeszcze bogatszego od siebie, a później się z nim rozwiodła) i chociaż robi, co może, żeby to ukryć, wiem, że spogląda z góry na przedstawicieli klasy średniej – a tym bardziej na nowobogackich (albo, jak nazywa ich po cichu, parweniuszy). Nie jest klasyczną pięknością, ale na pierwszy rzut oka robi wrażenie – jak to bywa z wysokimi, wyniosłymi blondynkami – i nie wygląda na swoje pięćdziesiąt osiem lat, lecz o dobrą dekadę młodziej, a to dzięki czasowi poświęcanemu własnej urodzie, obsesyjnej grze w tenisa oraz kilku kosmetycznym poprawkom, o których mówi otwarcie, wręcz z dumą. Porusza się z niewymuszoną gracją – a to za sprawą edukacji w prywatnej szkole z internatem, wielu lat ćwiczeń baletowych oraz matki, która zmuszała ją do chodzenia tam i z powrotem z encyklopedią na głowie.

Krótko mówiąc, uosabia wszystkie największe lęki pierwszej żony – jest elegancka i wyrafinowana, nie ma w sobie nic z głupiej laluni. W związku z tym ze wszystkich sił staram się gardzić nią w imieniu mojej matki. Diane nie ułatwia mi zadania – zawsze jest dla mnie uprzejma i życzliwa, być może dlatego, że nigdy nie miała własnych dzieci. Bardzo się też stara mieć dobry kontakt z Ruby i Frankiem. Przy każdej nadarzającej się okazji obsypuje ich prezentami i angażuje się w zabawy z nimi tak mocno, jak żadna z ich babć. Dex, który spędza święta z moją matką w Nowym Jorku, podejrzliwym okiem patrzy na wysiłki Diane i jest pewny, że jej życzliwość to próba popisania się przed naszym ojcem, a także zatriumfowania nad matką, ale Rachel i ja zgadzamy się, że mniejsza o motywację – liczą się rezultaty.

Najważniejsze jest to, że Diane trzyma mojego ojca w ryzach oraz że go uszczęśliwia. Nawet kiedy narzeka – co zdarza się często – on z radością próbuje ją zadowolić, jakby się cieszył z wyzwania. Pamiętam, że April zapytała mnie kiedyś, czy uważam Diane za swoją konkurentkę, czy podważyła w jakikolwiek sposób mój status „córeczki tatusia". Póki nie zadała mi tego pytania, nie zdawałam sobie sprawy z tego, że między tatą a mną nigdy nie było tego typu relacji. Zawsze był dobrym ojcem, dbał o naszą edukację, zabierał na wspaniałe wakacje do Europy, uczył, jak puszczać latawce, wiązać węzły żeglarskie czy zmieniać biegi w samochodzie. Ale nigdy nie był szczególnie czuły ani troskliwy, taki jak Nick w stosunku do Ruby – i czuję, że mogło to mieć coś wspólnego z moją matką i tym, jak zawsze trzymałam jej stronę, nawet jako dziecko. Zupełnie jakby wyczuwał moją dezaprobatę, mój bliski związek z kobietą, którą zdradzał, nawet wtedy, gdy jeszcze nie wiedziałam o jego skokach w bok. Tak więc, krótko mówiąc, efektowne wkroczenie Diane na rodzinny front niewiele zmieniło w moich stosunkach z tatą.

Obserwuję ją teraz, jak sięga do jednej z wielu swoich szytych na zamówienie toreb od Goyarda, wyjmując z niej parę okularów w zdobionych brylancikami wiśniowych „kocich" oprawkach, które pasują tylko do takiej kobiety jak ona. Wkłada je i wbija wzrok w książkę kucharską, również wyciągniętą z torby, nucąc coś pod nosem z miną pod tytułem: „Czyż nie jestem czarująca?" – która nabiera jeszcze większego wyrazu w momencie, gdy do kuchni wkracza mój ojciec i puszcza do niej oko.

– David, kochanie, pozwól tu na chwilę.

Ojciec podchodzi i obejmuje ją od tyłu, a ona odwraca się i całuje go w policzek, po czym znów przenosi swoją uwagę na zupę z dyni.

Tymczasem Connie zajmuje się indykiem, podlewając go z dużą wprawą. W przeciwieństwie do superkobiecej garsonki Diane i jej zgrabnych pantofelków z krokodylej skóry, Connie ma na sobie spodnie z gumką, brązowy sweter ozdobiony plastikową broszką w kształcie pielgrzyma i wiązane buty, które są albo ortopedyczne, albo biorą udział w konkursie na najbrzydsze obuwie świata. Widzę, że nie pochwala książki kucharskiej Diane, gdyż jest zdecydowaną przeciwniczką wymyślnych potraw, zwłaszcza w Dzień Dziękczynienia. Pod tym względem – a właściwie pod każdym względem – jest całkowitą tradycjonalistką, posłuszną żoną zakochaną w swoim jedynym synu. Bywa, że nazywa go cudownym dzieckiem – urodził się po tym, jak lekarz powiedział jej, że nigdy nie zostanie matką. Jeśli wziąć jeszcze pod uwagę fakt, że Nick spełnił z nawiązką wszelkie rodzicielskie marzenia i nadzieje, kolejnym cudem jest to, że w ogóle się dogadujemy. Przez większość czasu Connie udaje, że mnie akceptuje, choć tak naprawdę nie może ścierpieć, że nie wychowuję dzieci w wierze katolickiej (ani w żadnej innej). Że mój ojciec jest Żydem (co według niej czyni ze mnie pół-Żydówkę i przenosi się również na jej wnuki). Że robię spaghetti z sosem ze słoika. Że choć kocham Nicka, przez większość czasu nie umieram z zachwytu nad tym, jaki jest cudowny. Właściwie to tylko raz w życiu wydawała się ze mnie szczerze zadowolona – było to w dniu, kiedy oświadczyłam jej, że rezygnuję z pracy zawodowej – co stanowiło ironiczny kontrast z reakcją mojej matki.

Od obierania kartofli zaczyna mnie boleć ręka. Napełniam wodą duży garnek, przysłuchując się dwóm równoczesnym rozmowom – jednej dotyczącej znajomej Connie i jej walki z rakiem jajnika, drugiej – o wypadzie Diane i jej koleżanek do spa (trzeba by się mocno wysilić, żeby znaleźć w tych dwóch tematach jakikolwiek wspólny wątek). To jedna z bardzo niewielu rzeczy, które łączą Diane i Connie – obie są strasznymi gadułami i bez końca potrafią trajkotać o ludziach, których nigdy w życiu nie spotkałam, nazywając ich po imieniu, jakbym znała ich od lat. To irytująca cecha, ale przynajmniej dzięki niej przebywanie w ich towarzystwie nie wymaga ode mnie niemal żadnego wysiłku poza koniecznością rzucenia od czasu do czasu jakiegoś pytania, by pokazać, że wciąż ich słucham.

W ten sposób upływają dwie godziny. Poziom hałasu wzrasta, gdy do kuchni wpadają dzieci wraz ze swymi najbardziej denerwującymi zabawkami, aż w końcu kapituluję i daję się skusić kilku szklaneczkom Krwawej Mary. Nawiasem mówiąc, jest to kolejna wspólna cecha Diane i Connie: obie naprawdę lubią wypić. Tak więc gdy wybija czwarta i wszyscy zbieramy się przy stole, przynajmniej trójka z nas jest lekko wstawiona – a może nawet czwórka, jeśli liczyć Bruce'a, tatę Nicka, który zdążył już osuszyć kilka szklanek rumu z colą, nigdy jednak nie odzywa się dość dużo, by zdradzić jakiekolwiek oznaki upojenia. Siedzi teraz nadąsany na swoim krześle, a po szturchańcu od Connie żegna się i szybko zmawia standardową modlitwę:

– Pobłogosław Panie Boże nas i te dary, które z twojej opatrzności spożywać mamy. Przez Chrystusa, Pana naszego. Amen.

Wszyscy mamroczemy pod nosem „amen", po czym rodzice Nicka żegnają się ponownie, a Ruby ich naśladuje. Wykonuje jednak przy tym zbyt wiele ruchów – z rozbawieniem stwierdzam w duchu, że wygląda raczej, jakby robiła znak gwiazdy Dawida niż krzyża.

– No, no... – zaczyna mój tata, którego rytuały religijne krępują równie mocno, co przebywanie w towarzystwie rodziców Nicka. – Wszystko wygląda przepysznie!

Zwraca się z tą pochwałą w stronę Diane, która, rozpromieniona, nakłada sobie komicznie małą porcję ziemniaków, po czym w teatralny sposób dziękuje za sos i podaje go ojcu Nicka.

W tym momencie konwersacja zamiera i ciszę przerywają tylko wypowiadane pod nosem zachwyty nad tym, jakie wszystko jest pyszne i jak wspaniale pachnie, a także dyskusja Franka i Ruby o tym, czego nie chcą na swoich talerzach. Następnie po jakichś dwóch minutach Diane spogląda na mnie zaalarmowana i woła:

– Tess! Wiesz, o czym zapomniałyśmy?

Rozglądam się po stole, wszystko jednak stoi na swoim miejscu. Z zadowoleniem konstatuję, że tym razem nie zapomniałam nawet wyjąć bułek z piekarnika.

– O świecach! – uświadamia mnie Diane. – Musimy mieć świece!

Nick rzuca mi lekko poirytowane spojrzenie, które sprawia, że przez moment czuję między nami silną więź. Jakbyśmy byli w tej samej drużynie, śmiali się z tego samego dowcipu.

– Przyniosę – proponuje.

– Nie. Ja pójdę. – Jestem pewna, że nie ma pojęcia, gdzie trzymamy tego typu akcesoria. Poza tym wiem, co Connie sądzi na temat żon, których mężowie muszą wstawać od stołu w trakcie posiłku, niezależnie od powodu.

Wracam do kuchni, włażę na taboret, sięgam do górnej szafki i wyciągam z niej dwa metalowe świeczniki, w których tkwią ledwo napoczęte świece z ostatnich Walentynek. Następnie otwieram szufladę obok kuchenki w poszukiwaniu zapałek. Nie znajduję ich jednak – co było do przewidzenia, biorąc pod uwagę bałagan, jaki panuje od pewnego czasu w naszym domu. Zamykam oczy, próbując sobie przypomnieć, gdzie ostatnio widziałam pudełko zapałek – podobnie jak agrafki czy spinacze to jedna z tych rzeczy, które leżą porozrzucane wszędzie dookoła zawsze, tylko nie wtedy, kiedy są potrzebne. Przychodzi mi do głowy, że pewnego wieczoru w zeszłym tygodniu zapaliłam świeczki w naszej sypialni. Biegnę na górę, otwieram szufladkę nocnego stolika i znajduję zapałki dokładnie tam, gdzie je zostawiłam. Zdyszana największym od kilku tygodni wysiłkiem fizycznym, siadam na skraju łóżka i przesuwam palcami po pudełku, odczytując zdobiący je różowy napis: „Amanda i Steve: miłość rządzi".

Steve to jeden z bliższych kolegów Nicka z czasów studenckich, który jest teraz dermatologiem i mieszka w Los Angeles, Amanda zaś to modelka, którą poznał w swoim gabinecie, gdy zgłosiła się do niego na depilację laserową. „Miłość rządzi" było głównym hasłem ich hawajskiego ślubu i wesela – wielkiej trzydniowej imprezy, na którą pojechaliśmy z Nickiem, gdy byłam mniej więcej w czwartym miesiącu ciąży z Frankiem. Slogan ten był powypisywany wszędzie – na zaproszeniach, na specjalnie stworzonej stronie internetowej, a także na płóciennych torbach, butelkach z wodą i ręcznikach plażowych, które każde z gości otrzymało w dniu przyjazdu. Ta sama deklaracja widniała również na banerze łopoczącym za samolotem, który przeleciał nad plażą w momencie, gdy państwo młodzi wymieniali przysięgi. Pamiętam, jak Nick spojrzał w górę cyniczno-rozbawionym wzrokiem i osłaniając oczy przed słońcem wyszeptał: „Joł. Miłość rządzi, co nie?".

Uśmiechnęłam się wtedy do niego z lekkim zakłopotaniem, ponieważ przez chwilę cały ten spektakl, który Nick wyraźnie wyśmiewał, naprawdę zrobił na mnie wrażenie. Jednocześnie poczułam dumę z faktu, że nasz ślub nie był ani odrobinę ostentacyjny. Nick zdał się na mnie w planowaniu całej imprezy, poprosił jednak zdecydowanie, by była ona tak kameralna, jak to tylko możliwe. Zgodziłam się z nim, po trosze z powodu wstydu związanego z odwołaniem poprzedniego ślubu i niepotrzebnych kosztów, które ponieśli wówczas goście, po trosze zaś dlatego, iż sama wierzyłam, że w ślubie chodzi o uczucie pomiędzy dwojgiem ludzi, a nie o przedstawienie dla mas. W związku z tym nasza cicha ceremonia zaślubin odbyła się w budynku Nowojorskiej Biblioteki Publicznej, po czym nastąpił elegancki obiad we włoskiej restauracji w Gramercy, w którym uczestniczyła tylko rodzina i najbliżsi przyjaciele. Był to romantyczny, magiczny wieczór i choć od czasu do czasu żałuję, że nie miałam odrobinę bardziej wymyślnej sukienki i że nie zatańczyłam z mężem na własnym weselu, to tak naprawdę jestem zadowolona z tego, w jaki sposób wszystko się odbyło.

Miłość rządzi, myślę teraz, wstając powoli i zbierając siły, by z powrotem zejść na dół. Przypominam sobie o wszystkich rzeczach, za które powinnam być wdzięczna losowi. Już mam wyjść z pokoju, gdy mój wzrok pada na telefon Nicka leżący na jego komodzie i nagle czuję nieodpartą pokusę, by zrobić coś, czego jeszcze nigdy w życiu nie zrobiłam – i wiem, że robić nie powinnam.

Powtarzam sobie, że to niedorzeczne. Nie chcę być paranoiczką, żoną, która śledzi swojego męża, i doprawdy nie mam żadnych powodów do podejrzeń.

Ale wtedy słyszę w głowie cichy głosik, który mówi: żadnych powodów poza tym, że ostatnio jest zamknięty w sobie, że wciąż zostaje dłużej w pracy, że w ogóle nie spędzamy czasu tylko we dwoje. Potrząsam głową, odrzucając wszelkie wątpliwości. Nick może nie jest doskonały, ale nie jest też kłamcą.

Nie zdradziłby mnie.

A jednak cofam się i podchodzę do komody. Coś każe mi wyciągnąć dłoń i dotknąć telefonu. Biorę go do ręki, otwieram ikonkę wiadomości i widzę SMS-a od kogoś z numerem zaczynającym się od 617. To kierunkowy do Bostonu. Na pewno napisał do niego kolega z pracy, myślę. Kolega – nie koleżanka. W szpitalu miała miejsce sytuacja, która nie może czekać do jutra, a w każdym razie tak uważa jakiś inny chirurg, który ma równie silną obsesję na punkcie pracy, jak mój mąż.

Z mieszaniną strachu i poczucia winy otwieram wiadomość. *Ja też o Tobie myślę. Przepraszam za nieodebrany telefon. Będę w domu koło 7, jeśli chcesz spróbować jeszcze raz. A tymczasem wesołego Dnia Dziękczynienia... PS Oczywiście, że Cię nie nienawidzi. Jak ktokolwiek mógłby Cię znienawidzić?*

Wpatruję się w te słowa, starając się odgadnąć, kto mógł je napisać, kto nie nienawidzi mojego męża. Pocieszam się, że musi istnieć jakieś niewinne i logiczne wyjaśnienie. Nawet słów: *Ja też o Tobie myślę*. A mimo to wyobrażam sobie najgorsze możliwe scenariusze. Kręci mi się w głowie, a serce wali mi jak szalone. Jeszcze dwa razy czytam wiadomość. Słyszę przy tym w głowie kobiecy głos, widzę niewyraźny zarys jej twarzy, wygląda jak młodsza wersja Diane. Zamykam oczy, przełykam panikę, która wzbiera mi w gardle, i sama sobie nakazuję przerwać to szaleństwo. Oznaczam wiadomość jako nieprzeczytaną, kładę telefon z powrotem na komodzie i wracam do stołu ze świecznikami i pudełkiem zapałek w rękach.

– Proszę bardzo! – wołam z pogodnym uśmiechem na twarzy, stawiając świece na stole. Zapalam je, jedną po drugiej, starając się opanować drżenie dłoni. Siadam i zabieram się do jedzenia w milczeniu przerywanym tylko kierowanymi do dzieci uwagami na temat zachowania przy stole oraz pojedynczym słowem rzucanym raz na jakiś czas, by Diane i Connie miały o czym paplać. Przez cały czas powtarzam sobie w myślach przeczytaną wiadomość, zerkam ukradkiem na Nicka i zastanawiam się, czy potrafiłabym go znienawidzić.

ROZDZIAŁ 24

Valerie

Valerie i Charlie spędzają Dzień Dziękczynienia u Jasona, z jego chłopakiem Hankiem oraz Rosemary. Choć impreza jest spokojna i kameralna, stanowi pewnego rodzaju kamień milowy, ponieważ spotkanie z Hankiem to pierwszy po wypadku oficjalny kontakt Charliego z osobą spoza rodziny i personelu szpitalnego.

Hank radzi sobie z małym idealnie i zaskarbia sobie coraz większe uczucie Valerie, ilekroć spogląda mu prosto w oczy, normalnie się do niego odzywa, pyta go o maskę, operacje czy fizjoterapię, a także o to, czy cieszy się na powrót do szkoły.

Tymczasem Valerie starannie unika pozostania sam na sam z bratem, ignoruje jego spojrzenia i znaczące uwagi. W końcu wieczorem Jasonowi udaje się przyprzeć ją do muru w kuchni, w czasie gdy pozostali konsumują kolejną porcję placka z dynią.

– Najwyższy czas puścić parę z ust – mówi, zerkając ukradkiem w stronę drzwi, upewniając się, że nikt ich nie usłyszy, nawet matka. Zwłaszcza matka.

– To nie tak jak myślisz – odpowiada Valerie, która wciąż jeszcze nie ochłonęła po SMS-ie przeczytanym w łazience tuż przed kolacją. Była to trzecia już dzisiaj wiadomość od Nicka. Pytał, czy Jason go znienawidził i zapewniał, że o niej myśli. Odpisała, że ona o nim też, choć w jej przypadku należałoby dodać określenie „obsesyjnie". Śniła o nim przez całą noc i rozmyślała przez cały dzień.

– Mam przez to rozumieć, że nie wzięłaś naszego doktorka w obroty?

– Nie – odpowiada Valerie, choć jednocześnie ta wizja sprawia, że miękną jej kolana.

– Czyli on zawsze odwiedza pacjentów w domu? Późno wieczorem? Niezapowiedziany? Pachnący wodą kolońską? – Jason atakuje ją pytaniami jak serią z karabinu.

– Wcale nie pachniał wodą kolońską – odpowiada Valerie odrobinę za szybko – po czym usiłując zatuszować fakt, że w ogóle zwróciła na to uwagę, twierdzi, że nigdy nie ufała pachnącym mężczyznom. – Lion używał wody kolońskiej – dodaje.

– Aha! – woła Jason, jakby właśnie sama dostarczyła mu dowodów. Z jakiego innego powodu porównywałaby Nicka do Liona, jedynego dotychczas mężczyzny, którego naprawdę kochała?

– Co za „aha"? – rzuca Valerie. W tym momencie do kuchni wchodzi Rosemary.

– O czym tam znowu szepczecie? – pyta, otwierając lodówkę.

– O niczym – odpowiadają oboje, zgodnym chórem. Od razu widać, że coś ukrywają.

Rosemary kręci głową. Wyraźnie im nie wierzy, ale chyba nie dba zbytnio o ich sekrety. Za chwilę wraca do salonu z pojemniczkiem bitej śmietany i dużą łyżką.

– Kontynuujcie – rzuca przez ramię.

Po jej wyjściu Jason najwyraźniej postanawia nie owijać więcej w bawełnę.

– Val. Po prostu mi powiedz. Jest coś między wami?

Valerie waha się przez chwilę, ale decyduje, że do tego wszystkiego nie chce jeszcze kłamać.

– Jest – mówi w końcu. – Ale to nic... fizycznego. – Myśli o tym, jak przytulali się z Nickiem wczoraj wieczorem. Była to jedna z najbardziej intymnych chwil w jej życiu. Mimo to stwierdza, że technicznie rzecz biorąc, powiedziała bratu prawdę.

– Zakochujesz się w nim? – pyta Jason.

Valerie uśmiecha się nieśmiało i ten uśmiech mówi jej bratu więcej niż jakiekolwiek słowa.

Jason aż gwiżdże z wrażenia.

– O kurcze. No dobrze... Ale on ma żonę, prawda?

Valerie kiwa głową.

– Są w separacji?

– Nie – Valerie odpowiada na pytania brata tak, jak zawsze radzi to swoim klientom: prostymi zdaniami, nie udzielając żadnych dodatkowych informacji. – Przynajmniej nic o tym nie wiem – dodaje, przez chwilę bawiąc się myślą, że mogłoby tak być.

– I...?

– I nic.

Valerie oczywiście tysiące razy wyobrażała sobie żonę Nicka. Jak wygląda? Jaka jest? Jak im się żyje razem? Czemu Nick się w niej zakochał? I, co ważniejsze, czemu się odkochał? A może to się wcale nie stało. Może jego żona nie ma tu nic do rzeczy, a chodzi tylko o nich dwoje, to, co do siebie czują, o niekontrolowaną siłę, która pcha ich ku sobie. Valerie sama nie wie, który scenariusz bardziej by jej odpowiadał: czy wolałaby, żeby była to reakcja na małżeńskie problemy, czy uczucie, które nagle go opanowało i przerwało jego wygodną egzystencję, dając nadzieję na coś więcej. Coś lepszego. Jedyne, czego jest pewna, to to, że Nickowi nigdy wcześniej nie zdarzył się romans. Mogłaby przysiąc, że on nie jest takim facetem.

Tymczasem postanawia trzymać się faktów.

– Nick ma żonę i dwójkę dzieci… I jest lekarzem Charliego. Mam problem, z którejkolwiek strony by na to spojrzeć – stwierdza krótko.

– No dobra – mówi Jason. – Teraz rozumiem. Myślałem, że może coś mi się wydawało.

– Nie. Nie wydawało ci się. Znakomicie zdaję sobie sprawę, że to nie wygląda dobrze – szepcze Valerie, zrezygnowana. – A tak przy okazji, on też wie, że źle robimy. Ale…

– Ale nie zamierzasz przestać się z nim widywać? – kończy za nią Jason, a Valerie wie, że ma w nim brata, najlepszego przyjaciela i terapeutę w jednym. – Bo nie zamierzasz, prawda?

– Nie – odpowiada Valerie. – Nie potrafię.

ROZDZIAŁ 25

Tessa

Tego wieczoru, wkrótce po tym jak rodzice Nicka pojechali do domu, zaś mój ojciec z Diane udali się do Fifteen Beacon, swojego ulubionego bostońskiego hotelu, w którym zatrzymują się, ilekroć przyjeżdżają do miasta, rozbieram właśnie dzieci i zaganiam je do wanny, kiedy Nick wtyka głowę do łazienki.

– Wyskoczę na chwilę. Niedługo wrócę – mówi.

– Dokąd? – pytam. Ze ściśniętym sercem spoglądam na zegarek. Już prawie siódma.

– Po cherry coke.

Nick zawsze powtarza, że cherry coke jest najlepszym lekarstwem na ból głowy, lepszym nawet niż tylenol, a na tę właśnie dolegliwość skarżył się dziś wieczór. Może rzeczywiście boli go głowa. Naprawdę mam taką nadzieję, rozpaczliwie pragnę, żeby przeżywał najgorszą migrenę swojego życia.

– Kupić ci coś?

– Nie, dzięki – odpowiadam, marszcząc brwi. Sprawdzam temperaturę wody i dodaję płyn do kąpieli. Na powierzchni rośnie góra piany, Ruby włazi do wanny, a ja wkładam do środka wijącego się, chichoczącego Franka. Siadam na stołeczku i patrzę, jak moje dzieci bawią się w wannie, podziwiam ich idealne różowe ciałka – wystające brzuszki, małe, okrągłe pupki, chude ręce i nogi – jak u postaci z dziecięcego rysunku. Nick wychodzi z łazienki, ale ja nie odwracam wzroku od Ruby i Franka, powtarzając sobie, że przecież nigdy by ich nie skrzywdził, nigdy nie zaryzykowałby szczęścia naszej rodziny.

Jednak w chwili, gdy słyszę otwierające się drzwi garażu, biegnę do sypialni i z ciężkim sercem znajduję potwierdzenie swoich podejrzeń: telefon Nicka zniknął z komody. Mówię sobie, że to przecież normalne, że zabrał ze sobą telefon, nawet jeśli wyszedł tylko na chwilę, a jednak nie mogę przestać sobie wyobrażać mojego męża siedzącego w samochodzie i dzwoniącego do innej kobiety.

*

– Wydaje mi się, że Nick ma romans – mówię do Cate następnego dnia, gdy w końcu po czterech próbach udaje mi się do niej dodzwonić. Siedzę na podłodze, a wokół mnie leżą trzy sterty brudnych ubrań. Byłoby ich pięć, gdybym przejmowała się maksymalną pojemnością mojej pralki. – A jeśli jeszcze nie ma, to planuje mieć.

Gdy tylko wymawiam te słowa, czuję ogromną ulgę. Jakby to, że stawiłam czoła strachowi, wypowiadając na głos swoje podejrzenia, sprawiło, że stały się mniej prawdopodobne.

– Niemożliwe – mówi Cate. Wiedziałam, że tak zareaguje. Prawdopodobnie to właśnie dlatego do niej zadzwoniłam. Podświadomie wybrałam ją spośród innych kandydatów: Rachel, mojego brata, April albo matki. Czułam bowiem, że Rachel i Dex za bardzo by się martwili, April mogłaby pozbawić mnie pewności siebie, a matka byłaby cyniczna. – Czemu tak myślisz?

Opowiadam jej o wszystkim: pracy do późna, SMS-ie oraz wczorajszej wyprawie po cherry coke, która trwała trzydzieści osiem minut.

– Daj spokój, Tess. To jakieś wariactwo. Może chciał po prostu na parę minut wyjść z domu. Ukraść chwilę dla siebie, zamiast kłaść dzieci spać. To nie znaczy od razu, że ma romans.

– A co z tym SMS-em? Ktoś napisał, że o nim myśli...

– I co z tego? To nie znaczy, że ten ktoś chciałby go rozebrać!

– No to kto mógł do niego napisać? – pytam, uświadamiając sobie, że to, co jest dla mnie największym źródłem wahania: fakt, że Nick ma tak niewiele bliskich osób i rzadko nawiązuje nowe znajomości, jednocześnie stanowi pewien rodzaj pocieszenia.

– Ktokolwiek. Ktoś z pracy, kto właśnie się rozwodzi i samotnie spędzał święta. Stary przyjaciel, kuzynka... Matka albo ojciec pacjenta. Były pacjent... Nieważne, chodzi o to, że Nick nie jest typem faceta, który byłby zdolny do zdrady.

– Moja matka mawia, że wszyscy faceci są do tego zdolni.

– Nie wierzę w to. I ty też nie.

– Ostatnio sama już nie wiem, w co mam wierzyć.

– Tess. Po prostu masz lekką depresję. Jesteś chwilowo w dołku. Wiesz co? Może byś tak wpadła do mnie w przyszły weekend? Od razu poprawi ci się humor. Nie ma problemu, którego nie rozwiązałby dziewczyński wypad...

– Świetnie. Wyjadę, a Nick będzie miał czas na romansowanie. – Niby żartuję, ale nie do końca.

– Będzie miał czas, żeby się za tobą stęsknić. A ty, żeby sobie przypomnieć, że masz cudownego męża. Cudowne małżeństwo i cudowne życie.

– Niech będzie – zgadzam się bez przekonania, ale pełna nadziei. – Przyjadę w piątek, późnym popołudniem.

– Super. Wyjdziemy na miasto. Popatrzysz sobie, jak podrywam facetów w barach... Przekonasz się, jak fajnie, że nie musisz tego robić. Jak masz dobrze ze swoim wiernym mężem.

– A do tego czasu? Jaką powinnam obrać strategię?

– Strategię? – powtarza Cate, podniecona; obmyślanie strategii to jej specjalność. – Cóż, po pierwsze nie grzeb więcej w jego rzeczach. Sama to przerabiałam... to się nigdy nie kończy dobrze.

– W porządku – mówię, wciskając telefon między ucho a ramię i ładując porcję ciemnych rzeczy do pralki. Czerwone kraciaste bokserki Nicka spadają na podłogę. Podnoszę je, powtarzając sobie, że nikt oprócz mnie nie ogląda jego bielizny. – A poza tym?

– Ćwicz. Medytuj. Zdrowo się odżywiaj. Wysypiaj się. Rozjaśnij pasemka. Kup nowe buty – mówi Cate takim tonem, jakby czytała z listy przykazań „Jak być szczęśliwą". – A przede wszystkim nie dokuczaj Nickowi. Nie zrzędź. Nie wpędzaj go w poczucie winy. Po prostu... bądź dla niego miła.

– Mam być miła, żeby go nie prowokować do zdrady?

– Nie. Masz być miła, ponieważ wierzysz, że cię nie zdradza.

Uśmiecham się i jest to mój pierwszy prawdziwy uśmiech od wielu dni. Cieszę się, że zwierzyłam się Cate i że wkrótce ją zobaczę. Cieszę się, że wyszłam za człowieka, który zapracował sobie na zaufanie mojej najlepszej przyjaciółki.

ROZDZIAŁ 26

Valerie

Wieczorem w przeddzień powrotu Charliego do szkoły Nick wpada na chwilę, żeby życzyć mu powodzenia, w końcu jednak zostaje na kolacji. Oświadcza, że jest wielkim miłośnikiem hamburgerów, po czym zabiera się do ich przyrządzania na elektrycznym grillu. Chociaż on i Valerie od ostatniego spotkania kilka razy rozmawiali przez telefon i wymienili dziesiątki SMS-ów, to widzą się po raz pierwszy od Dnia Dziękczynienia i Valerie trzęsą się nogi, kiedy tak stoi obok niego. Chociaż dzięki temu zapomina przynajmniej o zdenerwowaniu tym, co ma się nazajutrz wydarzyć.

Obserwuje synka. Charlie bawi się przy kuchennym stole swoimi figurkami z *Gwiezdnych wojen*, zadając jednocześnie Nickowi pytania o maskę, która leży obok na blacie.

– Muszę ją nosić? – pyta. – W szkole?

– Tak – odpowiada Nick. – Szczególnie na WF-ie i na przerwach… Od czasu do czasu możesz ją zdejmować, jeśli będzie ci przeszkadzać, jeśli się spocisz albo gdyby swędziało, ale powinieneś jak najdłużej mieć ją na twarzy.

Charlie marszczy brwi, jakby zastanawiał się nad tymi słowami, po czym pyta:

– Myślisz, że lepiej wyglądam w masce czy bez?

Valerie i Nick wymieniają zaniepokojone spojrzenia.

– Tak i tak wyglądasz świetnie – mówi Valerie.

– Jasne – przytakuje jej Nick. – Skóra wspaniale się goi... Ale maska jest naprawdę odlotowa.

Charlie się uśmiecha. Nick kładzie hamburgery na trzech bułkach, co sprawia, że Valerie zalewa nagła fala radości.

– Pewnie, że tak – mówi. – Możesz powiedzieć kolegom, że jesteś szturmowcem Imperium.

Nick kiwa głową.

– I że znasz osobiście Dartha Vadera!

– Naprawdę mogę? – Charlie spogląda na matkę wyczekująco.

– Naprawdę – odpowiada Valerie stanowczo i myśli, że dziś jest gotowa pozwolić Charliemu na wszystko, że oboje zasłużyli na to, by robić, co im się żywnie podoba. W głębi duszy wie jednak, że to tak nie działa. Że nieszczęście nie daje nikomu prawa, by przestał przejmować się innymi i nie przestrzegał zasad, żeby kłamał lub nie mówił całej prawdy.

Zaprzątnięta tymi myślami, Valerie stawia na stole dwa talerze. Nick dołącza z trzecim, tuż za nim idzie Charlie. Cała trójka siada przy małym, okrągłym kuchennym stole, z blatem pokrytym rysami i śladami niezmywalnego markera, którego Charlie używał do swych prac plastycznych – co kontrastuje z eleganckimi błękitno-żółtymi lnianymi serwetkami i podkładkami pod talerze, prezentem od Jasona z Prowansji, gdzie zeszłego lata spędzał wakacje ze swoim poprzednim chłopakiem, z którym był, zanim poznał Hanka.

– Naprawdę cieszymy się, że jesteś – szepcze Valerie do Nicka. To jej wersja modlitwy. Spuszcza wzrok na serwetkę na kolanach, podczas gdy Charlie wygłasza bardziej prawidłowe błogosławieństwo, żegnając się przedtem i potem, tak jak nauczyła go babcia.

Nick robi to samo, po czym stwierdza:

– Czuję się jak u swojej matki.

– To dobrze czy źle? – pyta Valerie.

– Dobrze, dobrze. Tylko że ty w ogóle nie wyglądasz jak ona...

Uśmiechają się oboje. Już za chwilę rozmowa schodzi na rozmaite lekkie tematy. Wszyscy troje zajadają hamburgery, frytki i fasolkę szparagową. Dyskutują o zapowiadanych w połowie tygodnia dużych opadach śniegu. O tym, że zbliża się Boże Narodzenie. O tym, że Charlie bardzo chce szczeniaka, a Valerie powoli skłania się ku temu, by się zgodzić. Przez cały ten czas Valerie robi, co może, żeby nie myśleć o dwójce innych dzieci, które jedzą właśnie kolację w domu, z matką.

Po jedzeniu razem sprzątają ze stołu, ze śmiechem opłukują naczynia i ładują je do zmywarki, aż w końcu Nick oświadcza, że musi już iść. Valerie patrzy, jak klęka koło Charliego i wręcza mu prezent – złotą monetę na szczęście. Przychodzi jej na myśl, że to nawet lepsze niż kontynuowanie tego, co zaczęli trzy wieczory temu. Uwielbia spędzać z Nickiem czas sam na sam, ale jeszcze bardziej lubi widzieć go z Charliem.

– Należała do mnie, kiedy byłem mały – mówi Nick. – A teraz chciałbym, żeby była twoja.

Charlie uroczyście kiwa głową i przyjmuje prezent. Buzia mu promienieje i w oczach Valerie jej syn wygląda piękniej niż kiedykolwiek.

Valerie już ma go upomnieć, żeby podziękował, tak jak zawsze, gdy ktoś daje mu prezent. Tym razem jednak milczy. Nie chce przerywać tej magicznej chwili, pewna, że uśmiech Charliego znaczy więcej niż jakiekolwiek słowa.

– Jeśli będzie ci kiedyś smutno, po prostu włóż rękę do kieszeni i dotknij monety – mówi Nick, po czym do drugiej ręki chłopca wciska małą karteczkę. – I naucz się tego numeru. Jeśli będziesz chciał do mnie zadzwonić, niezależnie od pory i powodu, po prostu to zrób.

Charlie kiwa głową z powagą i powtarza numer ściszonym głosem, a tymczasem Valerie odprowadza Nicka do drzwi.

– Dziękuję – mówi, trzymając rękę na klamce.

Jest mu wdzięczna za hamburgery, za monetę, za numer na karteczce w dłoni synka. Ale przede wszystkim za to, że pomógł im dotrwać do dzisiejszego wieczoru.

Nick kręci głową, jakby chciał jej powiedzieć, że zrobił to wszystko, bo sam chciał i ona nie jest mu nic winna. Zerka na Charliego, a gdy okazuje się, że mały na nich nie patrzy, ujmuje jej twarz w dłonie i lekko całuje ją w usta. Nie tak wyobrażała sobie ich pierwszy pocałunek – a już wiele razy myślała o tej chwili – jest bardziej delikatny niż namiętny, ale i tak uginają się pod nią nogi, a po kręgosłupie przechodzą jej dreszcze.

– Powodzenia jutro – szepcze Nick.

Valerie uśmiecha się i pierwszy raz od długiego czasu naprawdę czuje się szczęściarą.

*

Następnego ranka wstaje przed świtem. Bierze prysznic i idzie do kuchni, gdzie zabiera się do przyrządzania francuskich tostów z okazji pierwszego dnia szkoły Charliego, a także swojego oficjalnego powrotu do pracy. Rozkłada na blacie składniki – cztery kromki chałki, jajka, mleko, cynamon, cukier puder i syrop. Nawet świeże truskawki. Bierze miseczkę, trzepaczkę i puszkę oleju do smażenia w sprayu. Jest jednocześnie zdenerwowana i dziwnie spokojna. Tak samo zawsze czuje się przed dużą sprawą w sądzie, kiedy wie, że się przygotowała, martwi się jednak tymi szczegółami, na które nie ma wpływu.

Ciaśniej zawiązuje pasek swojego białego szlafroka z polaru i podkręca termostat, żeby Charliemu było ciepło, kiedy zejdzie na śniadanie. Chce, żeby tego ranka wszystko było tak, jak trzeba. Potem wraca do kuchenki, miesza składniki za pomocą trzepaczki i spryskuje patelnię olejem. Przez cały ten czas wyświetlają jej się w głowie niepokojące obrazy: widzi, jak Charlie spada z drabinki na placu zabaw i uszkadza sobie nową skórę, jak dzieci wyśmiewają jego maskę – albo, co gorsza, dokuczają mu, gdy ją zdejmuje.

Valerie zamyka oczy i powtarza sobie to, o czym Nick zapewniał ją od dawna – że wszystko będzie dobrze. Że zrobiła wszystko, co mogła, by przygotować synka na ten dzień. Zadzwoniła nawet do dyrektora szkoły, szkolnego pedagoga oraz wychowawczyni Charliego, informując ich, że mały wraca, że odprowadzi go do klasy, i instruując, by dali jej znać, gdyby pojawił się choćby najmniejszy problem jakiejkolwiek natury.

– Francuskie tosty! – Valerie słyszy za plecami głos Charliego. Zaskoczona, że sam się obudził, choć zazwyczaj musi siłą zwlekać go z łóżka, odwraca się i widzi synka, bosego i w piżamie, z maską w jednej dłoni i złotą monetą w drugiej. Mały się uśmiecha. Valerie odwzajemnia uśmiech, modląc się, by przez resztę dnia pozostał w dobrym nastroju. Na szczęście Charlie nie traci humoru podczas wszystkich porannych rytuałów – jedzenia, ubierania się, mycia zębów i czesania – ani potem, gdy Valerie wiezie go do szkoły. Słuchają relaksacyjnej muzyki z płyty, którą Nick nagrał dla Charliego w zeszłym tygodniu. Gdy zatrzymują się na szkolnym parkingu, chłopiec szybko i bez słowa zakłada maskę, a Valerie zastanawia się, czy się odezwać. Powinna powiedzieć mu coś ważnego albo przynajmniej jakoś go pocieszyć. W końcu jednak postanawia zachowywać się tak jak on – udawać, że ten dzień nie różni się niczym od innych. Otwiera przed nim drzwi i powstrzymuje się przed tym, żeby odpiąć mu pas albo wziąć za rękę.

Gdy wchodzą do szkoły głównym wejściem, grupka starszych dzieci – prawdopodobnie czwarto- lub piątoklasistów – zaczyna gapić się jej syna. Ładna dziewczynka z blond warkoczami odchrząkuje, po czym mówi:

– Cześć, Charlie – zupełnie jakby nie tylko wiedziała, kim on jest, ale i znała każdy szczegół jego historii.

Charlie odpowiada na powitanie ledwo słyszalnym szeptem, przysuwa się bliżej do Valerie i bierze ją za rękę. Valerie natychmiast sztywnieje ze zdenerwowania, ale spogląda na synka i widzi, że on się uśmiecha. Wszystko u niego w porządku. Jest odważniejszy niż ona.

Kilka minut – i kilka powitań – później wchodzą do klasy. Wokół Charliego natychmiast zbiera się kilkoro nauczycieli oraz grupka koleżanek i kolegów. Wszyscy są pełni entuzjazmu i sympatii. Tylko jedna osoba nie bierze udziału w powitaniu. Grayson stoi w kącie sali, obok klatki z chomikiem, z miną, której Valerie nie potrafi do końca rozszyfrować. To mina dziecka, które podsłuchało zbyt dużo rozmów dorosłych.

Valerie zwleka z odejściem tak długo, jak może, raz po raz zerkając w stronę Graysona, aż w końcu Martha, wychowawczyni Charliego, miła kobieta pełna babcinego ciepła, gasi światło, co jest sygnałem, żeby dzieci zebrały się na macie. Valerie waha się jeszcze przez chwilę, po czym pochyla się i całuje synka, szepcząc mu do ucha:

– Bądź miły dla Graysona.

– Dlaczego? – Charlie mruga oczami, zdezorientowany.

– Bo to przecież twój dobry kolega – odpowiada po prostu Valerie.

– Wciąż jesteś zła na jego mamę?

Valerie spogląda na synka, nagle wstrząśnięta i zawstydzona, zastanawiając się, jak mógł dojść do takiego wniosku, ile rozmów on przypadkiem podsłuchał i nad czym jeszcze musiał się zastanawiać przez ostatnie kilka tygodni, a z czego ona nie zdawała sobie sprawy.

– Nie. Nie jestem zła na jego mamę – kłamie w końcu. – I naprawdę, naprawdę lubię Graysona.

Charlie wyciąga rękę i delikatnie poprawia maskę, zastanawiając się nad słowami matki i kiwając głową.

– No dobrze, kochanie – mówi Valerie. Czuje ucisk w gardle, tak jak pierwszego dnia, kiedy zostawiała go w szkole, tyle że z zupełnie innych powodów. – Pamiętaj, uwa...

– Będę uważał, mamusiu – przerywa jej Charlie. – Nie martw się... Poradzę sobie.

A potem odwraca się i odchodzi w stronę maty, siada po turecku, z wyprostowanymi plecami i rękami na kolanie, zdrową dłonią przykrywając tę uszkodzoną.

ROZDZIAŁ 27

Tessa

Sama nie wiem, czemu mówię Nickowi o planowanym wyjeździe do Nowego Jorku dopiero we wtorek. A także dlaczego, gdy w końcu to robię, czuję dziwne zdenerwowanie i nie potrafię spojrzeć mu w oczy. Zamiast tego udaję, że zajmuje mnie otwieranie koperty z rachunkiem z American Express, który właśnie przyszedł pocztą. To smutne, jeśli ktoś przedkłada wyciąg z karty kredytowej ponad widok twarzy własnego męża, myślę, po czym rzucam, tak swobodnie jak to tylko możliwe:

– Postanowiłam wyjechać na weekend do Nowego Jorku.

– W ten weekend? – pyta Nick ze zdumieniem.

– Tak – odpowiadam, przesuwając wzrokiem po kolejnych sumach, po raz nie wiadomo który zaskoczona tym, jak szybko tworzą potężny rachunek, nawet jeśli naprawdę staram się nie szastać pieniędzmi.

– Czyli chcesz jechać w najbliższy piątek?

– Tak jest. – Spoglądam na niego z ukosa. Jego zdziwienie sprawia mi pewną satysfakcję. Przynajmniej raz w życiu to

ja go zaskoczyłam, to ja przedstawiłam mu swoje niespodzie-
wane plany.

– Super. Dzięki, że mnie tak wcześnie uprzedzasz – mówi,
niby żartobliwym, ale i lekko sarkastycznym tonem.

Obruszam się. Dociera do mnie tylko sarkazm, jego uśmiech
wydaje mi się bez znaczenia. Przychodzi mi do głowy, ile razy
to on mnie o czymś nie uprzedził, nagle samozwańczo zmieniał nasze plany albo w ogóle z nich rezygnował, na przykład
wychodząc w środku kolacji lub zostawiając mnie samą na
weekend. Ale przypomina mi się rada Cate i powstrzymuję
się od cierpkich uwag. Zamiast tego przybieram ugodowy ton
przykładnej żony:

– Wiem, że mówię ci o tym znienacka... ale naprawdę
potrzebuję wyrwać się na trochę z domu. Nie masz chyba
dyżuru, prawda?

Nick kręci głową. Spogląda mi w oczy. I moje, i jego spojrzenie jest pełne sceptycyzmu. Nagle uświadamiam sobie, że
Nick po raz pierwszy zostanie sam z dziećmi na noc. To się
nigdy wcześniej nie zdarzyło.

– Czyli nie masz nic przeciwko?

– Jasne, że nie – odpowiada niechętnie.

– Świetnie – mówię pogodnym tonem. – Dzięki za zrozumienie.

Nick kiwa głową, po czym pyta:

– Zatrzymasz się u Cate?... Czy u Deksa i Rachel?

– U Cate – odpowiadam, zadowolona, że mnie o to zapytał,
bo dzięki temu mogę powiedzieć: – Na pewno zobaczę się
z moim bratem i Rachel. Ale tak naprawdę mam ochotę po
prostu wyjść na miasto, napić się... Oderwać się od codzien-
ności, a w tym Cate jest najlepsza.

Czytaj: mam ochotę wrócić do czasów, gdy nie byliśmy
małżeństwem, gdy w moim towarzystwie nie mogłeś utrzymać
rąk przy sobie, chcę znów poczuć się dziewczyną, do której tak
się śpieszyłeś każdego wieczoru po wyjściu ze szpitala.

Nick kiwa głową i bierze do ręki wyciąg z karty. Natychmiast robi wielkie oczy, jak zawsze, gdy przegląda rachunki.

– Cholera – mówi, kręcąc głową. – Lepiej nie łaźcie po sklepach...

– Za późno – oświadczam prowokującym tonem, wskazując na stojącą w przedpokoju firmową torbę ze sklepu Saks. – Mamy zamiar iść na imprezę, potrzebowałam nowych butów...

Nick przewraca oczami.

– Ach, rozumiem. Czyli żadna z trzydziestu par, które już masz, nie nadaje się na babskie wyjście?

Ja również przewracam oczami. Czuję, że mój uśmiech robi się szerszy, aż sztywnieją mi policzki. Przychodzi mi na myśl szafa Cate. Albo April. Nawet Rachel, którą wprawdzie ograniczają standardy narzucone żonom bankierów z Manhattanu, a mimo to jej garderoba jest bogatsza od mojej. Uderza mnie kontrast między ich rzędami eleganckich butów od najlepszych projektantów – wysadzanych brylancikami, satynowych bądź z eleganckiej czarnej skóry, na niewyobrażalnie wysokich obcasach – a moją skromną kolekcją.

– Nie masz pojęcia, co to znaczy mieć dużo butów – mówię, lekko wyzywającym tonem. – Poważnie, moja garderoba jest naprawdę uboga.

– Uboga!? Naprawdę? – Nick unosi brwi, spoglądając na mnie krytycznie.

– No, może nie w porównaniu z szafą somalijskiej wieśniaczki... Ale w porównaniu z całą resztą... – zataczam ramieniem krąg, dając mu w ten sposób do zrozumienia, że mam na myśli towarzystwo zamieszkujące naszą okolicę. – Zdecydowanie nie można o mnie powiedzieć, że jestem maniaczką zakupów... Wiesz co, Nick, naprawdę powinieneś się cieszyć, że to ze mną się ożeniłeś. Z inną nie dałbyś rady.

Wstrzymuję oddech, czekając, aż zmięknie, uśmiechnie się szczerze, dotknie mnie i powie coś w stylu: „Oczywiście, że się cieszę, że się z tobą ożeniłem".

On jednak tylko przenosi wzrok z rachunku na katalog sklepu Barneys* (w którym, nawiasem mówiąc, nigdy nic nie kupiłam) i pyta:

– Myślisz, że już za późno, żeby wziąć opiekunkę? Na weekend? Ja też chętnie wyskoczyłbym na parę piw...

– Z kim? – pytam, po czym natychmiast tego żałuję i staram się zrekompensować swój podejrzliwy ton pogodnym uśmiechem.

Chyba zadziałało, chociaż Nick wciąż się waha, przez co czuję, jakby mi ktoś wbił nóż w serce. Patrzę na niego i wiem, że jeszcze nieraz będę wracać myślami do tej chwili ciszy i pustego wyrazu jego twarzy. A także momentu, kiedy wydukał:

– A, jeszcze... jeszcze nie wiem... Może sam...

Nick cichnie, a ja rzucam nerwowo, by wypełnić niezręczną ciszę:

– Zadzwonię do Carolyn, zapytam, czy będzie wolna. – Jednocześnie myślę: „Tylko ułatwiasz mu sprawę".

Potem odwracam się na pięcie i zabieram moje nowe buty na górę. Dochodzę do wniosku, że jeśli mój mąż naprawdę jest bliski tego, by mnie zdradzić, to przynajmniej niezbyt dobrze potrafi się z tym kryć.

*

W czwartek rano April przekonuje mnie, żebym zastąpiła jej partnerkę do debla, którą zmogła grypa żołądkowa, w meczu przeciwko Romy i jej partnerce Mary Catherine – znanej w kręgach tenisowych jako MC. Problem w tym, że wszystkie trzy traktują swoje rozgrywki bardzo serio i jestem pewna, że moje umiejętności rodem z licealnej drużyny tenisowej to nic w porównaniu z ich dziesięcioma godzinami ćwiczeń

---

* Barneys – ekskluzywny amerykański dom towarowy.

tygodniowo. Jeszcze bardziej utwierdzam się w tym przekonaniu, widząc Romy i MC, które dumnie wkraczają na kryty kort w centrum sportowym Dedham Golf & Polo, z poważnymi minami, w pełnym makijażu i w idealnie dopasowanych do siebie strojach (mają nawet takie same frotki na nadgarstkach i adidasy) – tyle że Romy nosi się na bladoniebiesko, zaś strój MC jest lawendowy.

– Witam panie – odzywa się MC swoim zachrypniętym głosem. Zaczyna wymachiwać ramionami i prężyć bicepsy godne pływaczki olimpijskiej.

– Przepraszamy za spóźnienie – mówi Romy. Związuje blond włosy w krótki kucyk i zaczyna rozciągać stawy skokowe. – Miałam koszmarny poranek. Grayson znowu wpadł w histerię w drodze do szkoły, moja dekoratorka zjawiła się pół godziny spóźniona i w dodatku z naprawdę wstrętnymi próbkami materiałów, a potem wylałam całą buteleczkę zmywacza do paznokci na nasz nowiutki dywanik w łazience. Wiedziałam, że nie powinnam robić manikiuru!

– Skarbie, to brzmi okropnie – mówi April tonem, który zawsze przybiera, gdy Romy jest w pobliżu. Zupełnie jakby chciała się przed nią popisać, zyskać jej aprobatę, co wydaje mi się dziwne, ponieważ April jest mądrzejsza i bardziej interesująca od swojej koleżanki.

– Tesso? April mówi, że świetnie grasz. – MC przechodzi do rzeczy. Jest powszechnie szanowana i wiedzie prym w swojej drużynie tenisowej. Wygląda na to, że ma wolne miejsce i szuka kogoś, kto chciałby pograć w wiosennych rozgrywkach. Innymi słowy, najwyraźniej biorę dziś udział w eliminacjach. – Grałaś w college'u?

– Nie! – wołam, zbulwersowana wizją siebie zajmującej się na studiach grą w tenisa.

– Przecież grałaś – mówi April, przesuwając palcami po swojej świeżo naciągniętej rakiecie, po czym otwiera pojemnik z piłkami.

– Wcale nie! Grałam w liceum. Od tamtego czasu nie dotknęłam rakiety aż do zeszłego roku, kiedy zrezygnowałam z pracy – prostuję. Nie chcę, żeby miały zbyt wysokie oczekiwania. Mimo to, ku mojemu zaskoczeniu, udziela mi się duch rywalizacji, jakiego nie czułam już od bardzo dawna. Chcę być dzisiaj dobra. Muszę być dobra. Albo przynajmniej nie najgorsza.

Przez następne kilka minut gawędzimy o niczym i rozgrzewamy się, odbijając piłki. Powtarzam sobie w głowie słowa instruktora, które usłyszałam na jednej z moich ostatnich lekcji: grunt to cały czas być w ruchu, mocno trzymać rakietę i returnować drugi serwis przy siatce. Ale gdy tylko zaczynamy mecz, cała wiedza umyka mi z głowy i przez moją nieumiejętność odbierania serwisów oraz zdobywania punktów bezpośrednio po serwisie już wkrótce ja i April mamy za sobą przegranego pierwszego seta, a w drugim jest trzy–zero.

– Przepraszam – mamroczę po wyjątkowo żenującym returnie, kiedy wpakowałam łatwiutką do odbicia piłkę w sam środek siatki. Mówię to głównie do April, ale w pewnym sensie również do Romy i MC, ponieważ wiem, że grając w ten sposób, nie pomagam im doskonalić umiejętności.

– Nie przejmuj się! – krzyczy Romy, prawie w ogóle niezdyszana i wciąż z perfekcyjnym makijażem. – Dobrze ci idzie! – Jej ton jest jednocześnie pobłażliwy i pokrzepiający.

Ja tymczasem, dysząc ciężko, ocieram twarz ręcznikiem, upijam wodę z butelki i wracam na kort pełna świeżej determinacji.

Na szczęście od tego momentu moja gra odrobinę się poprawia, udaje mi się nawet zdobyć kilka punktów. Mimo tego w ciągu kolejnych trzydziestu minut dochodzimy do meczbolu, który MC ogłasza, jakby mówiła do mikrofonu na korcie centralnym Wimbledonu.

Nagle ogarnia mnie zdenerwowanie, zupełnie jakby od następnego punktu w jakiś sposób miało zależeć moje życie.

Ściskam rakietę, stając w gotowości, i patrzę, jak MC ustawia się za linią końcową, trzy razy odbija piłkę od ziemi i mierzy mnie wzrokiem od góry do dołu. Być może ocenia jedynie przeciwnika przed zagraniem, mnie jednak wydaje się to dość oczywistą próbą odebrania mi pewności siebie.

– Zaserwujesz wreszcie? – słyszę mamrotanie April. W tym momencie MC podrzuca piłkę, bierze zamach i serwuje ze świstem powietrza, wydając z siebie głośne stęknięcie godne Moniki Seles.

Piłka przemyka nad siatką i leci w bok, poza linią singlową. Zauważam to w porę, całym ciałem rzucam się w prawo, przybierając tenisową wersję znanej mi z jogi „pozycji wojownika III", maksymalnie wyciągam ramię w bok i wykonuję ruch nadgarstkiem. Rama mojej rakiety ledwo dotyka piłki, a jednak udaje mi się odbić ją głębokim, wysokim forehandem. Z zadowoleniem obserwuję, jak piłka lobem leci w stronę Romy, która wrzeszczy: „Moja! Moja!" (nie wolno o tym zapomnieć, gdy gra się w parze z MC).

Romy posyła piłkę smeczem w środek kortu.

– Ty! – woła April. Ponownie rzucam się w stronę piłki, tym razem odbijając niezgrabnym backhandem, jednak jakimś cudem udaje mi się przebić ją za siatkę.

MC wysokim wolejem z forehandu odbija do April, która odbiera topspinem z prawej strony. Serce mi podskakuje, gdy Romy półwolejem przebija piłkę do mnie. Jakimś cudem udaje mi się jednak odesłać ją lobem daleko w pole serwisowe MC.

I tak dalej, i tak dalej, aż następuje dramatyczna wymiana wolejów tuż przy siatce, która kończy się, gdy MC mocno ścina piłkę tuż obok moich stóp.

– Gem, set, mecz! – woła radośnie.

Zmuszam się do uśmiechu. Wszystkie schodzimy za boczną linię, pijemy wodę i rozmawiamy o ostatniej piłce – a właściwie to MC nie przestaje o niej gadać. W pewnym momencie zwraca się do mnie i wspomina, że szukają kogoś do drużyny.

– Byłabyś zainteresowana? – pyta, a April uśmiecha się od ucha do ucha, dumna, że udało jej się wykonać zadanie, które przed sobą postawiła: zmienić mnie w jedną ze ślicznotek z Wellesley.

– Owszem – odpowiadam, myśląc, że mogłabym przywyknąć do takiego życia. To samo przychodzi mi do głowy później, kiedy, wykąpane, spotykamy się na lunchu w bufecie. Popijamy proteinowe koktajle i trajkoczemy, jak to dziewczyny. O butach, biżuterii, botoksie i operacjach plastycznych, diecie i ćwiczeniach (albo ich braku), nianiach, opiekunkach do dzieci i gosposiach. Mimo że to płytka i bezmyślna pogawędka, cieszę się każdą jej minutą. To dla mnie cudowna ucieczka od rzeczywistości, czuję się podobnie jak wtedy, gdy otwieram kolorowe pismo. Poza tym nieśmiało przyznaję sama przed sobą, że sprawia mi przyjemność poczucie przynależności do ich elitarnej kliki. Przychodzi mi do głowy, że tak naprawdę nie należałam do żadnej koleżeńskiej grupy od czasów, gdy wraz z Cate dołączyłyśmy w college'u do korporacji studentek – być może dlatego, że ogólnie preferuję przyjaźnie jeden na jeden, ale chyba głównie z powodu bycia żoną i matką. Poza tym uświadamiam sobie, że Nick wydrwiłby mnie, gdyby usłyszał choćby skróconą wersję naszej rozmowy – co z kolei sprawia, że ogarnia mnie gniew.

Być może właśnie dlatego nie oburzam się, kiedy Romy porusza w końcu temat Charliego.

– Charlie Anderson wrócił w tym tygodniu do szkoły – zagaja ostrożnie, popijając koktajl z mango.

– To wspaniale! – woła April nienaturalnie wysokim głosem.

Reaguję podobnie, mamrocząc coś niezobowiązującego, lecz życzliwego, dając w ten sposób Romy zielone światło, by kontynuowała.

– No tak, świetnie – mówi, wzdychając ciężko.

– Powiedz im o Graysonie – ponagla ją MC.

Romy udaje, że się przed tym wzdraga. Kręci głową i spuszcza wzrok.

– Nie chcę stawiać Tessy w niezręcznej sytuacji.

– Nie przejmuj się – mówię, tym razem szczerze. – Cokolwiek powiesz, zachowam to dla siebie.

Romy rzuca mi nieśmiały, pełen wdzięczności uśmiech.

– Grayson nie ma ostatnio łatwo w szkole. Wciąż cierpi na nerwicę pourazową i wydaje mi się, że widok Charliego sprawił, że wróciło do niego wiele złych wspomnień.

– Musi mu być ciężko – mówię z autentycznym współczuciem.

– A do tego wszystkiego – ciągnie Romy – Charlie nie jest dla niego zbyt miły.

– Naprawdę? – pytam, zaskoczona. Wciąż nie do końca wierzę Romy w tej kwestii.

– No, może nie jest dla niego niemiły *per se*. Po prostu go... ignoruje. Nie są takimi dobrymi kolegami, jak kiedyś...

Kiwam głową, myśląc o koleżankach Ruby z przedszkola, o tym, że już wśród czterolatek zaczynają panować stosunki rodem z filmu *Wredne dziewczyny*, a ranking popularności zmienia się z tygodnia na tydzień. Jak dotąd Ruby udaje się pozostawać gdzieś pośrodku – nie jest ani ofiarą, ani drapieżnikiem. Tak samo było zawsze ze mną i mam nadzieję, że uda jej się utrzymać neutralną pozycję.

– Może po prostu jest nieśmiały? – mówię. – Albo się wstydzi?

– Może – odpowiada Romy. – Nosi maskę, ale to na pewno wiesz.

Kręcę głową.

– Nie wiem. Nick i ja naprawdę o tym nie rozmawialiśmy.

– Cóż, w każdym razie – ciągnie Romy – uważam, że powrót Charliego do szkoły niekorzystnie podziałał na Graysona... Chyba nawet ma poczucie winy, w końcu wszystko się wydarzyło na jego przyjęciu.

– Nie powinien czuć się winny – orzekam z przekonaniem.

– Ty zresztą też nie – mówi April do Romy.

Kiwam głową, choć nie jestem pewna, czy akurat tu się z nią zgadzam.

– Widziałaś się z nią? Z Valerie Anderson? – pyta MC. – To znaczy, od czasu tamtej wizyty w szpitalu?

– Nie. I całe szczęście. – Romy przygryza wargę, robiąc wrażenie zamyślonej. Kręci głową. – Nie rozumiem tej kobiety.

– Ja też nie – potwierdza April.

Romy nagle rozpogadza się i pyta:

– Czy April ci mówiła, że wpadłyśmy w szpitalu na twojego uroczego męża? Niezły z niego przystojniak!

Kiwam głową i uśmiecham się, uradowana, że nie muszę się wypowiadać w kwestii jej odpowiedzialności i tego, czy powinna mieć wyrzuty sumienia.

– Facet w lekarskim fartuchu to jest coś – dodaje.

– Aha... Też tak kiedyś uważałam. – Do mojego tonu wkrada się cyniczna nutka.

– I co się stało? – pyta Romy z uśmiechem.

– Wyszłam za jednego z nich za mąż! – odpowiadam i choć parskam przy tym śmiechem, to tak naprawdę nie do końca żartuję.

– Akurat! – rzuca April, po czym zwraca się do Romy. – Tessa żyje w idealnym związku. Nigdy się nie kłócą. A cały najbliższy weekend Nick będzie się zajmował dziećmi, żeby ona mogła imprezować sobie w Nowym Jorku.

– Nick radzi sobie sam z dziećmi? – pyta Romy, zdumiona.

Już mam jej powiedzieć o umowie z Carolyn, która zostanie z dziećmi w czasie pomiędzy moim wyjazdem jutro rano a powrotem Nicka z pracy, a także będzie go zastępować w weekend, ale April odpowiada za mnie:

– Nick świetnie się z nimi dogaduje. Jest najlepszym ojcem na świecie. Mówię ci, to małżeństwo idealne.

Spoglądam na nią, zastanawiając się, czemu tak mocno mnie reklamuje – chwali moje dzieci, talent tenisowy, a teraz męża. Doceniam to, ale czuję jednocześnie, że April chce nadrobić w ten sposób fakt, że na pierwszy rzut oka nie robię wrażenia atrakcyjnej osoby.

Chociaż z drugiej strony dobrze wiedzieć, że z Nickiem jest wręcz odwrotnie. Fartuch lekarski to jest coś. Romy i MC spoglądają na mnie zazdrośnie, przez co czuję się jak oszustka, nieudolna kopia June Cleaver*. Przychodzi mi do głowy, jak przez ostatnie kilka tygodni wyglądało życie w naszym domu.

– Żadne małżeństwo nie jest idealne – mówię, a MC żywiołowo kiwa głową.

– Żadne – powtarza takim tonem, jakby przemawiało przez nią wieloletnie doświadczenie.

Wszystkie milkniemy na chwilę, kontemplując nasze własne związki, aż wreszcie Romy pyta:

– À propos… słyszałyście o Tinie i Toddzie?

– Nawet mi o tym nie mów… – odzywa się April, zakrywając uszy.

Romy robi dramatyczną pauzę, po czym szepcze:

– Zrobił to z call girl…

– Boże. Chyba żartujesz – mówi April. – A wydawał się taki miły. W końcu, na miłość boską, jest odźwiernym w naszym kościele!

– No tak. Cóż. Może kradnie też z tacy.

MC pyta, czy to była jednorazowa przygoda. Romy odwraca się do niej i rzuca gniewnie:

– A co to za różnica?

– No, rzeczywiście, chyba masz rację – zgadza się MC i kończy swój koktajl jednym długim siorbnięciem.

---

* June Cleaver – bohaterka sitcomu opowiadającego o perypetiach typowej amerykańskiej rodziny z przedmieść w latach pięćdziesiątych.

– Ale skoro już pytasz, nie. Okazuje się, że robił to od lat. Zupełnie jak ten… jak mu tam było? Gubernator Nowego Jorku?

– Eliot Spitzer – podpowiadam, przypominając sobie, jak bardzo zajmowała mnie kilka lat temu afera rozporkowa Spitzera, a właściwie jak bardzo interesowała mnie wówczas postać jego żony, Sildy. Ze zdumieniem patrzyłam, jak stała za nim na podium, z czerwonymi, napuchniętymi oczami. Wyglądała na całkowicie zrezygnowaną i skompromitowaną, gdy jej mąż przyznawał się do winy i ustępował ze stanowiska, a wszystko transmitowała publiczna telewizja. Trwała jednak przy swoim mężczyźnie w dosłownym sensie. Zastanawiałam się wtedy, jak długo rozmyślała tego ranka nad wyborem stroju. Czy szukała w Google nazwiska tamtej prostytutki, czy godzinami przeglądała jej zdjęcia w internecie oraz tabloidach? Co powiedziała swoim znajomym? Swoim trzem córkom? Matce? Co powiedziała jemu?

– Przynajmniej Tina nie musi przeżywać tego na oczach całego kraju – mówię. – Wyobrażacie sobie coś takiego?

– Nie – odpowiada Romy. – Nie rozumiem, jak kobiety mogą występować w takiej sytuacji w telewizji.

– Właśnie – dorzuca April. – Ja od razu bym go rzuciła.

MC i Romy mamroczą potakująco, po czym wszystkie trzy przenoszą wzrok na mnie. Czekają, co powiem. Nie pozostawiają mi wyboru: muszę się z nimi zgodzić. Bo się zgadzam. Chyba.

– Co byłoby wam trudniej wybaczyć: prostytutkę czy miłość do innej? – pyta April.

– Pytasz, czy wolałybyśmy spłonąć, czy się utopić? – chichocze MC, po czym natychmiast zwraca się do Romy: – Przepraszam, kochanie. Źle dobrałam słowa. Cholera. Zawsze muszę coś palnąć…

Romy z ponurą miną kręci głową i poklepuje dłoń MC.

– Nic nie szkodzi, kochana. Wiem, o co ci chodziło. – Zaczyna bawić się swoim brylantowym pierścionkiem, obraca

go dwa razy na palcu, a potem mówi: – Nigdy nie przebaczy-
łabym Danielowi, gdyby się przespał z prostytutką. To takie
ohydne. Nie wybaczyłabym mu czegoś tak plugawego. Już
wolałabym, żeby się w kimś zakochał.

– Naprawdę? – dziwi się MC. – Ja myślę, że przebaczyła-
bym coś fizycznego, może nie prostytutkę, ale taką czysto
fizyczną przygodę na jedną noc... Ale gdyby Rick się w kimś
naprawdę zakochał... to by była zupełnie inna historia.

April wygląda na pogrążoną w myślach. Wreszcie zwraca
się do mnie:

– A ciebie co bardziej by bolało, Tesso? Namiętny seks czy
miłość?

Zastanawiam się przez chwilę.

– To zależy.

– Od czego? – pyta Romy.

– Od tego, czy uprawiałby namiętny seks z dziewczyną,
którą kocha.

Wszystkie trzy parskają śmiechem, a ja myślę o SMS-ie
w telefonie Nicka i nagle ogarniają mnie mdłości. Mam wielką
nadzieję, że nigdy się nie przekonam, jak naprawdę zachowa-
łabym się w którejś z tych sytuacji.

ROZDZIAŁ 28

Valerie

„Charlie Anderson ma fioletową gębę jak kosmita".

Valerie wie, że te słowa już na zawsze pozostaną wyryte w jej świadomości jako część nieścieralnej historii jej życia, podobnie jak Summer Turner, dziewczynka, która przekonała Charliego, żeby zdjął maskę i pokazał jej blizny, po czym wygłosiła tę właśnie okrutną deklarację, ku uciesze trójki innych dzieci. Był wśród nich Grayson.

Wszystko wydarzyło się w piątek – ostatni dzień pierwszego tygodnia po powrocie Charliego do szkoły. Właśnie w momencie, kiedy Valerie zaczęła myśleć optymistycznie. Nie porzuciła może wszystkich lęków, ale powoli wychodziła na prostą. Tego dnia udało jej się przekonać pewnego słynącego z mizoginii sędziego do rozpatrzenia sprawy w trybie przyspieszonym i wyszła z sądu z podbudowaną pewnością siebie i poczuciem, że jest naprawdę dobra w tym, co robi. Pomyślała, że jej życie powraca do normalności. W tym właśnie momencie sięgnęła do torebki po kluczyki, wyciągając jednocześnie telefon. Okazało się, że ma cztery nieodebrane połączenia, dwa od Nicka i dwa ze szkoły. Wyłączyła komórkę tylko na dwie godziny, podporządkowując się zasadom panującym na sali sądowej. Zanim to zrobiła, przyszło jej wprawdzie do głowy, że nawet w tak krótkim czasie coś mogłoby się wydarzyć, ale tak naprawdę w to nie wierzyła. Wyobrażając sobie kolejny wypadek i ze świadomością, że prędzej dowie się czegoś od Nicka, niż gdyby miała przedzierać się przez sieć szkolnych sekretarek, rozgorączkowana wsiadła czym prędzej do samochodu i wybrała numer lekarza, gotowa na wysłuchanie medycznego sprawozdania.

– Cześć. – Jego ton przekonał Valerie, że rzeczywiście dzwonił w sprawie Charliego i faktycznie coś złego się stało, ale problem nie jest tak groźny, jak się spodziewała. Poczuła, jak fala paniki lekko ustępuje.

– Z Charliem wszystko w porządku? – spytała.

– Tak. Wszystko okej.

– Nic mu się nie stało?

– Nie... To znaczy nie stała mu się krzywda fizycznie... Ale coś zaszło – odparł spokojnym głosem. – Najpierw próbowali zadzwonić do ciebie ze szkoły...

– Wiem. Byłam w sądzie. – Valerie ogarnęły nagle wyrzuty sumienia, że była niedostępna, że przez chwilę pozwoliła sobie na to, by przejmować się pracą zamiast własnym synem.

– Wygrałaś? – spytał Nick.

– Tak – odrzekła.

– Gratulacje.

– Nick. Co zaszło w szkole?

– To... się wydarzyło na placu zabaw.

Valerie poczuła ścisk w sercu.

– Pewna dziewczynka przezwała Charliego. Kilkoro dzieci zaczęło się śmiać. Mały się zezłościł i zepchnął ją z drabinki. Jest lekko poharatana. Oboje czekają teraz w gabinecie dyrektora.

– A ty? Gdzie jesteś?

– Z Charliem. Właśnie wyszedłem na chwilę, żeby odebrać twój telefon… Kiedy twoja sekretarka powiedziała dyrektorowi, że jesteś w sądzie, Charlie podał im mój numer. Był dość mocno zdenerwowany tym przezywaniem i tym, że wpadł w kłopoty.

– Płacze? – spytała Valerie, czując bolesny ścisk w sercu.

– Już nie… Uspokoił się… Nic mu nie będzie.

– Przepraszam cię… – powiedziała Valerie, zdziwiona, że Charlie zadzwonił najpierw do Nicka zamiast do Jasona albo do babci. – Wiem, jak bardzo jesteś zajęty…

– Proszę cię, nie przepraszaj. Cieszę się, że do mnie zadzwonił… i że mogłem przyjechać.

– Ja też. – Valerie nacisnęła pedał gazu, z niejasnym *déjà vu*. – Przyjadę tak szybko, jak to możliwe.

– Nie śpiesz się. Jedź ostrożnie. Będę czekał.

– Dzięki. – Valerie już miała się rozłączyć, ale zebrała się na odwagę i spytała, jak koleżanka Charliego go nazwała.

– Słucham? – Nick wyraźnie pragnął zyskać na czasie, żeby w jakiś sposób uniknąć odpowiedzi.

– Tamta dziewczynka. Co powiedziała do Charliego?

– Ach… To… To naprawdę niedorzeczne… Bez znaczenia.

– Mów – nalegała Valerie, nastawiając się na najgorsze.

Nick się zawahał, po czym odpowiedział, cichym, stłumionym głosem, tak że nie była nawet pewna, czy dobrze usłyszała. Ale owszem, wszystko dobrze zrozumiała. Potrząsnęła głową, kipiąc jadowitym oburzeniem. W stosunku do sześciolatki.

– Val? – odezwał się Nick, a czułość w jego głosie sprawiła, że oczy napełniły jej się łzami.

– Tak?

– To go tylko wzmocni.

*

Kilkanaście minut później sekretarka wprowadza Valerie do gabinetu dyrektora. Jest to okazałe pomieszczenie z orientalnymi dywanami, staroświeckimi meblami, które dodatkowo zdobi odlany z brązu posąg konia. Jako pierwszą Valerie widzi Summer, przycupniętą na skórzanym fotelu. Dziewczynka pociąga nosem i trzyma się za przedramię. Ma długie włosy w kolorze platynowego blondu, intensywnie zielone oczy i drobny zadarty nosek. Przypomina Valerie dziecięcą wersję lalki Barbie. Widać, że rośnie na zepsutą panienkę. Jest ubrana w niepokojąco krótką dżinsową spódniczkę, różowe walonki, a usta ma pomalowane lśniącym błyszczykiem. Valerie przypomina sobie, jak pierwszego dnia szkoły pomyślała, że z tą małą będą kłopoty, obserwując trójkę dziewczynek o mysiobrązowych włosach, otaczających Summer niczym damy dworu. Jak na ironię, przypomina sobie również, jak poczuła wówczas wdzięczność wobec losu za to, że urodziła chłopca, stwierdzając, że chłopcy są znacznie mniej skomplikowani, zwłaszcza w wieku, gdy nie interesują ich jeszcze uroki płci przeciwnej. Wydawało jej się, że przynajmniej na razie Charlie jest odporny na Summer i jej podobne.

Ale to było przedtem. Przed „fioletową gębą kosmity".

Valerie łapie spojrzenie dziewczynki, ze wszystkich sił starając się przekazać jej bez słów swoją nienawiść, po czym wchodzi dalej, w głąb gabinetu, i wreszcie dostrzega Charliego, Nicka i dyrektora, pana Petersona – szczupłego mężczyznę o młodzieńczej twarzy, przedwcześnie osiwiałego, w okrągłych okularach w drucianych oprawkach.

– Dziękuję, że pani przyszła – mówi pan Peterson, wstając zza swojego wielkiego biurka z drewna orzechowego. Lekko sepleni i sprawia wrażenie bardzo skromnego, co odrobinę umniejsza jego autorytet.

– Oczywiście – odpowiada Valerie i przeprasza, że za pierwszym razem nie odebrała telefonu.

– Ależ nie ma za co... Nie było pośpiechu. Przynajmniej mogliśmy chwilę pogawędzić... I wspaniale było poznać doktora Russo – dodaje dyrektor. W tym momencie Nick niezgrabnie wstaje z miejsca.

– Poczekam na zewnątrz – szepcze do Valerie, wymienia ostatnie uprzejmości z panem Petersonem i wychodzi dyskretnie. Valerie siada na jego miejscu i kładzie rękę na kolanie Charliego. Spogląda na synka, ale on nie podnosi na nią wzroku. Wpatruje się we własne sznurówki zawiązane na podwójne supełki. Znów ma maskę na twarzy i Valerie czuje, że jeszcze długo jej nie zdejmie.

– Czekamy tylko na mamę Summer – mówi pan Peterson, postukując długimi palcami w brzeg biurka. – Też jedzie do nas z pracy. Powinna wkrótce tu być.

Po kilku minutach korpulentna kobieta w średnim wieku, z włosami spiętymi w ciasny kok i w źle dopasowanej garsonce z wywatowanymi ramionami, bez tchu wpada do gabinetu. Nie czeka, aż pan Peterson ją przedstawi, i sama wyciąga rękę do Valerie, z dziwną mieszanką pewności siebie i nieśmiałości.

– Jestem Beverly Turner – mówi. – Pani musi być mamą Charliego. Słyszałam, co się stało. Tak mi przykro. – Następnie klęka koło Charliego i przeprasza go, podczas gdy Summer zaczyna szlochać. Najwyraźniej stara się wywołać w matce współczucie, manewr ten jest jednak nieskuteczny. Beverly rzuca córce gniewne spojrzenie. To jeszcze bardziej rozbraja Valerie, która czuje nawet, że łagodnieje w stosunku do Summer, co jeszcze kilka sekund temu wydawało jej się niemożliwe.

– Przeprosiłaś Charliego? – pyta córkę Beverly Turner, patrząc na nią surowo.

– Tak – mówi dziewczynka, z drżącym podbródkiem.

Na Beverly jej zapewnienie najwyraźniej nie robi wrażenia. Zwraca się do Charliego.

– Przeprosiła?

Chłopiec kiwa głową, ze wzrokiem wciąż wbitym we własne buty.

– Ale on mnie nie przeprosił – skarży się Summer, szlochając. – Za to, co mi zrobił.

– Charlie? – mówi Valerie.

Chłopiec poprawia maskę i kręci głową.

– To, że ona zrobiła źle, nie znaczy, że ty się zachowałeś w porządku – ciągnie Valerie, choć sama nie jest o tym przekonana. – Przeproś Summer za to, że ją popchnąłeś.

– Przepraszam – mówi Charlie. – Że cię popchnąłem.

– No i proszę. Bardzo dobrze. Bardzo dobrze – odzywa się pan Peterson, zadowolony. Składa ręce, a Valerie koncentruje się na jego złotym sygnecie. Udaje, że słucha jego zgrabnej, pełnej gracji przemowy na temat życia w zgodzie z innymi i bycia szanowanym członkiem swojej społeczności, ale tak naprawdę nie może przestać myśleć o Nicku, który czeka na nich na zewnątrz. Jest jednocześnie zachwycona i przerażona tym, jak bardzo się od niego uzależniła.

Pan Peterson kończy swoją mowę, wstaje i żegna ich wszystkich, ściskając dłonie obu matkom. Opuściwszy gabinet, Valerie oddycha z ulgą, a Beverly po raz ostatni przeprasza ją, ściszonym głosem. Na jej twarzy maluje się ból i szczerość – większa, niż Valerie kiedykolwiek dostrzegła u Romy.

– Wiem, ile pani przeszła... Przykro mi, że Summer się do tego dołożyła. – Odwraca się od córki i dodaje jeszcze ciszej: – Niedawno po raz drugi wyszłam za mąż... Mam teraz dwie pasierbice, obie nastoletnie, i wydaje mi się, że Summer trudno się do tego wszystkiego przyzwyczaić... Oczywiście nie chcę jej w ten sposób usprawiedliwiać.

Valerie kiwa głową. Szczerze współczuje Beverly i przychodzi jej do głowy, że chyba nawet woli, żeby jej dziecko było ofiarą, niż gdyby miało być wredne. Chyba.

– Dziękuję – mówi. Nagle napotyka wzrokiem Nicka, który czeka na nich przy wyjściu ze szkoły, a jego widok sprawia, że serce zaczyna jej mocniej bić.

Charlie biegnie do niego, chwyta go za rękę i prowadzi w stronę parkingu.

Valerie żegna się z Beverly z dziwnym poczuciem, że mogłyby zostać przyjaciółkami, i już za chwilę stoi koło samochodu, patrząc, jak Nick otwiera przed Charliem drzwi, pomaga mu wsiąść i zapina pas wokół jego drobnej klatki piersiowej.

– Wszystko będzie dobrze – mówi.

Charlie kiwa głową. Najwyraźniej wierzy mu, choć już za chwilę oświadcza:

– Wyglądam okropnie.

– Hej. Zaczekaj. Zaczekaj chwilkę... Czyżbyś chciał mi powiedzieć, że to, co zrobiłem, jest okropne? – Nick delikatnie zdejmuje chłopcu maskę, wskazując na jego lewy policzek. – Ta skóra to moja robota. Nie podoba ci się moja praca? Moje dzieło?

Charlie uśmiecha się słabo.

– Podoba mi się – mówi.

– No, to dobrze... Cieszę się... Bo ja uważam, że twarz masz naprawdę super.

Charlie uśmiecha się szerzej. Nick zamyka drzwi po jego stronie, po czym nachyla się do Valerie i szepcze:

– Twoją też uwielbiam.

Valerie zamyka oczy i wdycha zapach jego skóry, czując nagły przypływ pożądania i adrenaliny, który sprawia, że na kilka sekund zapomina, gdzie się znajduje. Kiedy mija chwila zamroczenia, coś po drugiej stronie parkingu przyciąga jej wzrok. Obserwuje ich kobieta w czarnym range roverze. Valerie mruży oczy przed promieniami słońca i nagle uświadamia sobie, że patrzy wprost na Romy, która spogląda na nią z mieszaniną zaskoczenia i wyraźnej satysfakcji.

ROZDZIAŁ 29

Tessa

Wyjście z Cate jest lepsze niż psychoterapia, stwierdzam, gdy nieśpiesznym krokiem przemierzamy Bank Street, by w końcu minąć grupę paparazzi, zebranych na chodniku przed wejściem do Waverly Inn. Cate przysięga, że wejdziemy tam bez rezerwacji, żartobliwie powołując się na swój status podrzędnej celebrytki.

– Czyżby wiedzieli, że tu będziesz? – pytam, wskazując na fotografów, którzy palą papierosy przed restauracją, ubrani w kufajki marki North Face i obcisłe czarne wełniane czapeczki.

Cate mówi, żebym nie była śmieszna, że w środku musi być ktoś naprawdę sławny. W tej właśnie chwili dwie dwudziestoparolatki o bujnych, starannie ułożonych długich włosach kiwają głowami na potwierdzenie.

– Aha. Jude Law – mówi brunetka, gestem dłoni przywołując taksówkę, a tymczasem blondynka z wprawą i bez pomocy lusterka poprawia błyszczyk na ustach i mamrocze rozmarzona:

– Co za ciacho… Jego kolega też był niczego sobie.

Brunetka dodaje:

– Żadnego z nich nie wyrzuciłabym z łóżka, to pewne. – Po czym obie wsiadają do taksówki i odjeżdżają w kierunku kolejnego lokalu.

Uśmiecham się z myślą, że właśnie tego potrzeba mi dziś wieczorem – kolacji w modnej restauracji w West Village, w towarzystwie gwiazd i tłumu pięknych ludzi. Czyli czegoś zupełnie przeciwnego niż moje życie na co dzień. Osoba, którą się stałam po urodzeniu dzieci, normalnie czułaby się tu nie na miejscu – jak stateczna matka, bez pojęcia, co się dzieje w świecie mody i popkultury wśród pięknych, swobodnych singli – ale dziś czuję, że nie mam nic do stracenia. A w każdym razie nic, co mogłabym stracić, siedząc przy stoliku tuż obok Jude'a Law.

Zamawiamy dwa kieliszki shiraz. Spoglądam na zegarek i myślę o dzieciach, umowie z Carolyn, wszystkich tych szczegółach, których musiałam dopilnować, żeby móc mieć pewność, że weekend upłynie gładko beze mnie. Mniej więcej o tej porze Nick powinien wracać z pracy do domu. Fakt, że ja siedzę tutaj, a on w domu musi położyć dzieci spać sprawia mi satysfakcję. Nie wspominam jednak o tym Cate.

– A więc – zaczynam, rozglądając się po sali, nie pierwszej młodości, a jednak w jakiś sposób szykownej – czyżby był to nowy najmodniejszy lokal na Manhattanie?

– Na pewno nie jest nowy! Boże, Tess. Naprawdę długo cię tu nie było… Ale modny jest rzeczywiście. W końcu my tu jesteśmy! – odpowiada Cate, wśród przyjemnego gwaru, gestykulując żywo i odrzucając do tyłu włosy z rudoblond pasemkami, które szybko stały się charakterystycznym elementem jej wizerunku. Świadoma, że i na niej zatrzymuje się kilka zaskoczonych spojrzeń, nie daje po sobie poznać radości z bycia rozpoznawaną i swobodnie zerka w stronę Jude'a Law. Uśmiecha się, ukazując dołeczki w policzkach, i pochyla się w moją stronę nad stolikiem, mówiąc:

– Nie odwracaj się. Zgadnij, kto na nas patrzy.

– Nie wiem, kto patrzy na ciebie, ale zapewniam cię, że na mnie z pewnością nikt.

– A właśnie że tak – upiera się Cate. – Tamta dziewczyna przed wejściem miała rację... jego kolega rzeczywiście jest niezły. Może nawet lepszy niż Jude. Wyobraź sobie skrzyżowanie Orlando Blooma z... Richardem Gere.

Odwracam się i zerkam przez ramię, bardziej dlatego że nie potrafię wyobrazić sobie takiej mieszanki niż z prawdziwego zainteresowania.

– Mówiłam, żebyś się nie oglądała – syczy Cate.

– Och, daj spokój. – Kręcę głową. – Co to ma za znaczenie...

– Mogłoby mieć.

– Może dla ciebie.

– Dla ciebie też. W końcu flirt to nic złego.

– Jestem matką dwójki dzieci – mówię. – Już dawno wypadłam z gry.

– Co z tego, że masz dzieci? Nie słyszałaś nigdy określenia: *„sexy* mamuśka"?

– Cate! Przestań już.

– Od kiedy to stałaś się taką cnotką?

– Odkąd urodziłam. Dwa razy – mówię, świadoma tego, że w towarzystwie Cate zawsze robię się bardziej zasadnicza, podczas gdy ona przybiera pozę płytkiej imprezowiczki. W ten sposób obie udajemy kogoś, kim nie jesteśmy. Zupełnie jakbyśmy miały nadzieję, że skrajna postawa sprawi, że ta druga zajmie miejsce gdzieś pośrodku, od którego obie zaczynałyśmy wiele lat temu.

Chociaż może rzeczywiście stałyśmy się przejaskrawionymi wersjami samych siebie? I może z czasem ten stan będzie się tylko pogłębiał? Myśl ta działa na mnie przygnębiająco.

Cate tylko wzrusza ramionami.

– Co z tego, że masz dwoje dzieci? Czy to znaczy, że nie masz prawa odrobinę się zabawić? Że musisz siedzieć w domu za miastem, w dżinsach zwężanych do dołu i z włosami związanymi pastelową frotką?

– Czy byłoby inaczej, gdybym siedziała w domu w prostych dżinsach? – pytam z udawaną powagą, chociaż tak naprawdę cieszę się, że nie stałam się jeszcze w pełni takim typem, jaki opisała. – Myślisz, że to dlatego Nick mnie zdradza?

Cate ignoruje moje pytanie, podobnie jak zignorowała ostatnich pięć wypowiedzi dotyczących niewierności Nicka.

– Proszę cię. Jude Law siedzi tuż obok. Skoncentruj się na tym, co istotne.

– Czy on przypadkiem nie przespał się ze swoją nianią?

– Jestem pewna, że to nie była jego niania – ripostuje Cate. – Tylko jego dzieci. A poza tym cholera jasna, Tess. To było sto lat temu. Widać, że potrafisz długo chować urazę… Pewnie wciąż nie wybaczyłaś Hugh Grantowi tego incydentu z prostytutką? A Robowi Lowe jego sekstaśmy?

– Nic mnie to nie obchodzi. Poza tym uważam, że każdemu należy się druga szansa. Każdemu oprócz Nicka – dodaję, przypominając sobie rozmowę z Romy, April i MC. W końcu ostatecznie wyrabiam sobie opinię na ten temat. Czy chodzi o prostytutkę, czy o miłość, czy o cokolwiek pomiędzy, nie potrafiłabym przebaczyć. Po cichu postanawiam, że takie jest moje ostateczne zdanie.

Cate patrzy na mnie z niedowierzaniem. Nadal nie wierzy, że Nick mógłby być nieuczciwy.

– Daj spokój. Proszę, powiedz, że wybiłaś już sobie z głowy te bzdury – mówi, zniżając głos. W tym momencie podchodzi do nas kelner z winem.

– Sama nie wiem – odpowiadam, myśląc o tym, jak nieobecny wydawał się Nick tego popołudnia, a właściwie przez cały dzień, nawet kiedy trzy razy dzwoniłam do niego z lotniska. Upijam pierwszy łyk wina i natychmiast czuję, że uderza mi do głowy. Rozluźniam się na tyle, że stwierdzam: – Albo ma jakieś niecne plany, albo właśnie je zrealizował. Nie potrafię się z nim dogadać. W każdym razie jestem pewna, że coś się święci.

Cate prycha. Nadal nie traktuje tematu poważnie.

– No dobrze. Gdyby naprawdę miał coś za uszami, a wiem, że nie ma, to czy ty... – nie kończy, kiwa tylko głową w stronę stolika obok.

– Czy ja co?

– Odegrałabyś się? Wzięłabyś sobie kochanka? Przespała-byś się z kimś z zemsty?

Popijam wino i dla świętego spokoju mówię:

– Jasne, że tak. Co tam, może nawet zdecydowałabym się na trójkąt. – Próbuję ją w ten sposób zaszokować, ale oczy-wiście moje wysiłki na nic się nie zdają.

– Z Jude'em i jego kolegą? – pyta, najwyraźniej zaintrygo-wana tym pomysłem. Może nawet nachodzą ją myśli o własnej barwnej przeszłości. Oraz nadal barwnej teraźniejszości.

– Jasne. – Nie daję się zbić z pantałyku. – Albo z Jude'em i jego nianią.

Cate parska śmiechem i odkłada menu, informując mnie, że już wybrała.

– Co wzięłaś? – pytam, przeglądając kartę.

– Sałatkę *frisée aux lardons*, mus z wątróbek drobiowych i karczochy na parze – odpowiada. Najwyraźniej jest tu stałą klientką.

– A do tego pan Law na deser?

– Trafiłaś w dziesiątkę – odpowiada, uśmiechając się do mnie szeroko.

*

Wkrótce po tym, jak kończymy jeść i Dex oraz Rachel dołą-czają do nas na drinka, do Jude'a i jego kolegi podchodzą dwie blondynki o wyglądzie modelek, każda po metr osiemdziesiąt wzrostu, niedorzecznie piękne i bez jednej zmarszczki. Wiem wprawdzie, że Cate żartowała, mówiąc o nim, widzę jednak, jak z rozczarowaniem stwierdza, że jej szanse zmalały z niewielkich do żadnych. Zwłaszcza że obie dziewczyny są od nas o jakieś dziesięć lat młodsze.

– No i wszystko jasne – mówi. Przy stoliku obok zaczyna się robić ciekawie.

– Co się dzieje? – pyta Rachel.

– Jude Law – mówię. – Tam, spójrz.

Rachel odwraca się dyskretnie, a tymczasem Dex wykonuje gwałtowny zwrot o sto osiemdziesiąt stopni.

– Jezu. Od razu widać, że jesteście spokrewnieni – mówi Cate z pełnym czułości uśmiechem. – Twoja siostra zareagowała identycznie.

Dex obejmuje mnie za ramiona, zbyt pewny siebie, by pozwolić Cate zbić się z tropu.

– A jak przedstawienie? – pytam. Dex i Rachel wrócili właśnie z przedstawienia offowej sztuki. Wizyty w teatrze to jedna z wielu rzeczy, w których Dex chętnie towarzyszy swojej żonie, czasem na jej prośbę, a czasem dlatego, że sam naprawdę ma na to ochotę. W obu przypadkach bardzo zazdroszczę mojej bratowej.

– Interesujące – odpowiada Dex. – Tylko Rachel zasnęła.

– Nieprawda! – Rachel marszczy czoło i spuszcza wzrok na ledwo trzymający się guzik przy rękawie swojego długiego przezroczystego czarnego sweterka. – Po prostu na moment zamknęłam oczy, żeby dać im odpocząć...

– Tylko że chrapałaś przy tym i się śliniłaś – kończy za nią Dex. Idzie do baru i zamawia martini z wódką dla żony, a dla siebie piwo Amstel Light. Wraca, robi śmieszną minę i mówi: – Wracając do Jude'a Law. Czy on przypadkiem nie przespał się ze swoją nianią?

Parskam śmiechem, dumna z tabloidowej wiedzy brata, a jeszcze bardziej z tego, że nie pochwala podobnych wyskoków. A ponieważ jestem już lekko wstawiona, pytam:

– Myślisz, że Nick byłby zdolny do czegoś takiego?

– Nie wiem – odpowiada Dex. – Zależy, czy macie seksowną nianię.

Zmuszam się do uśmiechu. Mój brat najwyraźniej to zauważa, bo spogląda na mnie zdezorientowany, po czym przenosi wzrok na Cate.

– Co się dzieje? – pyta.

– Nic – odpowiada Cate i klepie mnie po udzie. – Tess ma paranoiczne wizje.

Dex znów na mnie spogląda, czekając na wyjaśnienie. Czuję na sobie również wzrok Rachel. W końcu mówię z wahaniem:

– Po prostu… mam ostatnio jakieś złe przeczucie.

– Jak to? – pyta Dex. – Jakie przeczucie?

Przełykam ślinę i wzruszam ramionami. Boję się, że jeśli odpowiem, rozpłaczę się.

– Myśli, że Nick ma romans – odpowiada za mnie Cate.

– Poważnie?

Kiwam głową. Żałuję teraz, że nie trzymałam się lekkich tematów. Jest coś przygnębiającego w tym, że przeprowadzam tę rozmowę w barze po pijaku.

– Powiedz jej, że to niemożliwe! – woła Cate, jak zwykle z werwą i absolutnym przekonaniem o swojej racji.

– Nie wyobrażam sobie tego – mówi Dex, poważniejąc. Rachel znacząco milczy. – Naprawdę się martwisz? Czy to tylko jedno z tych dziwnych teoretycznych dociekań typu „co by było gdyby"?

– Martwię się… umiarkowanie – odpowiadam z wahaniem. W końcu jednak stwierdzam, że już za późno na odwrót. Dopijam wino i zwierzam mu się ze wszystkich swoich lęków. Słowo w słowo przytaczam tajemniczego SMS-a, po czym pytam o jego opinię jako faceta. – Powiedz szczerze. Czy to ci się nie wydaje… podejrzane?

– Hm… Słowa „myślę o tobie" średnio mi się podobają – mówi Dex, przeczesując dłonią włosy. – Zdecydowanie wygląda na to, że pisała je kobieta... Ale to jeszcze nic nie znaczy. To wszystko, co na niego masz?

– Ostatnio wydaje się bardzo odległy...

Rachel natychmiast kiwa głową, odrobinę za szybko. Najwyraźniej zauważyła to podczas ich ostatniej wizyty.

– Ty też to widzisz, prawda? – pytam ją.

– Ja... nie wiem... – odpowiada, jąkając się. – Chyba nie...

– Daj spokój, Rach – rzucam, tłumiąc w sobie swoją zwykłą zazdrość o jej związek. – Powiedz szczerze. Wydał ci się dziwny, kiedy ostatnio u nas byliście?

– Dziwny może nie – odpowiada Rachel, wymieniając z Deksem znaczące spojrzenia. Najwyraźniej o nas rozmawiali. – Był po prostu... odrobinę roztargniony, ale to normalne... I wydaje mi się, że naprawdę pasjonuje go praca. Co jest godne podziwu. Ale rozumiem, że ciebie to frustruje... To nie znaczy jednak, że od razu cię zdradza... Niekoniecznie. – Rachel mówi coraz ciszej, aż w końcu milknie, a mnie ściska w żołądku.

– Czemu go po prostu nie zapytasz? – proponuje Dex. Barman przynosi drinki, a ja zamawiam kolejny dla siebie. – Nie byłoby prościej? Zamiast się domyślać?

– Jak to? Mam po prostu zapytać, czy mnie zdradza?

Dex wzrusza ramionami.

– Czemu nie? Rachel zadała mi kiedyś to pytanie.

Rachel uderza go pięścią w ramię.

– Wcale nie!

– A tak, rzeczywiście. Bo to z tobą miałem romans – mówi Dex. Po raz pierwszy w życiu oficjalnie przyznał, jaka była geneza ich związku. Stuka ją lekko w nos, a ona rzuca mu gniewne spojrzenie i czerwieni się.

Tymczasem Cate udaje, że to wyznanie do głębi nią wstrząsnęło.

– To wy mieliście romans? – pyta, głodna dalszych szczegółów.

Dex nonszalancko kiwa głową.

– No tak, właściwie...

– Wtedy kiedy byłeś zaręczony z tamtą dziewczyną?

– Aha – potwierdza Dex, podczas gdy Rachel zaczyna wiercić się na stołku i wypowiada imię męża w cichym proteście. – Och, daj spokój Rach. I co z tego? To przecież było sto lat temu. Jesteśmy teraz małżeństwem z dwójką dzieci... A wy znowu się przyjaźnicie.

Rachel obraca swoją szklaneczkę w dłoni, a tymczasem Cate robi wielkie oczy.

– Wciąż się przyjaźnisz z tą... jak jej tam...

– Darcy – podpowiada jej Rachel i kiwa głową. – Tak... Znów mamy ze sobą kontakt.

– Blisko się przyjaźnicie? – nie dowierza Cate, tym razem autentycznie wstrząśnięta.

– Można tak powiedzieć... – Rachel patrzy na nią nieśmiało. – Tak, dosyć blisko.

– Rozmawiają ze sobą codziennie – stwierdza Dex, rzeczowym tonem.

– Poważnie?

– Poważnie. Codziennie – odpowiada Dex. – Kilka razy dziennie. Ostatnio planują razem urlop. Będzie milutko we czwórkę... Wyobraź sobie narty z byłą narzeczoną.

– No dobrze. Ale co z tego wszystkiego wynika? – pytam cierpko. – Że jeśli Nick ma romans, to ja mam szansę na nową najlepszą przyjaciółkę? Towarzyszkę wyjazdów?

Rachel zjada oliwkę z wykałaczki. Żuje, przełyka, po czym mówi:

– No właśnie, Dex. O co ci właściwie chodzi?

– Nie wiem. – Mój brat wzrusza ramionami. – Myślałem po prostu, że skoro już rozmawiamy otwarcie... Tess czyta SMS-y Nicka. A ja... zdradziłem z tobą swoją narzeczoną.

Rachel odchrząkuje.

– Chyba chodzi mu o to, że nawet porządni faceci czasami zdradzają... Ale tylko wtedy, kiedy są nie z tą osobą, co trzeba, i tylko wtedy, kiedy ta druga jest tą jedyną. A ponieważ ty i Nick świetnie się dogadujecie, nie masz się czego obawiać.

Dex kiwa głową.

– Może uznacie, że to brzmi jak wymówka... jak usprawiedliwienie. Ja uważam, że takie rzeczy się zdarzają. Ale tylko ludziom, którzy nie są szczęśliwi. Takim, którzy nie czują się dobrze w swoim związku.

Kiwam głową i sięgam do torebki po telefon, z nadzieją, że w skrzynce odbiorczej wyświetli się imię Nicka. Z ulgą zauważam, że dzwonił do mnie dwa razy w ciągu ostatniej godziny i od razu czuję lekkie wyrzuty sumienia, że go obgaduję, chociażby z rodziną i najlepszą przyjaciółką.

– I co? Dzwonił? – pyta Cate.

– Aha. Dwa razy – odpowiadam, powstrzymując uśmiech.

– Widzisz? Niepotrzebnie go obmawiamy. Biedak siedzi w domu z dziećmi i wydzwania do ciebie...

– To chyba nie jest jakieś nadzwyczajne poświęcenie, że zajmuje się własnymi dziećmi – przerywam jej. Już mam schować telefon z powrotem do torebki, gdy nagle zauważam wiadomość od April opatrzoną nagłówkiem: „pilne". Jestem pewna, że tak naprawdę to nic pilnego, że to kolejna wiadomość na jeden z tych samych co zwykle tematów: dzieci, tenisa, zakupów czy sąsiedzkich plotek. Mimo to otwieram ją i czytam.

– Cholera – słyszę własny głos. Kręcę głową i czytam jeszcze raz: *Zadzwoń jak najszybciej. Chodzi o Nicka.*

– Co jest? – pyta Cate.

Bez słowa podaję jej telefon, który Cate potem w milczeniu przekazuje Deksowi (Rachel czyta mu przez ramię). Wszyscy milczą. Odwracam wzrok. Nagle wszystko wydaje się zamazane. Czuję, że głowa za chwilę mi eksploduje, zupełnie jakbym właśnie poczuła kaca, który z pewnością czeka mnie jutro rano.

Mój mąż ma romans, myślę. Teraz jestem już pewna. Ktoś widział Nicka z inną kobietą. Ktoś coś wie. I ta informacja dotarła do April, która poczuła, że nie ma wyboru – musi mi powiedzieć. Nie można tego inaczej wyjaśnić. A mimo to jakaś mała cząstka mnie wciąż kurczowo trzyma się resztek nadziei. Widzę, że Rachel myśli o tym samym.

– Może chodzić o cokolwiek – mówi cichym, pełnym troski głosem.

– Na przykład?...

Rachel spogląda na mnie pustym wzrokiem. Tymczasem Cate również próbuje mnie pocieszyć:

– April jak zwykle wszystko wyolbrzymia. W końcu uwielbia dramaty. Sama tak mówiłaś... Może kieruje się nic nieznaczącymi poszlakami. Nie powinnaś wyciągać przedwczesnych wniosków.

– Po prostu do niej zadzwoń – odzywa się Dex. Ma błyszczące gniewem oczy i wojowniczo wysuwa szczękę, a ja zastanawiam się przez chwilę, kto zwyciężyłby w bójce: mój mąż czy brat. – Albo zadzwoń do Nicka. Jedno albo drugie, Tess.

– Teraz? – pytam. Serce zaczyna mi bić jak szalone, a restauracja wiruje przed oczami.

– Tak – odpowiada. – Właśnie teraz.

– Stąd? Z baru? – pyta Rachel, zatroskana. – Za głośno tu.

– O wiele za głośno – zgadza się Cate, rzucając Deksowi niespokojne spojrzenie.

Wszyscy troje zaczynają dyskusję na temat tego, jaką powinnam obrać strategię, do kogo najpierw zadzwonić, a także skąd wykonać telefon, który potencjalnie może zmienić całe moje życie – z toalety, innego baru, z ulicy czy z mieszkania Cate. Kręcę głową i z powrotem chowam komórkę do torebki.

– Co robisz? – pyta Dex.

– Nie chcę wiedzieć – oświadczam, w pełni świadoma, jak głupio to brzmi.

– Jak to? – pyta z niedowierzaniem.

– Po prostu… nie chcę wiedzieć… Nie teraz. Nie dziś – powtarzam, zaskakując samą siebie, a także trójkę ludzi, o których wiem, że kochają mnie najbardziej na świecie. Nie licząc Nicka. Chociaż… może i licząc.

ROZDZIAŁ 30

Valerie

Valerie spędziła resztę popołudnia z Charliem. Robiła, co mogła, żeby zająć go ulubionymi czynnościami. Jedli lody z gorącą polewą toffi, oglądali *Gwiezdne wojny*, czytali na głos *Fałdkę czasu* i wygrywali na pianinie zabawne duety. Pomimo tego, co się wydarzyło, dobrze się bawili – tak jak to tylko rodzic z dzieckiem potrafi. Ale przez cały ten czas Valerie tęskniła za Nickiem, pragnęła, by jej dotknął, i odliczała minuty do chwili, gdy znów się spotkają – wieczorem, tak jak się umówili.

A teraz w końcu są sami. Charlie śpi twardo na górze – zasnął z nosem w talerzu talarków z kurczaka. Oni też skończyli już swoją kolację – linguine z małżami, zjedzone przy blasku świec – i przeszli do salonu. Zasłony są zaciągnięte, światło przytłumione, a w tle słychać tęskny głos Williego Nelsona, który śpiewa *Georgia on My Mind*, ze składanki romantycznych piosenek, którą Valerie nagrała z myślą o Nicku. Nie dotknęli się jeszcze, ale Valerie czuje, że to wkrótce nastąpi, że zajdzie między nimi coś ważnego, nieodwracalnego, co może zmienić całe ich życie. Wie, że to, co czuje, jest niewłaściwe, ale wierzy w to – wierzy w niego. Powtarza sobie, że nie poprowadziłby jej tą ścieżką, gdyby nie miał konkretnego planu. Gdyby i on w nią nie wierzył.

Nick bierze ją za rękę i mówi:

– Cieszę się, że zepchnął tę smarkulę z drabinki.

Valerie uśmiecha się.

– Wiem... Chociaż jej matka jest bardzo miła.

– Naprawdę?

– Naprawdę. Sama byłam zaskoczona.

– To zawsze przyjemne, kiedy ktoś cię pozytywnie zaskakuje – mówi Nick, obracając w palcach kieliszek z winem, po czym upija długi łyk.

Valerie patrzy na niego, zastanawiając się nad czymś, o co jednak nie ma odwagi zapytać z obawy, że zabrzmi to głupio. Pyta więc tylko:

– Jak długo możesz zostać?

Nick patrzy na nią z uczuciem, odchrząkuje i mówi, że z dziećmi została opiekunka – młoda dziewczyna, która spokojnie może u nich posiedzieć do rana. Potem spogląda na swój kieliszek z winem i dodaje:

– Tessa wyjechała na weekend do Nowego Jorku... Odwiedza przyjaciółkę i brata.

Nick wspomniał bezpośrednio o swojej żonie po raz pierwszy od wielu tygodni, odkąd ich wzajemny pociąg zmienił się w erotyczne napięcie, a pierwszy raz w ogóle wymienił jej imię.

Tessa, myśli Valerie. A więc ona ma na imię Tessa.

Łagodne brzmienie tego imienia przywodzi jej na myśl delikatną, beztroską miłośniczkę zwierząt. Kobietę, która nosi kolorowe apaszki, projektuje biżuterię i karmi dzieci piersią do momentu, kiedy mają rok, a może nawet dłużej. Która w zimie jeździ na łyżwach po zamarzniętych stawach, wiosną sadzi niezapominajki, latem łowi ryby, a przez cały rok pali kadzidełka. Kobietę z dołeczkiem w jednym policzku albo szparką między zębami, albo innym tego typu pełnym uroku znakiem szczególnym.

Valerie uświadamia sobie nagle, że podświadomie miała nadzieję na bardziej twardo brzmiące imię w stylu Brooke czy Reese. Albo inne, w sam raz dla frywolnej, rozpieszczonej panny, jak Annabel czy Sabrina. Albo bardziej staroświeckie i trochę nudne, na przykład Lois albo Frances. Albo tak pospolite w ich pokoleniu, że w ogóle z niczym się nie kojarzy, jak Stephanie czy Kimberly. Ale nie – Nick ożenił się z Tessą. Imię to napełnia Valerie nieoczekiwanym smutkiem, który niepokoi ją bardziej niż towarzyszące jej stale gdzieś w głębi duszy poczucie winy. Winy, nad którą nie chce się zastanawiać ze strachu, że przeszkodzi jej w zdobyciu tego, czego tak rozpaczliwie pragnie.

Bosa stopa Nicka dotyka jej stopy. Oboje siedzą na kanapie z nogami na stoliku do kawy. Valerie ściska jego dłoń, jakby chciała stłumić szok, że jest zdolna do czegoś takiego. Że siedzi sobie tu, ot tak po prostu, z żonatym mężczyzną, a do tego ma nadzieję, że już wkrótce będą się dotykać wszędzie i że być może któregoś dnia on będzie należał do niej. To niedorzeczne, samolubne marzenie, ale z drugiej strony – przerażająco osiągalne.

Ale najpierw musi mu powiedzieć o tej chwili dzisiaj na parkingu, o minie Romy, ponieważ jeśli to przemilczy, istnieje obawa, że droga, którą idą, poprowadzi ich w niepożądaną stronę. Ściska więc mocniej jego dłoń i zaczyna:

– Muszę ci coś powiedzieć.

– Co takiego? – pyta Nick, unosząc jej dłoń do ust i całując ją.

– Dzisiaj... na parkingu przed szkołą...

– Hm? – Nick spogląda na nią, a na jego czole pojawia się ślad niepokoju. Obraca kieliszek z winem i upija łyk. Valerie czuje, że słabnie, ale nie poddaje się:

– Kiedy staliśmy koło samochodu... zobaczyłam Romy. Obserwowała nas. Widziała nas razem.

Nick kiwa głową. Jest zmartwiony, ale udaje, że się tym nie przejął.

– Cóż. To było do przewidzenia, nie sądzisz?

Valerie nie jest pewna, o co mu chodzi, pyta więc tylko:

– Myślisz, że mamy problem?

Nick kiwa głową.

– To możliwe.

Valerie liczyła na inną odpowiedź.

– Naprawdę?

Nick znów kiwa głową.

– Moja żona zna tę kobietę.

– Przyjaźnią się!? – pyta Valerie, przerażona.

– Niezupełnie... są raczej... znajomymi. Mają wspólną przyjaciółkę.

– Myślisz, że to do niej dotrze? – pyta Valerie, zastanawiając się, jak on może przyjmować to z takim spokojem, dlaczego nie biegnie do telefonu, by wszystko jakoś naprawić.

– Być może... Pewnie tak. Znając to miasteczko. Te kobiety. Tak, pewnie w końcu Tess się o wszystkim dowie...

Tess. Valerie obraca to zdrobnienie w głowie, nie mniej zaniepokojona, niż gdy usłyszała pełną wersję imienia jego żony. Tess. Kobieta, która bawi się z psami, śpiewa piosenki z lat osiemdziesiątych do butelki po szamponie, udając, że to mikrofon, latem staje na rękach na zielonej trawie i czesze się w dobierany warkocz.

– Martwisz się? – pyta Nicka, starając się wyrobić sobie jakąś opinię na temat Tess i, co ważniejsze, ich małżeństwa. Nick spogląda jej w oczy i kładzie rękę na tylnym oparciu kanapy.

– Romy nie widziała nas w takiej sytuacji jak teraz – mówi, dotykając jej ramienia i nachylając się, by pocałować ją w czoło. – Po prostu sobie staliśmy, prawda?

– No tak... ale jak to w ogóle wytłumaczysz? Że byłeś z nami w szkole? – w momencie, gdy wypowiada to pytanie, Valerie uświadamia sobie, że oto oboje stali się współspiskowcami.

– Powiem jej, że się przyjaźnimy. Że zbliżyliśmy się do siebie... Że Charlie zadzwonił do mnie, kiedy w szkole stała mu się krzywda. I że przyjechałem. Jako jego lekarz i twój przyjaciel.

– Czy coś takiego... już ci się kiedyś zdarzyło? Zbliżyłeś się do jakiegoś pacjenta? Albo do kogoś z jego rodziny?

– Nie – odpowiada natychmiast Nick. – Nie w ten sposób. Nigdy.

Valerie kiwa głową. Wie, że powinna już przestać pytać. Mimo to naciska dalej:

– Co powie twoja żona? Kiedy to do niej dojdzie?

– Nie mam pojęcia. W tej chwili nie potrafię sobie tego wyobrazić...

– Ale czy nie powinieneś... nie powinniśmy... o tym porozmawiać?

Nick przygryza wargę.

– Dobrze. Może i powinniśmy.

Valerie patrzy na niego pustym wzrokiem, dając mu w ten sposób do zrozumienia, że to on powinien zacząć.

Nick odchrząkuje.

– Co chciałabyś wiedzieć? Powiem ci wszystko.

– Jesteś szczęśliwy? – pyta Valerie. Jest to jedno z pytań, których przyrzekła sobie nigdy mu nie zadawać. Nie chciała rozmawiać dziś o jego małżeństwie. Chciała, żeby to był ich wieczór. Ale to przecież niemożliwe. Dobrze o tym wie.

– Teraz tak. W tej chwili. Z tobą.

Pochlebia jej ta odpowiedź. Sprawia, że ogarnia ją fala radości. Nie o to jednak pytała i nie zamierza zadowalać się unikiem.

– Ale zanim mnie spotkałeś – mówi ze ściśniętym żołądkiem. – Czy byłeś szczęśliwy, zanim mnie spotkałeś?

Nick wzdycha, dając jej do zrozumienia, że zadała trudne pytanie.

– Kocham swoje dzieci. Kocham swoją rodzinę. – Spogląda na nią z ukosa. – Ale czy jestem szczęśliwy?... Nie. Chyba nie. Ostatnio... wszystko się skomplikowało.

Valerie kiwa głową. Uświadamia sobie, że prowadzą właśnie rozmowę, jaką jeszcze niedawno by wydrwiła. Już wiele razy słyszała tego typu banalne dialogi – w filmach, w opowieściach znajomych i w tylu różnych innych miejscach, że nie jest w stanie przypomnieć sobie choćby jednego konkretnego przykładu. A mimo to słyszy je w głowie, wyobraża sobie „tę drugą", zadającą pełne nadziei pytania, udającą troskę, a jednocześnie knującą po cichu. I mężczyznę, który gra rolę ofiary, naprawdę wierzy, że jest pokrzywdzony, gdy tymczasem tak naprawdę to on łamie obietnice. Zawsze dotąd powtarzała w duchu takim facetom: dorośnij wreszcie, bądź mężczyzną, rozwiedź się. Ale teraz... teraz to ona zadaje pytania, szukając odcieni szarości, furtki, która uspokoi jej sumienie.

Nick ciągnie poważnym tonem:

– Nic nie poradzę na to, co do ciebie czuję... naprawdę.

– A co właściwie czujesz? – Valerie nie potrafi powstrzymać się od tego pytania.

– Zakochuję się... – zaczyna Nick. Przełyka ślinę, bierze głęboki oddech i mówi dalej głosem niższym o oktawę: – Zakochuję się w tobie.

Valerie patrzy na niego pełnym nadziei wzrokiem, myśląc, jak niewinnie i prosto brzmią jego słowa. I może rzeczywiście wszystko jest niewinne i proste. Może takie jest życie i podobne rzeczy przytrafiają się wielu ludziom – nawet tym dobrym.

Serce wali jej jak szalone i ściska ją boleśnie w klatce piersiowej, kiedy spogląda Nickowi w oczy i nachyla się w jego stronę. Wie, że na zawsze zapamięta to, co stanie się później.

Zapamięta to równie wyraźnie, jak wszystko inne, co wydarzyło się w jej życiu, nieważne – dobre czy złe. Tak samo wyraźnie, jak dzień narodzin Charliego, jego wypadek albo cokolwiek istotnego, co zdarzyło się po drodze.

Ich twarze się stykają, usta łączą się w pocałunku, najpierw powolnym i pełnym wahania, ale już po chwili coraz gwałtowniejszym. Cały czas całując się, układają się na kanapie, potem staczają na podłogę, w końcu lądują w łóżku Valerie. Pocałunek trwa aż do chwili, gdy Nick wchodzi w nią, szepcząc jej do ucha, że to coś prawdziwego, to, co jest między nimi, i że się w niej zakochał, oficjalnie i po uszy.

ROZDZIAŁ 31

Tessa

– Żałuję, że opowiedziałam o wszystkim Deksowi i Rachel – mówię do Cate przy jajkach, bekonie i frytkach domowej roboty w Café Luka, jednym z naszych starych ulubionych miejsc porannych spotkań na Upper East Side. Mam nadzieję, że tłuste jedzenie wyleczy mojego kaca albo przynajmniej sprawi, że nie będzie mnie już tak mdliło, chociaż wiem, że nie poprawi mi humoru.

– Czemu? – pyta Cate, popijając sok grejpfrutowy. Krzywi się, bo sok jest kwaśny, ale i tak wypija go do dna, po czym chwyta szklankę wody mineralnej z lodem. Odkąd zaczęła pracować w telewizji, Cate ma obsesję na punkcie uzupełniania poziomu wody w organizmie, co wymaga sporo wysiłku, biorąc pod uwagę ilości pochłanianej przez nią kofeiny oraz alkoholu.

– Bo będą się martwić. Bo Dex może się wygadać przed mamą. Bo nie będą już lubić Nicka... No i... po prostu nie chcę, żeby Rachel mnie żałowała – mówię, spoglądając na odbicie swoich podpuchniętych, zaczerwienionych oczu w lustrze na ścianie, przy której siedzimy. Odwracam wzrok z myślą, że sama miałabym romans, gdybym musiała żyć z kimś takim.

– Rachel martwi się o ciebie – mówi Cate. – Ale nie sądzę, żeby się nad tobą litowała.

– Sama nie wiem. Wczoraj tak na mnie patrzyła... coś okropnego. A jak mnie uścisnęła, kiedy wsiadali do taksówki... Jakby wolała być bezdomna, niż przeżywać to, co prawdopodobnie mnie spotkało...

Cate ściska moją dłoń, a ja uświadamiam sobie, że jej współczucie nigdy mi nie przeszkadza. Zawsze chętnie zwierzam jej się ze swoich słabości, niedoskonałości albo lęków i nigdy tego potem nie żałuję. W związku z tym jej obraz mojej osoby pokrywa się z moim własnym, dzięki czemu czuję się w jej towarzystwie całkowicie swobodnie i komfortowo. Jest to niezwykle cenne, zwłaszcza kiedy coś idzie nie tak.

– Ale cieszysz się, że powiedziałaś bratu? – pyta.

– Tak. Chyba po prostu żałuję, że z tym nie zaczekałam, aż będę wiedziała, co się naprawdę dzieje. Mogłabym do niego zadzwonić w przyszłym tygodniu i porozmawiać na trzeźwo... Na pewno powtórzyłby wszystko Rachel, ale przynajmniej nie musiałabym patrzeć na jej minę.

Cate otwiera opakowanie ze słodzikiem, po czym zmienia zdanie i wsypuje do kawy biały cukier prosto z cukierniczki. Miesza kawę, podnosi na mnie wzrok i mówi:

– Rachel jest bardzo miła... Ale trochę zbyt porządna i idealna, prawda?

– Właśnie – przytakuję, gwałtownie kiwając głową. – Wiesz, że nigdy nie słyszałam, żeby przeklinała? I nigdy nie powiedziała złego słowa na Deksa, poza tym że od czasu do czasu powtarza coś w stylu: „Wiesz, jacy są faceci...". Nigdy też nie skarżyła się na dzieci... Nawet kiedy Julia miała kolki...

– Myślisz, że udaje? – pyta Cate. – Czy rzeczywiście jest taka zadowolona z życia?

– Nie wiem. Na pewno się pilnuje... Ale wydaje mi się też, że ona i Dex naprawdę tworzą idealne małżeństwo.

Cate spogląda na mnie i w jej spojrzeniu widzę nadzieję. Nadzieję, że i jej zdarzy się kiedyś taki związek. Przychodzi mi do głowy, że wcześniej tak samo myślała o mnie i o Nicku.

– Posłuchaj. Nie zrozum mnie źle – mówię. – Chcę, żeby mój brat był szczęśliwy. Chcę, żeby Rachel była szczęśliwa... Ale nic na to nie poradzę, że trochę niedobrze mi się robi, kiedy na nich patrzę. Widziałaś, jak się trzymali za ręce? Siedząc na stołkach barowych? Kto trzyma się za ręce na stołkach barowych? To naprawdę dziwaczne... – przedrzeźniam Rachel, wyciągając rękę w powietrzu z rozmarzonym wyrazem twarzy. Potem mówię: – Myślałam, że padnie, kiedy Dex przyznał się, że mieli romans.

– Masz na myśli romans, o którym wszyscy od dawna wiedzieliśmy? – parska śmiechem Cate. – Myślisz, że go za to później opieprzyła?

– Wątpię. Pewnie wrócili do domu i zaczęli się migdalić. Zrobili sobie nawzajem masaż. Albo coś takiego. Towarzystwo takich par bywa naprawdę wyczerpujące – mówię, uświadamiając sobie, że zazdrość jest męcząca.

– Słuchaj, Tess. – Cate nagle poważnieje. – Wiem, że się boisz. Wiem, że dlatego nie chcesz oddzwonić do April. Ale Dex miał rację... Musisz się z tym w końcu zmierzyć. Takie zamartwianie się jest znacznie gorsze niż prawda... A poza tym naprawdę może się okazać, że nic się nie stało. Może oskarżamy Nicka bez powodu.

– Może – mówię, zastanawiając się, jak to możliwe, że w jednej chwili jestem pewna jego romansu, a już kilka sekund później przekonana o jego niewinności. – A jeśli rzeczywiście tego nie zrobił, to ja jestem tą złą. Grzebię w jego rzeczach i oczerniam go przed innymi.

– Nikogo nie oczerniałaś – stwierdza stanowczo Cate. – Ale faktycznie... możliwe, że masz lekką paranoję... Nick pewnie siedzi w domu i tęskni za tobą.

Spoglądam na zegarek, wyobrażając sobie Nicka jedzącego śniadanie z dziećmi, i krzyżuję palce z nadzieją, że w tej chwili tylko to go zajmuje. Że nawet jeśli jest niezadowolony z jakichś detali naszego wspólnego życia, to ten stan minie i na dłuższą metę nam się uda. Takie jest moje rozpaczliwe marzenie na kacu.

– Mogłabyś zadzwonić do April? Właśnie teraz? Proszę – mówi Cate ponaglająco.

Wytrzymuję jej spojrzenie i wolno kiwam głową. Przypominam sobie wszystkie te sytuacje, kiedy Cate skłaniała mnie do zrobienia czegoś, czego się bałam albo na co byłam za słaba, włączając w to tamten pierwszy telefon do Nicka wiele lat temu. Jakże inne byłoby teraz moje życie, gdybym jej wtedy nie posłuchała. W końcu wyciągam komórkę i wybieram jeden z niewielu numerów, które znam na pamięć. April odbiera po pierwszym sygnale, wypowiadając moje imię z wiele mówiącą nutką niepokoju w głosie.

– Cześć, April – mówię i wstrzymuję oddech, starając się opanować bicie serca.

– I jak się bawisz? – pyta. Albo stara się odwlec ten okropny moment, albo uważa, że dobre maniery są najważniejsze.

– Dobrze. Zawsze miło jest wrócić do Nowego Jorku – odpowiadam. Uświadamiam sobie, że mój głos brzmi sztucznie, że zdecydowanie wolałabym usłyszeć złe nowiny od Cate niż od April. Spoglądam na przyjaciółkę i widzę, jak odkłada widelec na talerz, z miną pełną wyczekiwania i lęku, która idealnie odzwierciedla to, co sama czuję.

– Dostałaś wczoraj moją wiadomość? – pyta April.

– Tak – odpowiadam. – Dostałam.

April zaczyna się jąkać. Wygłasza najwyraźniej wyćwiczoną wcześniej przedmowę na temat swojego obowiązku jako mojej przyjaciółki opowiedzenia mi o tym, o czym właśnie ma mi opowiedzieć.

– No dobra – mówię ze ściśniętym żołądkiem. – Wal.

April wypuszcza powietrze, po czym wyrzuca z siebie tak szybko jak to możliwe:

– Romy widziała Nicka w Longmere. Wczoraj po południu.

Czuję, jak opuszcza mnie napięcie. Z wielką ulgą stwierdzam, że być może chodzi o jakieś szkolne plotki, nic więcej. Nigdy oficjalnie nie oświadczyłam znajomym, że mam zamiar posłać Ruby do Longmere, a wiem, że niezmiernie to ciekawi moje tak zwane koleżanki. Być może dlatego, że chcą nadać większą wartość własnym decyzjom, konfrontując je z moim pragnieniem, by właśnie tam zapisać córkę.

Odchrząkuję.

– Cóż, faktycznie powiedziałam mu, że teraz czas na jego ruch, jeśli chodzi o szkołę Ruby. – Przez chwilę rozważam nawet, czy jej nie powiedzieć, że Nick już dawno miał zamiar obejrzeć Longmere. Wolę jednak nie ryzykować, że przyłapie mnie na kłamstwie, zresztą Nick mógł powiedzieć jej coś, co przeczyłoby tej wersji wydarzeń. – Cieszę się, że wykazał inicjatywę. Prawdopodobnie oglądał szkołę. Albo rozmawiał z kierowniczką działu rekrutacji. A może przyjechał z naszym podaniem. Chociaż o tym chyba mogę tylko pomarzyć...

– Tak... ale...

– Ale co? – pytam, czując nagły przypływ lojalności wobec Nicka i jednoczesnej niechęci w stosunku do April.

– Ale... on nie wyglądał, jakby przyjechał obejrzeć szkołę.

Milczę znacząco. April ciągnie:

– Był z Valerie Anderson.

Pomimo że powinnam już pojąć, o co chodzi, nadal nie do końca rozumiem, co chce mi powiedzieć.

– Jak to był z nią?

– Stali na parkingu. Razem. I z jej synem Charliem. Nick pomagał mu wsiąść do samochodu.

– No dobrze – mówię, usiłując wyobrazić sobie tę scenę, a także znaleźć dla niej logiczne wytłumaczenie.

– Przykro mi – mówi April.

– Jak to ci przykro? Co chcesz przez to powiedzieć? – pytam, czując wzbierającą złość.

– Nic, pomyślałam po prostu, że powinnaś wiedzieć... Romy uważa, że to wyglądało... no... dosyć dziwnie... to jak tam razem stali.

– Niby jak? – rzucam gniewnym tonem. – Powiedz mi, proszę, jak stali?

– No... tak, jakby byli parą – wyjaśnia April z ociąganiem.

Starając się ze wszystkich sił opanować drżenie głosu, mówię:

– Wydaje mi się, że wyciągasz nazbyt pochopne wnioski.

– Nie wyciągam żadnych wniosków – odpowiada. – Dobrze wiem, że sytuacja mogła być całkowicie niewinna. Nick mógł pojechać do szkoły, żeby się na przykład czegoś dowiedzieć w sprawie Ruby, a kiedy tam był, mógł całkiem przypadkiem wpaść na Valerie... na parkingu.

– A niby co innego miałoby to znaczyć? – pytam oburzona. Gdy April nie odpowiada, ciągnę ostrym głosem: – Że mój mąż po kryjomu umówił się z inną kobietą na parkingu przed Longmere? Doprawdy, April, nie jestem może specem od romansów, ale potrafię sobie wyobrazić wiele lepszych miejsc... Na przykład motel... Albo bar...

– Ja wcale nie twierdzę, że Nick ma romans – przerywa mi April z nutką paniki w głosie. Najwyraźniej dotarło do niej, że jestem zdrowo wkurzona. Odchrząkuje i zaczyna rozpaczliwy odwrót. – Jestem pewna, że Nick nie wszedłby w niestosowną relację z matką swojego pacjenta.

– Nie. Nie wszedłby – rzucam bojowo. – Z matką pacjenta ani z nikim innym.

Cate wyraźnie się ożywia, uśmiecha się do mnie, jakby mówiła: „No, dalej, nagadaj jej", i uderza pięścią powietrze.

Mija kilka chwil niezręcznej ciszy. W końcu April pyta:

– Ale nie jesteś na mnie zła?

– Nie. Ani trochę – odpowiadam krótko. Oczywiście mam nadzieję, że zdaje sobie sprawę z tego, że tak naprawdę jestem na nią wściekła. Że to wyjątkowo nie w porządku z jej strony rozpuszczać plotki o moim mężu. Że prawie zepsuła mi weekend swoim wścibstwem i panikarstwem. Mam ochotę poradzić jej, żeby popatrzyła na siebie i zastanowiła się, czego jej brak, jaką pustkę stara się zapełnić, wtykając nos w moje życie.

– No to... w takim razie... dobrze – bełkocze dalej April. – Bo wiesz, za nic nie chcę wywoływać konfliktów... Po prostu... Po prostu ja bym chciała, żebyś mi powiedziała, gdybyś zobaczyła Roba z inną kobietą... nawet gdyby była to całkowicie niewinna sytuacja... Bo w końcu od tego ma się przyjaciółki. My, dziewczyny, musimy trzymać się razem... Troszczyć się o siebie nawzajem.

– Doceniam twoją troskę. I możesz podziękować ode mnie Romy. Ale naprawdę nie ma powodów do niepokoju. – Kończę rozmowę krótkim „na razie" i rozłączam się, spoglądając na Cate.

– Co jest? – pyta, wpatrzona we mnie szeroko otwartymi oczami. Długie rzęsy wciąż ma pomalowane czarnym tuszem, którego nie zmyła od zeszłego wieczoru.

Zdaję jej sprawozdanie z rozmowy, ciekawa jej reakcji.

– Myślę, że to wszystko można łatwo wyjaśnić. Nie ma żadnych solidnych dowodów, że coś jest nie tak. Ta twoja April to chyba zupełna idiotka.

Kiwam głową, odsuwając od siebie talerz.

– A ty? Co o tym wszystkim myślisz? – pyta Cate.

– Myślę... Myślę, że powinnam wrócić do domu – mówię. Zaczyna mi się kręcić w głowie.

– Już dzisiaj? – Cate wygląda na rozczarowaną, ale wyraźnie chce mnie wesprzeć, jakąkolwiek podejmę decyzję.

– Tak – odpowiadam. – Chyba nie mogę dłużej czekać... Muszę porozmawiać z moim mężem.

ROZDZIAŁ 32

Valerie

Valerie budzi się następnego ranka w błogim otępieniu, niezdolna ruszyć się z łóżka, w którym Nick zostawił ją kilka godzin wcześniej. Pocałował ją po raz ostatni i obiecał zamknąć za sobą drzwi oraz zadzwonić do niej rano, chociaż właściwie już świtało. Wciąż z zamkniętymi oczami, Valerie wraca myślami do początku wieczoru, przypomina sobie każdą wyjątkową chwilę, każdy szczegół, a jej zmysły szaleją. Nadal wdycha zapach piżma na pościeli. Słyszy, jak Nick szeptem, niemal bezgłośnie wypowiada jej imię. Widzi mocne linie jego ciała, poruszającego się w ciemności. I nadal go czuje – wszędzie.

Valerie przewraca się na bok, żeby spojrzeć na zegarek. W tym momencie dostrzega Charliego, który na paluszkach mija jej pokój. Najwyraźniej stara się przemknąć niezauważony.

– Co robisz? – pyta Valerie, podciągając kołdrę pod szyję. Ma zachrypnięty głos, jak po koncercie albo wieczorze spędzonym w pełnym hałasu barze, co wydaje jej się dziwne, ponieważ jest pewna, że w nocy zachowywali się bardzo cicho.

– Idę na dół – odpowiada chłopiec.

– Jesteś głodny?

– Jeszcze nie. – Charlie lewą ręką trzyma się szerokiej mahoniowej poręczy, jednego z jej ulubionych elementów tego domu. Jest szczególnie ładna w Boże Narodzenie, przystrojona girlandami świerkowych gałązek. – Chciałem pooglądać telewizję.

Valerie kiwa głową, dając mu *carte blanche*. Charlie uśmiecha się i znika jej z pola widzenia. Dopiero gdy zostaje sama i wbija wzrok w sufit, do Valerie dochodzi znaczenie tego, co zrobiła. Przespała się z ż o n a t y m facetem – o j c e m d w ó j k i małych dzieci. Co więcej, zrobiła to w czasie, gdy jej własne dziecko spało pod tym samym dachem, łamiąc w ten sposób główną zasadę wszystkich samotnych rodziców. Zasadę, której sama bacznie przestrzegała przez ostatnie sześć lat. Pociesza się, że Charlie zwykle śpi jak kamień, nawet po znacznie mniej męczącym dniu niż wczorajszy. Ale tak naprawdę to nie ma znaczenia, ponieważ Valerie wie, że m ó g ł się obudzić. M ó g ł przyjść do jej sypialni, otworzyć drzwi, które blokowała tylko niewielka skórzana otomanka oraz sterta ich skłębionych ubrań. Mógł zobaczyć ich razem, poruszających się pod kołdrą, na kołdrze, po całym pokoju.

„Chyba zwariowałam", myśli Valerie. Tym bardziej że sama to zaczęła. To z jej inicjatywy poszli na górę, do sypialni, a gdy już tam się znaleźli – to ona spojrzała Nickowi w oczy i wyszeptała: „Tak, dzisiaj, proszę, teraz".

Dochodzi do wniosku, że oprócz obłędu istnieje tylko jedno wytłumaczenie – że ona również się zakochuje, choć z mieszaniną cynizmu i nadziei stwierdza, że w jej przypadku nie ma zbyt wielkiej różnicy między tymi dwoma stanami. Przypomina jej się Lion i moment, kiedy po raz ostatni czuła coś choć odrobinę podobnego. Na pewien czas kompletnie straciła dla niego głowę, nie tylko całym sercem, ale i umysłem wierzyła, że to, co czuje, jest prawdziwe. Zastanawia się, czy to możliwe, że znów się pomyliła, omamiona pożądaniem, pragnieniem wypełnienia pustki w swoim życiu i znalezienia ojca dla Charliego.

Valerie nie potrafi się jednak zmusić, by w to uwierzyć, podobnie jak nie może sobie wyobrazić, że Nick kochałby się z nią tylko po to, by zaspokoić żądzę czy po prostu się zabawić. Nie znaczy to, że Valerie nie zdaje sobie sprawy z niemoralności tego, co zrobili. Albo z ryzyka – wyraźnego i wciąż obecnego niebezpieczeństwa popadnięcia w emocjonalną ruinę. W pełni rozumie, że to wszystko może się źle skończyć – dla niej i dla Charliego. Dla Nicka i jego rodziny. Dla nich wszystkich.

A mimo to głęboko wierzy, że istnieje szansa – choć bardzo nikła – na szczęśliwe zakończenie. Że może Nick i jego żona tkwią w pozbawionym miłości małżeństwie, a jeśli się ono skończy, to z korzyścią dla wszystkich.

Powtarza sobie, że może nie ma wielu rzeczy, w które by wierzyła, ale na pewno wierzy w to, że każdy potrzebuje miłości – uczucia, którego dotychczas tak bardzo jej brakowało. Powtarza sobie, że być może Tessa jest z Nickiem nieszczęśliwa. Może nawet sama ma z kimś romans. Powtarza sobie, że dla ich dzieci byłoby lepiej, gdyby rodzice byli szczęśliwi osobno niż samotni razem. Nade wszystko jednak Valerie wierzy, że musi zaufać losowi tak jak nigdy wcześniej.

Na nocnym stoliku dzwoni komórka. Valerie wie, czuje, że to Nick, nim jeszcze dostrzega jego imię na wyświetlaczu.

– Dzień dobry – szepcze jej do ucha zmysłowym głosem.

– Dzień dobry – odpowiada Valerie z uśmiechem.

– Jak się masz? – pyta Nick z lekkim zakłopotaniem, charakterystycznym dla poranka po wspólnie spędzonej nocy.

Valerie nie do końca wie, jak wyrazić złożoność targających nią emocji, odpowiada więc po prostu:

– Jestem zmęczona.

Nick parska niespokojnym śmiechem i pyta:

– No, a poza tym? Czy... wszystko dobrze?

– Tak – mówi Valerie i milknie, zastanawiając się, czy kiedykolwiek zdoła się odsłonić i wreszcie pokazać, co dzieje się w jej sercu. Czy to w jej przypadku w ogóle możliwe? Ma poczucie, że tak, z nim i tylko z nim.

– A u ciebie? Wszystko w porządku? – pyta, myśląc, że to on ma o wiele więcej do stracenia i szczerze mówiąc, więcej powodów do tego, by czuć się winnym.

– Tak – odpowiada Nick cicho. – Wszystko okej.

Valerie uśmiecha się, ale już za chwilę uśmiech znika z jej twarzy, a radość zastępują ciężkie wyrzuty sumienia, gdy słyszy w tle szczebiotliwe głosy. Głosy jego dzieci. To zupełnie inna sprawa niż jego żona. W końcu możliwe, że ona – Tessa, Tess – ponosi winę albo przynajmniej część winy za swoje sypiące się małżeństwo, ale Valerie nie może w żaden sposób wytłumaczyć się z tego, co robi dwojgu niewinnym dzieciom. Stworzenie nowej rodziny nie unieważnia rozbicia innej i w żaden sposób nie zwalnia jej od odpowiedzialności za złamanie jedynej zasady, która jest dla niej istotna.

*

– Tatusiu! Więcej masła, proszę! – Valerie słyszy głos jego córki. Stara się sobie wyobrazić, jak mała wygląda właśnie w tym momencie, i z ulgą stwierdza, że nie potrafi. Przypomina sobie dwie oprawione w ramki czarno-białe fotografie w gabinecie Nicka. Te, o których dotąd udawało jej się nie myśleć.

– Oczywiście, kochanie – odpowiada Nick.

– Dziękuję, tatusiu – szczebiocze dziewczynka i dodaje śpiewnie: – Dziękuję bardzo! Bardzo, bardzo!

Jej słodki głosik i dobre maniery sprawiają, że Valerie jeszcze boleśniej ściska się serce.

– Co macie na śniadanie? – pyta Valerie nerwowo. Stara się w ten sposób dać mu do zrozumienia, że zdaje sobie sprawę z obecności jego dzieci, nie wspominając jednak o nich bezpośrednio.

– Gofry. Jestem gofrowym królem. Zgadza się, Rubes?

Valerie słyszy, jak dziewczynka chichocze i odpowiada:

– Tak, tatusiu. A ja jestem gofrową księżniczką.

– Tak jest. Jesteś gofrową księżniczką, to pewne.

W tym momencie Valerie słyszy małego chłopca, synka Nicka. Brzmi dokładnie tak, jak jego ojciec opisał go kiedyś w żartach: jak skrzyżowanie mechanicznego głosu Terminatora z europejskim gejem śpiewającym staccato:

– Ta-tooooo. Ja. Chcę. Więcej. Ma-słaaa.

– Nie! To moje! – słychać głos dziewczynki. Valerie przypomina sobie, jak Nick stwierdził kiedyś z rozbawieniem: „Ruby potrafi być tak apodyktyczna, że pierwszym słowem Franka było: »pomocy«".

Valerie znów zamyka oczy, jakby chciała odciąć się w ten sposób od krzyków dzieci Nicka i od wszystkiego, co o nich wie. A jednak nie potrafi się powstrzymać przed tym, by wyszeptać:

– Masz... wyrzuty sumienia?

Nick waha się – co samo w sobie jest odpowiedzią – po czym mówi:

– Tak. Oczywiście, że tak... Ale niczego nie żałuję.

– Na pewno?

– Nigdy w życiu... – Nick ścisza głos. – Chcę to powtórzyć.

Ciarki przechodzą Valerie po plecach, gdy słyszy, jak Ruby pyta:

– Co chcesz powtórzyć? Z kim rozmawiasz, tatusiu?

– Z pewną znajomą osobą – mówi jej Nick.

– Z jaką? – naciska mała, a Valerie zaczyna się zastanawiać, czy wynika to ze zwykłej ciekawości, czy z jakiejś przedziwnej intuicji.

– Eee... nie znasz, kochanie – odpowiada Nick córce, starannie omijając zaimek osobowy, by nie zdradzić, jakiej płci jest owa osoba. Potem rzuca Valerie szeptem: – Muszę już kończyć. Ale zobaczymy się później?

– Tak – odpowiada Valerie tak szybko, jak tylko może. Zanim zdąży zmienić zdanie.

ROZDZIAŁ 33

Tessa

Niedługo później, po dwóch nieodebranych telefonach od April i dość łzawym pożegnaniu z Cate, lecę samolotem z powrotem do Bostonu, pochłaniając przydziałowe opakowanie miniprecli i mimowolnie podsłuchując głośną rozmowę dwóch mężczyzn w rzędzie za mną. Po krótkim zerknięciu przez oparcie siedzenia stwierdzam, że obaj reprezentują typ napakowanego troglodyty z kozią bródką, złotym łańcuchem i w bejsbolówce. Wpatruję się w mapę na tylnej okładce firmowego czasopisma linii lotniczych, na której zaznaczone są dziesiątki połączeń krajowych, a jednocześnie usilnie staram się nie słuchać dyskusji na temat „zajebistego porszaka", którego jeden z nich ma zamiar kupić, oraz problemów drugiego z szefem („co za gnój"). Konwersacja osiąga szczyt, gdy jeden z nich pyta:

– Zadzwonisz w końcu do tamtej cizi, co w klubie żeś ją poznał?

– Stary... W którym klubie i do której cizi?

(Tu następuje wybuch rubasznego rechotu, któremu towarzyszy – sądząc po odgłosie – albo klepnięcie w kolano, albo przybicie piątki).

– Do tej wygimnastykowanej. Jak jej było? Lindsay? Lori?

– A, do Lind-say. Żebyś, kurna, wiedział. Zadzwonię. Była *sexy*. *Sexy* jak chuj.

Krzywię się, porównując ich z moim mężem, inteligentnym i pełnym szacunku dla kobiet, który nigdy, ale to nigdy nie użyłby słowa „*sexy*" i słowa „chuj" w tym samym zdaniu. Zamykam oczy, przygotowując się w duchu na lądowanie, i wyobrażam sobie scenę, którą zastanę zapewne po powrocie do domu: Nicka i dzieci, łamiących wszystkie zasady, których na co dzień się trzymamy, być może wciąż jeszcze w piżamach, opychających się niezdrowym jedzeniem, wśród ogólnego rozgardiaszu. Ta pełna chaosu wizja przynosi mi dziwną pociechę, ponieważ wynika z niej, że Nick nie poradziłby sobie beze mnie.

*

A jednak kiedy godzinę później wpadam do domu, skonsternowana stwierdzam, że panuje w nim pustka i wzorowy porządek. Kuchnia aż lśni, łóżka są pościelone, a na schodach stoi wiklinowy kosz pełen świeżo wypranych i poskładanych ubrań. Snuję się po całym domu bez celu, aż w końcu wchodzę do salonu, najbardziej eleganckiego i najmniej używanego pomieszczenia w naszym domu. Mój wzrok pada na sofę, na której nie siedziałam chyba od dnia, gdy wybrałyśmy ją z matką w salonie wystawowym. Dobrze pamiętam tamto popołudnie, godziny spędzone na zastanawianiu się nad stylem, materiałem i rodzajem drewna, z którego wykonane są zgrabne nóżki mebla, i debatowaniu nad tym, czy zapłacić trochę więcej za specjalny środek chroniący przed plamami. Teraz to wszystko wydaje mi się kompletnie bez znaczenia.

Ostrożnie siadam na sofie, zdeterminowana, by nacieszyć się rzadką chwilą spokoju. Nie czuję jednak nic poza samotnością. Głośna cisza panująca w mieszkaniu wyprowadza mnie z równowagi. Pogrążam się w ponurych rozmyślaniach nad tym, jak by to było, gdybyśmy kiedykolwiek rozstali się z Nickiem. Wyobrażam sobie pustkę, jaka zapanowałaby wtedy w moim życiu. Pamiętam, jak kiedyś, po wyjątkowo ciężkim dniu, zażartowałam, że byłabym znakomitą matką, gdybym zajmowała się dziećmi tylko w poniedziałki, wtorki i co drugi weekend. Nick roześmiał się wtedy i powiedział, żebym nie gadała bzdur, że życie samotnego rodzica jest przygnębiające i nieszczęśliwe, że on byłby nieszczęśliwy beze mnie. Trzymając się kurczowo tego wspomnienia, wybieram jego numer.

– Hej! – krzyczy Nick w słuchawkę. Sam dźwięk jego głosu sprawia mi natychmiastową ulgę, choć nie mogę pozbyć się pokusy zabawy w detektywa i staram się rozpoznać odgłosy, które słychać w tle. Wygląda na to, że Nick jest w jakimś centrum handlowym, chociaż szanse, że pojechał na zakupy z własnej nieprzymuszonej woli, są mniejsze niż prawdopodobieństwo, że ma romans.

– Cześć – odpowiadam. – Gdzie jesteś?

– W Muzeum Dziecięcym.

– Z dzieciakami?

– Owszem – potwierdza ze śmiechem. – Z zasady nie chadzam w takie miejsca bez nich.

Uśmiecham się, myśląc, jak niemądre było moje pytanie. Czuję, że się rozluźniam.

– Jak tam Nowy Jork? – pyta Nick. – Co porabiasz?

Biorę głęboki oddech.

– Właściwie to jestem w domu.

– W domu? Dlaczego? – pyta wyraźnie zaskoczony.

– Tęskniłam – mówię. Jest w tym ziarnko prawdy.

Nick nie odpowiada. Wytrąca mnie to z równowagi i zaczynam pleść, co mi ślina na język przyniesie:

– Po prostu chciałam cię zobaczyć. Porozmawiać z tobą...
o pewnych sprawach.

– O jakich sprawach? – pyta z niepokojem w głosie. Może
dlatego, że zrobił coś nie tak. Albo dlatego że ma czyste sumienie, w związku z czym zakłada, że problem leży po mojej
stronie.

– O różnych sprawach – odpowiadam zakłopotana własną ogólnikowością. Zaczynam wątpić, czy dobrze zrobiłam,
wracając do domu i nawiązując tę rozmowę. W końcu możliwe, że mam prawdziwy powód do niepokoju, ale czy jest
on dość poważny, by skrócić pobyt w Nowym Jorku o pół
dnia oraz noc i nawet nie uprzedzić Nicka? Przecież mógł
pomyśleć, że naprawdę stało się coś złego: że jestem chora,
że to ja mam romans albo że stoję na skraju głębokiej depresji, gdy tymczasem wszystko wynikło z wścibstwa April
i tego, że przeczytałam jego SMS-a. Czyli problem został stwo-
rzony przez dwie gospodynie domowe cierpiące na paranoję.

– Tesso – mówi Nick, poruszony. – Co się stało? Dobrze się
czujesz?

– Tak. Tak. Świetnie – odpowiadam, zawstydzona i bardziej
zagubiona niż kiedykolwiek wcześniej. – Po prostu chcę porozmawiać. Dziś wieczorem. Carolyn dziś przychodzi, prawda?
Miałam nadzieję, że gdzieś wyjdziemy i... i pogadamy.

– Tak, Carolyn przychodzi. O ósmej.

– To świetnie. Jakie... jakie miałeś plany?

– Nie planowałem nic konkretnego – odpowiada Nick szybko. – Myślałem, że może skoczę do kina.

– O... – powtarzam. – A... a wczoraj gdzieś wychodziłeś?

– Eee... tak. Na chwilę.

Już mam zapytać, co robił, ale się powstrzymuję. Zamiast
tego mówię mu, że nie mogę się doczekać, kiedy go zobaczę, i po cichu przysięgam sobie, że nie będę owijała w bawełnę, gdy w końcu usiądziemy razem, żeby porozmawiać.
Muszę walić prosto z mostu, stawić czoła trudnym tematom:

wierności, seksowi, jego karierze i mojemu brakowi kariery, skrytemu niezadowoleniu, które pojawiło się w naszym związku. Nie będzie łatwo, ale jeśli nie potrafimy szczerze ze sobą rozmawiać, to dopiero znaczy, że mamy kłopoty.

– Ja też się nie mogę doczekać... ale teraz muszę kończyć. Dzieciaki rozbiegły się właśnie w dwóch przeciwnych kierunkach. Myślę, że wrócimy do domu koło piątej... może być? – pyta.

Jego słowa są neutralne, ale ton – obojętny z protekcjonalną nutką. Często mówił do mnie w ten sposób, gdy byłam w ciąży i – jego zdaniem – zachowywałam się nieracjonalnie. Muszę przyznać, że owszem, często tak właśnie było, na przykład pewnego dnia tuż przed Bożym Narodzeniem rozpłakałam się, bo uznałam, że nasza choinka jest brzydka i niesymetryczna. Prawie kazałam Nickowi zdjąć z niej lampki i wymienić na nową! Właściwie to teraz niemal czuję się, jakbym była w ciąży – nie fizycznie, lecz emocjonalnie. Zbiera mi się na płacz, zupełnie jakby szalała we mnie burza hormonów.

– Jasne. Może być – odpowiadam, zaciskając dłoń na poręczy kanapy, z nadzieją, że w moim głosie nie słychać desperacji. – Będę czekać.

*

Kolejną godzinę spędzam, biegając po domu, kąpiąc się i strojąc, zupełnie jakbym się szykowała na pierwszą randkę. Przez cały ten czas na zmianę to wpadam w rozpacz, to ogarnia mnie spokój. W jednej chwili powtarzam sobie, że na pewno intuicja mnie nie myli, w drugiej – sama siebie strofuję za brak poczucia własnej wartości, a także wiary w siebie i w swojego męża oraz w to, co stanowi podwaliny naszego związku.

Ale kiedy moja rodzina wraca do domu, nie da się nie wyczuć chłodu bijącego od Nicka, gdy obejmuje mnie na powitanie i całuje w policzek.

– Witaj w domu, Tess – mówi z ironiczną podejrzliwością w głosie.

– Dzięki, kochanie – odpowiadam, starając się przypomnieć, jak rozmawialiśmy ze sobą, zanim się to wszystko zaczęło. I kiedy właściwie się zaczęło. – Dobrze was wszystkich widzieć.

Klękam i przytulam dzieci. Oboje mają czyste buzie i są uczesani, a we włosach Ruby tkwi nawet różowa kokardka – mały triumf. Frankie wybucha radosnym śmiechem, hałaśliwie domagając się, by go jeszcze raz przytulić.

– Weź. Cię. Na. Ręce. Mama! – krzyczy. Nie poprawiam zaimka, zamiast tego biorę go w ramiona, całuję w oba policzki i w spoconą szyjkę, rozgrzaną pod wieloma warstwami, w które ubrał go tata. Frank chichocze, a ja stawiam go z powrotem na podłodze i rozpinam mu kurtkę. Ma na sobie niedobrany zestaw: granatowe sztruksowe spodnie i koszulę w pomarańczowo-czerwone paski. Linie i kolory delikatnie gryzą się ze sobą – pierwszy znak tego, że to ojciec się dziś nim zajmował. Uwolniony od kurtki, Frankie zaczyna obracać się w kółko i wymachując rękami na boki, puszcza się w pozbawione rytmu, spontaniczne tany. Wybucham śmiechem i na moment zapominam o wszystkim innym. W końcu po dłuższej chwili odwracam się do Ruby, która za wszelką cenę stara się pokazać mi, że jest obrażona. Nadal uważa, że powinnam była wziąć ją ze sobą na dziewczyński wypad, chociaż tak naprawdę w głębi duszy z pewnością jest szczęśliwa, że mogła spędzić czas z tatą.

Obrzuca mnie teraz chłodnym spojrzeniem i pyta:

– Co mi przywiozłaś?

Wpadam w panikę, uświadamiając sobie, że wbrew obietnicy nie odwiedziłam żadnego sklepu z zabawkami ani strojami dla małych dziewczynek.

– Nie było okazji – tłumaczę bez przekonania. – Miałam dzisiaj czegoś poszukać...

– No nie! – woła Ruby, wydymając wargi. – Od tatusia zawsze coś dostajemy, kiedy wraca do domu.

Przypominam sobie drobiazgi, które Nick przywoził dzieciom z różnych konferencji (często były to tandetne pamiątki kupowane na lotnisku), i ogarniają mnie wyrzuty sumienia, że nie zachowałam dla niej chociażby miniprecli z samolotu.

– Rubes. Bądź grzeczna dla mamy – upomina ją Nick odruchowo. Następnie i on uwalnia się od kolejnych warstw zimowej odzieży: kurtki, polaru i szalika, i wiesza wszystko na haczyku koło drzwi. – Mama wróciła wcześniej, specjalnie, żeby zrobić ci niespodziankę. A właściwie nam wszystkim.

– A dla mnie niespodzianką jest wysprzątany dom – mówię, rzucając mu pełne wdzięczności spojrzenie.

Nick uśmiecha się i puszcza do mnie oko, biorąc na siebie całą chwałę, chociaż coś mi mówi, że to Carolyn zrobiła pranie.

– Wrócenie wcześniej do domu to nie niespodzianka – stwierdza Ruby.

– Może za to pozwolimy sobie dziś na jakieś szaleństwo. Lody po obiedzie? – proponuję. Ruby jednak nie daje się przekonać. Jej nadąsana minka wyraża jednocześnie rozczarowanie i obrzydzenie. Zakłada ręce i usiłuje wynegocjować lepszy układ:

– Z gorącą polewą toffi?

Kiwam głową, a tymczasem Frankie znów zanosi się cichym rechotem, całkowicie ignorując siostrę-malkontentkę oraz milczące napięcie pomiędzy rodzicami. Patrzę, jak wymachuje rękami i znów zaczyna kręcić się w kółko, i jestem pełna miłości, podziwu oraz zazdrości wobec niewiele rozumiejącego, szczęśliwego dziecka. Mojemu synkowi wkrótce zaczyna kręcić się w głowie i przewraca się z chichotem, a ja modlę się, żebyśmy potrafili jeszcze kiedyś z Nickiem przeżyć wspólnie taki moment, kiedy ma się ochotę rzucić wszystko i po prostu cieszyć się chwilą. I tańczyć.

ROZDZIAŁ 34

Valerie

Cześć, Val. To ja. Mam nadzieję, że dobrze wam mija dzień. Jesteśmy w Muzeum Dziecięcym, w Pokoju Baniek. Jest świetnie... W każdym razie chciałem cię przeprosić, okazało się, że nie będę mógł się dziś z tobą zobaczyć... Zadzwoń, jeśli odsłuchasz tę wiadomość w najbliższym czasie. Jeśli nie... być może... nie dam rady odebrać... Zadzwonię, kiedy będę mógł, i wszystko ci wyjaśnię... W każdym razie... przepraszam. Naprawdę... Tęsknię za tobą... Wczoraj było niesamowicie. Ty jesteś niesamowita... No dobrze. To na razie.

Serce Valerie zamiera, kiedy odsłuchuje wiadomość w samochodzie, na parkingu przed sklepem ze zdrową żywnością, gdzie wybrała się po zakupy przed dzisiejszą kolacją. Charlie zajmuje miejsce z tyłu, a obok niego leżą trzy torby pełne sprawunków.

– Mamusiu! – woła zniecierpliwiony.

– Co, kochanie? – Valerie zerka na synka w lusterku wstecznym. Usiłuje zachować pogodną minę i radosny ton, mimo że tak naprawdę czuje się okropnie.

– Czemu nie jedziemy?

– Przepraszam… słuchałam wiadomości – odpowiada. Zapala silnik i zaczyna powoli cofać.

– Od Nicka? – pyta Charlie.

Valerie na chwilę wstrzymuje oddech.

– Tak. Od Nicka. – Valerie po raz kolejny uświadamia sobie, jak wiele ryzykuje. Już teraz Nick jest pierwszą osobą, która przyszła Charliemu do głowy, nawet przed Jasonem czy Rosemary. To do niego pierwszego mały zadzwonił ze szkoły, kiedy nie mógł dodzwonić się do niej.

– Co powiedział? – pyta Charlie. – Przyjdzie dziś wieczorem?

– Nie, skarbie – odpowiada Valerie, wyjeżdżając z parkingu.

– Czemu nie?

– Nie wiem. – Valerie po cichu zastanawia się nad możliwymi powodami. Może nie mógł znaleźć opiekunki do dzieci. Może jego żona wróciła do domu dzień wcześniej. Może zmienił zdanie na temat Valerie i tego, co jest między nimi. Nieważne, co się naprawdę wydarzyło; Valerie z bolesnym smutkiem uświadamia sobie, że tak to właśnie będzie wyglądało. Rozczarowania, wiadomości na poczcie głosowej, odwołane spotkania: oto, co przypadło jej w udziale. Może się oszukiwać i marzyć do woli, tak jak chociażby wczoraj w nocy, ale nie da się inaczej określić tego, co robią z Nickiem. Mają romans i to ona jest tą trzecią. Ona i Charlie. Jej zadaniem jest chronić go przed rozczarowaniami, ukrywając własne.

– Mamusiu? – zaczyna Charlie, gdy Valerie wjeżdża w wąską uliczkę, wybierając dłuższą, ale bardziej malowniczą drogę do domu.

– Słucham, kochanie.

– Kochasz Nicka?

Myśli Valerie zaczynają galopować jak szalone. Zaciska dłonie na kierownicy, rozpaczliwie szukając w głowie odpowiedzi, jakiejkolwiek odpowiedzi.

– Nick to mój dobry przyjaciel. Nasz przyjaciel – odpowiada. – A poza tym jest wspaniałym lekarzem.

– Ale kochasz go? – nie ustępuje Charlie, jakby doskonale wiedział, co się dzieje. – To znaczy, czy go kochasz tak jak kogoś, z kim mogłabyś wziąć ślub.

– Nie, kochanie – kłamie Valerie, ze wszystkich sił starając się go chronić. Dla niej jest już za późno. – Nie kocham go w ten sposób.

– A... – odpowiada Charlie, najwyraźniej rozczarowany jej odpowiedzią.

Z pewną dozą niepokoju Valerie odchrząkuje i pyta:

– A jak bardzo ty lubisz Nicka?

Charlie milczy przez chwilę, w końcu mówi:

– Lubię go. Szkoda... szkoda, że nie jest moim tatą. – Jego ton jest pełen tęsknoty, a jednocześnie przepraszający, prawie jakby przyznawał się do jakiejś winy.

Valerie bierze głęboki oddech i kiwa głową. Nie ma pojęcia, co odpowiedzieć.

– Miło by było, prawda? – mówi w końcu, zastanawiając się, czy jej słowa oraz to, co ostatnio robi, czynią z niej dobrą matkę, czy wręcz przeciwnie. Dochodzi do wniosku, że czas pokaże, jak jest naprawdę.

ROZDZIAŁ 35

Tessa

Trzydzieści minut przed zaplanowanym przybyciem Carolyn, tuż po tym jak położyłam dzieci do łóżek, wchodzę do salonu i widzę Nicka, który śpi twardo na kanapie, ubrany w stary lekarski fartuch. Przypominają mi się czasy, gdy był jeszcze stażystą i miał zwyczaj zasypiać wszędzie, tylko nie w naszym łóżku – na kanapie, przy stole, a raz nawet na stojąco w kuchni. Robił sobie wtedy herbatę i usnął w pół zdania. Kiedyś obudził się, uderzając brodą o blat. Nigdy w życiu nie widziałam tyle krwi, ale on nie zgodził się jechać do szpitala, z którego wrócił chwilę wcześniej po trzydziestosześciogodzinnym dyżurze. Wzięłam go więc do łóżka i przez większą część nocy robiłam mu zimne okłady.

Siadam na skraju kanapy, przez chwilę wsłuchuję się w jego chrapanie, po czym potrząsam nim delikatnie.

– Potrafią zmęczyć, co? – mówię, patrząc, jak trzepocze powiekami i otwiera je powoli.

Nick ziewa.

– Aha – odpowiada. – Frankie wstał dzisiaj przed szóstą.
A twoja córka... – kręci głową z czułością.

– Moja córka?

– Owszem, twoja. Jest nie do wytrzymania. – Uśmiecha-
my się oboje. – Wymagająca z niej bestia.

– Delikatnie mówiąc.

Nick przeczesuje włosy dłońmi.

– W muzeum prawie wpadła w histerię, kiedy kawałek
jabłka dotknął na talerzu keczupu. Dobry Boże... a skłonić
ją, żeby włożyła skarpetki... Można by pomyśleć, że propo-
nowałem jej ubranie się w kaftan bezpieczeństwa.

– Coś o tym wiem.

– Co ona właściwie ma przeciwko skarpetkom? Nie rozumiem.

– Twierdzi, że skarpetki są dla chłopców.

– Dziwaczne... – mamrocze Nick. Potem ziewa przesadnie
szeroko i pyta: – Byłabyś bardzo zła, gdybyśmy zostali dzisiaj
w domu?

– Nie chcesz wyjść? – pytam. Staram się nie przyjąć tego
jako afrontu. To jednak trudne, biorąc pod uwagę, że Nick
wyszedł wczoraj, a dziś z kolei planował wypad do kina. W dodatku nie wiem, czy samotny.

– Chcę... Ale jestem padnięty.

Choć ja też jestem wykończona, a oprócz tego wciąż boli
mnie głowa, wiem, że Nick potraktuje naszą rozmowę poważniej, jeśli odbędzie się ona w jakimś miłym otoczeniu – a w każdym razie jeśli wyjdziemy, jest większe prawdopodobieństwo,
że nie zaśnie. W domu mam na to jedynie jakieś pięćdziesiąt procent szansy. Nie chcę jednak być złośliwa, więc mówię tylko, że nie czuję się w porządku, odwołując Carolyn
w ostatniej chwili.

– To daj jej pięćdziesiąt dolców za fatygę – odpowiada Nick,
zakładając ręce na piersi. – Jestem gotów zapłacić pięćdziesiąt
dolarów za to, żeby zostać dziś w domu.

Spoglądam na niego i zastanawiam się, ile byłby gotów zapłacić, żeby w ogóle uniknąć rozmowy ze mną. Nick patrzy mi w oczy, nieugięty.

– No dobrze. Zostaniemy – poddaję się. – Ale czy moglibyśmy zjeść w jadalni? Otworzyć dobre wino? Może jakoś ładniej się ubrać? – Przyglądam się jego znoszonemu uniformowi. Były czasy, że mnie podniecał, teraz przypomina mi tylko o potencjalnym powodzie naszych małżeńskich problemów.

Nick rzuca mi spojrzenie, które wyraża zarówno irytację, jak i rozbawienie. Sama nie wiem, co jest dla mnie bardziej obraźliwe.

– Jasne – mówi. – Czy życzysz sobie, żebym włożył garnitur i krawat? A może kamizelkę z dzianiny?

– Nie masz kamizelki z dzianiny.

– Okej. Czyli odpada – rzuca, wstając powoli i przeciągając się.

Wpatruję się w jego plecy i ogarnia mnie nagłe pragnienie, by go objąć, wcisnąć twarz w jego kark i wyznać mu wszystkie swoje lęki. Coś jednak każe mi utrzymać dystans. Nie wiem, czy to strach, duma czy uraza. W każdym razie informuję go tylko rzeczowym tonem, że zajmę się telefonem do Carolyn i zamówię kolację – on zaś powinien pójść na górę i się przebrać.

– Odpocznij sobie – dodaję z zachęcającym uśmiechem. – Masz teraz czas, żeby się zrelaksować.

Nick przygląda mi się podejrzliwie, po czym rusza w stronę schodów.

– Może być sushi? – wołam za nim.

– Oczywiście. – Wzrusza ramionami. – Co tylko chcesz.

*

Po krótkim czasie przywożą sushi i ponownie spotykamy się w salonie. Nick ma na sobie szare flanelowe spodnie i czarny golf. Wydaje się w dobrym nastroju, choć zdradza pewne oznaki zdenerwowania. Wyłamuje kłykcie, po czym otwiera wino i nalewa nam po kieliszku.

– A więc – zaczyna, siadając przy stole i wbijając wzrok w swoją zupę miso. – Opowiedz, jak było wczoraj. Dobrze się bawiłaś?

– Owszem. Do momentu, kiedy zaczęłam się martwić...

– O co znowu? – pyta Nick z nutą szyderstwa w głosie.

Biorę głęboki oddech i upijam łyk wina.

– O nasz związek – mówię.

– Co z nim nie tak?

Czuję, jak mój oddech staje się coraz płytszy. Z całych sił staram się nie przybrać oskarżycielskiego albo dramatycznego tonu.

– Posłuchaj, Nick. Wiem, że życie jest ciężkie. Zwłaszcza z małymi dziećmi. Przygnębia i wykańcza. Wiem, że ten etap, na którym jesteśmy... może powodować napięcie w związku... nawet w najlepszym małżeństwie... ale... po prostu wydaje mi się, że nie jesteśmy już sobie tak bliscy, jak kiedyś. I smutno mi z tego powodu...

Nick delikatnie i ostrożnie kiwa głową, ponieważ nie może zaprzeczyć.

– Przykro mi, że jesteś smutna... – mówi.

– A ty? Jak się czujesz?

Spogląda na mnie zdezorientowany.

– Jesteś szczęśliwy?

– Jak to?

Zdaję sobie sprawę z tego, że doskonale wie, o co mi chodzi, a mimo to uściślam:

– Czy jesteś zadowolony ze swojego życia? Z naszego życia?

– Wystarczająco – odpowiada, z łyżką zawieszoną w powietrzu i sztywnym uśmiechem. Przypomina mi uczestnika teleturnieju, który zna odpowiedź, a mimo to w ostatniej chwili dopadają go wątpliwości.

– Wystarczająco? – powtarzam, urażona tym określeniem.

– Tesso – Nick znów zanurza łyżkę w miseczce. Wyraźnie się nachmurza. – O co ci właściwie chodzi?

Przełykam ślinę.

– Coś jest nie tak. Wydajesz mi się taki odległy... jakbyś miał jakieś problemy. A ja po prostu nie wiem, czy chodzi o pracę, o życie w ogóle, o dzieci... czy o mnie.

Nick odchrząkuje.

– Naprawdę nie wiem, co ci na to odpowiedzieć...

Czuję nagły przypływ frustracji i pierwszą falę gniewu.

– Nick. To nie pułapka. Po prostu chcę pogadać. Porozmawiasz ze mną? Proszę...

Czekam, aż zareaguje, wpatrując się w miejsce pomiędzy jego dolną wargą a podbródkiem. Mam jednocześnie ochotę go pocałować i dać mu w twarz.

– Nie rozumiem, czego ode mnie chcesz... – zaczyna. – Nie wiem, czego oczekujesz. – Przez kilka sekund wytrzymuje moje spojrzenie, po czym spuszcza wzrok i zaczyna przyrządzać swoje sashimi. Uważnie wlewa sos sojowy na talerzyk, dodaje odrobinę wasabi i miesza pałeczkami.

– Chcę, żebyś mi powiedział, co czujesz. – Mój ton staje się błagalny.

Nick spogląda mi prosto w oczy.

– Nie wiem, co czuję.

Coś we mnie pęka. Nie mogę dłużej opanować sarkazmu, który jest przecież zabójczy dla tego typu rozmowy.

– W takim razie spróbujemy prościej. Może byś mi powiedział, gdzie byłeś wczoraj wieczorem?

Patrzy na mnie pustym wzrokiem.

– Byłem w szpitalu. Wróciłem do domu koło piątej, zjadłem z dziećmi kolację i wyszedłem na parę godzin.

– A więc cały dzień spędziłeś w szpitalu? – naciskam. Do ostatniej chwili modlę się, żeby się okazało, że Romy pomyliła go z kimś innym, że najwyższy czas, aby zaczęła nosić okulary.

– Właściwie tak – odpowiada.

– Nie byłeś wczoraj w Longmere? – wyrzucam z siebie.

Nick wzrusza ramionami, unikając mojego wzroku, i mówi:

– A. No tak, rzeczywiście. Dlaczego pytasz?

– Dlaczego? – powtarzam z niedowierzaniem. – Dlaczego!?

– Tak. Dlaczego? – wybucha Nick. – Nie rozumiem, co cię to obchodzi! Ani czemu przyleciałaś dzień wcześniej, żeby zadać mi to pytanie!

Kręcę głową. Nie dam się zwieść, dobrze wiem, jakiego manewru właśnie próbuje.

– Po co tam pojechałeś? Chciałeś obejrzeć szkołę? Zawieźć nasze podanie? Czy to w ogóle miało cokolwiek wspólnego z Ruby?

Z góry wiem, co odpowie. Rzeczywiście, Nick wzdycha i mówi:

– To długa historia.

– Mamy czas.

– Nie chciałbym teraz o tym rozmawiać.

– Cóż, nie masz wyboru. Pamiętaj, że jesteś żonaty.

– Widzisz? Znowu zaczynasz – woła Nick, jakby go olśniło, jakby nagle, jak grom z jasnego nieba, spadło na niego zrozumienie mojej tajemniczej, skomplikowanej osobowości.

– O co ci chodzi? – pytam.

– O to, że... że w tym małżeństwie rzadko kiedy jest wybór. Chyba że to ty go dokonujesz.

– Co takiego!? – wrzeszczę, choć przysięgałam sobie, że nie podniosę pierwsza głosu.

– Wszystko masz zaplanowane. Gdzie mieszkamy. Do których klubów powinniśmy dołączyć. Gdzie dzieci mają iść do szkoły. Z kim się przyjaźnimy. Co robimy z każdą godziną, minutą, sekundą naszego wolnego czasu.

– O czym ty mówisz? – pytam stanowczo.

Nick nie zwraca na mnie uwagi i ciągnie swoją tyradę:

– Nieważne, czy chodzi o zakupy, przyjęcie u sąsiadów, czy o oglądanie szkoły. Do cholery, mówisz mi już nawet, jak mam się ubrać we własnym domu, żeby zjeść zamówione sushi! Na miłość boską, Tesso!

Przełykam ślinę. Z jednej strony przyjmuję pozycję obronną, z drugiej – jestem oburzona.

– Powiedz mi w takim razie – rzucam, zgrzytając zębami – od jak dawna tak się czujesz?

– Od dłuższego czasu.

– A więc to nie ma nic wspólnego z Valerie Anderson? – pytam, stawiając wszystko na jedną kartę.

Nick ani nie drgnie. Przestaje nawet mrugać.

– A może ty mi powiesz, Tesso? Skoro znasz wszystkie odpowiedzi?

– Tej nie znam. Wyobraź sobie, że nie miałam pojęcia o twojej nowej przyjaciółeczce. Wiadomość z ostatniej chwili. Chciałam po prostu dobrze się bawić w Nowym Jorku z Deksem i Cate, aż tu nagle dostaję SMS-a, że widziano cię, jak miziasz się z inną kobietą na parkingu.

– Świetnie – mówi Nick sarkastycznym tonem. – Zajebiście. Czyli jestem teraz obserwowany, śledzony jak jakiś czarny charakter.

– A jesteś nim? – krzyczę. – Jesteś czarnym charakterem?

– Nie wiem. Może zapytasz o to swoje koleżanki? Proponuję ankietę wśród gospodyń domowych z Wellesley.

Przełykam ślinę, po czym unoszę głowę teatralnym, pełnym godności ruchem.

– Dla twojej wiadomości: powiedziałam April, że nigdy byś mnie nie zdradził.

Wpatruję się bacznie w jego twarz. Nie można nie zauważyć na niej poczucia winy.

– Dlaczego w ogóle rozmawiasz o mnie z April? – pyta. – Co ona ma do gadania na temat naszego małżeństwa?

– Nie rozmawiamy teraz o April, Nick – mówię. Nie pozwolę, by zboczył z tematu. – Ona tylko powiedziała mi, że byłeś w Longmere z Valerie Anderson. To od ciebie powinnam się była o tym dowiedzieć.

– Nie wiedziałem, że chcesz dostawać sprawozdanie ze wszystkiego, co robię – odpowiada Nick, po czym wstaje gwałtownie i wychodzi do kuchni. Po dłuższej chwili wraca z butelką wody Perrier i napełnia swój kieliszek. Kręcę głową.

– Nie chcę sprawozdania. Nigdy o nie nie prosiłam.

– Dlaczego w takim razie otaczasz się osobami, które akceptują takie metody?

To sensowne pytanie, ale moim zdaniem, jeśli spojrzeć na sytuację z góry – czego Nick z uporem unika – odpowiedź na nie jest całkowicie bez znaczenia.

– Nie wiem. Być może masz rację co do April. Ale tu nie chodzi o nią i dobrze o tym wiesz.

Nick milczy, co doprowadza mnie do pasji. W końcu wzdycham i mówię:

– No dobrze. Zacznijmy jeszcze raz, inaczej. Skoro już jesteśmy przy tym temacie, czy mógłbyś powiedzieć mi, co robiłeś w Longmere?

– Okej. Mógłbym – odpowiada spokojnie. – Zadzwonił do mnie mój pacjent Charlie Anderson.

– Zadzwonił? Do ciebie?

Nick kiwa głową.

– Czy to był jakiś nagły wypadek?

– Nie. Nic mu się nie stało.

– To dlaczego do ciebie zadzwonił?

– Był zdenerwowany. Pewna dziewczynka mu dokuczała i zdenerwował się.

– Czemu nie zadzwonił do swojej matki?

– Próbował. Nie odbierała. Była w sądzie. Miała wyłączony telefon.

– To w takim razie czemu nie zadzwonił do ojca? – pytam, choć z góry znam odpowiedź. Prawdopodobnie najbardziej nieprzyjemnym elementem całej historii jest to, że Charlie nie ma ojca.

Co było do przewidzenia, Nick wygląda na bardziej rozgniewanego niż w czasie całej naszej rozmowy.

– On nie ma ojca. Wystraszony mały chłopiec, który przeszedł przez piekło, zadzwonił do swojego lekarza.

– A co z resztą rodziny? – pytam. Nie mam ochoty obdarzać współczuciem nikogo poza sobą i swoimi dziećmi. – Nie ma jakiejś babci? Dziadka? Ciotek albo wujków?

– Tesso. Posłuchaj mnie. Nie wiem, dlaczego do mnie zadzwonił. Nie pytałem. Po prostu pojechałem do niego. Uznałem, że to właśnie powinienem zrobić.

Jesteś taki cholernie szlachetny, myślę, ale nie mówię tego na głos. Zamiast tego naciskam dalej:

– Przyjaźnisz się z nią?

Nick waha się przez chwilę, po czym kiwa głową.

– Tak. Chyba można tak to określić. Jesteśmy przyjaciółmi.

– Bliskimi?

– Tesso, daj spokój.

Kręcę głową i powtarzam pytanie.

– Jak blisko ze sobą jesteście?

– Do czego ty zmierzasz?

– Zmierzam do tego – mówię, odsuwając talerz i zastanawiając się, jak mi się mogło wydawać, że jestem w nastroju na surową rybę – że nie wiem, co się z nami dzieje. Dlaczego już nie jesteśmy sobie bliscy? Dlaczego mi nie powiedziałeś, że Charlie Anderson do ciebie zadzwonił? Że przyjaźnisz się z jego matką... – Nick kiwa głową, jakby przyznawał mi rację, co sprawia, że nagle łagodnieję. – Może rzeczywiście... może ten strach o nasz związek, który nie daje mi spokoju... może go sobie wymyśliłam. Może powinnam zacząć brać antydepresanty, wrócić do pracy albo coś takiego...

Podnoszę pałeczki i chwytam je z wprawą, tak jak nauczył mnie ojciec, kiedy byłam małą dziewczynką mniej więcej w wieku Ruby.

Nick kiwa głową i mówi:

– Tak. Może to ty nie jesteś zadowolona z naszego życia. Właściwie to… nie pamiętam, kiedy po raz ostatni widziałem cię szczęśliwą. Najpierw chodziło o to, że masz za dużo pracy, że czujesz się przytłoczona. Miałaś pretensje do bezdzietnych profesorów, którzy cię nie rozumieli. Powiedziałem, żebyś zrezygnowała z uczelni, że z jednym źródłem dochodu też sobie damy radę. Zrobiłaś to. A teraz? Teraz wydaje mi się, że się nudzisz, że jesteś sfrustrowana i wkurzają cię matki, które spędzają większość czasu, grając w tenisa i wypisując głupawe komentarze na Facebooku, albo wymagają od ciebie przyrządzania domowych przekąsek na szkolne imprezy. A mimo to przejmujesz się tym wszystkim. Tańczysz, jak ci zagrają.

Próbuję mu przerwać, powiedzieć coś na swoją obronę, ale on ciągnie z jeszcze większym przekonaniem:

– Chciałaś mieć drugie dziecko. Rozpaczliwie tego pragnęłaś. Na tyle, żeby zamienić seks w codzienną pracę. Ciężką pracę. Urodziłaś Frankiego i nagle okazało się, że znów coś jest nie tak. Wpadłaś w depresję. Byłaś nieszczęśliwa.

– Nie miałam depresji – odpowiadam, wciąż pod wrażeniem jego opisu naszego życia seksualnego, pełna wyrzutów sumienia, poczucia niższości i strachu. – Po prostu byłam przygnębiona, to normalne po porodzie.

– Okej, niech ci będzie. Ja to oczywiście rozumiem, wiem, że było ci ciężko. To dlatego przejąłem poranne karmienie. To dlatego zatrudniliśmy Carolyn.

– Wiem. Nikt nigdy cię nie oskarżał o bycie złym ojcem.

– No dobrze. Ale zrozum. Chodzi o to, że ja nie czuję, że się zmieniłem. Jestem taki, jak zawsze. Jestem chirurgiem. Oto, kim jestem.

– Owszem, jesteś chirurgiem. Ale nie tylko. Jesteś również moim mężem. Ojcem Ruby i Franka.

– Tak, wiem. Wiem o tym. Ale czy to naprawdę oznacza, że muszę mieć całkowicie wypełniony kalendarz towarzyski? Posyłać dzieci do snobistycznej prywatnej szkoły? I że moja żona musi żyć tym, co pomyślą o nas inni?

– Tak mnie postrzegasz? – pytam ze łzami w oczach. – Jak półgłówka, który robi zawsze to, co wszyscy?

– Tess. Nie uważam cię za półgłówka. Jesteś piękną, inteligentną kobietą, która...

Zaczynam płakać, a on dotyka mojej dłoni.

– Która co? – pytam przez łzy.

– Która... nie wiem... Tess... Może coś się zmieniło w naszym życiu, co do tego przyznaję ci rację. Tylko wydaje mi się po prostu, że zmiana nie zaszła we mnie.

Spoglądam na niego. Zaczyna mi się kręcić w głowie, ciężar jego słów zapiera mi dech w piersi. Chciałam to z niego wyciągnąć, a teraz nie mam pojęcia, co z tym zrobić.

– Może to częściowo moja wina – mówię w końcu z trudem. Nie mogę zebrać się na odwagę, żeby zapytać go o SMS-a lub cokolwiek innego związanego z Valerie. – Ale ja cię wciąż kocham.

Mija kilka sekund – które dłużą się jak godziny – zanim Nick odpowiada:

– Ja też cię kocham, Tess.

Patrzę na niego, trzymając się kurczowo brzegu stołu i jego słów. Zastanawiam się, o jakim rodzaju miłości mówimy i czy ona na pewno wystarczy.

ROZDZIAŁ 36

Valerie

Valerie czeka. I czeka. I czeka. Czeka dziesięć straszliwych dni. Czas mija niemal tak samo wolno, jak przez kilka pierwszych dni pobytu Charliego w szpitalu. Valerie nieustannie wpatruje się w telefon. Kiedy idzie spać, kładzie go obok poduszki, z dzwonkiem nastawionym na najwyższą głośność. Rozsuwa zasłony i szuka wzrokiem samochodu Nicka, ilekroć słyszy na zewnątrz trzaśnięcie drzwi. A kiedy nie może już czekać ani sekundy dłużej, kapituluje i wysyła mu wiadomość, która brzmi po prostu: *Mam nadzieję, że wszystko okej?*

Dodaje na końcu znak zapytania tylko po to, żeby było jasne, że oczekuje odpowiedzi, a mimo to Nick się nie odzywa. Ani słówkiem.

Na początku Valerie wierzy w niego, ponieważ uważa, że na to zasłużył. Wymyśla wciąż nowe wytłumaczenia jego zachowania. Coś się wydarzyło w pracy albo w domu. Komuś stała się krzywda. Może nawet jemu. I najbardziej nieprawdopodobny scenariusz: powiedział żonie, że zakochał się w innej kobiecie, że chce zakończyć to małżeństwo, że wnosi o rozwód, ponieważ chce mieć czyste konto, by zaangażować się w uczciwy, prawdziwy związek z Valerie.

Valerie czuje się głupio, że w ogóle o czymś takim pomyślała (nie mówiąc już o tym, że któregoś razu, w chwili desperacji, zdarzyło jej się nawet o to modlić), ponieważ wie, co jest o wiele bardziej prawdopodobne. Nick pożałował tego, co zrobili, i tego, co jej powiedział. Albo, co gorsza, w ogóle nie mówił poważnie.

Te uczucia sprawiają, że Valerie cofa się myślami do okresu, który nazywa swoimi szczeniackimi latami, kiedy nie nauczyła jeszcze chować się za ścianą braku zaufania, cynizmu i apatii. Przypomina sobie rany zadane przez Liona, które choć zagoiły się dawno temu, nagle znów są świeże i bolesne. Nienawiść do ojca Charliego wraca, ponieważ to łatwiejsze, niż nienawidzić Nicka. Ale najbardziej Valerie nienawidzi siebie – za to, że wciąż pakuje się w takie sytuacje.

– Co jest ze mną nie tak? – pyta, gdy któregoś ponurego wtorkowego popołudnia poddaje się i dzwoni do brata. Wyznaje mu prawdę o tym, co zrobili z Nickiem, i że od tamtego czasu go nie widziała, nie rozmawiała z nim nawet, nie licząc tego jednego obowiązkowego telefonu następnego ranka.

– Z tobą wszystko jest w porządku – odpowiada Jason. Ma głos, jakby był zaspany albo upalony, może jedno i drugie.

– Coś musi być ze mną nie tak – stwierdza Valerie, gapiąc się przez okno gabinetu. – Raz się ze mną kochał, po czym mnie rzucił.

– Właściwie to cię nie rzucił. Po prostu... przestał się odzywać.

– Na jedno wychodzi. Dobrze o tym wiesz.

Milczenie Jasona pozbawia Valerie kolejnej iskierki nadziei.

– Jak myślisz, o co chodzi? Nie jestem dość ładna? – pyta, wiedząc, że miota się w tej chwili jak pogrążona w rozpaczy nastolatka. Nie chce należeć do kategorii kobiet, których samoocena zależy od opinii faceta i które wiążą swoje nadzieje z innymi ludźmi zamiast ze sobą. A jednak tak się właśnie zachowuje.

– Żartujesz? Jesteś fantastyczną laską! – woła Jason. – Masz piękną twarz. Genialne ciało. Wszystko jak trzeba.

– To o co chodzi? Myślisz, że o seks? Może jestem beznadziejna w łóżku? – drąży Valerie, przypominając sobie grymas rozkoszy malujący się na twarzy Nicka, gdy osiągnął orgazm. To, jak głaskał ją potem po włosach. Całował powieki. Przesuwał dłonią po jej brzuchu i udach. Zasnął, mocno przyciskając ją do siebie.

Jason cmoka zniecierpliwiony.

– To zazwyczaj wcale nie chodzi o seks, Val.

– No to o co? Jestem nudna? Nie myślę wystarczająco pozytywnie?... A może chodzi o moją przeszłość?

– Nic z tych rzeczy. W ogóle nie chodzi o ciebie, Val. Chodzi o niego?... Większość facetów to dupki. Nieważne, geje czy hetero. Hank to skarb, wyjątek, który potwierdza regułę – mówi radosnym tonem, którego używa, ilekroć opowiada o swoim chłopaku. Głos Valerie brzmiał tak samo jeszcze kilka dni temu. – Ale Nick... Najwyraźniej niczym się nie wyróżnia.

– Miał niesamowity kontakt z Charliem – zauważa Valerie, a głowę wypełniają jej wspomnienia pojedynczych chwil. – Od razu się dogadali. Nawiązali porozumienie. To było widać. Coś takiego jest nie do podrobienia.

– To, że jest świetnym chirurgiem i przywiązał się do najfajniejszego dzieciaka pod słońcem, nie znaczy od razu, że to facet dla ciebie. Ani że jest dobrym człowiekiem – oświadcza Jason. – Ale rozumiem, że mogłaś pomylić te dwie sprawy. Każdy popełniłby ten sam błąd. To właściwie jeszcze bardziej go pogrąża. Jakby... wykorzystał swoją pozycję.

Valerie wzdycha na znak, że zgadza się z bratem, chociaż nie do końca potrafi uwierzyć, że Nick mógłby się okazać takim ohydnym manipulatorem. Byłoby jej łatwiej, gdyby potrafiła. Mogłaby wówczas przyznać Jasonowi rację, zgodzić się, że to wszystko z powodu wad Nicka.

– Charlie jest umówiony na wizytę u niego w przyszłym tygodniu. A na luty mamy zaplanowany kolejny zabieg. – Myśli o tym za każdym razem, kiedy spogląda w kalendarz, zastanawiając się, co powie Nickowi, kiedy wejdzie do jego gabinetu. – Chyba powinniśmy poszukać innego lekarza?

– Ale on jest przecież najlepszy, prawda?

– Tak – odpowiada szybko Valerie. Dziwne, że mimo złamanego serca pozostaje lojalna. Przypomina sobie, jak jeszcze wiele miesięcy po zerwaniu z Lionem wychwalała jego talent artystyczny. – Nick jest najlepszy – powtarza.

– W takim razie powinien nadal być lekarzem Charliego – orzeka Jason.

– Dobrze. – Valerie zastanawia się, co powie synkowi. Jak mu wyjaśni to, że Nick już do nich nie wpada i czemu nie powinien dzwonić do niego ze szkoły ani z żadnego innego miejsca. Czemu odtąd będą go widywać tylko w szpitalu.

– Jak duże powinnam mieć wyrzuty sumienia? – pyta, przypominając sobie, jak Charlie powiedział w samochodzie, że chciałby, aby Nick był jego tatą.

– Ze względu na kogo? Tessę?

Valerie nieruchomieje.

– Chodziło mi o Charliego. Nie o żonę Nicka... I może byś mi tak powiedział, skąd wiesz, jak ona ma na imię?

– A... a nie... nie mówiłaś mi? – jąka się Jason.

– Nie – odpowiada Valerie z niezachwianą pewnością. – Na pewno nie.

– Musiałaś mi powiedzieć.

– Jason, jestem tego pewna. Nie mówiłam ci, jak ma na imię. Nigdy nie wypowiedziałam jej imienia na głos. Skąd więc je znasz? – nie ustępuje Valerie.

– No już dobrze... Nie uwierzysz... Wyobraź sobie, że Hank jest jej instruktorem tenisa.

– Żartujesz sobie ze mnie. – Valerie zasłania dłonią twarz.

– Nie.

– A więc Hank wie? Wie o Nicku i o mnie?

– Nie. Przysięgam, że nic mu nie mówiłem.

Valerie nie jest pewna, czy może wierzyć bratu, biorąc pod uwagę fakt, że Jason jest jak otwarta księga, nawet kiedy nie jest zakochany. Teraz już jednak Valerie właściwie nie dba o to. Jak otępiała słucha wyjaśnień brata:

– Ona już od jakiegoś czasu brała u Hanka lekcje... Hank wiedział, że jej mąż jest wziętym chirurgiem, ale nie skojarzył faktów aż do zeszłego tygodnia, kiedy Tessa wspomniała o jednym z pacjentów swojego męża: chłopcu, który poparzył sobie twarz na przyjęciu urodzinowym.

Serce Valerie bije jak szalone.

– Co powiedziała o Charliem?

– Nic. Opowiadała, że jej mąż dużo pracuje... Hank zapytał, w czym się specjalizuje, więc mu powiedziała. Użyła Charliego jako przykładu... Cholernie mały ten świat, co?

– Ale nie chciałabym kłaść na nim wykładziny – odpowiada Valerie. Było to jedno z ulubionych powiedzonek ich ojca.

– Właśnie. – W głosie Jasona znów słychać uśmiech.

Valerie wzdycha, myśląc o tej nowej informacji na temat Tessy. Wyobraża sobie paniusię prowadzącą próżniacze życie w ekskluzywnym klubie dla bogaczy. Gibką blondynkę z twarzą wygładzoną botoksem, która spędza dnie na grze w tenisa, zakupach w eleganckich sklepach i lunchach popijanych szampanem w restauracjach z obrusami z białego lnu.

– A więc ona gra w tenisa? Przyjemnie jej się żyje – stwierdza.

– Sama powinnaś zacząć trenować. – Jason najwyraźniej usiłuje zmienić temat. – Hank powiedział, że mógłby ci dawać darmowe lekcje.

– Nie, dziękuję.

– Czemu?

315

– Muszę pracować, zapomniałeś? Nie jestem żoną chirurga plastycznego. Tylko sypiam z jednym, kiedy jego żona wyjeżdża z miasta.

Jason odchrząkuje i wypowiada jej imię z lekką przyganą, tonem, który oznacza: „Weź się w garść, siostra".

– No co? – burzy się Valerie.

– Nie pozwól, żeby cię to zmieniło w cyniczną jędzę.

– Za późno.

– Szczęście to najlepsza zemsta, wiesz o tym? Po prostu bądź szczęśliwa. To twój wybór.

– Szczęśliwa, tak? Jak żona Nicka? – wybucha Valerie. – Hank ci mówił, jaka o n a jest szczęśliwa?

Jason waha się przez chwilę, po czym mówi:

– Właściwie to Hank twierdzi, że jest bardzo miła. Rzeczowa babka.

– Świetnie. Fantastycznie – odpowiada Valerie. Wyrzuty sumienia, które czuła w sobotę rano, zastępuje silna, dusząca zazdrość. – I na pewno jest olśniewająco piękna? – Wie, że nie usatysfakcjonuje jej żadna odpowiedź. Jeśli żona Nicka jest brzydka, Valerie będzie się czuła wykorzystana. Jeśli piękna, poczuje się gorsza.

– Nie. Nie jest olśniewająco piękna. Hank powiedział, że jest atrakcyjna. Ale na pewno nie zachwycająca. – Valerie wydaje z siebie jęknięcie. Czuje, że kręci jej się w głowie. – Tylko pamiętaj, Val, że jej mąż ją zdradza. Powinnaś jej współczuć. A nie zazdrościć.

– Aha – rzuca Valerie. Sama siebie próbuje przekonać, że jej brat ma rację, że lepiej jej będzie bez Nicka, w ogóle bez żadnego faceta. Że Nick to problem Tessy, nie jej. Ale w głębi serca wie, że jedyne, co się zmieniło od sobotniego poranka, to to, że on przestał dzwonić. Od początku wiedziała, że ma żonę. Od początku wiedziała, że pragnie czegoś, kogoś, kto do niej nie należy i prawdopodobnie nigdy nie będzie należał. Oto, co jej przypadło w udziale. W ł a ś n i e to, na co zasługuje.

Jason wydmuchuje nos i pyta, czy sobie poradzi. Valerie odpowiada, że tak, i się rozłącza. Z całych sił powstrzymując się od płaczu, powoli okręca się na fotelu i wpatruje się w plamę z wody na suficie.

Kilka sekund później dzwoni telefon. Na ekraniku wyświetla się komunikat: „numer prywatny". Valerie odbiera, zakładając, że to Jason z jakąś dodatkową radą.

– Tak? – rzuca.

– Cześć, Val. To ja – słyszy. Wstrzymuje oddech, uświadamiając sobie, że to jej ulubiony głos na całym świecie. Uczucie ulgi zaczyna walczyć z gniewem. W końcu mówi:

– Cześć, Nick.

– Co u ciebie?

– W porządku – odpowiada tak szybko i tak przekonującym tonem, jak to tylko możliwe. Z jej głosu bije jednak chłód i jest on zbyt silny, by Nick uwierzył w jej obojętność.

– Przepraszam, że nie dzwoniłem...

– Nic nie szkodzi. Rozumiem – mówi Valerie, choć to nieprawda.

– Po prostu... pogubiłem się... Musiałem przemyśleć sobie parę rzeczy.

– Nie musisz się tłumaczyć. To naprawdę nie jest konieczne – zapewnia go Valerie z nadzieją, że on jej nie posłucha.

– Val – niepokój w jego głosie dostarcza jej lekkiej satysfakcji. – Możemy się spotkać? Muszę się z tobą zobaczyć. Porozmawiać.

Myśli Valerie galopują jak szalone. Wie, że powinna odmówić. Wie, że musi chronić syna, nawet jeśli nie chce ochronić samej siebie. Charlie już przywiązał się do Nicka, ale jeśli Valerie nie przestanie się z nim widywać, będzie jeszcze gorzej, kiedy Nick znów ją rozczaruje. Czuje, jak ściska jej się serce. Już ma mu powiedzieć, że to nie jest dobry pomysł, że piątkowa noc była pomyłką i że nie stać jej na to, by popełnić kolejną. Ale nie potrafi. Nie potrafi spalić za sobą mostów.

W końcu mówi mu, że właśnie miała zamiar iść na spacer do parku i że jeśli chce, może do niej dołączyć.

– Gdzie? – pyta Nick. – Gdzie się spotkamy?

– Przy Żabim Stawie – odpowiada Valerie tak nonszalancko, jak tylko potrafi. Udaje, że nie podjęła tej decyzji kierowana nadzieją i sentymentalizmem. Jakby wcale nie pragnęła rozmawiać z nim w miejscu, które kocha, w którym mogliby razem wdychać mroźne, zimowe powietrze. Jakby nie wyobrażała sobie wcześniej, jak biorą ze sobą Charliego i idą na łyżwy, a potem na gorącą czekoladę. Jakby nie chciała zapewnić malowniczego tła dla wspomnień, które, ma nadzieję, Nick będzie chciał stworzyć razem z nią.

*

Kilka minut później poprawia makijaż, przeczesuje włosy i informuje sekretarkę, że musi wyskoczyć z biura na spotkanie. Otulona swoim ciężkim czarnym trenczem mija przystań, przy której w zimie nie cumuje ani jedna łódka. Wdycha ostre, mroźne powietrze, ze wzrokiem wbitym w Boston South Station, wyrastającą wprost przed nią na tle szarego nieba. Wchodzi w bure i lekko obskurne śródmiejskie ulice, mijając sklepy z elektroniką, pralnie samoobsługowe, okoliczne spelunki, etniczne restauracje, budki z falaflami i stoiska z prażonymi orzechami. Idzie dalej, wśród chmar mieszkańców załatwiających świąteczne sprawunki oraz turystów, krążących w tę i we w tę bez celu. Skręca we Franklin Street, pomiędzy rzędy okazałych szarych budynków, aż w końcu dochodzi do Tremont Street i jej oczom ukazuje się siedziba władz stanowych oraz historyczna część miasta z brukowanymi uliczkami. Przez cały czas od strony przystani dobiegają ostre podmuchy wiatru, które odbierają jej dech i przejmują chłodem.

Valerie przechodzi przez ulicę i dociera do parku. Spostrzega okolicznego bezdomnego, znanego powszechnie jako

Rufus. Rufus kręci się tu, odkąd Valerie pamięta, jakimś cudem jednak w ogóle się nie starzeje. Jego ciemną skórę przecina nie więcej zmarszczek niż wiele lat temu, a włosy ma posiwiałe jedynie na skroniach. Valerie spogląda mu w oczy i myśli to samo co zawsze, gdy widzi go w zimie: „Może czas przeprowadzić się na Florydę, Rufusie?".

Rufus uśmiecha się do niej, jakby pamiętał ją z jej ostatniej przechadzki tą trasą, i mówi:

– Witaj, kwiatuszku... Pięknie dziś wyglądasz, kwiatuszku... Masz może dolara? Parę centów na zbyciu? – Ma niski, zachrypnięty głos, który jest jednocześnie jakoś dziwnie przyjemny i uspokajający. Valerie zatrzymuje się i wręcza mu pięć dolarów. Rufus przyjmuje banknot i mówi jej, że ma piękne oczy.

Valerie dziękuje. Postanawia uwierzyć, że Rufus komplementuje ją szczerze.

– Niech cię Bóg błogosławi. – Rufus kładzie pięść na sercu.

Valerie kiwa głową i rusza dalej. Jej czarne kozaki z wąskimi czubkami nie są zaprojektowane z myślą o dłuższych spacerach. Nie czuje już palców u stóp, a mróz pozbawia ją resztek optymizmu. Wydłuża krok, zmierzając w stronę Nicka i swojego przeznaczenia. Powtarza sobie w myślach, że nie powinna zbytnio dramatyzować, że Nick to po prostu kolejny facet, kolejny rozdział w jej bezbarwnym życiu uczuciowym. Powtarza sobie, że woli w i e d z i e ć, niż się zastanawiać – że najgorsze są zawsze domysły. Wchodzi do parku i zbliża się do Żabiego Stawu, na którym roi się od łyżwiarzy. Niektórzy świetnie sobie radzą, ale większość chwieje się i potyka. Wszyscy jednak są pełni radości i entuzjazmu. Nagle przez chmury przeziera słońce i odbija się od powierzchni lodu. Valerie zapomniała o okularach przeciwsłonecznych, osłania więc oczy dłonią i rozgląda się wzdłuż brzegu, wypatrując Nicka. Spogląda nawet na lodowisko, zupełnie jakby było możliwe, że czekając na nią, założył łyżwy i puścił się na szybką rundkę.

W końcu zauważa go, w granatowym płaszczu i z wielkim szarym szalikiem owiniętym kilka razy wokół szyi. Nick mruży oczy i patrzy w jej kierunku, jeszcze jej jednak nie zauważył. Valerie przygląda mu się bacznie przez całą minutę, zanim ich spojrzenia się spotykają. Nick nie uśmiecha się, ale twarz mu się rozjaśnia. Chwilę później idzie w jej stronę, spoglądając pod nogi, z rękami wbitymi głęboko w kieszenie.

Valerie czeka na niego. W tym czasie kilka razy zmienia wyraz twarzy. W końcu decyduje się na minę tak obojętną, jak to tylko możliwe. Nie ma pojęcia, czego się spodziewać – a jednocześnie wie doskonale, co za chwilę nastąpi.

– Cześć, Val – mówi Nick, stając przed nią. Ma jasne spojrzenie, tak jasne, jak tylko mogą być brązowe oczy, ale jest w nim coś, co mówi jej, że przyszedł złamać jej serce. A jednak kiedy wyciąga ręce i ją przytula, Valerie nie protestuje. Opiera policzek o jego szerokie ramię i wita się z nim, ale jej słowa zagłusza nagły podmuch wiatru.

W końcu odsuwają się od siebie. Nick spogląda jej głęboko w oczy i mówi:

– Wspaniale cię widzieć.

– Ciebie też. – Oczekiwanie i strach sprawiają, że Valerie ściska się serce.

Nick zaciska wargi, po czym sięga do kieszeni i wyciąga papierosa oraz pudełko zapałek. Valerie nie wiedziała, że on pali – założyłaby się, że nie – ale nie pyta go, czy to nowy nałóg, czy nawrót starego.

Nick odwraca pudełko i krzesze ogień jedną pozbawioną rękawiczki dłonią, przypominając jej w ten sposób, jakie ma zręczne ręce.

– Masz jednego dla mnie? – pyta Valerie, kiedy ruszają przed siebie.

– Przepraszam. Ten był ostatni – odpowiada Nick lekko trzęsącym się głosem, jak gdyby mówił przez zaciśnięte gardło. Wyciąga do niej papierosa.

– Nie trzeba – uspokaja go Valerie, kręcąc głową. – Właściwie to żartowałam. Nie palę... chyba że jednocześnie piję.

– To może pójdziemy się napić? – proponuje Nick i parska krótkim cichym nerwowym śmiechem.

Kiedy Valerie nie odpowiada, zadaje inne pytanie:

– Jak Charlie?

– W porządku – krótko ucina temat Valerie.

Nick kiwa głową i podnosi papierosa do ust. Zamyka oczy i zaciąga się, po czym odwraca głowę w bok. Nie wydmuchuje dymu, po prostu otwiera usta, a dym ulatuje ponad jego głowę i szybko rozpływa się w powietrzu. Następnie Nick rozgląda się dookoła, mamrocząc pod nosem coś o ławce. Valerie kręci głową i mówi, że wolałaby się przejść, że jest za zimno, by siedzieć.

Ruszają więc przed siebie. Okrążają staw, obserwując rozbawionych łyżwiarzy, którzy mkną po lodowisku odwrotnie do ruchu wskazówek zegara, tworząc jedną wielką zamazaną kolorową plamę.

– Umiesz jeździć na łyżwach? – pyta Nick. Przypadkowo dotyka łokciem jej łokcia.

Valerie odsuwa się i na nowo przystosowuje swój krok do jego tempa.

– Umiem. – Wzdycha, dając mu do zrozumienia, że nie ma ochoty na pogawędki. Po jednym pełnym okrążeniu stawu Nick odzywa się znowu.

– Val. Nasza wspólna noc... była niezwykła.

Valerie kiwa głową – nie da się temu zaprzeczyć.

– Ty jesteś niezwykła.

Valerie ogarnia napięcie. Ściska ją w gardle. Nie chce komplementów, ani prawdziwych, ani tych na pocieszenie. Czuje, jak to się wszystko skończy. Pragnie tylko konkretów.

– Dzięki – mówi, po czym dodaje możliwie najbardziej obojętnym tonem: – Ty też.

Nick nagle się zatrzymuje i chwyta ją za ramię.

– Możemy gdzieś usiąść i porozmawiać?

Valerie nie czuje już stóp i zaczyna lecieć jej z nosa, kiwa więc głową z ociąganiem i idzie za nim do restauracji 75 Chestnut na Chestnut Street 75. Znajdują stolik z tyłu sali i kiedy pojawia się kelnerka, by przyjąć zamówienie, Valerie mówi:

– Dla mnie nic, dziękuję. – I robi gest w stronę Nicka.

Ten kręci głową i lekceważy jej decyzję, zamawiając dwa gorące cydry z przyprawami.

– Po prostu mi powiedz, Nick – odzywa się Valerie, gdy kelnerka znika. – Powiedz mi, o co chodzi.

– O wiele rzeczy – odpowiada Nick, drapiąc się po brodzie pokrytej kilkudniowym zarostem.

– Na przykład?

– Na przykład o to, że za tobą szaleję.

Serce podskakuje jej w piersi, a tymczasem on mówi dalej, nachylając się w jej stronę nad wąskim stolikiem, tak że ich twarze dzieli zaledwie kilka centymetrów.

– Uwielbiam twój widok, dotyk i smak. Kocham dźwięk twojego głosu i to, jak na mnie patrzysz... I to, jak radzisz sobie z Charliem. Uwielbiam cię.

– Może to tylko pociąg fizyczny? – sugeruje Valerie spokojnym tonem, udając, że jego słowa wcale nie poruszyły jej do głębi.

– Nie – odpowiada Nick, stanowczo kręcąc głową. – Tu nie chodzi tylko o fizyczność. Ja nie jestem w tobie tylko zadurzony. Nic z tych rzeczy. Kocham cię, Val. Taka jest prawda. I obawiam się, że zawsze będę cię kochał.

Valerie wie już, co mu odpowiedzieć. To „obawiam się" go zdradziło. Kocha ją, ale tego żałuje. Pragnie jej, ale nie może jej mieć. To jego decyzja. Valerie czuje w środku pustkę. Przy stoliku ponownie zjawia się kelnerka z napojami. Valerie obejmuje dłońmi swój ciepły kubek i wdycha mocny aromat jabłek z przyprawami. Tymczasem Nick ciągnie, prawie jakby mówił do siebie:

– Wiedziałem to od samego początku. Od tamtego wieczoru U Antonia, kiedy powiedziałaś mi, że Charlie nie ma ojca.

– Czy to o to chodzi? – pyta Valerie, z całych sił starając się zachować spokój i pozbyć się z głosu goryczy. – Czy chodzi o to, że lubisz być zbawcą? Uratowałeś Charliego, a teraz i mnie chcesz ocalić?

– Zastanawiałem się nad tym – mówi Nick. To, że nie zaprzecza od razu, nadaje jego odpowiedzi wiarygodności. – A także nad tym, czy na tym samym nie polega przypadkiem twój pociąg do mnie. – Upija długi łyk napoju. – Ale wiem, że to nie to. W każdym razie, nie do końca.

– Zgadzam się, jeśli o mnie chodzi. – Valerie nie potrafi bardziej bezpośrednio wyznać mu uczucia. – Ja nie potrzebuję wybawcy.

– Wiem o tym, Val. W ogóle nikogo nie p o t r z e b u j e s z, jesteś najsilniejszą osobą, jaką znam.

Valerie zmusza się do uśmiechu, jakby chciała udowodnić, że rzeczywiście tak jest – choć sama w to do końca nie wierzy.

– Ty wcale nie uważasz, że jesteś silna – stwierdza Nick, zupełnie jakby czytał jej w myślach. – Wydaje ci się, że ledwo dajesz sobie radę... i to jest takie... takie... Sam nie wiem, Val. To po prostu kolejna rzecz, którą w tobie kocham. Jesteś jednocześnie silna i taka wrażliwa...

Nachyla się w jej stronę i zakłada jej pasmo włosów za ucho.

Valerie przechodzi dreszcz.

– Ale? – pyta. Wie, że na pewno jest jakieś „ale". Zawsze było.

– Ale... nie mogę... – głos mu się łamie. – Nie mogę tego dalej...

– W porządku – przerywa mu Valerie, traktując to jako jego ostatnie słowo. Nie widzi powodu, żeby roztrząsać, d l a c z e g o Nick nie może.

– Żadne „w porządku", Val. Nie odpuszczaj mi tak łatwo.

– Nie mam ci czego odpuszczać.

– Nie o to mi chodzi... po prostu... Po prostu popełniłem błąd, że dopuściłem do tego wszystkiego. Wydawało mi się, że skoro czuję do ciebie to, co czuję, to znaczy, że nie postępujemy źle. Że nie mam nic wspólnego z tymi wszystkimi facetami, którzy zdradzają żony z niewłaściwych powodów... Ale potem Tessa wróciła z Nowego Jorku... i... i nie mogę zrobić dla siebie wyjątku. Nie mogę go zrobić dla nas. To by dotknęło wszystkich wokół mnie. Moje dzieci... Charliego...

– I twoją żonę – kończy za niego Valerie.

Nick ze smutkiem kiwa głową.

– Tak, Tessę też... Nie układa nam się w tej chwili najlepiej. I nie wiem wcale, co przyniesie przyszłość... Ale szanuję Tessę. Nadal bardzo mi na niej zależy... Skoro nie jestem gotowy, żeby to wszystko odrzucić, wszystkie wspólne lata, dom i rodzinę, które razem stworzyliśmy... Skoro nie jestem gotowy zrobić tego teraz – mówi, stukając palcem w stolik – dzisiaj, dokładnie w tej chwili, to znaczy, że nie mogę z tobą być. To by po prostu było nie w porządku, chociaż strasznie tego żałuję. Ale nie mogę inaczej.

Valerie przygryza wargę i kiwa głową. Łzy szczypią ją w oczy.

– Uwierz mi, Val, bardzo długo o tym myślałem. Usiłowałem znaleźć sposób, żeby zrobić to, czego tak bardzo pragnę... czyli w tym momencie wrócić z tobą do twojego łóżka... Trzymać cię w ramionach, kochać się z tobą... po prostu być z tobą.

Valerie mocniej przygryza wargę, oddycha coraz szybciej. Wciąż walczy z całych sił, żeby się nie rozpłakać.

– Tak mi przykro – mówi Nick. – Tak mi przykro, że ci to zrobiłem. Postąpiłem samolubnie, źle... I jakaś część mnie chce ci powiedzieć... że może któregoś dnia będziemy razem... że może kiedyś wszystko się zmieni... ale to by był egoizm z mojej strony... fałszywa obietnica... sposób, żeby utrzymać cię w pobliżu, podczas gdy ja będę próbował naprawić swoją sytuację w domu.

– Powinieneś ją naprawić – odpowiada Valerie, zastanawiając się, czy naprawdę tak uważa, a jeśli nie, to czemu tak powiedziała.

Nick kiwa głową, z ponurą, zbolałą miną.

– Spróbuję.

– To wszystko, co możesz zrobić – odpowiada Valerie. Myśli o tym, co to tak naprawdę oznacza. Czy Nick będzie się dziś wieczorem kochał ze swoją żoną? Czy już to zrobił od czasu ich wspólnej piątkowej nocy?

– Czy jest jakiś inny lekarz? Inny lekarz, do którego możemy pójść? – Głos jej się łamie, ale udaje jej się wziąć w garść. – Wydaje mi się, że Charlie nie powinien cię więcej widywać...

Nick kiwa głową, sięga do kieszeni, wyciąga wizytówkę i przesuwa w jej stronę po blacie stolika.

Valerie spogląda na tekturkę, ale literki rozmazują jej się przed oczami i ledwo słyszy, jak Nick wychwala inną specjalistkę.

– Doktor Wolfenden jest wspaniała – mówi. – Wiele z tego, co wiem, nauczyłem się właśnie od niej. Na pewno ci się spodoba. Charliemu też.

– Dziękuję. – Valerie mruga oczami, żeby powstrzymać łzy.
Nick robi to samo.

Valerie bierze wizytówkę do ręki i mówi:

– Muszę już iść.

Nick chwyta ją za nadgarstek.

– Val. Zaczekaj. Proszę.

Valerie kręci głową i mówi, że nie ma mu nic więcej do powiedzenia. To koniec rozmowy. Koniec z n i m i.

– Żegnaj, Nick – rzuca. Potem wstaje i wychodzi na gryzące zimno, byle dalej od niego.

ROZDZIAŁ 37

Tessa

Dni mijają, zbliża się Boże Narodzenie, a ja czuję się tak, jakbym utknęła w jakimś złym śnie i obserwowała samą siebie z daleka. Jakbym przypatrywała się jakiejś innej osobie, której małżeństwo się rozpada i która okazuje w związku z tym wszystkie typowe oznaki depresji. Za dużo piję. Mam problemy z zasypianiem, a jeszcze większe ze wstawaniem rano. Nie mogę zaspokoić skręcającego mnie wciąż głodu, niezależnie od ilości pochłanianych węglowodanów. Czuję się samotna, a mimo to unikam przyjaciółek, nawet Cate, a zwłaszcza April, która zdążyła już kilkanaście razy nagrać mi się na pocztę głosową. Oszukuję rodziców i brata, trajkocząc wesoło przez telefon i podsyłając im fotki dzieciaków na kolanach u Świętego Mikołaja oraz klipy z YouTube z komentarzami typu: *Urocze!* albo *Pokochacie to!* – zawsze z wykrzyknikami, czasem dodatkowo z uśmiechniętymi buźkami. Nie daję dzieciom poznać, że dzieje się coś złego, ze sztucznym uśmiechem na ustach nucę im kolędy i z dzikim entuzjazmem odliczam z nimi dni w kalendarzu adwentowym. Oszukuję też

Nicka. Przytulam się do niego co noc, skrapiam się jego ulubionymi perfumami i co wieczór udaję, że minął mi kolejny radosny, produktywny dzień. Ale przede wszystkim oszukuję siebie. Powtarzam sobie w duchu, że jeśli będę udawać, może zdołam zmienić kierunek, w którym zmierza moje życie.

Przez cały ten czas nie potrafię jednak pozbyć się obsesji na punkcie kobiety, której nigdy nie widziałam. Nie jestem pewna szczegółów. Nie wiem, czy tamten SMS był od niej ani czy Nick był z nią tej nocy, którą ja spędziłam w Nowym Jorku. Nie wiem, co dokładnie wydarzyło się na parkingu przed szkołą. Czy rzeczywiście było to coś niewinnego. Nie wiem, czy Nick się z nią kochał, czy ją pocałował, czy tylko marzył o tym, patrząc jej w oczy z tęsknotą i pragnieniem. Nie wiem, czy opowiadał jej o naszych problemach, czy może zdradził mnie w jeszcze inny sposób.

Jednej rzeczy natomiast jestem pewna. Wiem, że mój mąż jest zakochany w Valerie Anderson, jedynej oprócz mnie kobiecie, z którą się kiedykolwiek zaprzyjaźnił. W kobiecie, dla której zostawił pracę w środku dnia, żeby pojechać do szkoły, do której ja próbowałam zaciągnąć go od miesięcy, a potem szeptał z nią na parkingu, tak że Romy i cała reszta świata mogła ich zobaczyć. Ryzykował w ten sposób swoją karierę, reputację i rodzinę. Ponieważ jest zakochany w kobiecie, którą poznał w rocznicę naszego ślubu, w tamtą gwiaździstą noc, kiedy wszystko się zaczęło. Tej samej nocy po raz pierwszy ujrzał jej twarz – a także twarz jej dziecka, którą potem wyleczył i którą dobrze poznał, a może nawet pokochał. Widzę to wszystko, gdy Nick otwiera lodówkę i zastyga w bezruchu, jakby zapomniał, co chciał z niej wyciągnąć. Kiedy udaje, że śpi, gdy szepczę jego imię w ciemności. Kiedy układa dzieci do snu z pełną żalu miną, jakby się zastanawiał, co by było, gdyby go z nimi rozdzielono. Wiem to z pewnością, jaka towarzyszy nadchodzącej stracie czegoś, co rozpaczliwie pragniemy ocalić. Wiem. Po prostu wiem.

Aż pewnego zimnego, bezchmurnego popołudnia, dziesięć dni przed świętami, gdy nie mogę wytrzymać już tego wszystkiego ani chwili dłużej, Nick wchodzi do domu z miną, która mówi mi, że on też nie potrafi już wytrzymać ani chwili dłużej. Ma spierzchnięte policzki, czerwony nos i potargane od wiatru włosy. Trzęsie się. Podchodzę do niego i zdejmuję mu szalik.

– Gdzie byłeś? – pytam z nadzieją, że kupował świąteczne prezenty dla dzieci. Dla mnie.

– W parku – odpowiada.

– Co tam robiłeś?

– Spacerowałem.

– Sam?

Nick smutno kręci głową.

– To z kim? – pytam ze ściśniętym żołądkiem.

Spogląda na mnie i słyszę w głowie jej imię. Dokładnie w tym momencie on wypowiada je na głos:

– Z Valerie Anderson. Matką Charliego. – Głos mu się łamie, a do oczu napływają łzy, jakby zaraz miał się rozpłakać, co mnie przeraża, ponieważ nigdy w życiu nie widziałam mojego męża płaczącego.

– Och – udaje mi się w końcu wydusić. A może wypowiadam jakąś inną monosylabę, za pomocą której daję mu do zrozumienia, że dosłyszałam jej imię, że rozumiem, co się dzieje.

– Tesso. Muszę ci coś powiedzieć.

Kręcę głową – ze strachu. Wiem, że to, o czym chce mi powiedzieć, to, o czym w głębi duszy już dawno wiem, ale chcę uniknąć ostatecznego potwierdzenia, to nic dobrego. Nick klęka przede mną, tak samo, jak w dniu, gdy mi się oświadczył.

– Nie – protestuję, kiedy bierze mnie za rękę i przyciska moje kłykcie do swoich zimnych policzków. – Powiedz, że tego nie zrobiłeś.

Wpatruje się we mnie bez ruchu, a potem niemal niedostrzegalnie kiwa głową.

– Nie – powtarzam.

Przyciąga mnie do siebie na podłogę i szepcze, że tak, że zrobił.

– Tylko się całowaliście? – pytam, spoglądając mu w oczy.

Szepcze, że nie, że nie tylko.

– Spałeś z nią? – Mój głos jest tak spokojny, że aż przeraża mnie samą i zaczynam się zastanawiać, czy nadal kocham Nicka. Czy kiedykolwiek go kochałam. Czy w ogóle mam serce. Ponieważ czuję w środku pustkę. Nic nawet nie boli.

– Raz – odpowiada Nick. – Tylko jeden raz.

Równie dobrze mógłby powiedzieć: dziesięć razy, sto albo tysiąc. Równie dobrze mógłby się z nią kochać co noc od dnia naszego ślubu. Widzę łzy w jego oczach. Teraz już naprawdę płacze. Nie płakał, kiedy ostatnim razem klęczał przede mną na jednym kolanie. Ani w dzień naszego ślubu. Ani wtedy, gdy stanęłam przed nim z plastikową pałeczką w dłoni, pokazałam dwie czerwone linie i oświadczyłam, że będziemy mieli dziecko. Ani wtedy, gdy po raz pierwszy trzymał w ramionach Ruby i oficjalnie został ojcem, ani gdy dowiedzieliśmy się, że kolejny urodzi się chłopiec, że będzie miał syna, którego zawsze pragnął.

Ale teraz płacze. Płacze z jej powodu. Valerie Anderson.

Wyciągam dłoń i ocieram mu łzę z policzka, zastanawiając się, czemu właściwie to robię i czy będzie to ostatni czuły gest między nami.

– Przykro mi, Tesso. Tak bardzo cię przepraszam.

– Odchodzisz ode mnie? – pytam takim tonem, jakbym pytała, czy woli na obiad wołowinę, czy rybę.

– Nie – odpowiada. – Zakończyłem to. Właśnie przed chwilą.

– Przed chwilą? Na spacerze w parku?

Nick kiwa głową.

– Tak. Przed chwilą... Tesso... Tak bardzo chciałbym cofnąć czas. Zrobiłbym to, gdybym mógł.

– Ale nie możesz – mówię, bardziej do siebie niż do niego.

– Wiem. Wiem.

Patrzę na niego i kręci mi się w głowie. Przypominam sobie, ile razy obserwowałam podobny scenariusz. Jego bohaterkami bywały młodziutkie dziewczyny, przekonane, że nigdy więcej nikogo nie pokochają i siwowłose, pomarszczone staruszki, które wiedziały, że nie starczy im już na to czasu. Zwykłe gospodynie domowe i najsłynniejsze piękności świata. Od razu przychodzi mi do głowy lista nazwisk, zupełnie jakbym podświadomie od dawna przygotowywała się na ten moment: Rita Hayworth, Jacqueline Kennedy, Mia Farrow, Jerry Hall, księżna Diana, Christie Brinkley, Uma Thurman, Jennifer Aniston. A jednak mnie to nie pociesza. Przypominam sobie rozmowy na temat: „Co byś zrobiła, gdyby cię zdradził?". Prowadziłam je wiele razy, ostatnio z Romy i April na korcie tenisowym. Właściwie możliwe, że Nick sypiał już wtedy z Valerie. „Co by było, gdyby Nick wyrządził mi tę nieopisaną krzywdę? Co bym wtedy zrobiła?".

Właśnie teraz poznam odpowiedź. Znów obserwuję się jakby z dystansu. Odkrywam, że nie płaczę. Nie krzyczę. Nie rozpadam się na kawałki, nawet nie jestem tego bliska. Mówię cichym głosem, myśląc o dzieciach bawiących się na górze, wiedząc, że kiedyś zapytają mnie o ten dzień. Zastanawiam się, co im odpowiem. Myślę o swojej matce – potem o ojcu – i znów o matce. O kłótniach, które podsłuchałam, i o tych, o których nigdy się nie dowiedziałam. Potem wstaję, wysoka i wyprostowana, i rozkazuję mu, żeby sobie poszedł.

– Proszę cię – mówi Nick, ale to słowo nie sprawia, że łagodnieję, przeciwnie: napełnia mnie nienawiścią. Nie tak powinno być, myślę. Nienawiść nie powinna sprawiać, że człowiek staje się silniejszy.

Ale właśnie tak się dzieje.

– Idź – mówię, choć dokładnie w tej chwili przychodzi mi do głowy, że to ja wolałabym odejść, że chcę być sama, wyjść z tego domu. Że jeśli zostanę, być może moja siła się wyczerpie. Być może upadnę na podłogę w kuchni i nie będę w stanie podgrzać kurczaka w mikrofalówce ani obejrzeć z dziećmi specjalnego świątecznego odcinka Fistaszków, choć obiecałam. Że widok Linusa, owijającego mizerną choinkę w swój niebieski kocyk, to będzie dla mnie zbyt wiele.

– Wyjdź. Natychmiast – powtarzam.

– Tesso...

– Natychmiast. Nie mogę na ciebie patrzeć.

Odsuwam się od niego, powoli, cały czas mu się przyglądając. Jak wrogowi, z którego nie można spuścić oka choćby na ułamek sekundy. Nick jest jedynym wrogiem, jakiego kiedykolwiek miałam. Patrzę, jak z powrotem wkłada szalik, i nagle przypominam sobie tamten dzień, kiedy poznaliśmy się w metrze, tamten dzień, kiedy uznałam, że ślub z Ryanem – miłym, prostym Ryanem – byłby pomyłką. O ironio! Wydawało mi się wówczas, że Nick mnie ocalił. Ocalił przed złym wyborem. Nagle przeszywa mnie głęboki żal. Żałuję wszystkiego, co wiąże się z naszym wspólnym życiem. Naszej pierwszej randki, naszego ślubu, przeprowadzki do Bostonu, naszego domu i wszystkiego, co się w nim znajduje, nawet najbardziej zakurzonej puszki z zupą z soczewicy schowanej głęboko w szafce.

A potem przez jedną krótką chwilę żałuję nawet tego, że mamy razem dzieci. Ta myśl napełnia mnie dotkliwym poczuciem winy i smutkiem, a także jeszcze większą nienawiścią do człowieka, którego kiedyś kochałam bardziej niż kogokolwiek innego. Szybko się z tego wycofuję, zaczynam rozpaczliwie zapewniać Boga, że wcale tak nie myślę, że urodzenie Ruby i Franka to jedyne właściwe decyzje, jakie w życiu podjęłam. Moje dzieci to jedyne, co mi pozostało.

– Tak mi przykro – mówi Nick, pełen smutku, słaby, zagubiony. – Zrobię wszystko, żeby to naprawić.

– Nic nie możesz zrobić – odpowiadam. – Tego się nie da naprawić.

– Tesso... Z nią to już koniec...

– Z nami też, Nick – mówię. – Nas już nie ma... A teraz wyjdź.

ROZDZIAŁ 38

Valerie

Valerie już ma zamówić taksówkę z powrotem do pracy, gdy postanawia, że woli się jednak przejść, z nadzieją, że zimne powietrze uśmierzy ból. Ale gdy dostrzega budynek, w którym znajduje się kancelaria, wie już, że nic z tego. Zastanawia się, czy nie wejść do środka, choćby tylko po to, żeby wyłączyć komputer i zabrać teczkę z dokumentami potrzebnymi na spotkanie jutro z samego rana. Nie może jednak ścierpieć myśli o tym, że mogłaby wpaść na kogoś z pracy. Na pewno wszyscy od razu by odgadli, że ma złamane serce. „Biedna Valerie", powtarzaliby (wieści na pewno rozniosłyby się w błyskawicznym tempie). „Wciąż ma pod górkę".

Idzie więc do samochodu, który zostawiła na czwartym poziomie piętrowego parkingu. Słucha echa swoich obcasów na betonie. Pozbawione rękawiczek dłonie są tak zdrętwiałe, że ma problem z otwarciem drzwi samochodu i zaczyna się zastanawiać, czy przypadkiem nie odmroziła sobie palców. Jeszcze kilka dni temu mogłaby zapytać o to Nicka: „Po czym poznaje się odmrożenia?", nie tylko dlatego że to temat zahaczający o medycynę, ale również dlatego że ostatnio zaczęła z nim rozmawiać prawie o wszystkim, nawet o najmniejszych drobiazgach z codziennego życia. Myśl o tym, że już nigdy nie będzie mogła do niego zadzwonić – nieważne z jakiego powodu – odbiera jej dech.

Wstrząsa nią dreszcz. Valerie wsiada do samochodu i zapala silnik, wpatrując się prosto przed siebie, w brudną ścianę z pustaków, która raz po raz traci ostrość.

Po chwili przestaje mrugać i nie próbuje już powstrzymywać łez. Wszystko traci kontury. Ramionami wstrząsa tłumiony szloch. Po jakimś czasie, wypłakawszy z siebie emocje, Valerie bierze głęboki oddech, wydmuchuje nos i ściera z twarzy rozmazany tusz do rzęs. Cofa samochód i wyjeżdża z garażu, mijając Williego, parkingowego ze złotym zębem, który jak zawsze salutuje jej na pożegnanie.

„To wszystko – myśli Valerie w drodze do domu Jasona, by wcześniej, niż planowała, odebrać Charliego. – Trzeba zacząć żyć dalej".

*

Gdy budzi się następnego ranka, czuje się gorzej – dużo gorzej. Jak gdyby jej rozczarowanie przez noc jeszcze się umocniło. Świadomość, że Nicka już przy niej nie ma i nie będzie, że nie mają szans na wspólną przyszłość, ani nawet na jeszcze choćby jedną wspólną noc sprawia, że boli ją całe ciało, zupełnie jakby miała ciężką grypę. Wstaje i idzie pod prysznic, a potem wykonuje po kolei wszystkie zwykłe czynności, czując w środku ogromną pustkę – nigdy by się nie spodziewała, że może ją wywołać brak kogoś, kogo znała tak krótko. Wie, że nigdy nie wypełni tej pustki. Nawet nie będzie próbować. Nie warto. Valerie zastanawia się, jakim trzeba być głupcem, żeby stwierdzić, że lepiej kochać i utracić miłość, niż nie kochać nigdy. Nie ma na świecie rzeczy, z którą mniej by się zgadzała.

Ale choć Valerie robi, co tylko może, żeby przestać myśleć o Nicku, coraz bardziej tęskni za nim i wszystkim, co z nim związane. Za jego imieniem pojawiającym się na wyświetlaczu telefonu. Za jego głosem, dłońmi, uśmiechem. A najbardziej za poczuciem, że w jej życiu dzieje się coś wyjątkowego, że ona jest wyjątkowa.

Jedynym pocieszeniem – stwierdza Valerie – jest moment, w którym przytrafiło jej się to nieszczęście. Bo chociaż zbliżające się święta sprawiają, że ból jest bardziej namacalny, to jednocześnie dają jej cel, na którym może się skupić: stworzenie sobie i Charliemu idealnego Bożego Narodzenia rodem ze staroświeckiej pocztówki. Valerie zabiera synka na śpiewanie kolęd ze znajomymi Rosemary z kościoła. Robi z nim domki z piernika i pomaga pisać list do Świętego Mikołaja. Przez cały czas wstrzymuje oddech z nadzieją, że Charlie nie zapyta o Nicka. Stara się ze wszystkich sił wypełnić jego codzienność magicznymi chwilami, tak by nie zauważył, że czegoś w niej brakuje.

Dwa dni przed Bożym Narodzeniem, w wigilię Wigilii, jak to określa Charlie, Valerie jest szczególnie zadowolona ze swoich wysiłków. Siedzą razem przy choince, popijają *eggnog** i Valerie stwierdza, że tylko ona odczuwa nieobecność Nicka – jej synek natomiast jest zadowolony z życia.

Rzeczywiście, mały spogląda na nią i oświadcza, że mają najlepszą choinkę na świecie, lepszą od tej, która stoi w szkole, a nawet lepszą od drzewka w centrum handlowym, tego, pod którym zasiada Mikołaj.

– Tak myślisz? – pyta Valerie, dumna, wręcz wzruszona.

– Mamy bardziej kolorowe ozdoby, gęstsze gałęzie… i więcej światełek.

Valerie uśmiecha się do synka. Wieszanie lampek na choince zawsze uważała za typowo ojcowską czynność – podobnie

---

* Tradycyjny napój świąteczny w Stanach Zjednoczonych, koktajl z mleka, jajek i cukru przyprawiony korzeniami. Często dodaje się do niego również ajerkoniaku lub brandy.

jak wynoszenie śmieci czy koszenie trawnika – tyle że jeszcze bardziej istotną dla dziecka. Właśnie dlatego postanowiła, że musi być w tym lepsza od każdego faceta i zawsze poświęcała dobrych kilka godzin na wplecenie dziesiątek mrugających, kolorowych światełek pomiędzy gałązki, tak gęsto, jak się tylko da, i tak precyzyjnie, jakby pomagało jej całe stado elfów. Popija teraz swój hojnie doprawiony alkoholem i przyprawami koktajl i mówi:

– Cóż, chyba muszę się z tobą zgodzić. Mamy choinkę jakich mało.

Zaledwie kilka sekund później Charlie rozciąga się na podłodze, opierając brodę na dłoniach, i pyta:

– Kiedy Nick przyjdzie ją obejrzeć?

Valerie nieruchomieje. Imię Nicka wymówione na głos sprawia, że serce zaczyna jej trzepotać w piersi, po czym zamiera. Od czasu, gdy z nią zerwał, słyszała je tylko raz – gdy Jason zapytał, jak się mają sprawy. Powiedziała wtedy bratu po prostu, że wszystko skończone i nie chce o tym rozmawiać, a Jason przyjął to bez słowa.

Nie może jednak oświadczyć tego samego Charliemu. Zamiast tego odpowiada wymijająco:

– Nie wiem, kochanie. – Ma wyrzuty sumienia, że go nabiera, ale jest zdeterminowana, by nie popsuć mu świąt, nie popsuć tej chwili. Tak bardzo chciałaby móc odłożyć tę rozmowę do stycznia.

– Kiedy się z nim zobaczymy? – pyta Charlie. Najwyraźniej wyczuł w jej głosie albo wyrazie twarzy, że coś jest nie tak.

– Nie wiem – powtarza Valerie, zmuszając się do uśmiechu. Odchrząkuje i próbuje zmienić temat, zwrócić jego uwagę z powrotem na choinkę. Pokazuje mu bałwana z papieru, którego zrobiła, będąc dzieckiem.

– Musimy się z nim zobaczyć przed świętami – mówi Charlie. – Dać mu prezenty.

Valerie sztywnieje, ale milczy.

– Nie masz dla niego prezentu? – naciska Charlie.

Valerie przypomina sobie staroświeckie pocztówki z widokami Fenway Park*, które kupiła dla Nicka na eBayu, ukryte w szufladzie pod skarpetkami, a także bilety do filharmonii, kupione w imieniu synka – wyobrażała sobie, jak Charlie i Nick wybiorą się tam we dwójkę. Teraz jednak kręci tylko głową.

– Nie – kłamie. – Nie mam.

– Czemu? – pyta mały, zdezorientowany. W stłumionym, czerwonawym blasku lampek choinkowych prawie nie widać oparzeń na jego policzku i Valerie przychodzi do głowy, jak długą drogę przeszli przez te dwa miesiące. Jeszcze niedawno nie wyobrażała sobie, że nie będzie się już musiała tak bardzo martwić o zdrowie synka. Przynosi jej to chwilową pociechę, ale już za moment wyobraża sobie, jak jej najnowszy problem może wpłynąć na jej dziecko. Zniszczenia w jego psychice mogą być nawet trwalsze niż blizna na policzku. – Czemu nie masz prezentu dla Nicka?

Valerie ostrożnie, ze ściśniętym żołądkiem odpowiada:

– Nie wiem... W końcu Nick to nie rodzina.

– I co z tego? To nasz przyjaciel.

– No tak... Ale przecież prezenty kupuje się rodzinie – mówi Valerie bez przekonania.

Charlie zastanawia się przez chwilę nad jej słowami. W końcu pyta:

– Myślisz, że on coś dla nas ma?

– Nie wiem, kochanie. Pewnie nie... Ale to nie znaczy, że mu na tobie nie zależy... – Valerie mówi coraz ciszej, aż w końcu milknie.

– O... – Charlie wygląda na dotkniętego. Ale już zaraz buzia mu się rozjaśnia. – Trudno – stwierdza. – Ja i tak coś dla niego mam.

– Co? – pyta Valerie nerwowo.

---

* Fenway Park – wybudowany w 1912 roku stadion baseballowy w Bostonie.

– To tajemnica – odpowiada Charlie z zagadkową miną. Mały chłopiec, który usiłuje zaintrygować ją swoim sekretem.

– Ach tak. – Valerie kiwa głową.

Charlie spogląda na nią, jakby się zmartwił, że być może poczuła się urażona.

– To coś związanego z *Gwiezdnymi wojnami*. Nie wiedziałabyś, o co chodzi, mamo.

Valerie znów kiwa głową, dodając to do wciąż rosnącej listy spraw, których nie pojmuje i prawdopodobnie już nigdy nie zrozumie.

– Mamusiu? – zaczepia ją Charlie po chwili milczenia.

– Słucham, synku? – Valerie ma tylko nadzieję, że jego następne słowa będą dotyczyły *Gwiezdnych wojen*, nie Nicka.

– Jesteś smutna?

Valerie mruga oczami, uśmiecha się i kręci głową.

– Nie. Nie... Ani troszkę – odpowiada tak przekonującym tonem, jak to tylko możliwe. – Są święta. Jestem z tobą. Czym tu się smucić?

Charlie najwyraźniej uznaje tę odpowiedź. Poprawia ustawioną pod choinką szopkę, przysuwając do siebie głowy Józefa i Marii, jakby wykonywał symboliczny gest przed swoim następnym pytaniem:

– Czy ty i Nick zerwaliście? Tak jak Jason zawsze zrywa ze swoimi chłopakami?

Valerie patrzy na niego oszołomiona, rozpaczliwie usiłując znaleźć odpowiednie słowa.

– Kochanie, my nie byliśmy razem. Nie w ten sposób. Nick ma żonę. – Po raz pierwszy rozmawia z synem o tym prostym fakcie, przez co jej wyrzuty sumienia tylko się nasilają. – Byliśmy przyjaciółmi – dodaje.

– Ale już nie jesteście? – pyta Charlie drżącym głosem.

Valerie waha się przez chwilę, w końcu jednak decyduje się na unik.

338

– Zawsze będzie mi na nim zależało. A jemu zawsze będzie zależało na tobie.

Charlie jednak nie daje się zwieść i pyta, patrząc jej prosto w oczy:

– Pokłóciliście się?

Valerie wie już, że nie może go dłużej zbywać. Nie ma wyboru. Musi stłumić jego szczęście. Dwa dni przed świętami.

– Nie. Nie pokłóciliśmy się... Po prostu postanowiliśmy, że nie będziemy się już przyjaźnić – mówi zdenerwowana i pewna, że po raz kolejny użyła niewłaściwych słów.

Charlie spogląda na nią tak, jakby mu właśnie oświadczyła, że Święty Mikołaj nie istnieje. Albo że owszem, istnieje, ale w tym roku ich nie odwiedzi.

– Dlaczego? – pyta.

– Dlatego, że Nick ma żonę i dwójkę dzieci... – tłumaczy mu Valerie. – Nie należy do naszej rodziny.

„I nigdy nie będzie należał", dodaje w myślach. Już za chwilę zmusza się, by wypowiedzieć to zdanie na głos.

– Czy nadal jest moim lekarzem? – pyta Charlie pełnym napięcia i paniki głosem.

Valerie kręci głową i najbardziej pogodnym tonem, na jaki ją stać, wyjaśnia synkowi, że ma teraz inną panią doktor, która zresztą nauczyła Nicka wszystkiego, co on potrafi.

Na te słowa głos Charliego już całkiem zaczyna się łamać i jego oczy robią się wielkie czerwone i pełne łez.

– Czyli ja też nie mogę się już z nim przyjaźnić? – pyta.

Valerie powoli, ledwo dostrzegalnym ruchem kręci głową.

– Ale czemu? – Charlie krzyczy już i płacze na dobre. – Czemu nie mogę!?

– Charlie – zaczyna Valerie, choć wie, że nie potrafi mu tego wytłumaczyć. I że wszystkiego można było uniknąć, gdyby nie jej egoizm.

– Zadzwonię do niego! – woła Charlie, wstając gwałtownie. – Powiedział, że zawsze mogę zadzwonić!

Serce Valerie wypełnia żal i poczucie winy. Wyciąga ramiona, żeby powstrzymać syna.

Charlie wyrywa się, wściekły, i uderza ją w rękę.

– Dał mi swój numer! – szlocha. Jego blizna w innym świetle nagle staje się czerwona i wyraźna. – Mam dla niego prezent!

Valerie jeszcze raz łapie go i przytrzymuje. Obejmuje go ramionami i przytula do siebie tak mocno, jak tylko potrafi.

– Kochanie – mówi. – Wszystko będzie dobrze.

– Ja chcę mieć tatę – szlocha Charlie. Po chwili słabnie w jej ramionach.

– Wiem, kochanie – odpowiada Valerie, a jej serce ściska coraz większy żal. A myślała, że gorzej już być nie może.

– Dlaczego nie mam taty? – Charlie wciąż płacze, chociaż jego szlochy stają się coraz słabsze i cichsze. – Gdzie jest mój tata?

– Nie wiem, kochanie.

– Zostawił nas – mówi Charlie. – Wszyscy nas zostawiają.

– Nie. – Valerie wtula nos w jego włosy. Teraz i ona płacze. – Zostawił mnie. Nie ciebie. – Sama już nie jest pewna, czy mówi o Nicku, czy o Lionie, ale powtarza jeszcze raz, bardziej stanowczo: – Nie ciebie, Charlie. Nigdy.

– Chciałbym mieć tatę – szepcze chłopiec. – Chciałbym, żebyś go umiała znaleźć.

Valerie już otwiera usta, by powiedzieć mu to, co zawsze – że są na świecie różne rodziny i że Charlie ma wokół siebie tyle osób, które go kochają. Ale wie, że tym razem to nie wystarczy. Może już nigdy nie będzie wystarczyło. Powtarza więc tylko w kółko imię swojego synka, przytulając go mocno pod przepięknie oświetloną choinką.

ROZDZIAŁ 39

Tessa

Powiedziałam mu, żeby sobie poszedł. Chciałam tego. A mimo to jestem wściekła, że mnie posłuchał, że nie został i nie zmusił mnie do walki. Że tak spokojnie ruszył do drzwi i miał taki, a nie inny wyraz twarzy, kiedy się odwrócił i spojrzał na mnie, z otwartymi ustami, jakby miał mi jeszcze coś do powiedzenia, zanim wyjdzie. Oczekiwałam głębokich, niezapomnianych słów, o których rozmyślałabym jeszcze przez wiele godzin, dni, lat. Czegoś, co pozwoliłoby mi zrozumieć to, co właśnie przydarzyło się mnie i mojej rodzinie. On się jednak nie odezwał – być może zmienił zdanie i uznał, że tak będzie lepiej. Ale bardziej prawdopodobne jest to, że po prostu nie miał pojęcia, co powiedzieć. A potem zniknął z pokoju. Kilka sekund później usłyszałam, jak otwiera drzwi, a za chwilę zamyka je z ostatecznym, stanowczym trzaśnięciem. Dźwięk zamykanych drzwi zawsze wywoływał u mnie niejasny, przelotny smutek – nawet jeśli wiedziałam, że ten, kto wychodzi, zaraz wróci, albo jeśli byli to goście, którzy i tak za długo się już zasiedzieli. Nie powinno było mnie więc zaskoczyć, że ten właśnie dźwięk oraz dziwny spokój, który mnie potem ogarnął, były gorsze niż chwila, gdy Nick wyznał mi prawdę.

Stałam samotnie na środku pokoju. Brakowało mi oddechu i kręciło mi się w głowie. W końcu usiadłam na kanapie, czekając na gniew, na nieopanowane pragnienie, by coś zniszczyć. Podrzeć jego ulubione koszule, porozbijać gadżety drużyny Red Sox albo spalić nasze ślubne zdjęcia. Zareagować tak, jak każda kobieta zareagowałaby w takiej sytuacji. Tak jak moja matka, która rozwaliła nowy samochód ojca kijem baseballowym. Wciąż mam w uszach brzęk tłuczonego szkła, a przed oczami – wrak, który stał na podjeździe jeszcze długo po tym, jak ojciec za pomocą miotły i szlaucha uporządkował scenę zbrodni. Kawałki szkła, które uszły jego uwadze, jeszcze przez wiele dni lśniły w słońcu przed naszym domem, przypominając mi o naszej rozbitej rodzinie.

Ale ja byłam zbyt wyczerpana, by się mścić, a co ważniejsze, chciałam wierzyć, że jestem ponad to. Poza tym miałam dzieci do wykarmienia, sprawy do załatwienia i zużyłam całą energię na to, żeby pójść do kuchni, położyć na stole ulubione przez Ruby i Franka podkładki pod talerze z Kotem Protem, przygotować dwie porcje talarków z kurczaka z groszkiem i kawałkami mandarynki, nalać dwie szklanki mleka i dodać do nich odrobinę kakao. Gdy wszystko było gotowe, zauważyłam dwie piersi z kurczaka, które zaczęłam rozmrażać tuż przed powrotem Nicka do domu. Odłożyłam je do zamrażalnika i zawołałam dzieci. Niemal natychmiast rozległo się gwałtowne tupanie na schodach. Zwłaszcza Ruby zazwyczaj nie reaguje tak szybko na moje wezwanie, zaczęłam się więc zastanawiać, czy nie wyczuły przypadkiem czegoś w moim głosie. Gdy ujrzałam ich buzie, zrozumiałam, jak bardzo ich potrzebuję – intensywność tej potrzeby aż mnie przestraszyła i przyprawiła o poczucie winy. Przypomniałam sobie, jak bardzo moja matka potrzebowała mnie i Deksa po rozwodzie z ojcem i jak ciążyła mi odpowiedzialność za nią. Zmówiłam więc szybką modlitwę o więcej siły. Powtarzałam sobie, że moje dzieci są za małe, żeby zrozumieć tragedię, która wkracza powoli w ich życie – co było pocieszające do momentu, gdy zrozumiałam, że już samo to jest tragedią.

– Cześć, mamusiu – powiedział Frankie, ciągnąc za sobą ulubiony kocyk. Uśmiechał się do mnie już z połowy schodów.

– Cześć, Frankie – odpowiedziałam ze ściśniętym sercem.

Patrzyłam, jak Ruby zbiega ze schodów, mija brata i zagląda do kuchni.

– Gdzie tatuś? – spytała tonem, w którym pobrzmiewała ironia i lekka pretensja.

Przełknęłam ślinę i powiedziałam, że tatuś musiał wrócić do pracy. Dopiero w tym momencie zaczęłam się zastanawiać, dokąd tak naprawdę poszedł. Do szpitala? A może jeździ po ulicach bez celu? Albo pojechał do niej? Czy możliwe, że właśnie o to od początku mu chodziło? Może chciał mnie sprowokować. Zakładał, że zachowam się jak kiedyś moja matka.

– Coś się stało w szpitalu? – naciskała Ruby, marszcząc swoje ciemne brwi dokładnie tak samo jak jej ojciec.

– Tak – odpowiedziałam i spojrzałam na Frankiego, który ani trochę nie przypomina Nicka. Nagle wydało mi się to pocieszające. – No dobrze! Myjemy ręce! – zawołałam wesoło.

Przez resztę wieczoru zachowywałam się, jak gdyby nigdy nic, jakby mnie ktoś przełączył na autopilota. Udawałam, że to kolejny zwykły dzień. Że moje życie – i życie moich dzieci – nie zostało właśnie rozbite na miazgę, jak mercedes ojca wiele lat temu.

*

Kilka godzin później leżę zwinięta w kłębek na kanapie i zastanawiam się, jak udało mi się przez tyle czasu utrzymać fason, nie uronić ani jednej łzy, a nawet wymyślić lekką i wesołą bajkę na dobranoc dla dzieci. Chciałabym wierzyć, że świadczy to o moim wyjątkowym charakterze, o tym, jaką jestem wspaniałą osobą i wyjątkową matką. Chciałabym wierzyć, że to dowód na to, że jestem dzielna i potrafię zachować godność nawet w obliczu katastrofy. Że wciąż potrafię nad sobą zapanować, choć straciłam kontrolę nad swoim życiem.

Może rzeczywiście w jakimś stopniu to wszystko prawda. Ale większe jest prawdopodobieństwo, że byłam po prostu w szoku, który dopiero teraz zaczyna powoli mijać. Biorę telefon i dzwonię do Cate.

– Hej, Tess – odzywa się w słuchawce moja przyjaciółka. W tle słychać dźwięki Manhattanu: trąbią samochody, autobusy hamują ze zgrzytem, jakiś facet krzyczy coś po hiszpańsku. – Co słychać?

Waham się przez chwilę. A potem nagle słyszę własny głos, który mówi:

– Nick mnie zdradził.

Nagle widzę wszystko wyraźnie. Przed oczami staje mi moja nowa rzeczywistość. Ta, w której Nick jest i już na zawsze pozostanie jednym z tych facetów. A za jego sprawą również ja stałam się jedną z tych kobiet. Zdrajca i ofiara. Oto, kim jesteśmy.

– Tesso... O Boże... Jesteś pewna? – pyta Cate.

Chcę odpowiedzieć, ale nie potrafię wykrztusić słowa. Z oczu zaczynają mi płynąć łzy.

– Jesteś pewna? – pyta znowu Cate.

– Tak – odpowiadam, szlochając, i przyciskam do piersi paczkę chusteczek. – Sam mi powiedział... Tak.

– Tess... Cholera jasna – szepcze Cate. – Tak mi przykro, kochanie. Tak mi przykro.

Długo słucha, jak płaczę, mamrocząc słowa wsparcia, przeklinając Nicka, aż w końcu pyta, czy chcę jej powiedzieć coś więcej.

– To znaczy nie musisz... Jeśli nie jesteś gotowa...

– Właściwie nie ma tego wiele – odpowiadam z trudem. – Wrócił dziś wcześniej do domu. Powiedział, że był z nią na spacerze w parku.

– Z nią? – delikatnie sonduje Cate.

– Z tą, którą podejrzewałyśmy. Z tą, z którą widziała go Romy. – Nie potrafię wypowiedzieć na głos jej imienia; przysięgam sobie, że nigdy tego nie zrobię, i nagle doskonale rozumiem, jak czuła się moja matka przez te wszystkie lata.

– I tak po prostu ci powiedział… że ma romans?

– Tak tego nie nazwał. Sama nie wiem, jak to określić… Powiedział, że to się stało raz. Raz poszedł z nią do łóżka. – Moje własne słowa wbijają mi się w serce jak nóż. Nadal płaczę rzęsistymi łzami. – Powiedział, że dziś z nią zerwał. W każdym razie to jego wersja wydarzeń. Jakby jego słowa cokolwiek dla mnie znaczyły…

– No dobrze. Dobrze! – przerywa mi Cate. W jej głosie dźwięczy optymizm, który zbija mnie z tropu.

– Co „dobrze"? – pytam.

– Czyli Nick nie… odchodzi?

– Odszedł, oczywiście, że odszedł – mówię drwiącym tonem. Znów wzbiera we mnie gniew, który na chwilę powstrzymuje łzy. – Poszedł sobie. Kazałam mu się wynosić.

– Ale chodzi mi o to, że… Nie zostawił cię. Nie chce… związać się z tamtą?

– Cóż, najwyraźniej właśnie o tym marzy.

– Zrobili to raz – przypomina mi Cate. – A teraz Nick żałuje. Bo żałuje, prawda?

– Cate. Chcesz przez to powiedzieć, że nic się nie stało?

– Nie. Nic podobnego… Ale to dobry znak, że sam się przyznał. Nie powiedział ci o wszystkim dlatego, że go na czymś przyłapałaś…

– A co to za różnica? Zrobił to. Zrobił! Pieprzył się z inną kobietą. – Powoli zaczynam wpadać w histerię.

Cate najwyraźniej słyszy to w moim głosie, bo mówi:

– Wiem. Wiem, Tess... Nie umniejszam jego winy, ani mi to w głowie... Ale przynajmniej się przyznał. I przynajmniej z nią zerwał.

– To on tak twierdzi. Równie dobrze mógłby to z nią robić dokładnie w tej chwili – mówię, a w głowie zaczynają mi się materializować przyprawiające o mdłości obrazy. Wyobrażam sobie blondynkę, potem brunetkę, a w końcu rudą. Jedna ma duże, pełne piersi, druga: małe i sterczące, a trzecia: w sam raz. Nie chcę wiedzieć, jak naprawdę wygląda tamta kobieta, a jednocześnie rozpaczliwie pragnę znać każdy szczegół dotyczący jej życia. Chcę, żeby była taka jak ja, a jednocześnie nie chcę, żeby mnie przypominała choćby w najmniejszym stopniu. Sama już nie wiem, czego chcę. Wygląda na to, że nie znałam również kompletnie człowieka, za którego wyszłam.

– Na pewno nie poszedł do niej – mówi Cate. – Nie wierzę w to.

– Skąd wiesz? – pytam. Z jednej strony nie mam zamiaru robić sobie nadziei, z drugiej: chciałabym usłyszeć od niej coś pozytywnego.

– Bo mu przykro. Bo cię kocha, Tess.

– Bzdury – odpowiadam i wydmuchuję nos. – Nick kocha samego siebie. Kocha ten przeklęty szpital. Kocha swoich pacjentów i najwyraźniej również ich matki.

Cate wzdycha. Hałasy w tle cichną, jakby właśnie zeszła z ulicy albo wsiadła do taksówki.

– Co masz zamiar zrobić? – pyta.

Przez kilka sekund to pytanie sprawia, że czuję się silna, tak samo jak wtedy, gdy wyrzuciłam Nicka z domu. Ale to poczucie szybko znika, a mnie ogarnia strach.

– Chodzi ci o to, czy mam zamiar od niego odejść?

To pytanie za milion dolarów. Dotąd było teoretyczne, zadawane w rozmowach z koleżankami: „Co by było gdyby?". Nagle stało się realne.

– Aha – mówi Cate cicho.

– Nie wiem. – Wiem, że mam wybór. Mogłabym przyjąć go z powrotem i żyć w obłudzie. Mogłabym też zrobić to, co zawsze uważałam za jedyne wyjście z takiej sytuacji. Mogłabym go zostawić. Zawołać dzieci, posadzić je przy stole i obwieścić im nowinę, która na zawsze zmieniłaby ich dzieciństwo i miałaby wpływ na każde ważniejsze wydarzenie w ich dorosłym życiu. Rozdania dyplomów, śluby, narodziny ich własnych dzieci. Wyobrażam sobie siebie i Nicka, jak stoimy osobno, sami albo z nowymi partnerami. Tak czy inaczej dystans między nami tworzyłby nieokreślone napięcie podczas wydarzenia, które powinno być źródłem radości.

– Nie wiem – powtarzam, uświadamiając sobie ze złością, żalem, paniką i strachem, że nie ma dobrego wyjścia z tej sytuacji. Że straciłam szansę na „żyli długo i szczęśliwie".

*

Przez kilka następnych dni każda kolejna godzina, każda minuta to tortura. Wstydzę się tego, co mi się przydarzyło. Nawet gdy jestem sama i spoglądam w lustro, czuję się upokorzona niewiernością Nicka. Wpadam we wściekłość, kiedy dzwoni (sześć razy), wysyła do mnie e-maile (trzy) i zostawia listy w skrzynce (dwa). Z kolei gdy przez jakiś czas nie daje znaków życia, wpadam w głęboką rozpacz i wciąż rozmyślam o tym, dlaczego milczy, wyobrażam ich sobie razem, a zazdrość i poczucie zagubienia spalają mnie od środka. Jeszcze więcej rozmyślam jednak o jego każdym słowie, przeprosinach, deklaracjach miłości do mnie i naszej rodziny, błaganiach o drugą szansę.

Z pomocą Cate pozostaję twarda i niewzruszona i nie kontaktuję się z nim – ani razu. Nawet w chwilach największej słabości, późno w nocy, kiedy odsłuchuję jego pełne smutku i skruchy wiadomości, a samotność boleśnie ściska mi serce.

Oczywiście, chcę go ukarać, sprawić mu ból – dlatego go ignoruję. Jednocześnie robię, co mogę, żeby sobie udowodnić, że potrafię żyć bez niego. Zbieram się w sobie, by mu oświadczyć, że podczas naszej ostatniej rozmowy mówiłam poważnie. Że z nami koniec, nie ma już dla niego miejsca w moim domu ani w moim sercu. Odtąd jest już tylko ojcem moich dzieci, nikim więcej.

Po raz pierwszy nawiązuję z nim kontakt dwa dni przed świętami, kiedy wysyłam mu e-mail z dokładnymi instrukcjami dotyczącymi wizyty u dzieci, na którą pozwolę mu w Wigilię. Wcale nie mam ochoty ustępować i wściekam się, że muszę nawiązywać z nim jakikolwiek kontakt, wiem jednak, że ma prawo zobaczyć się z Frankiem i Ruby – a co ważniejsze, oni mają prawo zobaczyć się z nim. Oświadczam mu, że może przyjść o trzeciej po południu, że Carolyn wpuści go do domu. Zapłacę jej za cztery godziny, ale on może pozwolić jej wyjść pod warunkiem, że kiedy wrócę o siódmej, ona będzie z powrotem. Nie chcę się z nim widzieć. Oczekuję, że dzieci zostaną nakarmione, wykąpane i przebrane w piżamy i że położy je spać. Może zabrać z domu wszystkie rzeczy, które będą mu potrzebne przez najbliższe kilka tygodni. W styczniu umówimy się na któryś weekend, żeby mógł spakować całą resztę. Cały e-mail jest niezwykle rzeczowy. Bardzo chłodny. Po napisaniu czytam go ponownie i poprawiam literówki. Potem klikam „wyślij". Nie mija parę sekund, gdy pojawia się odpowiedź:

Dziękuję, Tesso. Czy mogłabyś mi powiedzieć, jak wytłumaczyłaś wszystko dzieciom, żebym mógł trzymać się Twojej wersji wydarzeń?

Jego odpowiedź ugodziła mnie prosto w serce, nie z powodu tego, co w niej było, ale czego n i e b y ł o. Nie chce się ze mną zobaczyć. Nie chce, byśmy spotkali się we czwórkę. Nie chce przyjść w Boże Narodzenie, popatrzeć, jak dzieci otwierają prezenty. Jestem wściekła, że tak łatwo się poddał, ale potem stwierdzam, że przecież i tak bym mu odmówiła. W żaden sposób nie zasugerowałam, że mógłby prosić o więcej. Bo nie może. Nic, co powie, nie sprawi, że zmienię zdanie. Drżącymi dłońmi piszę:

Powiedziałam im, że masz bardzo dużo pracy w szpitalu, ponieważ pewnemu małemu chłopcu stała się krzywda i musisz go wyleczyć. Jak na razie to wyjaśnienie najwyraźniej im wystarczy. Będziemy się musieli zastanowić, co z feriami, ale na razie nie chcę psuć im świąt.

Nie ma wątpliwości co do tego, że mały chłopiec, którego wymyśliłam, to aluzja: „Przedkładasz inne dziecko ponad swoje własne. I to dlatego nasza rodzina już na zawsze została rozbita".

*

Kilka godzin później słyszę dzwonek do drzwi. Otwieram drzwi, oczekując kuriera, który ma przynieść zamówione prezenty dla dzieci. Jednak okazuje się, że na progu stoi April z torbą pełną prezentów i niepewnym uśmiechem.

– Wesołych świąt – mówi. Uśmiecha się szerzej, ale nadal z wahaniem.

– Wesołych świąt – odpowiadam i niechętnie odwzajemniam uśmiech. Z jednej strony wciąż jestem na nią zła za to, że zachowała się tak, jak się zachowała. Mam również irracjonalne poczucie, że wszystko, co się stało, to wina jej i Romy. Z drugiej jednak strony czuję się taka samotna, że nie potrafię powstrzymać fali ulgi, a nawet odrobiny radości, na widok przyjaciółki.

– Wejdziesz? – pytam lekko oficjalnym, ale i przyjaznym tonem.

April waha się przez chwilę, ponieważ wizyty bez zapowiedzi, nawet u przyjaciół, zawsze były w jej mniemaniu poważnym *faux pas*. W końcu jednak mówi:

– Bardzo chętnie.

Cofam się w głąb przedpokoju i prowadzę ją do mocno zabałaganionej kuchni. April wręcza mi torbę pełną przepięknie zapakowanych prezentów.

– Dziękuję… nie trzeba było – mówię, uświadamiając sobie, że w tym roku po raz pierwszy postanowiłam nie kupować nic dla znajomych i sąsiadów. Co więcej, wcale nie zamierzam się tym przejmować.

– Upiekłam tylko biszkopt, jak zwykle. Nic specjalnego – mówi April, chociaż jej biszkopty to małe dzieła sztuki. – I mam jeszcze coś dla dzieciaków. – Rozgląda się i pyta, gdzie są.

– Oglądają telewizję na górze. W moim pokoju.

– Aha.

– Ostatnio chyba trochę za często im na to pozwalam – przyznaję.

– Telewizja o tej porze roku to dla dzieci świętość – zgadza się April ku mojemu zaskoczeniu. – Moje chodzą na rzęsach, żebym im coś włączyła. A groźba, że nie przyjdzie do nich Mikołaj, działa coraz słabiej.

Parskam śmiechem.

– No tak. Ruby też już przestała się przejmować. Zresztą na nią nic nie działa.

Zapada chwila niezręcznej ciszy. W końcu pytam April, czy napije się kawy.

– Bardzo chętnie – odpowiada. – Dziękuję.

Siada przy stole, a ja odwracam się, włączam ekspres i sięgam do szafki po dwa kubki od kompletu. Gdy uświadamiam sobie, że wciąż tkwią w zmywarce, zaś reszta zalega brudna w zlewie, postanawiam się nie przejmować i chwytam dwa dowolne, w ogóle do siebie niepasujące. Rezygnuję również ze spodków i podkładek.

Przez następnych kilka minut panuje niezręczna atmosfera i cieszę się, że mam zajęcie. Przygotowuję kawę, odpowiadając na pytania April o bożonarodzeniowe zakupy i inne świąteczne obowiązki. W końcu wręczam jej kubek kawy bez mleka i wreszcie zbieram się na odwagę, żeby zmierzyć się z prawdziwym powodem jej wizyty.

– Cóż... Miałaś rację co do Nicka – mówię niespodziewanie. – I co do tamtej kobiety... W zeszłym tygodniu wyrzuciłam go z domu.

April odstawia kubek, a na jej twarzy maluje się szczere współczucie.

– O Boże. Nie wiem, co powiedzieć... Tak strasznie mi przykro.

Kiwam głową i dziękuję jej głucho. Spogląda na mnie z niepokojem.

– Obiecuję, że nikomu nie powiem. Nikomu.

Patrzę na nią z niedowierzaniem.

– April. Jesteśmy z Nickiem właściwie w separacji. Nie mieszka tu. Prędzej czy później ludzie się o tym dowiedzą. A poza tym... opinia innych to w tej chwili najmniejsze z moich zmartwień...

April kiwa głową, ze wzrokiem wbitym w nietkniętą kawę. W końcu bierze głęboki oddech i mówi:

– Tesso. Muszę ci o czymś powiedzieć... To znaczy... chcę, żebyś wiedziała...

– April – przerywam jej, siląc się na żartobliwy ton. – Błagam, żadnych więcej złych wiadomości.

April kręci głową.

– Nie chodzi o ciebie i Nicka... tylko... tylko o mnie. O mnie i Roba. – W przelocie łapię jej spojrzenie. W tym momencie wyrzuca z siebie resztę: – Tesso, chcę tylko, żebyś wiedziała... że przeszłam przez to samo... Wiem, co teraz czujesz. Wiem, co przeżywasz.

Wpatruję się w nią. Powoli docierają do mnie jej słowa, których nigdy bym się po niej nie spodziewała.

– Rob cię zdradził? – pytam wstrząśnięta.

April niemal niedostrzegalnie kiwa głową. Wygląda dokładnie tak, jak ja się czuję – jakby się wstydziła. Jakby czyny Roba to była jej porażka, jej upokorzenie.

– Kiedy? – dopytuję, przypominając sobie naszego debla sprzed kilku tygodni i jej stanowcze zapewnienia, że gdyby mąż ją zdradził, zostawiłaby go. Była taka przekonująca.

– W zeszłym roku.

– Z kim? – pytam, po czym dodaję szybko: – Przepraszam. To nie moja sprawa. A poza tym to bez znaczenia.

April przygryza wargę.

– Nie, nie szkodzi... Zdradził mnie ze swoją byłą dziewczyną.

– Z Mandy? – Przypominam sobie obsesję April, gdy Rob zaczął kontaktować się na Facebooku ze swoją licealną sympatią. Wtedy uważałam, że moja przyjaciółka zachowuje się nieracjonalnie.

– Tak. Z Mandy. – Głos April obniża się o oktawę.

– Ale... Czy ona przypadkiem nie mieszka gdzieś na Środkowym Zachodzie?

April kiwa głową.

– W Północnej Dakocie. Głupia szmata. Spotkali się na zjeździe absolwentów w dwudziestą rocznicę matury.

– Ale skąd o tym wiesz? Jesteś pewna? – dopytuję, wyobrażając sobie scenę podobną do tej, która zaszła między mną a Nickiem po jego przechadzce po parku.

– Przeczytałam jakieś pięćdziesiąt e-maili, które do siebie napisali. I... powiedzmy, że... nie pozostawili pola wyobraźni. Równie dobrze mogliby robić zdjęcia...

– Och, April – mówię, pozbywając się resztek urazy do niej: za telefon, za pobłażliwy ton, którym mnie poinformowała o odkryciu Romy (prawdopodobnie sama go sobie wymyśliłam), a przede wszystkim za jej pozornie, jak się okazuje, idealne życie. Myśli galopują mi jak szalone, gdy usiłuję przypomnieć sobie jakąkolwiek sytuację, w której straciłaby panowanie nad sobą, i nic z tego. – Nie miałam o niczym pojęcia.

– Nic nikomu nie mówiłam – stwierdza.

– Nikomu? Nawet siostrze? Mamie?

April kręci głową.

– Nawet mojej terapeutce. – Parska nerwowym śmiechem. – Po prostu przestałam do niej chodzić... Za bardzo mi było wstyd.

– Cholera! – mówię, gwałtownie wypuszczając powietrze. – Czy oni wszyscy zdradzają!?

April spogląda w okno i z przygnębieniem wzrusza ramionami.

– Jak udało się wam sobie z tym poradzić? – pytam z nadzieją na jakąś wskazówkę, która pozwoli mi wybrać inną drogę niż moja matka.

– Nie udało się.

– Jak to? Przecież dalej jesteście razem.

– Niby tak – odpowiada. – Ale już prawie rok nie kochaliśmy się... Śpimy osobno... Nie chodzimy razem na kolacje... I... szczerze mówiąc, gardzę nim.

– April. – Chwytam ją za rękę. – Tak nie można żyć... Czy ty... Przeprosił cię? Zastanawiałaś się, czy mu nie wybaczyć? – pytam, jak gdyby to był prosty wybór.

April kręci głową.

– Owszem, przepraszał mnie. Ale nie potrafię mu wybaczyć. Po prostu... nie potrafię.

– W takim razie – mówię z wahaniem, przywołując w pamięci ojca, potem Roba, potem Nicka – czy nie myślałaś o tym, żeby odejść? Rozstać się z nim?

April przygryza wargę.

– Nie. Nie posunę się do tego. Moje małżeństwo to ponury żart, ale nie chcę utracić całego swojego życia z powodu postępków Roba. No i nie chcę tego robić moim dzieciom.

– Mogłabyś zacząć wszystko od nowa – mówię, choć wiem, że to nie takie proste. Że zakończenie małżeństwa to jedna z najtrudniejszych rzeczy, jakie mogą się człowiekowi przydarzyć. Wiem o tym, bo obserwowałam swoich rodziców i ponieważ wyobrażam to sobie codziennie, bez przerwy, odkąd Nick zrzucił na mnie tę bombę.

– A ty masz zamiar tak zrobić? – pyta April.

Wzruszam ramionami. Czuję w środku rozpacz i gorycz, chyba taką samą, jaka maluje się na twarzy mojej przyjaciółki.

– Nie wiem. Szczerze mówiąc, nie mam zielonego pojęcia, co zrobić.

– Cóż, ja w każdym razie nie potrafię zacząć od nowa. – April kręci głową ze smutkiem. – Po prostu nie potrafię... Chyba nie jestem dość silna.

Spoglądam na nią. Mam mętlik w głowie. Nie wiem, co powinna zrobić. Co ja powinnam zrobić. Co zrobiłaby silna kobieta. Właściwie jedyne, czego jestem pewna, to to, że nie ma prostych odpowiedzi, a jeśli ktokolwiek twierdzi, że owszem, są, to znaczy, że nigdy nie był w naszej sytuacji.

*

Jest Wigilia. Jadę ciemnymi, w większości pustymi ulicami, patrząc, jak płatki śniegu tańczą w świetle samochodowych reflektorów. Do powrotu do domu mam jeszcze godzinę, a już zrobiłam wszystko, co miałam do zrobienia. Kupiłam słodycze, które włożę dzieciom do skarpet, oddałam do sklepu swetry, które zamierzałam dać Nickowi, i odebrałam z piekarni ciasta, zamówione dosłownie parę minut przed tym, jak Nick wrócił ze swojego spaceru po parku – włącznie z kokosowym ciastem z kremem, o które miał czelność mnie poprosić dzień wcześniej, choć wiedział przecież, co nastąpi. Staram się o tym nie myśleć. Staram się nie myśleć o niczym. Mijam park, skręcam w Beacon Street i przejeżdżam przez Mass

Avenue Bridge. Gdy dojeżdżam do pomnika ofiar Holocaustu, dzwoni mój telefon leżący na siedzeniu pasażera. Podskakuję zaskoczona. Zastanawiam się, czy to Nick. Może nawet mam nadzieję, że to on. Ale na wyświetlaczu pojawia się imię mojego brata, który jeszcze nawet nie wie, co się stało. Powtarzam sobie: nie odbieraj, ponieważ nie mam w tej chwili siły kłamać, a poza tym nie chcę psuć mu humoru w święta. Nie mogę jednak oprzeć się pokusie usłyszenia jego głosu, w ogóle czyjegokolwiek głosu. Wkładam więc słuchawki.

– Halo – mówię.

– Wesołych świąt! – woła Dex, przekrzykując otaczający go jak zwykle zgiełk.

Spoglądam na wieżowiec Hancock Tower z iglicą udekorowaną czerwonymi i zielonymi światełkami i również życzę bratu wesołych świąt.

– Dostałam dziś twoją kartkę – dodaję. – Prześliczne zdjęcie dziewczynek.

– Dzięki – odpowiada. – To akurat zasługa Rachel.

– Domyśliłam się – mówię z uśmiechem.

– No i co u was słychać? – pyta Dex pogodnym, beztroskim tonem, jakim ludzie zwykle mówią w święta. W tle słyszę Julię wyśpiewującą nieudolnie piosenkę o reniferze Rudolfie i mocny śmiech mojej matki. Staje mi przed oczami scena rodzinnego szczęścia, którego dotąd nie doceniałam, uznając je za coś oczywistego.

– Hm... niewiele – odpowiadam. Wjeżdżam na Salt-and--Pepper Bridge i z powrotem do Beacon Hill. – Po prostu... no wiesz... Jak to w Wigilię. – Milknę, uświadomiwszy sobie, że gadam bez sensu. Nie potrafię już nawet sklecić prostego zdania.

– Wszystko w porządku? – pyta Dex.

– Nic mi nie będzie – odpowiadam. Wiem, że właśnie się zdradziłam i że nie mogę się już wycofać. Ale choć czuję się winna, że psuję mu wieczór, to jednocześnie ogarnia mnie ulga. Chcę, żeby mój brat wiedział.

– Co się stało? – pyta takim tonem, jakby znał już odpowiedź. W jego głosie jest mniej niepokoju, a więcej gniewu, którego zupełnie nie okazała Cate.

– Nick miał romans – mówię. Po raz pierwszy użyłam tego słowa. Zaledwie kilka godzin temu w piekarni doszłam bowiem do wniosku, że nawet „jeden raz" można już nazwać romansem, zwłaszcza jeśli prowadzi do niego relacja uczuciowa.

Dex nie pyta o szczegóły, ale i tak mu je zdradzam. Opowiadam, jak Nick przyznał się do winy, jak go wyrzuciłam, że od tamtego czasu go nie widziałam i że choć spędza teraz właśnie swoje kilka godzin z dziećmi, to w Boże Narodzenie będzie sam.

Potem dodaję:

– Wiem, że powtórzysz wszystko Rachel. Zgadzam się. Ale proszę, nie mów nic mamie. Wolę, żeby dowiedziała się ode mnie.

– Jasne, Tess – obiecuje Dex. Wypuszcza głośno powietrze. – Niech to cholera.

– Wiem.

– Nie mogę, kurwa, uwierzyć, że to zrobił.

Jego lojalność, tak zacięta i niezachwiana, sprawia, że łzy podchodzą mi do oczu i z wdzięczności aż boli mnie serce. Powtarzam sobie, że nie wolno mi się teraz rozpłakać. Nie tuż przed powrotem do domu. Nie w Wigilię.

– Mogę do niego zadzwonić? – pyta Dex.

– Nie wiem... – odpowiadam, zastanawiając się, czy mogłoby z tego wyniknąć cokolwiek dobrego. – Co byś mu powiedział?

– Po prostu chcę z nim porozmawiać. – Jego słowa sprawiają, że przychodzi mi na myśl mafioso, który idzie z kimś „porozmawiać" z pistoletem zatkniętym za pasek. Wjeżdżam w Charles Street i mijam ciemne witryny zamkniętych sklepów.

– Nie ma sensu... Ja już chyba podjęłam decyzję.

– To znaczy?

– Chyba go zostawię... Nie chcę żyć w kłamstwie – odpowiadam, myśląc o April. Nagle uświadamiam sobie, że nie mogłabym wybrać takiego rozwiązania jak ona.

– I dobrze – mówi Dex. – Tak właśnie powinnaś zrobić.

Zaskakuje mnie jego stanowczość, zwłaszcza biorąc pod uwagę to, jak bardzo zawsze lubił Nicka.

– Myślisz, że zrobiłby to jeszcze raz, prawda? – pytam. Przychodzi mi do głowy nasz ojciec. Jestem pewna, że Deksowi też.

– Nie wiem. Ale myślę, że nie powinnaś czekać, aż się o tym przekonasz.

Przełykam ślinę. Zastanawiam się, jak to możliwe, że jego rada, tak zdecydowana, wywołuje u mnie mętlik w głowie. Choć jego stanowcza postawa to dla mnie pociecha, to jednocześnie czuję potrzebę, żeby ją złagodzić, uświadomić mu, że to wszystko jest dużo bardziej mroczne i skomplikowane, niż mu się wydaje.

– Nigdy nie zrobiłbyś tego Rachel – mówię. – Prawda?

– Nigdy – odpowiada Dex, a w jego głosie nie ma cienia wątpliwości. – Przenigdy.

– Ale... ty przecież...

– Wiem – przerywa mi. – Wiem, że kiedyś zdradziłem. Ale nie Rachel. – Nagle milknie. Najwyraźniej uświadomił sobie, co właśnie dał mi do zrozumienia. Że nie zdradziłby swojej żony, miłości swojego życia. Że ludzie nie zdradzają tych, których naprawdę kochają.

– No tak – mówię.

– Słuchaj. – Dex usiłuje się wycofać. – Nie twierdzę, że Nick cię nie kocha. Na pewno kocha... Ale to... To po prostu...

– Co? – pytam, przygotowana na najgorsze.

– To jest niewybaczalne.

Kiwam głową. Oczy wypełniają mi się łzami. Powtarzam to słowo w różnych formach: niewybaczalne, wybaczać, wybaczony, wybaczenie. Wciąż chodzi mi to po głowie, gdy dziękuję bratu i żegnam się z nim, a potem wracam do Wellesley, mijam dom April z oknami ozdobionymi wieńcami z gałązek i szkarłatnej wstążki, a w końcu parkuję na własnym podjeździe, zauważając białego saaba Carolyn na zwykłym miejscu Nicka. Wciąż je słyszę, kiedy razem z dziećmi wykładamy ciasteczka i *eggnog* dla Świętego Mikołaja*, a potem kiedy siedzę w piwnicy i pakuję prezenty, czytając ulotki i instrukcje i składając we właściwy sposób plastikowe części.

Czy umiałabym wybaczyć Nickowi? – pytam sama siebie za każdym razem, gdy wykonuję ruch śrubokrętem lub owijam kolejny prezent wstążką. Czy kiedykolwiek będę potrafiła to zrobić?

Są jeszcze inne pytania – tak dużo, że nie potrafię ich wszystkich ogarnąć. Niektóre ważne, inne nieistotne – ale i tak nie mogę się od nich uwolnić. Co zrobiłyby moje przyjaciółki? Co powie matka? Czy wciąż kocham swojego męża? Czy on kocha mnie, czy może tamtą kobietę? Albo nas obie? Czy ona kocha jego? Czy Nick naprawdę żałuje? Czy rzeczywiście poszli do łóżka tylko raz? Czy chciałby to powtórzyć? Co ona ma, czego mi brakuje? Czy Nick się przyznał, bo męczyły go wyrzuty sumienia, czy dlatego że chciał być wobec mnie lojalny? Czy naprawdę z nią zerwał? A może to ona go zostawiła? Czy naprawdę chce wrócić do domu, czy po prostu boi się stracić rodzinę? Co będzie najlepsze dla dzieci? Co będzie najlepsze dla mnie? Jak bardzo zmieniłoby się moje życie? Czy dałabym sobie radę sama? Czy jeszcze kiedykolwiek będę szczęśliwa?

---

* W Stanach Zjednoczonych dzieci otwierają prezenty rano 25 grudnia, zaś w Wigilię jest zwyczaj zostawiania na noc poczęstunku dla Świętego Mikołaja.

ROZDZIAŁ 40

Valerie

Valerie nigdy nie mogła się zdecydować, czy sylwester to okazja, by obejrzeć się za siebie, czy raczej – żeby patrzeć w przyszłość. Ale w tym roku jedno i drugie oznacza myślenie o Nicku, więc tak czy inaczej czuje się nieszczęśliwa. Strasznie za nim tęskni i jest pewna, że go kocha. Ale jest również na niego zła, zwłaszcza dziś wieczorem. Czuje, że nic nie powiedział żonie. Nie może pozbyć się romantycznej wizji jego i Tessy. Wyobraża sobie, jak witają Nowy Rok toastami i długimi pocałunkami i snują ważne plany na przyszłość – być może kolejne dziecko, żeby Nick mógł już całkiem zapomnieć o ostatnich wydarzeniach.

W pewnym momencie jest tak mocno przekonana, że o niej zapomniał, że prawie kapituluje i postanawia wysłać mu SMS-a, niewinne, krótkie życzenia szczęśliwego Nowego Roku, choćby tylko po to, żeby zepsuć mu wieczór i przypomnieć o tym, co zrobił. Ale w końcu się powstrzymuje, zarówno dlatego, że jest zbyt dumna, jak i dlatego, że tak naprawdę wcale nie życzy mu szczęścia. Chce, żeby cierpiał równie mocno jak ona.

Wstydzi się tego. Czy można naprawdę kogoś kochać i jednocześnie źle mu życzyć? Nie jest pewna, ale stwierdza, że to bez znaczenia, ponieważ odpowiedź na to pytanie i tak nic nie zmieni. „Nic, co mogłabym zrobić, nie zmieni sytuacji", myśli Valerie, kiedy siada przy kuchennym stole z Charliem i proponuje mu spisanie noworocznych postanowień.

– Co to jest postanowienie? – pyta Charlie, gdy Valerie podaje mu kartkę papieru w linie.

– To taki jakby cel... Obietnica, którą sam sobie składasz.

– Na przykład że będę więcej ćwiczył na pianinie? – Charlie dość mocno zaniedbał to zajęcie od czasu wypadku.

– Tak jest – odpowiada Valerie. – Albo że będziesz sprzątał swój pokój. Albo znajdziesz nowych kolegów. Albo że będziesz się naprawdę mocno starał na rehabilitacji.

Mały kiwa głową, bierze do ręki ołówek i pyta ją, jak się pisze „rehabilitacja". Valerie pomaga synkowi z trudnym słowem, po czym na swojej własnej kartce notuje: „Jeść mniej niezdrowych dań, więcej owoców i warzyw".

Przez następne pół godziny siedzą i spisują postanowienia, skupieni, dyskutując o kolejnych punktach – wszystkie są praktyczne, przewidywalne i jak najbardziej możliwe do wykonania. A jednak kiedy Valerie przykleja obie listy do drzwi lodówki, zdaje sobie sprawę, że to ćwiczenie, choć produktywne, było w jakimś sensie oszustwem – że tylko jedno ma w tej chwili jakiekolwiek znaczenie dla nich obojga: zapomnieć o Nicku.

Żeby osiągnąć ten cel, Valerie stara się uczynić wieczór tak radosnym i beztroskim, jak to możliwe. Grają w makao, oglądają *Gwiezdne wojny*, a Valerie po raz pierwszy pozwala Charliemu siedzieć aż do północy. Gdy opada srebrna kula na Times Square, piją bezalkoholowego szampana z wysokich wąskich kryształowych kieliszków i wyrzucają w powietrze garście konfetti, które wycięli wcześniej za pomocą dziurkacza z kolorowych tekturek. A jednak przez cały ten czas

Valerie ma świadomość, że radość ich obojga jest jałowa i wymuszona. Wie, że Charlie również to wyczuwa – zwłaszcza kiedy w końcu kładzie go spać. Jego mina jest zbyt poważna, uścisk zbyt mocny, a słowa zbyt oficjalne, gdy mówi jej, jak dobrze się dziś bawił, praktycznie dziękuje jej za ten wieczór.

– Kochanie – odzywa się Valerie. Jest chyba jedyną matką na świecie, która wolałaby, żeby jej dziecko zapomniało powiedzieć „dziękuję". – Ja przecież uwielbiam spędzać z tobą czas. Najbardziej na świecie.

– Ja z tobą też – odpowiada Charlie.

Valerie przykrywa go pod samą brodę i całuje w oba policzki oraz w czoło. Mówi synkowi „dobranoc", wychodzi z pokoju i sama też idzie do łóżka. Po raz ostatni spogląda na telefon, po czym zasypia i budzi się już w nowym roku.

*

Valerie nie cierpi stycznia z tych samych powodów co wszyscy: kończy się przerwa świąteczna, dni są krótkie i ciemne, a pogoda w Bostonie – okropna. Chociaż Valerie nigdy nie mieszkała w innym miejscu, to i tak jest przekonana, że nigdy się do niej nie przyzwyczai. Nienawidzi silnych wiatrów z północnego wschodu, sięgającej kostek szarej pluchy na ulicach i niekończących się mrozów – tak ostrych i przenikliwych, że gdy termometr pokazuje minus jeden, ludzie oddychają z ulgą, z płonną nadzieją na wiosnę, aż zaczyna padać, a temperatura nagle pikuje, z powrotem zmieniając wszystko w jedną wielką bryłę lodu.

Ale ten rok, ten styczeń, jest szczególnie nie do zniesienia. Dni mijają, a Valerie zaczyna się martwić, że nigdy nie odbije się od dna. Oprócz rozczarowania Nickiem niemal bez przerwy towarzyszy jej również niepokój o Charliego. Oba uczucia mieszają się i gęstnieją w jej sercu, zmieniając się w głęboką gorycz, czyli stan, któremu dotychczas opierała się w najgorszych nawet momentach.

Pewnego popołudnia pod koniec stycznia matka Summer dzwoni do niej, gdy Valerie jest w pracy. Na widok jej imienia na wyświetlaczu Valerie czuje ukłucie niechęci, przypominając sobie słowa jej córki na szkolnym boisku. Przygotowuje się na wiadomość o kolejnym niemiłym incydencie. Ale gdy odbiera, Beverly odzywa się ciepłym, beztroskim tonem, bez śladu zdenerwowania w głosie.

– Cześć, Valerie! Nie przeszkadzam? – pyta.

Valerie ze ściśniętym żołądkiem spogląda na stertę dokumentów na biurku.

– Nie. Skąd... Miło oderwać się od fascynującego świata odszkodowań.

– To brzmi tylko odrobinę lepiej od fascynującego świata księgowości. – Beverly wybucha głośnym śmiechem, a Valerie przypomina sobie, że wbrew wszystkiemu naprawdę lubi tę kobietę. – Co u ciebie? – pyta Beverly. – Jak święta?

– Świetnie – kłamie Valerie. – Bardzo dobrze. A twoje?

– Och, były w porządku, tylko dosyć zwariowane. Przyjechały do nas dzieci mojego męża, cała czwórka, a do tego jego byli teściowie... To zresztą długa i dziwaczna historia, nie będę cię zanudzać... W każdym razie jeśli mam być szczera, naprawdę się ucieszyłam, że wracam do pracy. A przecież w ogóle jej nie lubię. – Beverly po raz kolejny parska śmiechem, a Valerie z ulgą dochodzi do wniosku, że nawet jeśli w szkole stało się coś złego, to na pewno sytuacja nie jest krytyczna. – W każdym razie chciałam cię zapytać, czy znasz już nowiny – ciągnie Beverly z rozbawieniem w głosie.

– Nowiny? – pyta Valerie. Nie zdradza rozmówczyni, że nie należy do żadnej ze szkolnych grupek towarzyskich. Pozaszkolnych zresztą też nie.

– Chodzi o najnowsze wieści z frontu miłosnego.

– Nie – odpowiada Valerie, jak zawsze mimowolnie wyobrażając sobie Nicka.

– Summer i Charlie zostali parą.

– Summer i Charlie? – powtarza Valerie zdumiona, pewna, że Beverly coś się pomyliło albo że wymyśliła sobie bardzo kiepski żart.

– Aha. Wygląda na to, że to całkiem poważna sprawa... Chyba powinniśmy usiąść wszyscy razem i zacząć planować ślub. Osobiście jestem za kameralną uroczystością... co ty na to?

Valerie uśmiecha się. Bojowy nastrój powoli ją opuszcza.

– Jak najbardziej – odpowiada. – Chociaż muszę przyznać, że nie mam na tym polu wielkich doświadczeń.

Zwykle Valerie tego rodzaju osobiste wyznania zachowuje dla siebie, dlatego przez chwilę czuje się skrępowana, ale Beverly tylko parska śmiechem i mówi:

– Nie martw się. Ja wychodziłam za mąż trzy razy. Czyli jeśli wyciągnąć średnią, obie jesteśmy całkiem normalne.

Valerie wybucha szczerym śmiechem, po raz pierwszy w tym roku.

– Miło by było raz w życiu nie odstawać od normy.

– Bardzo miło. Chociaż jakoś trudno mi to sobie wyobrazić – stwierdza Beverly wesoło, najwyraźniej pogodzona z sytuacją. – W każdym razie... Charlie i Summer. Naprawdę się cieszę... Nie przepadałam za jej ostatnim chłopakiem. Albo raczej za jego matką, a to przecież najważniejsze, prawda?

Valerie pyta, kim była ostatnia sympatia Summer, i z nieco wredną satysfakcją dowiaduje się, że chodziło o Graysona. Mimo wszystko powstrzymuje się od negatywnych komentarzy na temat Romy. Zamiast tego pyta:

– I co... pokłócili się?

– Nie jestem pewna, o co konkretnie poszło. Wiem, że zerwali, a właściwie to Summer z nim zerwała tuż przed świętami. Podejrzewam, że jego prezent jej nie zadowolił...

a w każdym razie nie w porównaniu z bransoletką, którą dostała od Charliego.

Valerie opada szczęka. Przypomina sobie bransoletkę z koralików, którą Charlie zrobił na rehabilitacji. Myślała wówczas, że to prezent dla niej, nie pojawił się jednak pod choinką.

– Naprawdę? Nic mi nie powiedział – stwierdza pozytywnie zaskoczona.

– Naprawdę. Bransoletka była fioletowo-żółta, a to dwa ulubione kolory Summer... Wspaniale wychowałaś syna.

Valerie uśmiecha się, doceniając to, że Beverly uznaje jej zasługi. Zawsze zresztą cieszy się z najmniejszych oznak aprobaty, zwłaszcza jeśli chodzi o jej umiejętności rodzicielskie.

– Staram się – odpowiada.

– W każdym razie dzwonię, żeby zapytać, czy nie mielibyście ochoty wpaść do nas we dwójkę w najbliższą sobotę? To by była taka jakby pierwsza randka, oczywiście pod nadzorem przyzwoitek.

Valerie zwraca wzrok w stronę okna. Na zewnątrz panuje zmierzch. Pada deszcz ze śniegiem.

– Brzmi świetnie. Bardzo chętnie – odpowiada i z zaskoczeniem stwierdza, że mówi zupełnie szczerze.

*

Kilka godzin później ona i Charlie zajadają na kolację tacos u Jasona i Hanka. Valerie postanawia powiedzieć Charliemu o wizycie u Summer, choć wciąż jeszcze w głębi duszy zastanawia się, czy Beverly, powodowana poczuciem winy, nie wymyśliła sobie całej tej historii z chodzeniem.

– Och, Charlie – zaczyna nonszalanckim tonem, nakładając sobie na talerz posiekane w kostkę pomidory i cebulę, przy kuchennym blacie. – Dzwoniła dziś do mnie mama Summer.

Kątem oka zauważa, że Charlie spogląda na nią, unosząc brwi z ciekawości.

– Co mówiła? – pyta.

– Zaprosiła cię na sobotę. Właściwie to zaprosiła nas oboje. Zgodziłam się. Co ty na to? Chciałbyś pójść?

Patrzy na synka w oczekiwaniu na jego reakcję.

– Tak – odpowiada Charlie, uśmiechając się leciutko. Na widok tego uśmiechu Valerie wie już wszystko.

Odwzajemnia uśmiech, szczęśliwa, że on jest szczęśliwy. Choć jednocześnie ogarnia ją nowa fala opiekuńczości, jaka pojawia się, kiedy wszystko idzie dobrze. Przychodzi jej do głowy, że zawsze uważała, iż nie należy zbyt wiele oczekiwać od życia. Jeśli człowiek nie robi sobie nadziei, trudniej jest go zranić. Nick swoim zachowaniem tylko potwierdził tę teorię.

– Zaraz, zaraz. Kim jest Summer? – pyta Jason (chociaż Valerie jest pewna, że jej brat doskonale wie, o kogo chodzi). Hank zaś zerka na Charliego zaciekawiony.

– Koleżanka z klasy – odpowiada chłopiec, a jego uszy nagle nabierają intensywnie różowej barwy.

Hank i Jason wymieniają znaczące uśmieszki. W końcu Hank przerywa ciszę głośnym:

– Charlie! Czy ty masz d z i e w c z y n ę?

Charlie chowa szeroko już uśmiechniętą buzię za swoją tortillą i wzrusza ramionami. Jason wyciąga rękę i szturcha go w ramię.

– Dawaj, Chuck! Ładna jest?

– P i ę k n a – odpowiada Charlie. Jego głos i mina są takie czyste i szczere, takie anielskie, że Valerie ściska się serce, sama nie wie, z radości czy ze smutku.

*

Kilka godzin później to samo uczucie wraca do niej, gdy smaruje policzek synka maścią z witaminą E, a on spogląda na nią szeroko otwartymi oczami i mówi:

– Wiesz, mamusiu, Summer jest przykro, że tak brzydko na mnie powiedziała.

Valerie sztywnieje, przypominając sobie tamte słowa, tamten dzień.

– Tak? – pyta ostrożnie.

– No, wiesz, że mam gębę jak kosmita.

– Naprawdę? – Valerie nie potrafi się zdobyć na żadną reakcję.

– Tak. Przeprosiła mnie. Powiedziała, że tak wcale nie myśli. Że podobam jej się taki, jaki jestem... No i... no i... wybaczyłem jej. Dlatego teraz się przyjaźnimy.

– Cieszę się – odpowiada Valerie wzruszona. Przygląda się Charliemu. Sama nie wie, czy synek ją informuje, czy też prosi o pozwolenie. – Dobrze jest wybaczać – dodaje, uznając, że to uniwersalna odpowiedź. W tym momencie, gdy patrzy na buzię swojego dziecka, pokrytą bliznami, ale zadowoloną, pozbywa się części własnej goryczy i nagle czuje, że powoli, bardzo powoli, jej zranione serce zaczyna się goić.

ROZDZIAŁ 41

Tessa

W ciągu kilku następnych dni dochodzę do wniosku, że gniew jest łatwiejszy do zniesienia niż smutek. Gdy jestem zła, mogę za wszystko winić Nicka – to on popełnił błąd i on poniósł stratę. Mogę skupić energię na pragnieniu ukarania go, na nieodbieraniu jego telefonów, odmawianiu mu wizyt, planowaniu rozstania. W pewnej szczególnie mrocznej chwili wściekłości planuję nawet napisać na niego skargę do szpitalnej Komisji do spraw Etycznych. Gniew to ostre, konkretne uczucie. Sprawia, że zgadzam się z moim bratem – Nick nie zasługuje na wybaczenie ani na drugą szansę. Moje życie bez niego zmieni się, ale będzie toczyć się dalej.

Smutek to bardziej skomplikowana sprawa. Nie mogę skierować go przeciwko Nickowi, a poza tym gdy jestem smutna, myślę o tym, co straciłam, co straciły moje dzieci, cała nasza rodzina. O tym wszystkim, czym się kiedyś cieszyłam i w co wierzyłam. Smutkowi towarzyszy też strach, żal oraz pragnienie, by cofnąć czas i zrobić wszystko inaczej, uważniej strzec swojego małżeństwa. Być lepszą żoną. Poświęcać mu więcej uwagi. Częściej się z nim kochać. Bardziej dbać o siebie. Gdy ogarnia mnie smutek, spoglądam w głąb, winię się za to, co się wydarzyło, za to, że wcześniej nie zauważyłam, co się święci. Poza tym smutek dezorientuje, sprawia, że nie mam pojęcia, co robić dalej, i pozostaje mi tylko jedno: czekać, aż znów ogarnie mnie gniew.

*

Jest ponury, wietrzny styczniowy poniedziałek rano – moje trzydzieste szóste urodziny. Dziś zdecydowanie jestem w nastroju bojowym, tym bardziej kiedy słyszę dzwonek telefonu. To Nick. Niedawno przyszła Carolyn popilnować Franka, a ja właśnie wróciłam do domu po odwiezieniu Ruby do przedszkola. Już mam odebrać telefon, ale udaje mi się powstrzymać i w końcu Nick łączy się z pocztą głosową. Biorę prysznic i dopiero potem odsłuchuję wiadomość.

Wyczuwam w jego głosie pierwsze oznaki desperacji. Składa mi życzenia urodzinowe, po czym gorączkowo prosi mnie o spotkanie, chociażby po to, żebyśmy mogli całą rodziną zjeść tort. Kasuję wiadomość natychmiast po wysłuchaniu, podobnie zresztą jak e-mail, w którym pisze, że jeśli się z nim nie spotkam, zostawi dla mnie prezent na ganku. Tak samo zrobił z prezentem świątecznym, którego zresztą wciąż jeszcze nie otworzyłam – paczka jest jednak za mała, by mogło w niej być coś innego niż biżuteria. Przypomina mi się nasza nieszczęsna rocznica i czuję nową falę urazy – za to, że tamtego wieczoru nie podarował mi nawet kartki. I za wszystko inne. Trzymam się kurczowo tego uczucia, zdeterminowana, by nie myśleć o Nicku ani o tym, jak w tym roku spędzę urodziny.

Wtem, jak na ironię, dowiaduję się, że moi rozwiedzeni rodzice – którzy jeszcze o niczym nie wiedzą – są w Bostonie. Oboje. Domyślałam się, że przyjedzie matka, ponieważ prawie zawsze odwiedza mnie i Deksa w – jak to ma zwyczaj określać – „rocznicę naszych urodzin". Ojciec natomiast, jak się okazuje, przyleciał na spotkanie służbowe umówione w ostatniej chwili. Dzwoni do mnie życzyć mi wszystkiego najlepszego i informuje, że lot z powrotem do Nowego Jorku ma dopiero za kilka godzin.

– Czy mogę zabrać moją dziewczynkę na lunch? – pyta wesoło.

Szybko gryzmolę w notesie: „tata przyjechał" i pokazuję napis matce, która uśmiecha się szeroko. Od razu widzę, że uśmiech jest wymuszony. Sama idea siedzenia przy jednym stole z nimi obojgiem przyprawia mnie o stres.

– Kurcze, tato... Jestem już umówiona. Niestety...

– Z matką? – pyta. Wie, że moje i Deksa urodziny należą do Barb, że zrzekł się prawa do nich, tak samo jak zrezygnował z mebli, albumów ze zdjęciami i z Waldo, naszego baseta (ukochanego przez wszystkich oprócz mamy). Ja i Dex zawsze dobrze wiedzieliśmy, że matka zatrzymała Waldo tylko po to, żeby dokuczyć ojcu. Kiedyś mnie to gniewało, dziś świetnie ją rozumiem.

– Aha – potwierdzam. Ogarniają mnie dwie pozornie sprzeczne emocje. Z jednej strony czuję się lojalna wobec matki, tym bardziej że ostatnio jeszcze lepiej rozumiem, przez co musiała przejść. Z drugiej zaś jestem sfrustrowana w jej imieniu, ale i p r z e z nią, ponieważ bardzo bym chciała, żeby pozbyła się już goryczy, którą do dziś w sobie nosi. Tak długie chowanie urazy nie wróży nic dobrego ani mnie, ani – jeśli już o tym mowa – moim dzieciom.

– No tak. Domyśliłem się – mówi ojciec. – Ale miałem jednak nadzieję, że się z tobą zobaczę. – W jego głos wkrada się nuta rozdrażnienia, jakby chciał powiedzieć: „Od rozwodu minęło wiele lat. Czy nie moglibyśmy wszyscy zacząć wreszcie zachowywać się jak dorośli?".

– Przyjechałeś... sam? – pytam ostrożnie, wiedząc, że obecność Diane przekreśliłaby wszelkie szanse na zrealizowanie planu, który właśnie przyszedł mi do głowy.

– Diane została w Nowym Jorku... No, skarbie, zróbmy to. Czy nie byłoby miło, gdyby oboje rodzice zabrali cię na lunch w trzydzieste piąte urodziny?

– Trzydzieste szóste – poprawiam go.

– Możemy udawać – odpowiada z lekką kpiną w głosie. Mój ojciec nie znosi myśli o starzeniu się bardziej niż ja i jakakolwiek znana mi kobieta. Moja matka przypisywała to zawsze jego nieopisanej próżności. – No, mała? Co ty na to?

– Poczekaj chwilę – mówię, przykrywam telefon dłonią i szepczę do matki: – Chce do nas dołączyć. Jak myślisz?...

Barb wzrusza ramionami, znów się uśmiecha i mówi:

– Decyzja należy do ciebie, kochanie. To w końcu twój dzień.

– Ale czy dasz radę? – pytam, nie dając się nabrać na jej udawany spokój.

– Oczywiście, że tak – odpowiada. Wygląda na lekko urażoną.

Waham się jeszcze przez chwilę, po czym znów przykładam telefon do ucha i dyktuję ojcu, gdzie ma się z nami spotkać. Jednocześnie kątem oka obserwuję matkę, która sięga po puderniczkę, a potem ostrożnymi, nerwowymi ruchami poprawia szminkę.

– Bosko – mówi ojciec.

– Wybornie – odpowiadam żartobliwie, ale z kamienną twarzą. Zastanawiam się, czy kiedykolwiek będę potrafiła zdobyć się na obojętność, której moja matka najwyraźniej nigdy nie opanowała. A może kiedy za kilka lat usłyszę imię mojego męża, zacznę równie gorączkowo poprawiać makijaż, żeby wyglądać najlepiej jak się da. Żeby mu pokazać, jak wiele stracił.

*

Pół godziny później siedzę z obojgiem rodziców w Blue Ginger, eleganckiej azjatyckiej restauracji ze ścianami wyłożonymi gałązkami bambusa. Jemy kanapki z homarem. Ojciec nuci pod nosem melodię, której nie potrafię rozpoznać, a matka postukuje paznokciami o kieliszek z winem i trajkocze coś na temat drzewek bonsai zdobiących bar. Krótko mówiąc, oboje są zdenerwowani. Żadnemu z nas nie umknął fakt, że jesteśmy wszyscy razem po raz pierwszy od dnia, w którym poślubiłam Nicka. O ironio.

Po omówieniu kilku neutralnych tematów, w tym Franka i Ruby, usiłuję zebrać się na odwagę, żeby ogłosić swoją nowinę. Przychodzi mi do głowy, że może nie powinnam robić tego w takich okolicznościach, zwłaszcza ze względu na matkę, jednak wiem, że będzie mi łatwiej utrzymać pozory godności, którą – jak czuję – utraciłam. Ponieważ niezależnie od tego, ile razy powtarzam sobie, że tak nie jest, niezależnie od tego, ile razy Dex i Rachel tłumaczą mi, że romans Nicka nie ma nic wspólnego ze mną, ja i tak czuję, że to moje upokorzenie. Głęboko wstydzę się za swojego męża, za swoje małżeństwo i za siebie samą.

– Muszę wam coś powiedzieć – zaczynam, gdy tylko zapada chwila ciszy. Jestem spokojna. Przez moment mam nawet wrażenie, że jestem silna.

Spoglądam na matkę, potem na ojca. Na ich twarzach maluje się taki niepokój, że aż łzy podchodzą mi do oczu. Przychodzi mi do głowy, co mogą teraz myśleć, natychmiast ich więc uspokajam, że z dziećmi wszystko w porządku, że nikt nie jest chory. Uświadamiam sobie, że przecież mogłoby tak być, dzięki czemu spoglądam na to wszystko z trochę większym dystansem. Chociaż pod pewnymi względami wolałabym być chora. Dana by mi była przynajmniej jakaś diagnoza, plan leczenia i wiara – albo przynajmniej nadzieja – że wszystko może jeszcze dobrze się skończy. Biorę głęboki oddech, szukając właściwych słów, gdy nagle mój ojciec odkłada widelec, bierze mnie za rękę i mówi:

– Kochanie, nie przejmuj się. My wiemy. Wiemy o wszystkim.

Wpatruję się w niego z niedowierzaniem. Powoli dociera do mnie, co powiedział.

– Dex się wygadał? – Tak mocno mi ulżyło, że nie muszę mówić tego na głos, że nie mam nawet siły gniewać się na brata. Poza tym w stosunku do innych złamanych obietnic w moim życiu jego wykroczenie doprawdy nie jest zbyt poważne.

Matka kiwa głową i ujmuje moją drugą dłoń, ściskając ją równie mocno jak ojciec.

– Nie musicie trzymać mnie za rączki – mówię, parskając śmiechem, żeby się nie rozpłakać. – Ale ten Dex ma długi język.

– Nie gniewaj się na Dekstera – prosi mama. – Powiedział nam, bo cię kocha i troszczy się o ciebie... On i Rachel tak się martwią...

– Wiem – zapewniam ją, myśląc o tym, ile razy mój brat dzwonił do mnie w ciągu ostatnich kilku dni. Ja byłam jednak zbyt zdenerwowana, by odbierać jego telefony.

– A jak dzieci? – pyta matka. – Domyślają się?

– Jeszcze nie – odpowiadam. – Nic dziwnego zresztą. Teraz widać, ile Nick pracuje... Od świąt widział się z nimi tylko cztery czy pięć razy, a one najwyraźniej niczego nie podejrzewają.

– A ty... spotkałaś się z nim? – pyta dalej matka. Wygląda na to, że ma zamiar dowiedzieć się jak najwięcej.

Kręcę głową.

Ojciec odchrząkuje. Próbuje coś powiedzieć, milknie i zaczyna od początku:

– Przykro mi... Moja mała Contesso. Tak mi przykro.

Contessa. Nazywa mnie tak, odkąd byłam małą dziewczynką, jednak tylko w szczególnie emocjonalnych chwilach, i nie muszę nawet na niego patrzeć, żeby wiedzieć, że jest mu przykro z kilku różnych powodów.

Przygryzam wargę, wyrywam dłonie z ich uścisków i kładę je na kolanach.

– Poradzę sobie – mówię stanowczo, choć w głębi duszy wcale nie jestem tego taka pewna.

– Owszem – odzywa się matka. Podnosi głowę do góry, przez co wygląda jeszcze dostojniej niż zwykle. – Oczywiście, że sobie poradzisz.

– Niezależnie od tego, jaką decyzję podejmiesz – wtóruje jej ojciec.

– Dex powiedział nam, co on by zrobił.

– I jestem pewna, że się z nim zgadzacie – odpowiadam. Nie przejmuję się już, że może to zabrzmieć niedelikatnie. Paralele między mną a moimi rodzicami są oczywiste, a ja nie mam siły dłużej udawać, że jest inaczej.

Moja matka kręci głową.

– Każde małżeństwo jest inne – mówi. – Każda sytuacja jest inna.

Przychodzi mi do głowy, że powtarzam jej to samo już od lat, a ona zgadza się ze mną dopiero teraz, kiedy jej teoria się sprawdziła. Rzuciłam pracę, na pierwszym miejscu postawiłam męża i rodzinę i skończyłam tak jak ona. Dokładnie tak, jak przewidywała.

– Tesso, kochanie – odzywa się ojciec, po tym jak kelner dolewa nam wina i zaraz dyskretnie znika, jakby wyczuł napięcie między nami. – Wiesz, że nie jestem dumny z tego, co zrobiłem…

– To dopiero pociecha – drwi matka pod nosem.

Ojciec wzdycha. Widać, że jest zawstydzony. Próbuje jeszcze raz:

– Niech będzie. Nie jestem dumny, to mało powiedziane… Zawsze będę żałował tego, co zrobiłem… Zachowałem się… niegodnie.

Jestem wstrząśnięta, ponieważ z tego, co mi wiadomo, mój ojciec nigdy wcześniej nie przyznał, że zrobił coś nie tak. Matka też najwyraźniej jest w szoku. Wygląda, jakby zaraz miała się rozpłakać.

Ojciec mówi dalej, coraz bardziej zmieszany:

– Żałuję, że nie załatwiłem tego inaczej... Naprawdę. Między mną a twoją matką nie układało się najlepiej. Myślę, że ona sama to przyzna. – Zerka na nią i ciągnie: – Ale szukałem rozwiązań nie tam, gdzie trzeba. Byłem głupi.

– Davidzie... – szepcze matka ze łzami w oczach.

– To prawda. Byłem głupi. Tak samo jak Nick.

Matka spogląda na niego porozumiewawczo i w tym momencie dociera do mnie, że ich wspólna interwencja była nie tylko zaplanowana, ale też prawdopodobnie przećwiczona.

Matka mówi:

– Oczywiście... nie wiemy, co Nick sobie myślał... ani dlaczego zrobił to, co zrobił.

– Tak jest, tak jest – przytakuje ojciec. – Ale chciałem powiedzieć... to znaczy uważam, że twoja matka i ja...

– Popełniliśmy wiele błędów – przerywa mu mama, a on kiwa głową.

Nagle czuję przypływ nostalgii. Przypominam sobie rozmowy przy kolacji w czasach, gdy byłam dzieckiem, jak wciąż wchodzili sobie w słowo, co prawdopodobnie zdarzało im się częściej wtedy, gdy było między nimi dobrze i byli szczęśliwi, niż wtedy, gdy nad ich związkiem zaczęły zbierać się burzowe chmury, którym towarzyszyły awantury nie do rozstrzygnięcia i ciche dni.

– Byłam przygnębiona, sfrustrowana i trudno było ze mną wytrzymać. A on – mówi matka, wskazując na ojca i powstrzymując uśmiech – był zdradliwym sukinsynem.

Ojciec unosi brwi.

– O kurcze, no dzięki, Barb.

– Cóż, tak właśnie było – upiera się matka, wybuchając wysokim, nerwowym śmiechem.

– Wiem. I przepraszam.

– Przyjmuję to do wiadomości – odpowiada matka. Jest to najbliższy wybaczeniu gest, jaki kiedykolwiek skierowała w jego stronę.

Spoglądam to na jedno, to na drugie, i sama już nie wiem, czy czuję się lepiej, czy gorzej, zastanawiam się natomiast, co chcą mi przez to powiedzieć. Czy chodzi im o to, że jakoś przyczyniłam się do tego wszystkiego? Że Nick miał romans, ponieważ nie był szczęśliwy? Że prawdziwym miernikiem dobrego małżeństwa nie jest zaangażowanie i zaufanie, lecz to jak radzimy sobie z katastrofą? Czy może nadinterpretuję ich słowa i jestem po prostu świadkiem niespotykanej chwili porozumienia między nimi?

Ojciec najwyraźniej wyczuwa mój zamęt w głowie, bo mówi:

– Posłuchaj, Tess, twoja matka i ja staramy się po prostu podzielić z tobą doświadczeniem, które zdobyliśmy w naprawdę trudnych sytuacjach. Chcemy, żebyś zrozumiała, że czasami w ogóle nie chodzi o romans...

– Ale ty ożeniłeś się z Diane – przerywam mu, unikając wzroku matki.

Ojciec macha ręką, jakby jego obecna żona kompletnie nie miała związku z tematem.

– Tylko dlatego że twoja mama ode mnie odeszła...

Matce najwyraźniej podoba się ta wersja całej historii. Uśmiecha się ciepło i szczerze, pozwalając mu, by mówił dalej:

– Kochanie, to właśnie usiłujemy ci wytłumaczyć. Małżeństwo to dziwna, skomplikowana, tajemnicza sprawa... Ma swoje cykle. Wzloty i upadki... I naprawdę niedobrze, żeby definiował je jeden czyn, jakkolwiek by był okropny.

– Jeśli ten czyn się powtarza, to może – dodaje matka, nie oparłszy się pokusie przygadania mu. – Ale jeden, pojedynczy błąd...

Ojciec unosi ręce do góry, jakby chciał oświadczyć, że nie ma nic na swoją obronę, nie daje się jednak zbić z tropu i mówi dalej:

– Oczywiście nie znaczy to, że nie możesz się gniewać na Nicka albo mieć do niego pretensji. Nie musisz mu wybaczać. Ani ufać.

– Ale przecież to nie to samo – wtrąca matka. – Przebaczenie i zaufanie.

Jest jasne, co chce przez to powiedzieć – że być może po pierwszej zdradzie wybaczyła ojcu, ale już nigdy mu nie zaufała, choćby przez sekundę. Dlatego zaczęła go śledzić, aż dowiedziała się o Diane – co ją zdruzgotało, ale nie zaskoczyło.

– Wiem, Barbie. – Ojciec kiwa głową. – Chciałem po prostu powiedzieć, że Tess ma do podjęcia ważną decyzję. I musi to być wyłącznie jej wybór. Nie Nicka, jej brata, mój albo twój.

– Zgadza się – mówi mama.

– I nieważne, co postanowisz, my i tak będziemy po twojej stronie – dodaje ojciec. – Tak jak zawsze.

– Owszem – potwierdza matka. – Absolutnie. W stu procentach.

– Dzięki – mówię. Uświadamiam sobie, że to boli mnie chyba najbardziej: zawsze mi się wydawało, że niezależnie od wszystkiego to właśnie Nick będzie absolutnie i w stu procentach po mojej stronie. Myliłam się.

I tak po prostu znika gniew, który po raz kolejny zastępuje głęboki, nieprzenikniony smutek.

*

Niedługo później wracamy we trójkę do domu. Stoimy razem na podjeździe i długo żegnamy się przed tym, jak ojciec wyruszy na lotnisko. Oboje rodzice zachowują się swobodnie i obserwując język ich ciał, można by pomyśleć, że to dwójka starych przyjaciół, a nie ludzie, których prawie dwudziestopięcioletnie małżeństwo zakończyło się brutalnym rozwodem.

– Dzięki, że przyjechałeś, tato – mówię, pragnąc wejść już do ciepłego domu. – Naprawdę to doceniam.

Ojciec przytula mnie – po raz trzeci, odkąd wyszliśmy z restauracji – ale nie rusza w stronę wynajętego samochodu. Zamiast tego stwierdza, że mógłby złapać następny samolot.

Spoglądam na mamę, która wzrusza ramionami i uśmiecha się przyzwalająco.

– Może w takim razie wejdziesz na chwilę? – proponuję ojcu. – Niedługo wrócą dzieci. Carolyn właśnie pojechała odebrać Ruby ze szkoły.

Ojciec natychmiast przyjmuje zaproszenie i kilka minut później wszyscy siedzimy w kuchni, rozmawiając o niedawnej wycieczce ojca do Wietnamu i Tajlandii. Moja matka zawsze marzyła o takich egzotycznych podróżach, nigdy jednak w żadną się nie wybrała – albo z braku czasu, albo dlatego że nie chce jechać sama. Jednak nie okazuje zazdrości i zadaje ojcu życzliwe, otwarte pytania. Ojciec odpowiada na nie, unikając liczby mnogiej oraz wszelkich wzmianek o Diane, chociaż wiem, że była tam z nim – i moja matka z pewnością również jest tego świadoma.

– Naprawdę powinnaś się tam wybrać, Barb. Spodobałoby ci się – oświadcza ojciec, przypatrując się stojącej na blacie butelce czerwonego wina. Już za chwilę proponuje, żebyśmy napili się jeszcze po kieliszku. Nie zważając na rozsądek, wzruszam ramionami i mówię: Czemu nie?, po czym obserwuję, jak nalewa trzy duże kieliszki i jeden wręcza mnie, drugi mojej matce. Barb bierze kieliszek i z całkiem poważną miną stuka się z nim, a potem ze mną. Nie wznosi toastu, tylko puszcza do nas oko i uśmiecha się, jakby chciała w ten sposób przekazać, że nasze wspólne popołudnie było dziwaczne, ale przyjemne. Upijam długi łyk wina. W tym momencie do domu wpadają Ruby i Frank, a za nimi wchodzi Carolyn.

– Babcia i dziadek! – krzyczą dzieci chórem. Najwyraźniej fakt, że ich dziadkowie są razem, nie wydaje im się szczególnie osobliwy.

Przez chwilę przyglądam się tej lekko surrealistycznej, słodko-gorzkiej scenie: moi rodzice i moje dzieci w jednym uścisku. Już po chwili muszę się jednak zająć bardziej przyziemnymi sprawami: płacę Carolyn, zabieram z ganku prezent od Nicka (znów małe pudełeczko, co było do przewidzenia) i wycieram stół, który wciąż jeszcze pokrywają okruszki lunchu Franka. A potem, podczas gdy ojciec pokazuje dzieciakom magiczne sztuczki, a matka okrasza cały spektakl barwnym komentarzem, po cichu wymykam się z kuchni. Z ulgą stwierdzam, że nikt nie protestuje. W ogóle nikt nie zwraca uwagi na moje zniknięcie.

Gdy już jestem sama w swoim pokoju, wypijam wino do dna i zwijam się w kłębek na zasłanym łóżku. Zamykam oczy i nasłuchuję dobiegających z dołu stłumionych głosów i wybuchów śmiechu. Rozmyślam nad tym, jakie dziwne było to popołudnie – jednocześnie zaskakujące, smutne i kojące.

Już prawie zasypiam, gdy przypominają mi się słowa, które Dex wypowiedział w Wigilię – o tym, że nigdy nie zdradziłby swojej żony – a poprzednią narzeczoną zdradził z Rachel tylko dlatego, że był zakochany. Przychodzą mi również na myśl dzisiejsze uwagi ojca na temat Diane, z których wynikało, że nie była ona powodem rozstania moich rodziców, lecz zaledwie symptomem ich problemów. A potem, wbrew własnej woli, myślę o niej. O Valerie. Zastanawiam się, do której kategorii ona należy i czy pozostaliby z Nickiem parą, gdybym ja się wycofała. Wyobrażam ją sobie z moimi dziećmi, które byłyby przyrodnim rodzeństwem jej syna.

W końcu zasypiam, a pod powiekami mam wizję tej nowej „posklejanej" rodziny, zwiedzającej rikszą Hanoi, podczas gdy ja siedzę w domu i zamiatam okruchy pod stół, zgorzkniała i samotna.

*

Otwieram oczy i widzę matkę, która obserwuje mnie, siedząc na brzegu łóżka.

– Która godzina? – mamroczę, trzepocząc powiekami.

– Kilka minut po szóstej. Dzieci już zjadły, a twój tata je wykąpał. Bawią się u siebie.

Gwałtownie siadam na łóżku, ponieważ uświadamiam sobie, że spałam ponad dwie godziny.

– Tata wciąż tu jest?

– Nie. Pojechał już jakiś czas temu. Nie chciał cię budzić. Prosił, żeby cię od niego pożegnać i przekazać ci, że cię kocha.

Przecieram oczy, przypominając sobie sen o Nicku i Valerie, bardziej szczegółowy i niepokojący niż wizja z rikszą.

– Mamo – mówię, przytłoczona nagłym zaskakującym przekonaniem o tym, co muszę zrobić, żeby wreszcie zacząć żyć dalej, z Nickiem czy bez niego. – Mamo, ja muszę wiedzieć.

Barb kiwa głową, jakby dokładnie wiedziała, o czym myślę i co próbuję jej powiedzieć.

– Muszę wiedzieć. Muszę – powtarzam. Nie potrafię otrząsnąć się z obrazów, które oglądałam we śnie. Nick rozśmiesza ją w kuchni, gdzie przyrządzają razem kolację na Dzień Dziękczynienia. Nick czyta bajki na dobranoc jej synowi. Nick mydli jej plecy i całuje ją w pięknej antycznej wannie z nóżkami w kształcie szponów.

Mama znów kiwa głową i obejmuje mnie ramieniem. Tymczasem niepokojący film wciąż wyświetla się w mojej głowie. Staram się go zatrzymać, albo chociaż przewinąć, zastanawiając się, jak się to wszystko zaczęło. Czy to była miłość od pierwszego wejrzenia? Czy przyjaźń, która powoli przerodziła się w erotyczną fascynację? A może któregoś wieczoru po prostu zrozumieli, że są dla siebie stworzeni? Czy chodziło o to, że nie układało nam się w małżeństwie, czy też uczucie między nimi wynikło z głębokiego, szczerego współczucia dla cierpiącego chłopca i jego matki? Muszę też wiedzieć, co się dokładnie wydarzyło oraz jak się to wszystko skończyło. Muszę wiedzieć, jak ona wygląda i jaka jest. Muszę usłyszeć jej głos, zobaczyć, w jaki sposób się porusza. Muszę spojrzeć jej w oczy. Muszę wiedzieć w s z y s t k o. Poznać całą bolesną prawdę.

Tak więc zanim zdążę zmienić zdanie, biorę do ręki telefon i wystukuję numer, którego w Dzień Dziękczynienia nauczyłam się na pamięć. Strach ściska mi serce, ale nie udaje mu się mnie powstrzymać. Zamykam oczy, biorę matkę za rękę i czekam, co się okaże.

ROZDZIAŁ 42

Valerie

Charlie jest na lekcji fortepianu, a Valerie przegląda półki w księgarni Wellesley Booksmith, gdy nagle czuje, że w jej torebce wibruje telefon. Serce zaczyna jej mocniej bić z niejasną, nierealną nadzieją, że może to on. Valerie wkłada pod pachę trzy powieści, które trzymała w ręku, i sięga do torebki, żeby sprawdzić, co wyświetla się na ekraniku. Jej oczom ukazuje się nieznany lokalny numer i choć mógłby to być każdy, to żołądek Valerie ściska zimne przeczucie, że to ona.

Tessa.

Pierwszy odruch Valerie to: uciekać. Nie odbierać. A jednak to robi.

– Halo – mówi szeptem.

Po drugiej stronie słyszy niski, zdenerwowany kobiecy głos, który odpowiada na powitanie. Jest już pewna. Bierze gwałtowny wdech. Nagle robi jej się duszno. Jedna z powieści z hukiem spada na podłogę, grzbietem w dół, i otwiera się szeroko. Stojąca obok nastolatka kuca, podnosi książkę i z uśmiechem podaje ją Valerie.

Głos po drugiej stronie pyta:

– Czy to Valerie Anderson?

– Tak – odpowiada Valerie, pełna strachu i poczucia winy. Rozgląda się za jakimś krzesłem, a ponieważ żadnego nie znajduje, siada po turecku na sfatygowanej wykładzinie, starając się przygotować wewnętrznie na to, co za chwilę nastąpi, wiedząc, że zasługuje na najgorsze.

– Nie znamy się... Nazywam się Tessa – mówi dalej kobieta. – Tessa Russo. Jestem żoną Nicka Russo.

Valerie zaczyna powtarzać w myślach słowo „żona". Zaciska powieki, skupia się na kalejdoskopie barw i stara się normalnie oddychać.

– Zastanawiałam się... Czy mogłybyśmy się spotkać? – pyta jej rozmówczyni. W jej głosie nie ma jednak śladu groźby czy złośliwości, a tylko nutka melancholii, która sprawia, że Valerie czuje się jeszcze gorzej.

Przełyka ślinę i odpowiada z ociąganiem:

– Dobrze. Jasne. Kiedy?

– A może teraz? – proponuje Tessa.

Valerie waha się. Na pewno mogłaby się przygotować do tego spotkania, tak samo jak przygotowuje się do procesu, z dbałością o najmniejszy szczegół. Wie jednak, że oczekiwanie będzie torturą – i to dla nich obu – więc po prostu się zgadza.

– Dziękuję – mówi Tessa, po czym pyta: – Gdzie?

– Jestem w księgarni Wellesley Booksmith... Może chciałaby pani spotkać się tutaj? – odpowiada Valerie, żałując, że nie jest lepiej ubrana i że rano nie chciało jej się czesać. Za chwilę jednak uświadamia sobie, że to prawdopodobnie lepiej.

Wsłuchuje się w ciszę, tak gęstą, że zaczyna się zastanawiać, czy Tessa się nie rozłączyła. W końcu słyszy:

– Dobrze. Tak. Zaraz tam będę.

Teraz Valerie czeka. Czeka z przodu księgarni, obok półek z kartkami okolicznościowymi i papierem do prezentów. Wpatruje się w okno wychodzące na Central Street, a w jej głowie kotłują się setki chaotycznych myśli. Czeka piętnaście, dwadzieścia, trzydzieści minut. W tym czasie do środka wchodzi kilkanaście kobiet. Valerie jest jednak przekonana, że żadna z nich nie jest Tessą, aż do chwili, kiedy ta kobieta staje w drzwiach. Kobieta, która – co widać wyraźnie – nie przyszła tu po to, by kupować książki.

Valerie przygląda jej się zachłannym wzrokiem, zapamiętując sposób, w jaki tamta rozpina swój długi beżowy płaszcz, ukazując elegancki, choć raczej dyskretny zestaw składający się z wąskich czarnych spodni, kremowego swetra i matowych złotych czółenek na płaskim obcasie. Podziwia jej gęste włosy w kolorze miodu, które opadają na ramiona miękkimi falami i wyraziste rysy, zupełnie nieprzypominające pospolitej urody większości mieszkanek Wellesley. Jeśli ma makijaż, to jest on bardzo delikatny. Tylko jej pełne usta lśnią, pomalowane błyszczykiem w kolorze brzoskwini.

Kobieta rozgląda się ukradkiem po sklepie. Mimo że stoją blisko siebie, nie od razu dostrzega Valerie. Aż nagle ich spojrzenia się spotykają. Valerie czuje, że serce jej zamiera. Przez chwilę ma ochotę uciec. Robi jednak krok do przodu.

– Tessa? – pyta Valerie. Ciarki przechodzą jej po plecach.

Kobieta kiwa głową i wyciąga do niej rękę. Valerie ujmuje jej dłoń. Czuje bolesny ścisk w sercu, gdy dotyka gładkiej, ciepłej skóry i dochodzi do niej zapach perfum z cytrusową nutą. Obie opuszczają z powrotem dłonie. Tessa przełyka ślinę i pyta:

– Czy możemy znaleźć jakieś miejsce, żeby usiąść?

Valerie kiwa głową. Już wcześniej zajęła stolik na tyłach działu z literaturą dziecięcą, kładąc na nim swoją puchową kurtkę i stertę książek. Odwraca się i rusza w jego stronę. Już kilka sekund później obie kobiety siedzą naprzeciwko siebie.

– A więc… – zaczyna Tessa. – Dzień dobry.

– Dzień dobry – odpowiada Valerie, z zaschniętym gardłem i spoconymi dłońmi.

Tessa otwiera usta, lecz zaraz z powrotem je zamyka.

– Jak się czuje Charlie? – pyta w końcu ze szczerą troską w głosie. Przez jedną pełną nadziei sekundę Valerie przychodzi do głowy, że może się pomyliła i Tessa jest tu tylko po to, by dowiedzieć się o stan zdrowia pacjenta swojego męża. Ale gdy odpowiada, że z Charliem jest już dużo lepiej i dziękuje Tessie za troskę, widzi, że drży jej dolna warga. I Valerie już wie, że ona wie.

– O mój Boże – odzywa się w końcu Tessa. – Bardzo się cieszę, że to słyszę.

Właśnie w tym momencie, dokładnie gdy Valerie dochodzi do wniosku, że nie wytrzyma już tego napięcia ani sekundy dłużej, Tessa bierze głęboki oddech i mówi:

– Cóż. Valerie. Chyba obie wiemy, z jakiego powodu tutaj przyszłam… Dlaczego chciałam się z tobą spotkać.

Valerie kiwa głową. Jej gardło z każdą sekundą jest bardziej suche i ściśnięte. Płoną jej policzki.

– Jestem tutaj, ponieważ wiem – oświadcza Tessa tak rzeczowym tonem, że przez chwilę Valerie jest lekko zdezorientowana.

– Wiesz? – pyta, po czym natychmiast tego żałuje. Nie ma prawa stosować wobec Tessy jakichkolwiek wybiegów. W ogóle nie ma w tej sytuacji żadnych praw.

– Owszem. Wiem – odpowiada Tessa. Jej oczy rzucają gniewne błyski. – Wiem o w s z y s t k i m.

ROZDZIAŁ 43

Tessa

Nie da się zaprzeczyć, że jest ładna, bardzo ładna. Ma niesamowicie niebieskie oczy. Ale nie ma w niej nic seksownego. Jest drobna i szczupła, ma bardzo mały biust i wąskie biodra. Jej chłopięca sylwetka w niczym nie przypomina figury seksbomby. Ma bladą twarz, zwłaszcza w kontraście z prostymi czarnymi włosami, związanymi w nieciekawy niski kucyk. Krótko mówiąc, kiedy wypowiadam jej imię i patrzę, jak kiwa głową w moją stronę, czuję dziwną ulgę, że to właśnie ona, że to jest Valerie. Mam to samo odczucie, kiedy słabo ściska mi dłoń i odzywa się cienkim głosem, a jej wystraszone oczy zerkają to tu, to tam, podczas gdy ja wpatruję się prosto w jej twarz.

– Czy możemy znaleźć jakieś miejsce, żeby usiąść? – pytam. Twardo postanowiłam przejąć inicjatywę podczas naszego spotkania.

Valerie kiwa głową. Idę za nią na tyły księgarni. Jednocześnie w myślach przemawiam do Nicka: Naprawdę to właśnie ją wybrałeś? Tę kobietę? Tę kobietę, na którą w życiu nie zwróciłabym uwagi, gdybym ją minęła na ulicy? Której na pewno nie dostrzegłabym na przyjęciu?

A jednak ją wybrał. Albo przynajmniej pozwolił, żeby ona wybrała jego. Uprawiał seks z tą osobą, która teraz siedzi naprzeciwko mnie przy stoliku, najwyraźniej zarezerwowanym specjalnie na naszą rozmowę.

Witamy się, skrępowane, po czym zmuszam się do tego, żeby zapytać o jej syna. Następnie mija kilka długich sekund ciszy. Widocznie oczekuje, że pierwsza się odezwę. Odchrząkuję i zaczynam mówić:

– Cóż. Valerie. Chyba obie wiemy, z jakiego powodu tutaj przyszłam... Dlaczego chciałam się z tobą spotkać.

To nie do końca prawda. Wcale nie jestem pewna, dlaczego właściwie tu jestem – czy chodzi o poznanie Valerie, czy zachowanie godności, czy może miałby to być jakiś symboliczny sposób zamknięcia rozdziału pod tytułem „Nick Russo". Niezależnie od powodu, chciałabym już mieć ten moment za sobą. Jestem gotowa na to, co ma mi do powiedzenia, nastawiona na najgorsze.

Valerie dalej patrzy na mnie i czeka, aż się odezwę.

– Jestem tutaj, ponieważ wiem – mówię. Nachylam się w jej stronę i spoglądam jej w oczy tak długo, że nie ma już mowy o jakichkolwiek wątpliwościach. Musi być pewna, o co mi chodzi i nie ma już dla niej ucieczki.

– Wiesz? – pyta. Patrzy na mnie zdezorientowana, co wprawia mnie we wściekłość i nagle muszę się powstrzymać przed uderzeniem jej. Zamiast tego mówię dalej, spokojnym tonem, zdeterminowana, by zachować godność i opanowanie.

– Owszem. Wiem. Wiem o wszystkim – mówię, choć nie do końca tak jest. Znam kilka faktów, ale żadnych szczegółów. Mimo to kłamię dalej z nadzieją, że dzięki temu ona powie mi prawdę. – Nick o wszystkim mi powiedział.

Valerie chce coś powiedzieć, ale w ostatniej chwili się powstrzymuje, a w jej oczach widać ból i zaskoczenie, które są dla mnie pewną pociechą. Do tej chwili wierzyła pewnie, albo przynajmniej miała nadzieję, że jestem tu, bo coś podejrzewam albo śledziłam swojego męża. Widać po jej minie, że nie miała pojęcia o wyznaniu Nicka. Wpatruję się w jej ostry podbródek, zapamiętując każdy szczegół jej trójkątnej twarzy, i nagle uświadamiam sobie, że nie zadzwoniłabym do niej, że z pewnością nie byłoby mnie tutaj, gdybym dowiedziała się o zdradzie Nicka z jakiegokolwiek innego źródła niż od niego samego. W pewnym sensie to, że mi powiedział, jakoś wyrównuje siły pomiędzy mną a Valerie. Ona przespała się z moim mężem, ale on mi opowiedział o ich sekrecie. Tak więc w pewnym sensie zdradził i ją.

– To się zdarzyło tylko raz – mówi w końcu Valerie, tak cicho, że ledwie rozróżniam słowa.

– Ach. Tylko raz. Cóż, w takim razie nic nie szkodzi.

Obserwuję, jak jej policzki robią się coraz bardziej szkarłatne, gdy dociera do niej sarkazm zawarty w mojej odpowiedzi. Czuję, że jest jej jeszcze bardziej wstyd.

– Wiem. Wiem... że to o jeden raz za dużo... Ale...

– Ale co? – wybucham.

– Ale przede wszystkim byliśmy tylko przyjaciółmi – zapewnia mnie takim samym tonem, jakiego używa Ruby, gdy usiłuje tłumaczyć się z jakiegoś rażącego występku przeciw podstawowym regułom panującym w domu. „Tak, mamo. Porysowałam ściany, ale zobacz, jaki ładny obrazek".

– Przyjaciółmi?

– On był taki... taki miły dla Charliego. – Valerie zaczyna się jąkać. – I jest takim wspaniałym chirurgiem... Byłam mu... taka wdzięczna.

– Taka wdzięczna, że aż poszłaś z nim do łóżka? – pytam szeptem.

Jej oczy wypełniają się łzami. Potrząsa głową i tłumaczy:

– Zakochałam się w nim. Nie planowałam tego. Właściwie to nawet nie wiem, jak to się stało i kiedy. Może to dlatego, że uratował mojego syna... A może zakochałam się w nim... bez powodu. – Jej głos jest coraz cichszy, całkiem jakby mówiła do siebie. – Nigdy nie spotkałam takiego mężczyzny. Jest... wyjątkowy.

Czuję świeży przypływ furii. Ta obca kobieta ma czelność opowiadać mi o moim mężu. O kimś, kogo zna od marnych trzech miesięcy, podczas gdy ja spędziłam z nim ostatnie siedem lat. Jednak zamiast jej to wytknąć, mówię:

– Wyjątkowi faceci nie zdradzają żon. Nie miewają romansów. Nie przedkładają taniej przygody ponad dobro swoich dzieci.

W tym momencie uzmysławiam sobie paradoksalność całej sytuacji. Jeśli chodziło tylko o zwykłą przygodę, to Nick niewart jest tego, by o niego walczyć. Ale co jeśli Valerie jest osobą z klasą, w której on naprawdę się zakochał? Co wtedy?

– Nie sądzę, żeby chodziło mu o przygodę – mówi Valerie, ale widzę, że i ona zaczęła się zastanawiać nad tym, co właściwie było między nimi.

– Czy Nick ci powiedział, że cię kocha? – nagle uświadamiam sobie, że przyszłam tu tylko po to, żeby usłyszeć odpowiedź na to pytanie. Wszystko kręci się wokół tego jednego prostego faktu. Przespał się z nią. Wyraźnie coś do niej czuł. I z głębi serca wierzę, że był, a może nawet wciąż jest w niej zakochany. Ale jeśli powiedział jej, że ją kocha, albo że nie kocha mnie, to znaczy, że z nami koniec na zawsze.

Wstrzymuję oddech i czekam. Wypuszczam powietrze dopiero wtedy, kiedy ona kręci głową, powoli i stanowczo.

– Nie – mówi. – On nie czuł tego co ja, nie kocha mnie, nigdy nie kochał. Kocha tylko ciebie.

Czuję, jak serce zaczyna fikać mi w piersi koziołki. Jeszcze raz odtwarzam sobie w głowie jej słowa, szukając w nich prawdy. Chcę jej wierzyć. Rozpaczliwie tego pragnę. I może, może rzeczywiście mnie przekonała?

– Przykro mi, Tesso – ciągnie Valerie łamiącym się głosem, z wyrazem cierpienia i wstydu na twarzy. – Przepraszam cię za to, co zrobiłam. Tobie i twoim dzieciom, a nawet mojemu własnemu dziecku. Źle postąpiłam i… bardzo, bardzo mi przykro.

Biorę głęboki oddech i wyobrażam ją sobie z Nickiem, jak leży obok niego z zamkniętymi oczami, trzyma go w objęciach i mówi mu, że go kocha. Ale choć bardzo bym chciała winić ją za wszystko, a nawet znienawidzić – nie potrafię. Właściwie to jej współczuję. Może dlatego, że jest samotną matką. Może dlatego, że jej syn miał wypadek. Albo dlatego, że zakochała się w kimś, kogo nie może mieć. W moim mężu.

Nieważne, jaki jest powód. Spoglądam jej w oczy i mówię coś, czego nigdy bym się po sobie nie spodziewała w takiej chwili.

– Dziękuję ci. – Patrzę, jak przyjmuje moje słowa niemal niedostrzegalnym skinieniem głowy, po czym zbiera swoje rzeczy, wstaje i wychodzi.

A najdziwniejsze jest to, że naprawdę jestem jej wdzięczna.

ROZDZIAŁ 44

Valerie

Czas leczy rany, Valerie wie o tym lepiej niż większość ludzi. A jednak i tak jest zaskoczona magicznym działaniem zaledwie kilku dni. Nie zapomniała jeszcze o Nicku, ale nie tęskni już za nim tak boleśnie i pogodziła się z tym, co między nimi zaszło, nawet jeśli sama do końca nie rozumie, co się właściwie wydarzyło. Myśli o tym, co powiedziała jego żonie – że nigdy jej nie kochał – i zastanawia się, czy nie skłamała. Wciąż jeszcze nie może do końca pozbyć się nadziei, że było między nimi prawdziwe uczucie.

Ale im więcej czasu upływa, tym owa nadzieja jest mniejsza i Valerie zaczyna myśleć o ich związku jako o niczym więcej, jak tylko niemożliwej do zrealizowania fantazji, iluzji zrodzonej z tęsknoty i potrzeby miłości. Dochodzi do wniosku, że nawet jeśli dwoje ludzi bardzo w coś wierzy, to nie znaczy, że to coś jest prawdziwe.

No i jest jeszcze Tessa. Kobieta, której Valerie jednocześnie zazdrości i współczuje, której się boi i którą darzy szacunkiem.

Valerie jeszcze setki razy odtwarza sobie w myślach ich rozmowę, nawet powtarza ją Jasonowi, i dopiero po dłuższym czasie dociera do niej, co się właściwie stało tam, w księgarni, w tamten mroźny styczniowy poranek. Żona Nicka jej podziękowała. Wysłuchała wyznania obcej kobiety, która zakochała się w jej mężu, która kochała się z jej mężem – i podziękowała jej za to, najwyraźniej przyjmując jej przeprosiny, a przynajmniej ich nie odrzucając. Cały ten scenariusz był tak nieprawdopodobny, że nagle zaczął mieć sens, podobnie jak Valerie dojrzała logikę w tym, że Charlie zakochał się w Summer, dziewczynce, która skrzywdziła go kiedyś na placu zabaw. Chodzi o bezinteresowną życzliwość, stwierdza. Coś, czego zawsze brakowało w jej życiu. Valerie nie wie, czy była od urodzenia pozbawiona tej cechy, czy też utraciła ją gdzieś po drodze. Nieważne. Teraz chce ją mieć. Chce być osobą, która okazuje ludziom dobroć, nawet jeśli na to nie zasłużyli. Chce zastąpić gorycz empatią, nauczyć się wybaczać dla samego wybaczania.

Pragnie tego tak mocno, że robi coś, czego przysięgała sobie nigdy nie zrobić. Charlie jest już drugą godzinę na sali operacyjnej, gdzie nowa pani chirurg przeprowadza zabieg. Valerie siedzi w poczekalni i nagle wyjmuje z torebki telefon. Wybiera numer i ze ściśniętym gardłem słucha sygnału, aż wreszcie po drugiej stronie słyszy lekko trwożliwe:

– Halo?

– Czy to Romy? – pyta Valerie z bijącym sercem.

Kobieta potwierdza, a Valerie nagle zaczyna się wahać. Przypomina jej się wieczór wypadku, który – w co wciąż wierzy – wydarzył się na skutek zaniedbania Romy. Myśli też o dniu pierwszej operacji Charliego, gdy Romy wparowała nieproszona do tej właśnie poczekalni. A także o popołudniu na parkingu, gdy Romy ujrzała ją z Nickiem.

Mimo to Valerie postanawia trzymać się raz obranego kursu.

– Tu Valerie Anderson.

– Och! Witaj! Co u ciebie? Jak Charlie? – pyta Romy. W jej głosie pobrzmiewa łagodność, której albo w nim nie było przy okazji ich poprzednich rozmów, albo Valerie po prostu nie zwróciła na nią uwagi.

– Z Charliem wszystko dobrze. Właśnie go operują.

– Coś się stało?

– Och, nie, nie... To znaczy, miałam na myśli... To znaczy tak, wszystko w porządku. To rutynowy zabieg. Wszystko u niego dobrze. Bardzo dobrze. – Valerie uświadamia sobie nagle, że nie martwi się już ani o twarz, ani o rękę, ani o serce Charliego. A w każdym razie nie tak bardzo jak kiedyś.

– Dzięki Bogu – mówi Romy. – Naprawdę bardzo się cieszę. Ogromnie. Nawet nie masz pojęcia.

Valerie łzy podchodzą do gardła, ale mówi dalej:

– W każdym razie pomyślałam, że zadzwonię i ci o tym powiem. Że u Charliego wszystko okej... I że... Romy?

– Tak?

– Nie winię cię za to, co się stało.

Nie jest to do końca prawda, ale Valerie to już nie przeszkadza.

Nie pamięta reszty rozmowy, nie pamięta nawet, na czym stanęła sprawa stosunków między nią a Romy, ale kiedy się rozłącza, czuje, jak z serca spada jej wielki, ciężki kamień. W tej właśnie chwili postanawia zadzwonić do jeszcze jednej osoby. Sześć lat później niż powinna. Nie wie jeszcze, co mu powie, czy w ogóle zdoła go odnaleźć i czy będą w stanie sobie nawzajem wybaczyć. Ale wie, że jest to winna jemu, a także Charliemu i nawet samej sobie. Musi chociaż spróbować.

ROZDZIAŁ 45

Tessa

Kiedy wracam z księgarni, zastaję matkę na kanapie, z pudełkiem czekoladek w zasięgu ręki, zatopioną w lekturze czasopisma. Siadam koło niej i sięgam do bombonierki po serduszko z gorzkiej czekolady.

– Tylko na mnie spójrz – mówię. – Wściekła kura domowa zajada czekoladki.

Moja matka parska śmiechem, ale już po chwili uspokaja się i pyta, jak mi poszło.

Wzruszam ramionami na znak, że nie mam ochoty wgłębiać się we wszystkie okropne szczegóły, po czym stwierdzam:

– Była zupełnie inna, niż myślałam.

– Zawsze tak jest – wzdycha Barb. Przez chwilę jemy w milczeniu, po czym odzywa się znowu: – Ale przecież tak naprawdę nie o to chodzi.

– Rzeczywiście. – Przychodzi mi na myśl, że teraz, gdy poznałam już „tamtą kobietę", może wreszcie minie mi obsesja na jej punkcie.

Moja mama się rozpromienia, jakby uwierzyła, że w moim myśleniu wreszcie nastąpił przełom. Potem spogląda na mnie z ukosa i oznajmia, że zabiera dzieci na weekend do Nowego Jorku i że już ustaliła to z moim bratem.

– Potrzebujesz trochę czasu dla siebie – stwierdza.

– Nie, mamo. Nie chcę ci robić kłopotu. – Wyobrażam ją sobie w pociągu, jak rozpaczliwie usiłuje zapanować nad Ruby i Frankiem.

Matka kręci głową i tłumaczy mi, że wszystko jest pod kontrolą – i że Dex wyjdzie po nich na Penn Station, żeby nie musiała sama przedzierać się z dziećmi przez miasto.

Znów zaczynam protestować, ale ona mi przerywa:

– Dex powiedział już Julii i Sarze, że kuzyni przyjeżdżają do nich na weekend. A ja powiedziałam Frankowi i Ruby. Nie możemy przecież rozczarować dzieci, prawda?

Przygryzam wargę i wreszcie ulegam.

– Dzięki, mamo. – Nagle czuję, że jest mi bliższa niż kiedy-kolwiek.

– Nie dziękuj mi, kochanie. Tylko zrób dla mnie jedną rzecz. Chciałabym, żebyś zmierzyła się wreszcie z tą całą sytuacją i zdecydowała, co będzie dla ciebie najlepsze.

Kiwam głową. Wciąż się boję i wciąż jestem wściekła, ale w końcu czuję się już prawie na to gotowa.

*

Następnego ranka siedzę sama w kuchni i piję kawę – z bijącym sercem, bo wiem, że nic więcej już nie mogę zrobić. Rodzina i przyjaciele wiedzą, co się stało, i wszyscy wyrazili swoją opinię. Szczegółowo znam całą sytuację. Nadszedł czas, by zadzwonić do Nicka. Biorę więc telefon i wybieram numer człowieka, który od siedmiu lat jest moim mężem, a mimo to jestem bardziej zdenerwowana niż zeszłego wieczoru, kiedy dzwoniłam do zupełnie obcej osoby.

Nick odbiera po pierwszym sygnale. Lekko brakuje mu tchu, zupełnie jakby oczekiwał tego telefonu właśnie w tej chwili. Przez sekundę zastanawiam się, czy moja matka – albo Valerie – nie dały mu przypadkiem znać.

Ale kiedy pyta mnie, czy wszystko w porządku, słyszę, że jest po prostu zaspany. Najwyraźniej obudziłam go, nic więcej.

– Wszystko okej – odpowiadam i biorę głęboki oddech, mobilizując się, by mówić dalej, gdy tymczasem mimowolnie wyobrażam go sobie, bez koszuli, w jakimś nieznanym mi łóżku, w którym spał przez te wszystkie tygodnie. – Po prostu chciałam porozmawiać... Jestem gotowa na rozmowę. Czy możesz przyjechać do domu?

– Tak – odpowiada. – Zaraz będę.

*

Piętnaście minut później stoi na ganku i puka do drzwi własnego domu. Otwieram. Stoi przede mną, niegolony i z zamglonym spojrzeniem, w starym lekarskim uniformie i spłowiałej czapeczce z daszkiem.

Wpuszczam go do środka, unikając jego wzroku, i mamroczę pod nosem:

– Wyglądasz okropnie.

– A ty pięknie – odpowiada całkowicie szczerym tonem, choć jestem ubrana w zwykłe dżinsy i podkoszulek, a włosy wciąż mam jeszcze mokre po kąpieli.

– Dzięki – mówię i prowadzę go do kuchni. Zajmuję swoje zwykłe miejsce przy stole i wskazuję mu jego krzesło, naprzeciwko mojego.

Nick siada, zdejmuje bejsbolówkę i rzuca ją na krzesełko Ruby. Przeczesuje palcami włosy, które sporo urosły.

– Wiem, wiem – rzuca. – Muszę się ostrzyc. Gdybyś mnie wcześniej uprzedziła...

Potrząsam głową na znak, że jego wygląd to najmniejsze z moich zmartwień, po czym zaczynam prosto z mostu:

– Spotkałam się z nią wczoraj. Zadzwoniłam do niej. Musiałam ją zobaczyć.

Nick marszczy brwi i drapie się po brodzie.

– Rozumiem – mówi i nie zadaje żadnych pytań, co musi wymagać od niego sporo samodyscypliny.

– Była miła – ciągnę. – Nie znienawidziłam jej.

– Tesso. – W jego oczach widzę błaganie, żebym już przestała.

– Nie. Naprawdę była miła… I uczciwa. Myślałam, że spróbuje wszystkiemu zaprzeczyć, ale nie… Właściwie to przyznała, że się w tobie zakochała. – Sama nie wiem, czy chcę go w tej chwili sprowokować, ukarać, czy po prostu powiedzieć mu prawdę. – Wiedziałeś o tym? Na pewno ci powiedziała…

Nick kręci głową, przeciera oczy i mówi:

– Ona nie była we mnie zakochana.

– Owszem, była.

– Nie. Ani przez chwilę.

– Sama mi to powiedziała, Nick – upieram się. Z każdą sekundą, z każdym jego słowem i z każdą miną mój gniew to narasta, to słabnie.

– Bo tak jej się wydawało – wyjaśnia Nick. – Ale… nie była zakochana. Nie na tym polega miłość.

– Ach tak? To w takim razie n a c z y m polega miłość, Nick?

Nick wstaje i przesiada się na miejsce Frankiego, tuż obok mnie. Bierze mnie za rękę. Potrząsam głową na znak protestu, ale gdy znów próbuje, z ociąganiem podaję mu dłoń. Gdy mnie dotyka, moje oczy wypełniają się łzami.

– Na dzieleniu ze sobą życia – odpowiada, ściskając moją rękę. – Miłość to to, co jest między nami.

– A co było między tobą a nią?

– To było… coś innego.

Wpatruję się w niego, usiłując zrozumieć coś z tego, co mówi.

– To znaczy, że jej nie kochałeś?

Nick wzdycha i spogląda na sufit, a potem z powrotem na mnie. Modlę się, żeby teraz nie skłamał, żeby nie zaprzeczył kategorycznie, bo przecież wiem, że ją kochał. Albo przynajmniej tak mu się wydawało.

– Nie wiem, Tess – zaczyna. – Naprawdę... Nie zrobiłbym tego, gdybym czegoś do niej nie czuł, czegoś mocnego, co było podobne do miłości i na pierwszy rzut oka wyglądało tak samo... Ale tamte uczucia... Są nieporównywalne z moją miłością do ciebie. W chwili, kiedy wróciłem do domu, spojrzałem ci w oczy i przyznałem się do tego, co zrobiłem, wiedziałem, że... Tesso, spieprzyłem sytuację. Zaryzykowałem wszystko, co miałem: nasze małżeństwo, moją pracę, ten dom. Wciąż nie wiem, jak mogłem do tego dopuścić. Nienawidzę się za to.

– To nie chodzi o to, że do czegoś dopuściłeś, Nick – mówię, wysuwając dłoń z jego dłoni. – Ty to zrobiłeś. Zrobiliście to oboje.

Już w momencie, gdy wypowiadam te słowa, przychodzi mi do głowy, jak bardzo dotyczą one również nas dwojga. Zawsze potrzeba dwojga ludzi. Do tego, żeby układało się w związku. Do tego, żeby go rozbić, i do tego, żeby później naprawić to, co się zepsuło.

– Wiem – mówi Nick. – Masz rację. Nie chcę na nikogo zwalać winy... Chciałbym tylko, żebyś wiedziała, jak bardzo cię kocham. Tylko ciebie.

– Więc jak mogłeś to zrobić? – pytam, tym razem łagodnie. To ma być pytanie, nie oskarżenie.

Nick spogląda na mnie, najwyraźniej szukając właściwych słów.

– Myślę... Chyba... Wydawało mi się, że czegoś mi brakuje i próbowałem to znaleźć.

– Ale co takiego? Czego ci tu brakowało? Czego nie umiałam ci dać? – pytam, a jednocześnie sama zaczynam sobie odpowiadać. Nie mam zamiaru przyjmować na siebie winy za jego niewierność. A mimo to trudno zaprzeczyć, że ostatnio sporo się między nami zmieniło. Że ja się zmieniłam. I że pod wieloma względami nie jestem już tą samą osobą, którą poślubił. Myślę o jego niedawnych oskarżeniach, a także o obserwacjach mojej matki. Że nie sposób mnie zadowolić. Że straciłam część swojej pasji. Że skupiam się na rzeczach pozbawionych znaczenia zamiast na naszym związku, który jest bazą dla całej reszty. – Co ona ci dała?

Nick kręci głową.

– To nie o to chodziło... Rzecz w tym... – wbija wzrok w sufit, szukając właściwych słów. – Przy niej czułem się trochę tak, jak przy tobie na samym początku.

To porównanie nas dwóch łamie mi serce, a jednak jest coś pocieszającego w jego szczerości, w bólu, który maluje się na jego twarzy. Wyraźnie widzę, że on też wolałby, żeby to nie była prawda.

– No i było jeszcze coś... Czułem... Czułem, że muszę pomóc temu chłopcu i to się jakoś przeniosło również na jego matkę... Prawdopodobnie trochę przez moje ego... Pragnąłem tego poczucia... poczucia, że jest się młodym... potrzebnym i upragnionym. – Mówi coraz ciszej, a ja przypominam sobie, jak podle się czułam tamtego dnia, gdy po raz pierwszy ujrzałam go w metrze.

– Ja cię potrzebowałam. Ja cię pragnęłam. – Używam czasu przeszłego, chociaż część mnie nadal go potrzebuje i nadal go pragnie. – Ale może po prostu... już cię nie pociągam?

Spoglądam na niego. Wiem, że zaprzeczy, mam jednak nadzieję, że zrobi to przekonująco.

– Nie. – Uderza pięścią w stół. – Nie o to chodzi. Tu w ogóle nie chodzi o seks... No, może poza tym uczuciem porozumienia, połączenia, które daje... Chodzi mi o to... To nie takie proste, Tess... Nie ma jednego powodu, który można by wskazać.

Kiwam głową i myślę o tym, jak trudne bywa małżeństwo, jak wiele wysiłku trzeba, żeby podtrzymać uczucie między dwojgiem ludzi – uczucie, które na początku, gdy wszystko przychodzi tak łatwo, wydaje się niezniszczalne. Dochodzę do wniosku, że w małżeństwie każdy jest winny partnerowi to, by odnaleźć własne szczęście, nawet w tym, co dzielą wspólnie. To jedyny sposób, by zmieniać się razem, nie osobno.

Nick mówi dalej, zupełnie jakby czytał w moich myślach:

– Życie bywa ciężkie. I monotonne... i męczące. Na samym początku wszystko wydaje się takie proste i takie romantyczne... Z czasem to się zmienia. Ale to nie znaczy... To nie znaczy, że mamy prawo... To nie znaczy, że miałem prawo zrobić to, co zrobiłem... Posłuchaj, Tess. Jeśli w ogóle miałem jakiś powód, to nie był on dobry. A ostatnio... chyba wcale nie było powodu. Czyli jeszcze gorzej. Ale taka jest prawda. To wszystko, co mogę ci powiedzieć.

Przełykam ślinę i kiwam głową. A potem, mimo wcześniejszego postanowienia, że nasza rozmowa nie będzie jej dotyczyć, pytam, czy rozmawiał z nią od dnia, kiedy wrócił z tamtego spaceru po parku.

– Nie – odpowiada.

– Czyli nie jesteś już jego lekarzem? – pytam. Unikam przy tym imienia Charliego tak samo, jak imienia jego matki.

– Nie.

– I na dobre zniknąłeś z jego życia?

– Tak.

– Na pewno?

– Tak.

– A jest ci z tego powodu smutno?

Nick wzdycha i krzywi się.

– Skłamałbym, mówiąc, że nie jest mi smutno... Że nie tęsknię za tym chłopcem i nie mam wyrzutów sumienia, że tak nagle zniknąłem z jego życia. Jestem winny każdego bólu zadanego dziecku. Złamania pierwszej zasady medycyny.

Przede wszystkim nie szkodzić, myślę, a potem zastanawiam się nad wszystkimi szkodami, które Nick wyrządził.

On tymczasem mówi dalej:

– Ale jeszcze większe wyrzuty sumienia mam ze względu na ciebie. Nie potrafię tak naprawdę myśleć o niczym innym poza tobą... Poza nami. Moimi dziećmi. Naszą rodziną. Przez większość czasu w ogóle nie jestem w stanie myśleć. Po prostu przeżywam, wspominam i pragnę.

– Ale czego? – Czuję, że w środku coś mi mięknie. – Co takiego przeżywasz i wspominasz? Czego pragniesz?

– Przeżywam to... jak się czułem, kiedy poznałem cię w metrze. Stałaś tam, z tym pierścionkiem na palcu, taka smutna. Taka piękna... Wspominam nasze pierwsze lata, kiedy jeszcze studiowaliśmy, wciąż byliśmy spłukani i jedliśmy na kolację lazanię z supermarketu... Albo kiedy byłaś w ciąży z Ruby i sama wsuwałaś dwie. – Wbija wzrok w przestrzeń z cieniem uśmiechu na ustach.

– Bo i jadłam za dwie – odpowiadam. To samo mówiłam wtedy, choć w rzeczywistości jadłam tak dużo, jakbym nosiła trojaczki.

– A pragnę... – ciągnie Nick z odległym, tęsknym spojrzeniem – pragnę znaleźć jakiś sposób, żeby cię odzyskać. Chcę cię odzyskać, Tesso.

Kręcę głową. Czuję głęboki smutek ze względu na siebie i dzieci – ale również, po raz pierwszy, ze względu na Nicka.

– To już nie będzie to samo – mówię.

– Wiem – odpowiada.

– Już nigdy nie będzie tak samo.

– Wiem. Ale może...

– Może co? – pytam z nadzieją w głosie.

– Może będzie lepiej – odpowiada Nick. Właśnie to pragnęłam usłyszeć. – Proszę cię, spróbujmy. Dla Ruby i Franka? Dla nas?

Czuję, że powoli kapituluję. Nick wstaje, bierze mnie za ręce i pociąga do góry.

– Proszę – powtarza.

– Nie wiem, czy potrafię – mówię, a łzy ciurkiem spływają mi po twarzy. – Nie wiem, czy jeszcze kiedykolwiek będę umiała ci zaufać. Nawet gdybym chciała.

Nick próbuje mnie objąć, ale wycofuje się, gdy dociera do niego, że jeszcze nie zasłużył sobie na to prawo. Szeptem wypowiada moje imię i dodaje:

– Pomogę ci.

Wciąż płaczę, ale już nie mówię „nie". Oboje dobrze wiemy, że jest to niemal równoznaczne ze zgodą.

– Nic nie mogę obiecać – zastrzegam.

– Ale ja mogę.

– Już raz obiecywałeś – zauważam łamiącym się głosem.

– Wiem. I obiecam jeszcze raz. Będę obiecywał codziennie. Zrobię, co tylko będzie trzeba. Ale daj mi jeszcze jedną szansę.

„Daj mi jeszcze jedną szansę". Moja matka nieraz słyszała te słowa. Kobiety często o nich dyskutują. Czy można wybaczać i czy powinno się ufać. Rozważam, co mówi na ten temat społeczeństwo, co mówili znajomi i rodzina. Gdyby wyciągnąć średnią z ich opinii, okazałoby się, że człowiek, który zdradził, nie zasługuje na drugą szansę. Że należy zrobić wszystko, by nie dać sobie wbić noża w plecy, żeby chronić swoje serce i swoją dumę. Tchórze dają drugą szansę. Głupcy dają drugą szansę. A ja nie jestem ani jednym, ani drugim.

– Tak mi przykro – mówi Nick.

Przypominam sobie dzień naszego ślubu, gdy wymienialiśmy przysięgi. Usłyszałam wtedy od Nicka: „Ślubuję ci wierność i uczciwość małżeńską oraz że cię nie opuszczę aż do śmierci". Tak miało być. I to się nie udało.

A jednak jesteśmy tu wciąż, dwoje dzieci i jedną złamaną obietnicę później, i stoimy naprzeciwko siebie, tak jak staliśmy wtedy, przed ołtarzem, pełni miłości i nadziei. Zatem raz jeszcze zamykam oczy, gotowa wyruszyć w nieznane, gotowa na długą i ciężką drogę. Nie mam pojęcia, co z tego wyniknie, ale wtedy też nie miałam.

– Czy mogę ci zrobić śniadanie? – pyta Nick. – Jajka sadzone na grzance ze słonecznikiem?

Spoglądam mu w oczy, kiwam głową i prawie się uśmiecham, nie dlatego że jestem zadowolona – albo głodna – ale dlatego że mój mąż wrócił do domu. Wie, jaki chleb najbardziej lubię. A poza tym wierzę, że pod grubą warstwą rozczarowań, strachu, gniewu i dumy uda mi się znaleźć w swoim sercu siłę, żeby mu wybaczyć.

PODZIĘKOWANIA

Serdecznie dziękuję Mary Ann Elgin, Sarah Giffin, Nancy LeCroy Mohler oraz Lisie Elgin za ich niebywałą szczodrość. Nie dałabym rady bez Was.

Wiele zawdzięczam też mojej redaktorce Jennifer Enderlin i specowi od reklamy Stephenowi Lee, a także całemu zespołowi z St. Martin's Press, a zwłaszcza Sally Richardson, Matthew Shearowi, Johnowi Murphy'emu, Mattowi Baldacciemu, Jeanne-Marie Hudson, Nancy Trypuc, Mike'owi Storringsowi, Sarze Goodman i całemu działowi sprzedaży. Dzięki Wam każdego dnia czuję się szczęściarą.

Dziękuję również mojej wspaniałej agentce Theresie Park oraz jej zespołowi: Emily Sweet, Abigail Koons i Amandzie Cardinale. Jesteście stuprocentowymi profesjonalistkami, a jednocześnie sprawiacie, że świetnie się bawię.

Podziękowania dla Carrie Minton, Marthy Arias, Stacie Hanna, Mary Lubell, Mollie Smith i Grace McQuade za wsparcie; dla Allyson Wenig Jacoutot, Jennifer New, Julie Portera, Laryn Gardner i Briana Spainhoura za wkład w powstanie książki; a także dla dra Christophera A. Parka oraz Joshuy Osswalda za pomoc w sprawach – odpowiednio – medycyny i tenisa.

Jestem wdzięczna moim czytelniczkom za ich ciepło i entuzjazm, a przyjaciołom – za dobry humor i miłość.

I w końcu – z całego serca dziękuję Buddy'emu Blaha i całej mojej rodzinie za więcej rzeczy, niż potrafię wymienić.

A także Edwardowi, George'owi i Harriet – możecie odwiedzać mnie w gabinecie i przerywać mi pracę, kiedy tylko macie na to ochotę.

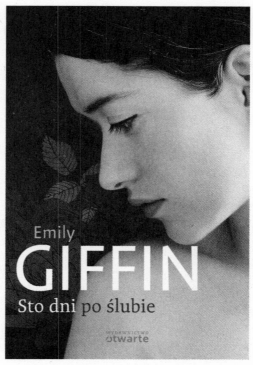

tłum. Martyna Tomczak

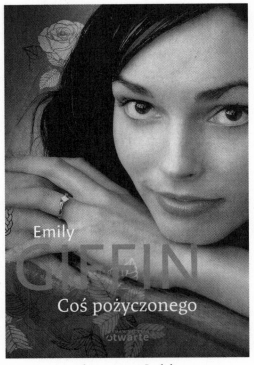

Emily GIFFIN

Coś pożyczonego

tłum. Anna Gralak

Przebojowa Darcy i rozważna Rachel są najlepszymi
przyjaciółkami. Mimo różnic charakterów darzą się
pełnym zaufaniem.
Jedna noc wszystko zmienia. Kiedy Rachel budzi się
u boku Deksa, narzeczonego Darcy, wie, że nic już nie
będzie takie jak dawniej. Bo Rachel zakochuje się w Deksie,
a data jego ślubu z Darcy jest coraz bliższa…